Beiroet blues

Hanaan as-Sjaikh

Beiroet blues

Uit het Arabisch vertaald door Djûke Poppinga

UITGEVERIJ DE GEUS – EPO

Bij deze vertaling is rekening gehouden met redactionele wijzigingen uit de Engelstalige editie (Chatto & Windus Ltd., Londen 1995). In een volgende Arabische editie zullen deze wijzigingen eveneens worden overgenomen.

Dit werk is gepubliceerd met steun van de Europese Commissie

Oorspronkelijke titel *Baried Beiroet*, verschenen bij Daar al-Hilaal, Cairo 1992

Verklarende woordenlijst op pagina 347, noten op pagina 349
Omslagontwerp Robert Nix
Omslagillustratie Leila Naama © Chatto & Windus Ltd., Londen
Foto auteur Michael Ward
Lithografie TwinType, Breda
Drukkerij Haasbeek bv, Alphen a/d Rijn

ISBN 90 5226 394 9
NUGI 301
ISBN België 90 6445 010 2

Uitgever in België EPO, Lange Pastoorstraat 25-27, 2600 Berchem.

I

Lieve Hajaat,

Op dit moment denk ik aan jou, liever dan Zamzams voorbeeld te volgen, die heel langzaam, op handen en voeten, door het huis kruipt, bang dat een scherpschutter haar in de gaten zal krijgen. Mijn grootmoeder zit in haar kamer, haar bidsnoer in haar handen geklemd, en prevelt lofprijzingen op God en zijn profeten. In plaats van een bidsnoer pak ik de nieuwe Energizer-zaklantaarn, die je gratis krijgt bij aanschaf van vier batterijen van hetzelfde merk. Ik laat de lamp door de kamer schijnen en richt hem dan op een schilderij dat jij me tijdens een van je bezoeken aan Beiroet hebt gegeven, omdat de vrouw op het portret zo op mij leek. Hoezo lijkt ze op mij? Haar gelaatstrekken zijn niet eens goed te zien. Misschien deed ze je aan me denken doordat ze alleen in de kamer zit, slechts verlicht door een smalle zonnestraal die door het raam naar binnen glijdt.

Ik laat de lantaarn over de kast schijnen en kijk naar de spijkers aan de binnenkant van de deur, waaraan ik mijn jurk heb opgehangen. En dan over de toilettafel, zo een met een spiegel, laden en een witmarmeren blad. Ik herinner me dat hij wordt afgesloten door een touwtje in plaats van een sleutel en ik richt mijn lantaarn om het te zien. Op het marmeren blad ligt de tas met de *abaja* te wachten tot ik hem aan je opstuur. Zonder erbij na te denken schijn ik naar beneden, naar de andere kant, en ik zie het gekleurde mozaïek liggen, met zijn verstilde geometrische figuren. Ik denk met verbazing terug aan alle moeite die ik heb moeten doen om dat mozaïek en die abaja te bemachtigen.

Ik denk aan je en praat met je alsof je heel dichtbij me bent.

Vreemd, want toen je hier laatst op bezoek was, had ik het gevoel dat je ver weg was. Ik heb de indruk dat alleen de gedachten en gevoelens die in tijden van geweld ontstaan, echt zijn: in een laatste flits zie je degenen die je het dierbaarst zijn voor je ogen voorbijgaan. Precies zoals je je voelt als je verliefd bent. Vroeger, als ik 's ochtends mijn ogen opende, was Nasir de eerste die ik voor me zag, en dan wist ik dat hij de hele nacht tussen mijn oogleden had gesluimerd, vanaf het moment dat ik het licht had uitgedaan.

Tijdens mijn verhouding met hem, of eigenlijk vooral in het begin, had ik het steeds over jou; je was voor mij een reddingsboei, waaraan ik me vastklampte als ik merkte dat hij me afstandelijk behandelde. Plotseling zei ik dan tegen hem dat ik naar jou toe zou gaan, of dat jij bij mij op bezoek zou komen, of dat we elkaar ergens in een vreemd land zouden ontmoeten. Wanneer ik hem de spullen liet zien die je me had gestuurd, besefte ik eens te meer dat jij een deel van mijn leven was, zoals mijn grootmoeder en Is'aaf. Maar door zijn liefde miste ik je minder dan vroeger en langzamerhand leerde ik met een ander mens te praten dan mezelf; mijn gesprekken met jou waren zo intiem, dat het leek alsof ik met mezelf sprak.

Ik weet dat je me op dit moment probeert te bereiken. Tevergeefs, want onze telefoon is al sinds een maand afgesloten. Als er weer gevechten zijn uitgebroken, ben jij altijd de eerste die me belt, gevolgd door mijn moeder, die half lachend, half huilend vraagt hoe het met me gaat.

Zodra de telefoon ging, wist ik altijd meteen dat jij het was. Ik kon het nauwelijks geloven, want je stem klonk zo dichtbij, dat het leek alsof je ergens in dit huis zat. Meteen kreeg ik weer oog voor het leven om me heen, zag ik de bloempotten weer staan en was ik me weer bewust van het blad van de tafel en de aderen op mijn hand.

Inmiddels zal het nieuws van de gevechten tussen Hizbollah en Amal de voorpagina's van alle Belgische kranten wel hebben gehaald;[1] daardoor weet ik dat je me nu probeert te bellen. Deze keer – dat zal ik niet ontkennen – komt het me wel goed uit en heb ik er geen bezwaar tegen dat je je, zoals altijd, ongerust over me maakt. Ik voel me nu niet meer schuldig over ons laatste gesprek, toen ik zo onverschillig reageerde, ook al wist ik dat je uren achtereen aan de telefoon had gezeten en vergeefs had geprobeerd verbinding met Beiroet te krijgen. Die onverschilligheid had eigenlijk al veel eerder aan de oppervlakte moeten komen, maar ik probeerde mijn gevoelens angstvallig te verbergen: als je op het verkeerde moment belde, omdat ik een afspraak had of bezoek verwachtte, liet ik mijn irritatie niet blijken, maar ik deed juist alsof ik je miste. Ik weet niet waarom.

Jij wilt mijn mening weten over wat er hier gebeurt en je wilt dat ik je gerust stel, maar ik hou me met heel andere dingen bezig, met triviale problemen, zoals liefde, seks... en af en toe een rat. Hoe moet ik je duidelijk maken wat er zich in Beiroet en in heel Libanon afspeelt? Ik maak me niet druk om de ontploffingen en de gewonden, maar om de rat die zich in onze keuken ophoudt. Als we 's nachts naar binnen willen, vragen we hem eerst om toestemming; we schoppen een paar keer tegen de deur en zolang we in de keuken zijn, praten we extra hard en zingen zelfs liedjes voor hem: 'Kom, schatje, kom...' Maar hij blijkt veel slimmer en sterker dan wij, want tot nu toe heeft hij alle hinderlagen weten te ontwijken. Zelfs toen we de grond hadden ingesmeerd met lijm, liet hij zich niet misleiden, maar hij sleepte een stuk hout aan en legde het erop.

Hoe is het mogelijk dat ik me nu aan je erger, Hajaat, terwijl onze namen ooit zo hecht met elkaar waren verbonden dat ze in één adem werden uitgesproken: Hajaat-en-Asmahaan, Asmahaan-en-Hajaat? Komt het doordat ik me niet op mijn gemak voel aan de telefoon, terwijl jij er dol op bent en ontspannen zit te praten, alsof je de ander binnen enkele minuten persoonlijk zult ontmoeten? Inmiddels geloof ik niet meer in het sprookje waarvan ik mezelf heb geprobeerd te overtuigen, want mijn onverschilligheid is al snel omgeslagen in een agressieve houding, die ik angstvallig probeer te verbergen, wanneer ik je aan de telefoon heb en word geconfronteerd met je oninteressante verhalen en je nieuwsgierige vragen.

'Asma,' zeg je dan, 'wat heb je me te vertellen? Hoe gaat het?'

Snap je dan niet dat het waanzin is om in één zin samen te vatten wat hier gebeurt? Hier is het oorlog... Daar is het oorlog... Sommige mensen dansen... Anderen sterven... Moet ik misschien zeggen dat het me niet interesseert, hoewel ik gisteren nog zo ongerust was? Even is het stil. Dan probeer ik op mijn beurt belangstelling te tonen. Maar wat moet ik je vragen? Wat zal ik van jou te horen krijgen? Wat heb je me te vertellen? Dat je een Libanese kokkin hebt gevonden, die *kibbe* en *moeloekhiyya* voor je maakt? Dat je zoon tennist en binnenkort kampioen wordt? Dat je heimwee hebt? Dat je me mist?

Intussen telt in het leven dat ik hier in Beiroet heb opgebouwd alleen nog de essentie van de dingen. Ik probeer er heel diep in door te dringen, tot op het bot. Ik blijf niet meer aan de oppervlakte, zelfs niet als ik met Zamzam of Fadiela praat. Ook zij hebben inmiddels een innerlijk leven ontdekt. Toen de generator het begaf, zei Zamzam bijvoorbeeld tegen me: 'Ach, wat mis ik het geluid van die motor. Het was net een mens.'

Na de lange oorlogsjaren kon onze vriendschap niet meer blijven zoals ze was. De oorlog heeft zelfs de taal veranderd. Sommige mensen zijn afgeschreven en anderen zijn juist naar de voorgrond geschoven. Ik heb inmiddels veel mensen leren kennen, allemaal met hun eigen verhalen, alsof ik weer een schoolmeisje ben, of een eerstejaars studente aan de universiteit. Omdat de oorlog het normale, dagelijkse leven heeft geblokkeerd, zijn de mensen zich vreemd gaan gedragen. Ik voel me tot hen aangetrokken en heb de smaak te pakken gekregen, sinds ik heb besloten me voor iedereen open te stellen. Het is een komen en gaan in mijn leven, net als in het huis van mijn grootvader, dat mijn grootmoeder weleens met het dorpscafé vergeleek. Omdat al die mensen hun steentje bijdragen aan de drukte en de bedrijvigheid om me heen, voel ik me soms geremd, maar ik kan niet zonder hen.

Misschien komt het doordat je in België slechts oppervlakkige relaties kunt opbouwen, dat je ervoor hebt gekozen je vast te klampen aan ons gemeenschappelijke verleden, waaraan we beiden de brandstof onttrekken die nodig is om onze vriendschap gaande te houden. We hebben geprobeerd het verleden met het heden te laten versmelten en aanvankelijk zijn we daar min of meer in geslaagd; we waren nieuwsgierig naar elkaars leven en onze wederzijdse gevoelens waren zo intens dat we onze ervaringen met elkaar wilden delen. Maar dat heeft niet lang geduurd; de afstand was te groot om werkelijk in het nieuwe bestaan van de ander door te kunnen dringen. Voor mij werd het verleden door het heden begraven, zodat je steeds verder van me af kwam te staan. Ik weet niet of je dat tijdens je laatste bezoek hebt gemerkt. Misschien heb je mijn onverschilligheid uitgelegd als een pathologische karakterverandering. Het deed je verdriet dat ik niet meer de vriendin was die je van vroeger kende, maar wellicht heb je het me vergeven en zelfs overwogen me te helpen. Toch kon je niet begrijpen waarom ik je op die bruiloft midden in de nacht achterliet, hand in hand met een van de vrienden van je broer, die zoveel jonger was dan ik. We zeiden dat we naar het nonnenklooster wilden gaan om te informeren naar de moeder van Fadiela, maar het zal je niet zijn ontgaan dat ik tegen hem aan leunde en me achterover op de kiezelstenen liet vallen, genietend van zijn adem in mijn hals. 's Ochtends vroeg kwam ik terug in jullie huis en het enige wat ik wilde, was slapen. Toen je me naar Fadiela's moeder vroeg, zei ik lachend: 'Die maakt het goed, bij de nonnetjes. Ik bedoel bij de pure vrouwen uit het huis van de profeet.'

Vanaf het moment dat ik te horen kreeg dat je naar Libanon zou komen om de bruiloft van je broer bij te wonen, bekroop me een gevoel van rusteloosheid. Ik moest van alles regelen; ik moest Ali zien te vinden, en als je met het vliegtuig zou komen, moest ik je afhalen. Met het vliegtuig!? Ik slaakte een diepe zucht. Dat zou betekenen dat je de eerste nacht bij mij zou doorbrengen. Dan moest ik mijn kamer voor je klaarmaken, mijn spullen opruimen en mijn afspraak met Simon afzeggen. En ik moest Djoemmana zien over te halen om met me mee te gaan naar de bruiloft van je broer. Ik moest jullie nader tot elkaar zien te brengen, als een katalysator. Voor dat soort dingen had ik allang geen energie meer.

Ik begon te piekeren over wat ik zou dragen op het feest. Ik herinner me dat ik heel lang voor de spiegel heb gestaan en me probeerde voor te stellen hoe jij me zou zien, want ik wilde je verrassen. Hoewel ik in Libanon ben achtergebleven, heb ik nog steeds een goede smaak. Ik weet wat er in de buitenwereld omgaat en ik ontwikkel me nog steeds. Het doek is nog niet voor me gevallen.

Ik begon naarstig kleren te passen, maar ik kon me geen glimlach, geen uitdrukking van verbazing of goedkeuring op je gezicht indenken. Ik wist zeker dat jij de mooiste kleren van het hele feest zou dragen. Die studente van de kunstacademie over wie je had verteld, had je jurk natuurlijk ontworpen. Die doet toch inmiddels alles voor je? Ze weeft en verft je stoffen en heeft zelfs iemand gevonden die je schoenen en oorbellen ontwerpt (ik herinner me dat je me dat vertelde, toen ik zat te wachten op een telefoontje van Ali, om hem te zeggen dat de generator kapot was).

Ik stond daar voor die open klerenkast, alsof ik voor een ijskast vol met levensmiddelen stond, maar niets kon vinden om in mijn mond te stoppen. Ik was allang niet meer geïnteresseerd in dure kleren; ik wilde voor mezelf niet eens toegeven dat er nog feesten en bruiloften werden gevierd. Ik bedacht zelf mijn creaties, zonder te beseffen dat ze niet meer bij mijn leeftijd pasten. Plotseling wist ik hoe ik een kreet van bewondering aan je zou kunnen ontlokken en haalde de jurken van mijn grootmoeder te voorschijn. Hoewel ze onder de oksels bijna waren vergaan, waren ze me zo dierbaar, dat ik er geen afstand van had kunnen doen en ze al die tijd in de kast had laten hangen. Ze waren gemaakt van roestbruine, groene, blauwe en lila zijde, afgezet met fluweel. Er was ook een jurk bij van zwarte kant, zo teer en zo mooi bewerkt als ik nog nooit had gezien.

Ik ging voor de spiegel staan en duwde met mijn ene hand mijn haar omhoog. Ik glimlachte naar mezelf. Toen duwde ik met mijn andere hand mijn borsten omhoog, nog steeds glimlachend, alsof ik voor de lens van een camera stond, of werd bekeken door een man. Maar ik was helemaal alleen met die gebroken spiegel. Door de geopende deur hoorde ik mijn grootmoeder bidden; ze smeekte God om me te beschermen op mijn tocht. Ik zou de volgende dag naar het andere deel van de stad gaan en dat baarde haar zorgen. Ik was zelf ook bang, niet alleen voor de oversteek naar Oost-Beiroet, maar ook voor het moment waarop ik jou weer zou ontmoeten.

De volgende dag was ik nog steeds onrustig. Het liefst was ik in mijn grootmoeders jurk overgestoken, zonder me te storen aan het zand en de verdorde boombladeren. Maar toen het erop aankwam, kon ik de moed niet opbrengen en ik stopte de jurk in een kleine reistas.

Het eerste wat me opviel, was je manier van bewegen, zitten en praten; je houding was dom, of misschien ongevoelig. Je deed je best om erbij te horen, maar er lag een meewarige blik in je ogen, alsof je medelijden had met iedereen die hier was achtergebleven. Je praatte met mensen, omhelsde ze en streelde ze over hun wangen. Dan sloot je ze weer in je armen, alsof je wilde zeggen: 'Ik weet wat je doormaakt.' Hoe kon je er zo zeker van zijn dat degenen die zijn achtergebleven de enigen zijn die lijden?

Toen de bruiloft was afgelopen, sprak iedereen de hoop uit dat Djoemmana en ik ook snel een man zouden vinden. Lachend zei ik dat we misschien maar met elkaar moesten trouwen. Een van de vrouwen merkte op: 'Net wat je zegt. Waar vind je hier nog een normale man? De meesten zijn schurken of lopen gewapend rond en de rest heeft geen cent te verteren of is geëmigreerd.'

Normaal zouden jij en ik ons samen hebben teruggetrokken

om te kletsen over wat er was gebeurd in de tijd dat we elkaar niet hadden gezien, maar nu bleef ik op mijn stoel zitten. Ik was blij dat ik had besloten niet met het konvooi auto's mee terug naar West-Beiroet te gaan. Degenen die wel gingen, konden door het onaangename vooruitzicht van de zware terugtocht maar half van het feest genieten.

Ik vond het heerlijk om op het balkon te luisteren naar de zingende krekels, waarvan ik had gedacht dat ik ze nooit meer in mijn leven zou horen, en te kijken naar de glimwormen, die verstoppertje speelden tussen de bomen. Ik zuchtte. Djoemmana, die me begreep, slaakte ook een zucht. Zonder iets te zeggen dachten we allebei hetzelfde: dat de mensen in Oost-Beiroet van geluk mochten spreken, omdat zij de bergen nog hadden. Intussen zocht jij moeizaam naar een gespreksonderwerp. Maar bij alles wat er in je opkwam, moet je gedacht hebben dat het me niet zou interesseren, omdat het zo ver afstond van het leven hier.

Ik schoof de schuld van onze verwijdering af op de drukte en het lawaai om ons heen. We werden voortdurend gestoord: 'Waarom hebben we het contact verloren?' 'Hoe hou je het uit in West-Beiroet?'

Een vrouw uit jouw familie, die zich nog herinnerde wie ik was, vond het vreemd dat ik nog steeds niet was getrouwd. Tot mijn verbijstering viel jij haar bij. Je zei dat ik maar naar België moest komen; daar zouden de Libanese mannen als muskieten om me heen zwermen. Was dat een leugentje om bestwil, of wist je echt niet dat de mannen alleen nog uit het buitenland naar Libanon terugkomen in een doodkist, of om te trouwen? Toen ik je aankeek, wist ik dat ik je niet meer miste. Kwam het door je balletschoentjes, versierd met blauwe bloemen, of kwam het door je blauwe jurk, die deed denken aan de schilderijen van Gauguin? Het lukte ons niet tot elkaar te komen. Onze levens waren zo verschillend. Alleen al die schoenen, waarmee je geen stap kon zetten op de gehavende, modderige trottoirs hier. En dat waren dan alleen nog maar je schoenen. Maar wat te zeggen van je gezicht? Het straalde ervan af dat je vertrek uit Libanon voor jou het einde van de oorlog had betekend. Als we je er met je neus op hadden gedrukt, had je misschien wel toegegeven dat hij nog niet voorbij was, maar dan had je waarschijnlijk gezegd: 'Tja, zo is het nu eenmaal. Het is jammer voor de mensen die moeten lijden, maar ja...'

Na het tweede glas arak begon ik schik te krijgen in de belangstellende blikken van de aanwezige mannen, vooral de vrienden van je broer. Er was er een bij die aantrekkelijker was dan de rest en die zijn ogen niet van me kon afhouden. Hij improviseerde liederen om ons te amuseren en aan het eind van elk couplet keek hij me aan met een veelzeggende glimlach.

Vroeger zou ik samen met jou onder veel gegiechel met die jongen hebben geflirt, maar nu was Djoemmana mijn steun en toeverlaat: we dachten allebei hetzelfde, zonder dat we iets hoefden te zeggen. Precies zoals wij tweeën vroeger. Zelfs dat jaar, toen je hier als getrouwde vrouw terugkwam, was je niet veranderd. Je gedroeg je uitdagender dan ooit. Je was de hele tijd op zoek naar nieuwe bewonderaars, alsof je bang was dat er door je huwelijk een bladzijde in je leven was omgeslagen. Maar nu zat je – kennelijk geïrriteerd – toe te kijken hoe ik me met Djoemmana vermaakte. Je moeder kwam erbij staan en zei lachend tegen de knappe jongeman: 'Zit niet zo naar de meisjes te kijken, schooier. Ik heb je wel door!'

Hij keek me in mijn ogen en ondanks de tafel tussen ons, die vol stond met glazen, schalen en bloemen, had ik het gevoel dat hij me naar zich toe wilde trekken om me te kussen.

'Nee, heus niet. Het is mevrouw Ivette die ik wil verleiden.'

Iedereen moest lachen. Herinner je je mevrouw Ivette nog? Toen we klein waren, beloofde ze elke keer wanneer we bij haar in de winkel kwamen, dat ze een taart voor ons zou bakken. Ivette zelf lachte hartelijk mee; ik zag een blaadje peterselie tussen haar tanden. Ze hief haar glas en zei: 'Op jou en de andere jongelui.'

'Drink op, mevrouw Ivette, dan krijg je een zoen van me.'

Mevrouw Ivette sloeg haar glas in één keer achterover, waarna ze snel haar gezicht met beide handen bedekte. Op dat moment besefte ik dat er echt twee Beiroets waren. Zo'n ontspannen sfeer kon ik me in ons deel van de stad niet voorstellen. Niet in West-Beiroet en niet in de dorpen eromheen. Niet voor de oorlog en niet erna. De hoop dat het ooit anders zou worden, was vervlogen. Als de oorlog nooit was uitgebroken, waren we nu misschien op de goede weg geweest.

Ik liep terug naar de tafel. De hartstochtelijke blikken van de jongeman brachten me terug naar de realiteit. Zijn ogen leken te zeggen: 'Ga mee naar die olijfboom; ik wil je kussen.'

Ik durfde hem niet meer aan te kijken en bloosde zodra hij zijn mond opendeed om een gedicht voor te dragen, hoewel de verzen niet aan één, maar aan meerdere vrouwen waren gericht:

> 'De jonggehuwden zijn gegaan
> En lieten me met de parels staan
> Mijn hart gaat wilder kloppen
> Ik doe mijn best maar het wil niet stoppen
> Stil jij! Zwijg, hart van mij,
> De tijd van de parels is nog niet voorbij.'

Ik wilde niets liever dan met hem onder die boom liggen, me aan hem vastklemmen, mijn gezicht tegen zijn borst leggen en zeggen: 'Mijn hart klopt ook. Als je nu mijn handen vastpakt, val ik flauw. Het is lang geleden dat iemand naar me heeft gekeken en met me heeft geflirt, dat iemand me heeft uitgenodigd om naar de film te gaan of naar een restaurant aan zee, om te wandelen, of te praten. Het is lang geleden dat ik verliefd ben geweest en me door een man heb laten verwennen. Hier zijn bioscopen en restaurants langs de kust, hier kun je dat soort dingen doen, maar morgen moet ik weer terug naar West-Beiroet en als het niet morgen is, dan overmorgen, of anders over een week. Eerlijk gezegd heb ik niet het gevoel dat ik hier in mijn eigen land ben. Ik voel me een toerist. Het is te laat. Toch heb ik dit soort ideeën niet altijd gehad; vroeger heb ik wel beweerd dat de oorlog juist zin aan mijn leven gaf, maar nu is het te laat. Ik kan me niet voor één nacht aan je geven. Niet omdat jij een christen bent en ik een moslim, maar omdat ik morgen terug moet naar de andere kant en omdat ik niet van jou kan verwachten dat jij naar West-Beiroet zult komen. Misschien heb je vrede met het idee dat ik 'van daar' ben, omdat je hebt gedronken en omdat ik een vriendin van Hajaat ben. Misschien ben jij, net als Hajaat en ik, neutraal en hoor je noch bij het oostelijke, noch bij het westelijke deel, maar ik ben nu eenmaal erg achterdochtig geworden. De mensen veranderen voor mijn ogen. Mensen die ik kende toen ze nog student waren en die inmiddels professor zijn geworden, hebben de klok honderd jaar teruggezet. Ze hebben één kant gekozen. Misschien komt het met mij ook nog weleens zover en kies ik ook één kant. Wie zal het zeggen? Misschien zal ik dan rust vinden. Misschien is het wel beter om een keuze te maken, ook al is het voor religieuze fanatici of andere extremisten. Een besluit, hoe moeilijk de gevolgen ook blijken te zijn, geeft een mens rust en een fanaat zal altijd geestverwanten vinden met wie hij kan samenwerken. De bewoners van het westelijke deel van de stad haten iedereen in het oostelijke deel, zelfs de soldaten bij de controleposten. Ik daarentegen wil graag met hen in contact komen. Ik vind het leuk als ze naar me lachen en met me flirten. Ik heb voortdurend een bevestiging van jullie nodig, ik heb jullie sympathie nodig. Ik wil dat alles weer zo is als vroeger. Maar nu ben ik dronken. Het enige wat ik wil is mijn hoofd tegen je borst leggen.'

Zijn ogen keken dwars door me heen. Ik overlegde hoe ik op zijn blikken zou reageren en werd nog wanhopiger dan ik al was. Totdat ik zijn warme stem weer hoorde en zijn brede grijns zag, terwijl hij Ivette het hof maakte: 'Ik geef mijn leven om jouw hand vast te mogen houden. Om jou op je mond te mogen kussen. Of nee, toch niet, want je hebt vast geen tanden meer. Goed, op je wang dan.'

En ze antwoordde: 'Wil je eens een lekker stuk vlees ruiken? Kom maar mee, ik heb sinds vanochtend niets anders gedaan dan kibbe stampen.'

Iedereen schaterde het uit, en dat was voor de jongen een extra stimulans om door te gaan met zijn spel. Hij vroeg haar of ze nog een keer met hem wilde proosten. Hij bracht een vol glas aan haar lippen, maar ze duwde het weg en zei: 'Nee, ik krijg er kiespijn van en mijn keel staat al in brand.'

Meteen viste hij een ijsblokje uit het glas, maar ze wendde lachend haar gezicht af en zei: 'Bij de heilige Maroen, mijn keel staat in brand!'

'Ach wat! Kijk, de heilige Maroen slaapt. Kijk dan. Hij heeft zijn ogen dicht. Wat moet hij trouwens anders? Het is tenslotte een standbeeld en hij staat daar maar de hele dag te staan.'

De heilige Maroen! Ineens begreep ik dat dat lichtpuntje daar, dat witte standbeeld, waarvan ik had aangenomen dat het Jezus voorstelde, de heilige Maroen was, de patroonheilige van de Maronieten. En jij verzuchtte: 'De heilige Maroen. Wat was ik vroeger bang voor hem. Mijn grootmoeder, *oemm* George, dreigde altijd met hem als ik mijn melk niet wilde opdrinken.'

Plotseling had ik heimwee naar de Hajaat van vroeger. Maar al snel werd ik afgeleid door een wit gebouw dat als een rups aan de voeten van het standbeeld lag.

'Is dat het hospitaal van het maronitische klooster?' vroeg ik opgewonden. Toen dat werd bevestigd, kreeg ik het te kwaad en fluisterde: 'Arme Fadiela', net hard genoeg voor je moeder om het te horen.

'Arme wie?' vroeg ze.

Ik antwoordde, alsof ik eindelijk de kans kreeg om uiting te geven aan gedachten die ik al die tijd had moeten opkroppen: 'De moeder van Fadiela is opgenomen in het ziekenhuis van de heilige Maroen.'

Ik wist al van tevoren wat ze zouden denken: Fadiela, zouden ze denken, wat is dat voor een ouderwetse, boerse naam? Dat moet een moslimse zijn.

'En woont haar familie bij jullie, in West-Beiroet?' vroeg Ivette verbaasd.

'Ja, maar ze komen dagelijks over om haar te bezoeken.'

Onwillekeurig drong Fadiela's beeld zich aan me op, dwars door het lawaai en de vurige blikken van de knappe jongen heen. Ik zag haar voor me: haar hooggehakte, gouden sandalen, haar witte huid, de zwarte abaja die ze over haar schouders had gegooid, haar mollige handen. Kauwend op een stuk kauwgom smeekte ze me haar mee te nemen naar Oost-Beiroet. Ik weet niet hoe ze het steeds weer voor elkaar krijgt, maar ze komt altijd uitgerekend op het moment dat ik op het punt sta, of plannen maak om mijn vrienden in Oost-Beiroet te bezoeken. Dan wil ze mee, zodat ze haar moeder kan bezoeken. Hoe gedecideerder ik weiger, hoe harder ze aandringt. Ik kan nog zoveel argumenten verzinnen, maar ze luistert niet naar me en begint zich snikkend op de borst te slaan en zichzelf te verwijten dat ze haar moeder niet vaak genoeg opzoekt. Ze kan de reis niet alleen maken, want zodra ze in de taxi zit, op weg naar de andere kant, in de richting van het ziekenhuis, raakt ze in paniek. Ze heeft ons verteld over haar laatste bezoek; hoe ze, om haar angst te overwinnen, een doos *baklawa* had geopend en aan de chauffeur had aangeboden. Maar hij bedankte. Daarop ging ze een pakje sigaretten zoeken, dat ze speciaal voor deze tocht had gekocht, om de indruk te wekken dat ze een zelfbewuste vrouw was. Toen ze inhaleerde, kreeg ze een hoestbui; ze rookt namelijk nooit. In plaats van de duivel te vervloeken, zoals ze anders altijd doet als ze moet hoesten, vervloekte ze Amal en Hizbollah.

'Ik vraag u, hebt u ooit zoiets meegemaakt, dat er een partij voor de Heer werd opgericht? Zoiets kan toch alleen bij ons gebeuren?' vroeg ze aan de chauffeur.

Toen hij geen antwoord gaf, maakte ze haar plastic tas open om te zien of haar zwarte abaja, die ze onderin had gepropt, er nog was. Vervolgens haalde ze een doos chocola te voorschijn en hield hem de chauffeur voor, die opnieuw weigerde. Hij moet gedacht hebben dat de chocola vergiftigd was, en niet ten onrechte, want ze behoorden tenslotte tot twee vijandige delen van de stad, die in oorlog met elkaar waren. Bovendien deden er steeds vaker geruchten de ronde over spionnen die tussen beide gebieden opereerden. Ze was bang en ten einde raad. Toen hij een sigaret nam uit het pakje dat ze hem voorhield, ontspande ze een beetje. Maar op dat moment besefte ze ineens dat ze geen getoeter meer hoorde en zelfs geen auto's meer zag op de hobbelige weg, en ze raakte opnieuw in alle staten. Ze begon hem te vertellen over de ellende die de inwoners van West-Beiroet dagelijks moesten doormaken. Ze was zo bang, dat ze bijna moest huilen. De chauffeur volstond met een knikje. Daarop begon ze hem te verzekeren dat ze voor honderd procent aan de kant van de christenen stond; ze had haar moeder alleen in het hospitaal van de heilige Maroen willen laten opnemen en nergens anders, ondanks de hoge kosten die opliepen tot dertig dollar per dag, de afstand en de problemen om van West naar Oost te gaan.

'Want', zo zei ze, 'in West-Beiroet is het één grote chaos in de ziekenhuizen. Voor hen is een gek niet meer dan een gek.'

Toen de chauffeur de snelheid begon op te voeren, was Fadiela ervan overtuigd dat hij haar zou vermoorden. Hij zou haar in stukken scheuren en in de rivier gooien of achterlaten aan de voet van de berg, waar de weg een bocht maakte. Dan was verkrachting nog beter. In dat geval zou ze hem zijn gang laten gaan, als hij haar maar niet vermoordde. Ze verbrak de stilte en zei op smekende toon, vechtend tegen haar angst: 'Als ik toch eens hier zou wonen. Dan zou ik geliefd zijn en gerespecteerd worden. Hier kun je tenminste leven. Bij ons niet.'

Tot haar schrik sloeg de chauffeur plotseling met zijn vuisten op het stuur, gooide zijn peuk uit het raampje en slaakte een hartgrondige zucht. Bijna raakte de auto van de weg af, toen hij uitriep: 'Hou toch op met die kletspraat! Het leven is hier net zo beroerd als daar.'

Ondanks deze geruststellende woorden voelde Fadiela zich

pas helemaal op haar gemak toen ze het hotel herkende waar vroeger de schoonheidskoninginnen altijd logeerden en dat vlak bij het hospitaal lag. Voordat ze uitstapte, bedolf ze hem onder bedankjes, omdat hij zo vriendelijk en behulpzaam was geweest, en ze bood hem opnieuw baklawa, chocola en sigaretten aan.

'Jullie hebben daar tenminste Samadi's banketbakkers nog', merkte de man op, waarna ze hartelijk uitriep: 'Geef me uw adres, dan neem ik de volgende week de grootste doos baklawa voor uw vrouw mee, die ik kan vinden. Zelfs een oceaan van baklawa weegt nog niet op tegen uw behulpzaamheid en uw goede manieren. Hier wordt mijn moeder beschermd en verzorgd, alsof ze een van jullie is.'

Toen Fadiela bij het binnengaan van het ziekenhuis de berghellingen zag die naar de zee afliepen, kon ze zich niet inhouden en riep: 'Allah!' Zodra ze besefte wat ze had gedaan, sloeg ze haar hand voor haar mond en keek om zich heen, bang dat iemand het had gehoord. Maar ze zag alleen verpleegsters rondlopen. Ze moest lachen bij de herinnering aan de dag waarop ze haar moeder naar het hospitaal had gebracht. Ze was wanhopig geweest en had zich zo schuldig gevoeld, dat ze de hele weg buitengewoon lief tegen haar moeder was geweest. Ze had haar haar gestreeld en haar om vergeving gevraagd, omdat ze haar in dat verre hospitaal zou achterlaten: 'Ik heb alles voor je over, moeder, maar ik kan niet meer. Ik kan niet én die bommen en ook jou nog verdragen.'

Vervolgens had ze haar geleerd om 'bij de heilige Maagd' in plaats van 'bij de profeet Mohammed' of 'bij imam Ali' te zeggen, en 'in naam van het heilige kruis' in plaats van 'in naam van God, de barmhartige Erbarmer', zodat iedereen van haar zou houden, vooral de verpleegsters. Haar moeder had herhaald: 'bij de heilige Maagd' en 'in naam van het heilige kruis', zo vanzelfsprekend en zo volgzaam als Fadiela nog nooit van haar had meegemaakt. Ze was er zelfs aan gaan twijfelen of ze wel echt gek was. Misschien komt het door de oorlog, had ze gedacht. Maar zodra ze een voet over de drempel van het hospitaal hadden gezet, weigerde haar moeder nog één stap verder te doen. Ze raaskalde dat de kippen haar sloegen met hun vleugels en dat ze bang was op de ogen van de kinderen te trappen. Fadiela dwong haar door te lopen en toen ze in de hal waren aangekomen, gilde haar moeder, terwijl ze naar de nonnen in hun witte habijt wees: 'God, zegen de profeet en zijn familie. Zegen de pure vrouwen uit zijn huis.'

Ik heb je dit verhaal nooit verteld. Welnu, deze beelden gingen op dat moment aan me voorbij; het waren eigenlijk flitsen, want ze waren alweer verdwenen, toen ik de knappe jongen tegen me hoorde zeggen: 'Kom, ik neem je wel mee naar de nonnen. Ze kennen me daar allemaal. Een tijdje geleden hebben we de elektriciteitsleidingen in het klooster vervangen. Kom, sta op, dan breng ik je erheen. Waar wacht je nog op?'

Hij wilde alleen met me zijn, alleen onder die boom. En ik wilde mijn hoofd tegen zijn borst leggen. Ik had al geen behoefte meer om het verhaal van Fadiela's moeder aan hem uit de doeken te doen. Ik wilde zijn handen pakken en door mijn haar laten woelen.

'Goed, laten we gaan', zei ik gretig.

Toen kwam jij tussenbeide en zei dat het klooster om deze tijd vast en zeker gesloten was. Maar ik stond snel op, enigszins wankelend, want het derde glas arak was in mijn benen en knieën gezakt. Ondanks de drank was ik nog helder genoeg om te zien dat jij het niet eens was met ons plan, maar ik stoorde me niet aan je geschokte blikken. Met Djoemmana was het heel anders; van haar wist ik, zelfs zonder naar haar te kijken, dat ze wat graag had gewild dat iemand háár mee zou trekken naar de olijfbomen bij het klooster.

De ramen van de auto waren koud en beslagen. Zelfs toen ik in zijn armen lag, was ik niet in staat het beeld van Fadiela's moeder van me af te zetten. Ik zag de oude vrouw voor me, met haar beide handen tegen de ijzeren tralies van het raam, te midden van de nonnen met hun gesteven vlindervleugelkappen, die zwijgend en likkend aan hun snorharen toekeken hoe de jongen me omhelsde. Het gereedschap in de achterbak maakte het onmogelijk om ontspannen te liggen, maar door het derde glas vergat ik alles en concentreerde me nog maar op één plek van mijn lichaam. Naarmate mijn bewegingen heftiger werden, drongen de gevleugelde nonnenkappen bij me naar binnen, totdat ik het gevoel had dat ik het klooster binnenging. Ik liep door, tot ik in een kamer kwam met een bed dat stond te trillen op zijn poten, maar er lag niemand in, geen gek en geen zieke.

Toen ik terugkwam in jullie huis, had ik de indruk dat er nog licht brandde in de kamers, maar ik vergiste me, want het was bijna ochtend en het begon alweer te schemeren. De tuinman was aardappels aan het rapen en legde ze aan een kant op een hoop. De deur stond open.

Vroeger zou mijn nachtelijke avontuur ons een nieuw geheim hebben opgeleverd om over te praten, maar nu werd de kloof tussen ons alleen maar groter. Toen je bij mij logeerde en we samen uitstapjes maakten naar het strand en naar de Amerikaanse Universiteit, was me dat nog niet zo opgevallen, maar nu was het duidelijk. Je keurde het af dat ik het feest had verlaten met een man die veel jonger was dan ik, en je fluisterde me toe dat mijn gedrag abnormaal was en dat ik misschien maar eens een psychiater moest raadplegen. Je zei het zonder een spier te vertrekken en zonder de minste moeite te doen om te begrijpen hoezeer het leven hier was veranderd. Op dat moment schonk ik nauwelijks aandacht aan je opmerkingen. Ik hoopte alleen dat de gevechten niet weer zouden beginnen, want ik was verantwoordelijk voor je en moest je veilig met je spullen op het vliegtuig naar Brussel zien te krijgen.

Toen je eenmaal weg was, slaakte ik een zucht van verlichting en pakte mijn dagelijkse leven weer op.

Het is vreemd, zo dicht als je nu bij me bent. Ik voel je stem, je aanwezigheid, je bezorgdheid. Ik zie hoe je mijn nummer draait. Je maakt je vast ongerust, want ik ben zelf ook bang dat me iets zal overkomen. Deze keer ben ik zelfs bang voor het geluid van de nieuwe wapens die ze het land hebben binnengebracht. Op dit moment schudt onze straat op zijn grondvesten door de bombardementen. Twintig granaten in één minuut.

Ik had net mijn haar ingesmeerd met olijfolie, toen Zamzam mijn kamer binnenkwam. Het viel me op dat haar stem krachtiger en energieker klonk, misschien omdat ze naar buiten was geweest om het laatste nieuws te horen van de buren en de mensen in de schuilkelders, terwijl mijn grootmoeder en ik in onze kamers waren gebleven. Zamzam onderbrak mijn overpeinzingen en riep: 'De vrouwen gaan demonstreren. Ze willen met korans de straat op, in hun abaja's.'

Ik had meteen mijn antwoord klaar: 'Een van beide partijen moet hen opgestookt hebben; misschien willen ze een wapenstilstand forceren.'

'Het is ook altijd hetzelfde met jou', gilde ze. 'Als jij geen vinger in de pap hebt, deugt het niet. Ze willen demonstreren omdat het Syrische leger op het punt staat ad-Dahiyya binnen te vallen, omdat Hizbollah aan de winnende hand is en Amal is uitgeschakeld.'

Zamzam liet al haar opgekropte bitterheid en frustratie de vrije loop; sinds de gevechten opnieuw waren opgelaaid probeerde ze haar ongerustheid tevergeefs met ons te delen. Zonder zich te schamen voor haar uitbarsting vervolgde ze: 'Waarom zouden die vrouwen opgestookt zijn? Onze jongens maken elkáár af, hoewel het allemaal sji'ieten zijn van imam Ali's partij. Vooruit, sta op. Ze zullen blij zijn als je meeloopt. Vooruit, kleed je aan. Trek je lila kaftan aan en kom mee!'

Het Syrische leger. Hizbollah. En hoe zat het met Ricardo? Herinner je je Ricardo nog? Jahja Ricardo, Fadiela's neef? Zodra je hem zag, op een van je bezoeken, begonnen je ogen ongelovig te glinsteren, omdat je vermoedde dat hij en ik iets met elkaar hadden. Hij speelt nu door mijn gedachten, hoewel ik ervan overtuigd ben dat hij niet betrokken is bij de gevechten; zijn tante heeft hem vast en zeker verboden de deur uit te gaan. En toch maak ik me zorgen om hem, niet vanwege de Syriërs, maar vanwege de wanhoop die hij ongetwijfeld voelt. Nu zal hij ontdekken dat hij in een zwart gat terecht is gekomen. En zijn kameraden in de partij, zoals 'de moderne *sjeikh*' en Kazim? Jegens hen voel ik slechts leedvermaak. Waar zouden zij nu zitten? Zouden ze meevechten? Horen we nu hun wapens kletteren, in plaats van hun discussies en hun bulderende gelach van een week geleden? Kazim kwam de laatste tijd regelmatig langs, samen met zijn broer en 'de moderne sjeikh'. Niet alleen om de tijd te doden, maar ook om mij te overtuigen van de voorbeeldfunctie van Hizbollah en van de noodzaak van het bestaan van deze partij. Dat was nadat Ricardo tot twee keer toe was betrapt op strategisch gevoelige plaatsen, waarna ze hem begonnen te verdenken van spionage. Niemand geloofde immers dat Ricardo zich echt bij Hizbollah wilde aansluiten. Op een keer bracht Ricardo Kazim mee naar ons huis, toen zijn tante was uitgegaan. Het was voor het eerst dat ik Ricardo weer zag sinds hij naar Afrika was teruggekeerd, na een verblijf van tien jaar in Libanon. Hij was als kind van nog geen vier jaar oud uit Afrika hier naartoe gestuurd, op aandringen van zijn grootvader – Fadiela's vader – nadat deze had vernomen dat zijn zoon een kind had verwekt bij een Afrikaanse vrouw, die hij vervolgens had verlaten om met een Libanese te trouwen. Ricardo, die niet kon wennen aan het geïsoleerde leven in zijn grootvaders kille huis, dat werd bewoond door gekken, vluchtte naar de buren. Hij was de zoon van een onbekende Afrikaanse vrouw en zodra hij zijn land op de kaart kon vinden, verliet hij Libanon. Pas tijdens de oorlog keerde hij weer terug. Hij had zijn naam (Ricardo) veranderd in Jahja en geloofde heilig in het martelaarschap, het paradijs en de zwarte ogen van de *hoeri's*. Hij wilde als piloot een vliegtuig besturen in de hemel boven Beiroet en bommen gooien op de politici die Gods vijanden waren, want de bondgenoten van vandaag zijn de vijanden van morgen, afhankelijk van waar de wapens en de munitie vandaan komen. Wat betreft het geloof, dat stond boven alles; daar kwam geen bondgenoot of vijand aan te pas: 'De leider, dat moet God zijn; geen mens, want mensen zijn zwak.'

Kazim hoorde het relaas van Ricardo aan en herformuleerde het in ideologische termen. Het geloof was de oplossing, zo zei hij; het was een reactie op het falen van de politieke partijen waar hij in het verleden toe had behoord: 'We hebben Israël bevochten met wapens, met het nationalisme en met de guerrilla, en wat was het resultaat? Als we ze hadden bestreden met het geloof en de godsdienst, dan waren we nu superieur geweest. Kijk maar naar Israël zelf: zij hebben één godsdienst en daarom zijn ze sterk. Religie moet de baas zijn.'

De knappe sjeikh Nizaar mengde zich in het gesprek. De 'moderne sjeikh', zoals hij werd genoemd, droeg een spijkerbroek en zijn baard rook naar parfum. Terwijl hij van zijn koffie zat te genieten, bewonderde hij het Perzische tapijt in onze zitkamer, waarvan hij de herkomst aan de hand van het motief naar een bepaald Iraans dorp kon herleiden. Hij prees Ricardo en beweerde dat de islam zich over zwart Afrika had uitgebreid, waar de mensen nog naakt rondliepen. Daarbij negeerde hij volkomen de rol van de sjeikh van de moskee aldaar, die het vuur van de jeugd had aangewakkerd en een verband had gelegd tussen Afrika en datgene wat er in Libanon gebeurde. 'Op een dag', zo zei hij, 'zal heel Amerika islamitisch zijn. Hopelijk zal mevrouw Asmahaan met haar prachtige haar dan ook weer tot geloof komen.'

Het woord 'demonstratie' bracht de oorlog van 1967 weer terug in mijn herinnering. Terwijl de universiteit gonsde van de demonstraties – hoewel er een pessimistische stemming heerste – vroeg jij me of ik de kleur van je oogschaduw wel mooi vond. Je draaide je gezicht naar me toe en sloot je ogen, zodat ik het goed kon zien. Op dat moment stond ik versteld van die vraag, maar nu moet ik bekennen dat je je tijd ver vooruit was. Je was een moderne profeet, die kon zien wat er achter de dagen school, alsof je ogen een radioactieve kracht hadden. Met een scherp gevoel voor realiteit voorzag je wat ons te doen stond.

Dat was dapper van je en ik moet openlijk toegeven dat jij als enige meer betrokken was bij het individu dan bij het lot van de staten. Je deed niet mee met de demonstraties; je ging liever naar het strand. Omdat je verschillende talen brabbelde en alleen maar belangstelling had voor je uiterlijk – al ging het alleen maar om je tandenborstel – beschouwden we je als een buitenbeentje, hoewel je een uitstekende studente was.

En nu, nu neem ik mijn petje voor je af en geef ik toe dat jouw besluit om dit land te verlaten een profetische beslissing is geweest. Alsof je, in tegenstelling tot ons, al wist dat de oorlog niet binnen een paar dagen of een paar maanden afgelopen zou zijn en dat het leven te belangrijk was om wachtend door te brengen. Inmiddels zijn we allemaal vergeten waarom die oorlog is uitgebroken. Zelfs degenen die hem zijn begonnen, weten niet meer wat de oorzaak was. Ze vechten, sluiten wapenstilstanden, onderhandelen en gaan weer vechten, zonder dat hun oorlog, of zelfs hun vrede, ook maar iets uithaalt.

Als dat mozaïek niet voor me lag, zou ik niet geloven dat ik echt naar die handelaar ben geweest. Op aanraden van je moeder ben ik eerst naar een huisvriend van jullie getogen met het verzoek me te helpen. Hij is ingenieur en hij is degene geweest die me attent heeft gemaakt op de mozaïekhandelaar. Hetzelfde geldt voor de abaja: als die tas niet voor me op tafel lag, zou ik niet geloven dat ik de steegjes van ad-Dahiyya ben ingedoken om hem voor je te kopen. Je zou bijna denken dat ik deze uitstapjes had verzonnen om mijn lichaam een nieuwe impuls en nieuwe hoop te geven.

Eerst ging ik naar L'Artisanat, gespecialiseerd in traditioneel handwerk, om een abaja voor je te kopen, maar ik vond geen kleur die bij jou paste. Natuurlijk wist ik wel dat de kleur je niet kon schelen, als het in de ogen van de Europeanen maar een authentieke abaja was, maar je kent mijn passie voor kleuren. De verkoopster fluisterde in mijn oor dat ze in ad-Dahiyya originele abaja's in alle kleuren hadden, net als het model dat zij verkocht, en voor de helft van de prijs. Het viel me op dat ze met een zuidelijke tongval sprak, hoewel ze haar best deed om dat niet te laten merken. Haar haar was gekapt volgens de laatste mode en ze droeg een moderne jurk, maar toch lukte het haar niet haar accent te verhullen of haar gouden tand – typisch voor zuidelijke vrouwen – te verbergen, ook al hield ze haar hand voor haar mond als ze glimlachte. Ik ging naar het adres dat ze me had opgegeven. Ik heb altijd gedacht dat ik ad-Dahiyya op mijn duimpje kende; we woonden er immers vlakbij. Toch verdwaalde ik en moest ik steeds weer de weg vragen, tot ik er radeloos van werd. Door de drukte was ik mijn oriëntatie volledig kwijtgeraakt. Ik waande me in Hongkong in plaats van in ad-Dahiyya, of zelfs in Beiroet: van alle kanten hoorde ik het slaan van hamers, het geratel van naaimachines en het geschreeuw van groenteventers en matrassenverkopers. Naarmate ik verder liep, raakten mijn schoenen vol met zand. Tussen de modderplassen op straat lagen geslachte dieren, bedekt met muggen. Overal klonk muziek en de mensen stroomden van alle kanten toe. Merkwaardige bouwwerken stonden schots en scheef, als grillige boomtakken. Zelfs de dakterrassen en de kelders waren omgebouwd tot woningen. De straten deden dienst als markten, waar schapen, sigaretten, kleren en gouden sieraden werden verkocht. De doodlopende stegen waren geblokkeerd door bestelwagens, zodat de voetgangers zich tussen de auto's en de muur moesten wringen. Sjouwers hadden hun rug volgeladen met spullen die in grote en kleine werkplaatsen waren geproduceerd, onder de grond, op de daken, in de woonhuizen. Kleren, mechanisch gereedschap, speelgoed, alles leek bestemd voor de export. Op de houten kisten en de kartonnen dozen stond geschreven: 'Geproduceerd in Duitsland', of 'Geproduceerd in Italië', maar nooit 'Geproduceerd in Libanon'.

Het was niet de eerste keer dat ik in ad-Dahiyya kwam. Er was een tijd geweest dat ik er heel vaak kwam, toen ik een vriendin, die psychologe was, hielp met de voorbereidingen voor een onderzoek naar Libanese kinderen tijdens de burgeroorlog, in een van de scholen van ad-Dahiyya. Vroeger was die school een paardenstal geweest en ik herinner me nog dat ik, steeds wanneer ik naar binnen ging, als een paard mijn voeten – of hoeven – moest optrekken om over de drempel te kunnen stappen. Hoewel ze de paarden lang geleden hadden weggehaald, sloeg de lucht je nog van alle kanten tegemoet. Alles, van de muren tot en met de kindertekeningen, was ervan doordrongen.

Uiteindelijk vond ik de abaja die ik wilde hebben en inderdaad voor de helft van de prijs. Na ad-Dahiyya ging ik rechtstreeks naar het huis van de ingenieur, want ik was bang dat mijn luiheid me parten zou spelen en dat ik mijn plan op de lange baan zou schuiven. Dat bezoek was een hele belevenis. Zodra ik het ruime balkon zag, wist ik waarom hij in dit gebouw, in het hartje van West-Beiroet, was blijven wonen: de oorlog leek er heel ver weg. Noch de explosies in de lucht, noch die op de grond konden hem hier bereiken. Vanaf deze onmetelijke hoogte zag alles wat zich beneden afspeelde er vredig uit: de gedaanten van de mensen waren minuscuul, de tanks en kanonnen leken op kinderspeelgoed en de wapens van de mannen op grote stokken. Zo hoog boven de grond was de oorlog niet meer dan een illusie, net als dit appartement, waarvan de architectuur en de bijzondere stenen getuigden van een glorieus verleden.

De ingenieur ontving me hartelijk. Kennelijk wist hij dat zijn huis indruk op zijn gasten maakte, want hij liet me eerst rondkijken. In het midden van de hal stonden een grote leren bank, een piano, een bed en een flipperkast. De vloer was betegeld met grote stenen, waarin de visfossielen nog te zien waren. Toen viel mijn oog op het mozaïek: een naakte vrouw die een doek openvouwde, terwijl er een adelaar, zo groot als zijzelf, boven haar cirkelde en met zijn snavel de doek wegrukte. Rondom haar waren dadelpalmen, vogels en vier vazen afgebeeld, omringd door bloemen en druivenranken.

De ingenieur verontschuldigde zich omdat hij me niet naar de mozaïekhandelaar kon brengen, maar hij legde me uit waar ik hem kon vinden. Ik ging direct naar de plaats die hij me had aangewezen. Tot mijn verbazing bleek het een normaal woonhuis te zijn. Zijn vrouw deed open en verwelkomde me alsof ze me al jaren kende. Ze riep haar dochter, die limoensap binnenbracht. Er hing een zware lucht van gardenia's in het huis, dat was ingericht met een allegaartje van Louis XIV-meubelen, marmeren zuiltjes en beeldjes. Na enkele minuten kwam haar man te voorschijn. Toen hij me een hand gaf had ik het gevoel dat hij een fles eau de cologne over me uitgoot. Daarna bracht hij me naar de garage. Als hij niet zo hard had gepraat en als de bromfiets van zijn zoon er niet had gestaan, had ik me in een Byzantijns of Kanaänitisch vertrek gewaand. Ondanks de vochtige lucht en de kou straalden de beelden een merkwaardige warmte uit. De handelaar had meteen door dat ik een leek was; als ik hem iets vroeg over een beeld dat me beviel, legde hij me uit dat het een vervalsing was. Hij betastte een marmeren voet en klopte er liefdevol op met zijn hand, alsof het zijn eigen voet was, of van een van zijn kinderen. 'Die, bijvoorbeeld,' zei hij, 'is echt. Maar hij is al verkocht.'

Pas toen ik hem vroeg naar de mozaïeken, verlieten we de garage. Via de hal van het gebouw kwamen we in een tuin. Er stond een man op, die ons volgde. In de lucht klonken schoten, maar we schonken er geen aandacht aan. Ik vroeg me alleen af wat er met de mozaïeken zou gebeuren als er een raket op zou neerstorten. Op het eerste gezicht kwam de man me onsympathiek over, maar zijn glimlach was zo vriendelijk en hij was zo oprecht, dat ik snel mijn mening herzag. Bij de poort van de tuin lag een mozaïek. Ik vertraagde mijn pas om het te kunnen bekijken, maar de man zei: 'Met dat ding zijn we bedrogen. Moge God hen straffen.'

Toen hij de deur van de werkplaats opende en ik al die stukken mozaïek zag liggen, laaide de weerzin opnieuw in mij op. Hij liep over de brokstukken die op de grond verspreid lagen en vroeg zijn hulpje: 'Hoe zit het met de vrouwen op dit mozaïek?'

Het hulpje antwoordde: 'Bij God, ik weet het niet. We hebben geprobeerd hem weer in elkaar te zetten, maar het is verschrikkelijk moeilijk, vanwege de druiventrossen ertussen.'

Toen beschreef de handelaar hoe mooi het was geweest voordat het was beschadigd. Ik boog me eroverheen. In het midden zag ik een vrouwengezicht, een hals, een hand die een glas vasthield en een deel van de borsten. De rest van de ledematen was verworden tot een warrige verzameling kleine gekleurde steentjes, waar het krioelde van de mieren en andere insecten. Ik zei met nadruk: 'Er moet iemand komen om het weer te herstellen. Haal iemand uit Syrië.'

Het hulpje antwoordde: 'Het komt door de lijm die ze er op hebben gesmeerd, om hem weer in zijn oude staat terug te brengen. Het is duidelijk dat ze uit zuinigheid niet genoeg, of een inferieur merk hebben gebruikt.'

De handelaar ergerde zich aan me, omdat ik daar maar geknield bleef zitten. Ik vreesde dat de drie vrouwen vertrapt zouden worden en dat hun drinkbekers, hun gezichten en hun borsten verloren zouden gaan. Moesten ze nu, na eeuwen te hebben overleefd, sterven op deze vuile grond, vertrapt door een paar basketbalschoenen, tussen muren die het geluid van de explosies nog in zich droegen, naast een leeg colaflesje waarin een brutale kakkerlak zijn onderkomen had gevonden en onder de foto van een populaire zangeres die eruit zag als een spook? Ik bood de man aan om het zelf te restaureren, maar hij zei: 'Dat zal moeilijk worden, nog lastiger dan zout opvegen met je wimpers.'

Ik negeerde zijn antwoord en vroeg hem ongeduldig of hij foto's van het mozaïek bezat. Het was duidelijk dat hij er genoeg van had, vooral omdat hij inmiddels vermoedde dat ik niet van plan was iets te kopen. Terwijl ik over het mozaïek gebogen bleef staan, vertelde ik hem, om hem te paaien, dat ik iemand kende die het kunstwerk gratis in de oude staat kon terugbrengen. Maar het ging hem kennelijk niet om het geld, want hij zei: 'Ik ben best bereid ervoor te betalen... Maar het is onmogelijk, tenzij je het geduld hebt van Job. En madame, u weet toch hoe de mensen tegenwoordig zijn?'

Hij liep naar de tafel en trok een la open, waaruit hij een pak foto's te voorschijn haalde. Snel bladerde hij erdoorheen en gaf me een foto van de drie vrouwen, zoals ik me ze had voorgesteld: met etherisch wapperende haren en mooie, kleine borsten, elk omringd door druiventrossen waarvan het water je in de mond liep.

Ik zal je bekennen dat ik, toen ik die mozaïeken daar op een hoop zag liggen, eigenlijk had besloten om er helemaal geen voor je te kopen. Ik vond het idee dat ze aan vreemde, buitenlandse muren zouden hangen misdadig. Ik heb nu eenmaal bij vlagen de neiging om kritiek te leveren op alles wat Libanese emigranten in het buitenland doen, en jij bent een van hen. Om aan die tientallen mozaïeken te ontsnappen, zonder er een te hoeven aanschaffen en zonder daar later spijt van te krijgen, probeerde ik me een incident voor de geest te halen dat ons allebei erg had aangegrepen.

Herinner je je nog die knappe vrouw bij het fort van Bait Mari, die samen met haar man en kinderen uit de auto was gestapt om oude stenen op te rapen, met de bedoeling ze mee naar huis te nemen? De kinderen stonden te wijzen en te roepen: 'Die daar, mamma, nee die, mamma!'

Het leek wel Pasen, alsof ze net hadden ontdekt waar de eieren verstopt lagen. De man genoot van zijn uitgelaten kinderen en wachtte rustig af tot zijn vrouw een keuze had gemaakt. Toen kwam hij aanlopen en tilde de stenen die ze had uitgezocht op in zijn sterke armen, alsof het kibbestampers waren. Ik hoor je nog tegen ze gillen: 'Laat die stenen liggen, of anders...' Maar de vrouw keek niet op of om, zelfs niet toen we kiezelstenen in hun richting begonnen te schoppen. Ook de man, die de laatste stenen naar de auto sleepte, was doof voor je dreigementen. Nadat ze het stof van hun handen hadden geschud stapten ze in de auto en reden weg; in de kofferbak, naast de olietank en het reservewiel lagen de brokstukken uit de vijfde eeuw. Voordat ze uit het zicht verdwenen heb je hun nummer nog opgeschreven.

Terwijl ik daar tussen die mozaïeken stond, zag ik je gezicht weer voor me. Het was ontroerend. Ik dacht aan de grot van Qadiesja, waar ze stalactieten verkochten alsof het ijsjes waren. Als ik voor jou dat mozaïek zou kopen, zou het van de ondergang worden gered; ik zou de schoonheid en de geschiedenis een dienst bewijzen.

Het mozaïek en de abaja spelen verstoppertje met me; als de gevechten even ophouden, kan ik er weer op een normale manier naar kijken en zie ik voor me hoe Ali de cadeaus straks komt ophalen, nadat ik met mijn pen je naam en adres op de verpakking heb geschreven. Maar zodra de strijd weer losbarst, weet ik niet meer waarom dat ding daar tegen de muur staat. Zo gaat het nu al drie dagen. Ik kom mijn bed niet meer uit en weiger zelfs in de gang of in de voorraadkamer te schuilen, waar het iets minder gevaarlijk is dan in de rest van het huis.

Ondanks de rust die over me is gekomen, zal ik niet ontkennen dat de explosies me gek maken. Ik lig de hele dag in bed en stel alles uit, zelfs een bezoek aan de wc. Ik heb erover gedacht om een po aan te schaffen, zoals de oom van Fadiela, een bloemenventer. Die man was zo lui, dat hij 's nachts niet meer uit zijn slaaphoek kwam. Hij vond het te koud, zei hij. 's Ochtends glipte hij naar buiten, met de emmer vol urine achter zijn rug. Snel zette hij de bloemen buiten die hij bij de ingang had achtergelaten, al was het nog zo druk op straat.

'Bloemen hebben zon nodig en moeten adem kunnen halen', mompelde hij dan, waarop Fadiela, wijzend op de emmer, uitriep: 'En die piespot van je heeft zeker ook zon en lucht nodig.'

Ik heb ontdekt dat als ik blijf liggen, het gedreun in mijn oren minder wordt en de aanwezigheid van mijn grootmoeder en Zamzam draaglijker. De dag en de nacht vloeien in elkaar over, zodat de tijd sneller gaat. Inmiddels is de lust om het nieuws over de vechtende partijen te volgen en te interpreteren, me vergaan. Het valt me moeilijk om in de toestand waarin ik verkeer, of beter gezegd, waarin Beiroet verkeert, nog te weten wat ik precies voel. Ik kan Zamzams stem niet meer aanhoren, laat staan luisteren naar wat ze zegt: 'Mijn God, de Syriërs vallen ad-Dahiyya binnen!'

Ze heeft het hoofd van een strontbloem. Herinner je je die nog? Je schaamde je dood toen ik hem zo noemde. Ik trok hem uit de aarde, wreef het blad tegen mijn handpalmen en toen zich een geel sap afscheidde, riep ik: 'Kijk, hij heeft diarree!'

Je was geschokt. Voor jou heette die bloem 'herderstasje' en in het begin was je geschokt door het woord diarree en door nog veel meer woorden, die ik inmiddels ben vergeten. Maar uiteindelijk raakte je eraan gewend dat er mensen bestonden die anders waren opgevoed dan jij.

Ik hoopte dat er een gezwel op Zamzams tong zou groeien, en ook een op haar voeten, zodat ik haar opgewonden geratel en haar nerveuze voetstappen niet meer zou hoeven horen. Inmiddels ben ik trouwens van mening veranderd, want een strontbloem is prachtig en Zamzam is verre van mooi, met haar dunne wenkbrauwen, die voortdurend fronsen van verbazing en angst.

'Vooruit, we gaan in het gebouw aan de overkant schuilen', riep ze.

'Maar mijn hoofd zit vol met olie', schreeuwde ik terug.

2

Beste Jill Morrell,

De affaire van de gijzelaars is hier pas de laatste twee dagen prominent in het nieuws gekomen. Tot die tijd werden de gemoederen van de mensen voornamelijk beziggehouden door de dagelijkse gebeurtenissen. Maar nu hebben de aanhoudende uitbarstingen van geweld ertoe geleid dat de namen van de gijzelaars steeds op de radio worden gememoreerd, zowel hier als in het buitenland, want ad-Dahiyya, waar ze vastzitten, staat in lichterlaaie. Amal en Hizbollah wijzen elkaar als de schuldige aan. Hizbollah beschuldigt Amal van verraad en Amal blijft herhalen dat Hizbollah ad-Dahiyya heeft veranderd in een bolwerk van misdaad en ontvoeringen. Ons huis ligt vlak bij Hardj Beiroet, aan de rand van ad-Dahiyya. Daar blijf ik bij, hoewel onze buurt inmiddels eigenlijk een deel van ad-Dahiyya is geworden.

Waar ik vooral bang voor ben, is dat de gijzelaars weldra worden vergeten en dat het er zoveel zullen worden, dat de mensen eraan gewend raken. In het begin moest ik steeds aan je denken, zodra de naam van je vriend werd genoemd en zodra ik jouw foto zag, of je stem op het nieuws hoorde, hunkerend naar informatie. Ik had je graag willen helpen. Ik dacht aan jou wanneer ik door de doolhof van steegjes in ad-Dahiyya liep, die donker waren als het binnenste van een walvis en lang als een sprookje zonder einde. Ook als er geruchten circuleerden dat de gijzelaars in een bepaald gebouw zaten, of in een garage, moest ik aan je denken. Maar wat kan ik eraan doen dat de mensen vergeten, dat ze gewend raken aan elke situatie en dat het geweld toeneemt? Wat kan ik veranderen aan de gedachten van de mensen, die als paarden over de hindernissen springen, maar uiteindelijk altijd weer naar het beginpunt worden gedreven en op zichzelf worden teruggeworpen? Ik geef toe dat ik, toen ik voor het eerst de naam van je vriend, McCarthy, hoorde, meteen moest denken aan Paul McCartney van de Beatles, ondanks het verschil in spelling. Ik vroeg me af waar ik hun platen had gelaten; alle hoezen kwamen me weer voor de geest, vooral die waarop ze tegen een muur geleund staan, naast het borstbeeld van een vrouw met een zwarte pet op haar hoofd. Hoe vaak heb ik me niet afgevraagd van wie die pet was. Van John of van Ringo? En wie was er op het idee gekomen om hem op het borstbeeld te zetten? Ik voelde weer de duisternis van de zolder, waar mijn persoonlijke spullen opgeslagen waren. Zamzam durft ze niet weg te gooien, hoewel het niets zou uitmaken, want sinds ze op zolder liggen, zijn we ze vergeten. Ik werd beheerst door heimwee naar die zolder in het huis waar ik was opgegroeid en waar ik had gewoond tot mijn vader overleed. Mijn moeder heeft al zijn spullen verbrand en het scheelde niet veel of het huis was meegegaan in de vlammen. Op het moment dat mijn vaders lichaam naar Mekka werd gekeerd en het weeklagen begon, raapte mijn moeder snel alle dingen die hij had verzameld bij elkaar en gooide ze in het vuur. De vlammen sloegen tegen de muur en het plafond en de houten sponningen kraakten. De aanwezigen begonnen tussen het gejammer door te roepen en te hoesten en probeerden het vuur met water te doven. Overal klonk het gekletter van potten en lege melkflessen. In hun opwinding spatten de vrouwen elkaar per ongeluk nat, waarna ze in schaterlachen uitbarstten. Mijn moeder zei: 'Als de *haddj* uit de dood zou opstaan en dit schouwspel zou zien, als hij zou zien dat al zijn spullen werden verbrand, zou hij onmiddellijk naar zijn graf terugkeren.'

De zolder van ons huis was een ware schatkamer; hij stond vol met blikken olie, vet en olijven. Om een reden die ze ons niet wilde vertellen, was mijn moeder erg gehecht aan die blikken, hoewel ze nooit kookte, en als ze het al eens deed, liet ze het eten aanbranden. Zonder dat mijn vader het wist, verkocht ze ze stiekem aan haar vriendinnen en met de opbrengst kocht ze alles wat op dat moment in de mode was, vooral plastic spullen, want plastic was verboden in ons huis. Ze verkocht ook haar sieraden en bezwoer vervolgens dat ze ze was verloren of dat iemand ze had gestolen. Ze leefde in een droomwereld van actrices, zangeressen en sterren, zoals Asmahaan en Anwar Wadjdi, en ze imiteerde hun filmdialogen en hun liedjes. Ik had kunnen blijven wonen in het huis waar ik was geboren, maar toen mijn moeder hertrouwde en naar Amerika vertrok, hield ze geen rekening met mij en ze overlegde zelfs niet met mijn grootmoeder over wat er met mij moest gebeuren. Maar iedereen ging er gevoelsmatig van uit dat ik – samen met Zamzam of Is'aaf – bij mijn grootmoeder zou gaan wonen, het deed er niet toe waar, want er waren huizen genoeg; ik zou tussen de kinderen en bewoners van de buurt opgroeien. In ons gezin werden geen beslissingen genomen; de dingen werden aan de omstandigheden overgelaten.

Ik weet dat je niet geïnteresseerd bent in wat ik te vertellen heb, zelfs niet in mijn verhalen over Paul McCartney, hoewel hij uit Engeland komt. Waarschijnlijk heeft hij niet geluisterd naar het bericht over de ontvoering van je vriend en als hij het al heeft gehoord, dan zal het hem niet veel kunnen schelen. Maar ik kan die platenhoes niet meer uit mijn hoofd zetten, noch het ritme van hun liedjes. Destijds wilde ik geld sparen om naar Londen te gaan; ik zou John Lennon leren kennen en met hem trouwen.

Zie je hoe een mens steeds weer terugkeert naar zichzelf? Zelfs het feit dat ik nu aan jou denk, betekent dat ik opga in mezelf. Ik heb het gevoel dat ik niets anders bezit dan dit lichaam en dit bed. Mijn verstand is niet meer van mij. Als ik mezelf dwing me te concentreren, dan weet ik dat ik een lichaam bezit, maar geen grond om op te lopen, zelfs niet tijdelijk. Kortom, ik ben een gijzelaar, net zoals jouw vriend, jouw geliefde, je verloofde. Want wat betekent het om ontvoerd te worden? Het betekent dat je van je omgeving, je dierbaren, je huis en je bed wordt gescheiden. In dat geval ben ik een gijzelaar en lijd ik meer dan jouw vriend en al die anderen. Zij zaten immers in een gerieflijke auto, toen ze per abuis werden afgezet in deze griezelstad, maar ik ben ontvoerd naar een stad die precies lijkt op de stad waar ik vandaan kwam: dezelfde heldere hemel, dezelfde grillige wolken, dezelfde tijmkoeken en hetzelfde zwarte roet op de buitenmuur van de oven. Ik zit nog steeds op mijn oude plek, en toch ben ik wreed uit mijn omgeving weggerukt. Dit is mijn stad, maar ik herken hem niet.

Ik ben een vreemde in mijn eigen stad, maar dat komt niet doordat de straten zijn veranderd, doordat er geen stoplichten meer staan, doordat de elektriciteit niet meer werkt, of doordat er geen water meer uit de kraan komt zoals ik me van vroeger herinner. Het komt ook niet doordat de lak van de auto's is afgebladderd en de grondverf zichtbaar is geworden, of doordat de seizoenen verschillen van straat tot straat: waar vroeger cement was, zijn nu bomen omhoog geschoten, terwijl in de parken en op de open plekken bomen in plastic potten groeien. Het stinkende water ligt in plassen op straat, de gebouwen zijn half of helemaal ingestort en sommige nieuwe gebouwen liggen al in puin voordat ze zijn opgeleverd. Ik herken de winkels niet meer aan hun etalages en als ik ze zie, waan ik me in een ander land; de ramen en muren staan vol met Iraanse tekens en overal hangen affiches van religieuze leiders en politici die ik niet ken. Ik begrijp de taal niet meer; ik weet dat het Arabisch is, maar de letters zijn mysterieuze symbolen geworden. Het is niet meer de taal die we als kinderen leerden en als jonge mensen gebruikten. De nieuwe taal heeft betekenissen die duister zijn voor mij. Ik heb het woordenboek er op nageslagen, maar de woorden die ik hoorde, vond ik niet. Ook al deed ik nog zo mijn best om goed op het ritme en de context te letten, in de hoop er iets, al was het maar een fractie, van te begrijpen, toch lukte het me niet de logica te doorgronden.

Ik heb zelfs mijn toevlucht moeten nemen tot een plattegrond, want de straatnamen en de borden veranderen hier met het uur en soms zelfs met de minuut.

Het is alsof de aarde beeft, opensplijt, op zijn kop staat. Alsof de wereld de mensen verandert: in plaats van het knappe gezicht van mijn vriendin kijkt een schapenkop me aan door de spijlen van het balkon. Beiroet, eens een droomstad, is een toevluchtsoord voor vluchtelingen geworden. Hun emoties ontladen zich in muziek en liederen; in het midden van de rustige woon- en winkelstraten zijn luidsprekers geplaatst. Ik beweeg me voort in een grote zeepbel, waarin ik zweef, zonder door iets te worden geraakt en zonder zelf iets te raken, totdat ik andere zeepbellen tegenkom, waaruit mijn vrienden stappen. Hoe kan ik me vertrouwd voelen in een stad die zich niet verzet tegen fanatici, op zoek naar mensen met blonde haren en blauwe ogen om ze te ontvoeren, zoals dat in spannende verhalen gebeurt? Een stad die met lede ogen toeziet hoe de dadelpalm, die minstens honderd jaar oud is en bijna tot de hemel reikt, plaats moet maken voor een raket met zoveel kracht, dat hij zelfs de vullingen in de kiezen van zijn slachtoffers kan oplossen? Hoe kan ik vertrouwd zijn met een stad die mij slechts een echo van zijn gedachten laat horen, die dansend moordt en moordend danst? Ik hoor zijn ademhaling, die zich vermengt met de Arabische en westerse muziek van nachtclubs en tv's, met het geluid van de explosies, met de sirenes van de ziekenwagens en de geur van de lijken. Net als je verloofde ben ik gewend geraakt aan de duisternis. Ik zie geen schaduwen of silhouetten meer. Gijzelaars worden geblinddoekt als ze van de ene plek naar de andere worden gebracht, van hun cel naar de wc. Ik heb vriendschap gesloten met de duisternis, waaraan ik toch niet kan ontsnappen. Soms steek ik een kaars aan en soms beeld ik me zelfs in dat ik een lichtpunt zie in deze duisternis, die de rimpeltjes op mijn gezicht en de grijze haren op mijn slapen verhult.

Mijn dagelijkse leven verloopt even monotoon als dat van

hen: gymnastiekoefeningen, gezicht wassen, tandenpoetsen, een fluisterende bezinning, wat eten. De gijzelaars hebben hun smaak verloren en ook ik heb geen trek meer. Om te eten heb je handen nodig die het voedsel naar je mond brengen, je hebt kiezen nodig die kauwen en een tong die proeft. Ik moet wel aan bloedarmoede lijden, want zodra ik mijn hand uitsteek om iets te pakken, voel ik de spieren in mijn pols verslappen. Misschien zou sport me goed doen. Maar dat lijkt zo ver weg, dat past bij bergen, veilige, brede wegen en zonnige kamers. Bij de dagelijkse routine van de gymnastiekoefeningen, het gezicht wassen, de tanden poetsen en de fluisterende bezinning hoort ook het gevoel dat de tijd stilstaat; elke minuut rekt zich eerst langzaam uit alvorens plaats te maken voor de volgende. Ik geloof niet dat ik aan mijn ontvoerders zal ontkomen. Mijn plannen lopen steeds op niets uit. Ik moet me aanpassen en me net zo gedragen als zij, in de hoop dat ze op een dag zullen besluiten me vrij te laten. Dat is de enige oplossing. Pas dan zal ik mijn stad terugkrijgen. Ik zal me nooit identificeren met mijn ontvoerders en me nooit aan hen hechten, zoals soms schijnt te gebeuren. Mijn relatie met hen is louter gebaseerd op haat en wrok, die met de dag toenemen, en op de overtuiging dat degenen die mij gevangen houden, zwakke, onvolwassen wezens zijn. Plotseling blijken ze zich in een machtspositie te bevinden, dankzij hun woeste haardossen, hun dikke snorren, hun baarden die een groot deel van hun gezicht bedekken en de gouden kettingen met de lege patroonhulzen die ze om hun hals dragen. Ze praten hard en rauw, maar ik herken meteen de stem van de loopjongen van de winkel waar ik voor de oorlog mijn meloenen kocht. Elke middag sproeide de jongen het hete, stoffige trottoir schoon en terwijl de eigenaar van de winkel samen met zijn vrienden triktrak zat te spelen, sprong hij als een sprinkhaan om hen heen, gehoorzaamde hun bevelen, vulde hun waterpijpen met gloeiende kooltjes en maakte koffie voor hen.

Net als de gijzelaars kan ik geen excuus voor mijn bewakers, voor mijn cipiers bedenken, ook al zijn sommigen van hen misschien verstotenen, of ballingen.

De ontvoerders wisselen voortdurend, alsof het fabrieksgoederen zijn die aan de lopende band worden geproduceerd. Het zijn net zelfstandige naamwoorden of werkwoorden waarop geen grammaticale regels van toepassing zijn. Of rekensommen zonder logica, die de leraar en zijn studenten tot wanhoop drijven: steeds wanneer ze denken de oplossing te hebben gevonden, stoten hun grijze cellen tegen een blok beton. Ze worden radeloos en laten het er verder bij zitten, want de vijanden van vandaag zijn de bondgenoten van morgen en omgekeerd.

Hoewel ik geen andere oplossing heb dan haat, moet ik, net als de gijzelaars, die monotone dagelijkse routine aanvaarden. Ik lees, ik speel patience; dan krijg ik genoeg van het lezen en het gepieker over schaakproblemen. Ik trek kaarten, op zoek naar goede of slechte voortekenen.

Opnieuw schud ik mijn hoofd, precies zoals de gijzelaars; ik kan er geen wijs meer uit worden. Wie heeft hen ontvoerd? En wie ontvoert mij? Is dit een burgeroorlog, een wereldoorlog, of een kapitalistische oorlog? Net als zij vraag ik me af hoe ik aan deze routine gewend ben geraakt, hoe het mogelijk is dat we de hoop dat het tij zal keren en dat het oude leven weer zal terugkomen, nog niet hebben opgegeven.

Maar ondertussen laat de gedachte aan de dood me niet los. Hij is altijd aanwezig en komt af en toe zelfs heel dichtbij. Ik hou mijn ogen open, of ik doe ze dicht. Het hangt ervan af: soms wil ik zien, eten en leven, maar soms ben ik wanhopig en laat alles me onverschillig. Wanneer ik tijdens dit spel mijn ogen open heb, zie ik de gehavende muren van mijn kamer, het raam dat is afgedekt met een plastic zak en de sporen van de spiegel die bij de laatste gevechten is gesneuveld. Ik ben er nog niet toe gekomen om de plek waar hij heeft gehangen opnieuw te verven. Mensen onderhouden hun huizen niet meer en ook ik laat alles op zijn beloop. Net als bij de gijzelaars komt het niet in me op om iets te ondernemen.

Als ik zou willen achterhalen hoe ik ben ontvoerd, zou ik de oorlogsjaren weer in mijn geheugen moeten oproepen, die dag waarop ik gehurkt in de schuilkelder zat en plotseling besefte wat er aan de hand was. Ik ben maar één keer in de schuilkelder geweest, op aandringen van mijn vriendin Hajaat, die bij me op bezoek was. Ze was nauwelijks in Beiroet geland, of er braken hevige gevechten uit. Ze was in paniek, zoals passagiers van een vliegtuig waarvan de gezagvoerder net heeft aangekondigd dat het binnen een paar seconden zal ontploffen. Ze legde haar hoofd in mijn armen. Ik sloot mijn ogen en probeerde de stank in de schuilkelder te negeren. Terwijl ik daar roerloos gehurkt op de grond zat, gevangen tussen de muren en de stank, wist ik dat ik niet vrij was. Heimelijk bezwoer ik mezelf dat ik me niet door dat gevoel zou laten beheersen, dat ik me ertegen zou verzetten.

Nu ik terugkijk, denk ik dat ik niet één keer, maar twee keer het slachtoffer van een ontvoering ben geweest. De tweede keer reed ik door een wirwar van bochtige straten, die deels waren afgesloten, ter bescherming van ambassades, ziekenhuizen of partijkantoren. Ik voelde me een koningin te midden van de afgebladderde auto's zonder koplampen. Toeterend baande ik me een weg door het verkeer, naar het gebouw waar Simon woonde. De sidderingen van mijn lichaam snelden voor me uit en ik voerde mijn tempo op om ze in te halen. Ik was gelukkig. Mijn ontmoetingen met Simon brachten een koortsachtige opwinding in me teweeg en maakten me ongevoelig voor het tumult en voor de beklemmende kalmte die de stad soms beheerste. Simon wás het tumult; hij bevond zich in het middelpunt van de gebeurtenissen, maar tegelijkertijd stond hij erbuiten, net als ik. Zodra we elkaar naderden, begonnen onze ogen te stralen en werd onze ademhaling gejaagder. Ik wachtte vol verlangen op het moment waarop we ons naakt op de bank zouden uitstrekken, het moment waarop ik zou worden bevangen door loomheid en passie tegelijk, door de allesoverheersende drang om hoe dan ook een hoogtepunt te bereiken. Maar wanneer we weer opstonden en onze kleren aantrokken, wist ik dat ik niet van hem hield.

Ik ging helemaal op in mijn overpeinzingen en mijn verlangen naar hem, toen het verkeer plotseling stilstond. Er klonken schoten, de mensen vluchtten uit hun auto's en de straat veranderde in een enorme, lawaaierige openluchtgarage, waar niets dan angst en paniek heerste. Ik twijfelde nog of ik naar huis zou terugkeren of door zou rijden, toen ik werd overvallen door een jongensbende. Ze sleurden me uit de auto en lieten me alleen op straat achter. Ik was met stomheid geslagen, vooral toen ik zag dat mijn geliefkoosde auto zich gewillig onderwierp aan andermans handen en mij liet staan. Pas toen ik in de verte een granaat zag inslaan en van verschillende kanten mensen naar me hoorde roepen, vluchtte ik naar het dichtstbijzijnde flatgebouw, waar ik werd opgevangen door een gezin dat zich in een betonnen kamer had verschanst. Mijn eerste indruk was dat het gevangenen waren, vooral door de kinderen, die in een hoek bij elkaar zaten. Maar toen ik hun angstige gezichten zag, bedacht ik me dat deze kinderen misschien wel waren ontvoerd van hun speelterrein, dat het grondgebied van de duivel was geworden.

Net als de gijzelaars denk ik niet meer na over het leven buiten deze ruimte; ik klamp me vast aan de mensen in mijn buurt. Ondanks de regelmaat van mijn bestaan kan ik me niet meer concentreren; de schokkende ervaring van mijn ontvoering komt steeds weer terug in mijn gedachten. Ik zal het nooit kunnen verwerken, ook niet als ik word vrijgelaten. Ik weet dat ik altijd een gijzelaar zal blijven en dat de bittere herinneringen me zullen blijven achtervolgen. Ik denk niet meer na over het leven buiten deze ruimte. Dat er nog andere landen bestaan, lijkt een illusie. Ik ben vergeten hoe ik 's nachts door de stad wandelde, kijkend naar de sterren, met wapperende haren, mijn mousselinen sjaal om mijn schouders. Voor mij bestaat er geen wereld meer buiten mijn kamer en mijn huis. Ik heb geen ambities meer en ik word zelfs niet meer geprikkeld door fantasieën over wat ik zou kunnen bereiken. Ik word steeds luier en onverantwoordelijker. Het lukt me zelfs niet meer om de krant te lezen.

Ik heb mezelf overgegeven aan het idee dat ik niet verantwoordelijk ben voor mijn lot. Ik laat mijn dierbaren in het buitenland, zoals Hajaat, mijn moeder en mijn vrienden, in het ongewisse; als de gevechten weer uitbreken, weten ze niet of ik leef of dood ben. Die onzekerheid zul jij ook wel kennen.

Ik zal niet ontkennen, Jill Morrell, dat ik meer dan eens heb overwogen om mijn eigen ontvoering te ensceneren. Dat was jaren geleden, toen ik in het buitenland verbleef. Er moet ergens een duistere kracht rondwaren, die nu wraak op mij neemt voor de gevoelens die ik toen koesterde.

De eerste keer was ik ervan overtuigd dat de passie tussen Nasir en mij over mijn lot zou beslissen; zodra ik zijn geur zou ruiken, zodra we elkaar zouden omhelzen, zodra we enkele minuten bij elkaar zouden zijn, zou hij besluiten me niet naar Beiroet terug te laten gaan en me ontvoeren. Ik rook zijn geur, zoals altijd wanneer ik aan hem en onze omhelzingen dacht. De passie heeft inderdaad over ons beslist, maar ik heb hem nooit meer terug gezien. Ik heb op hem gewacht op het strand van Tunis, tot ik begon te gloeien als een brandend kooltje, van de zon en van verlangen. Ten prooi aan mijn begeerte bleef ik op het strand liggen en beeldde me in dat hij me uit de verte observeerde en ervan genoot mij te zien wachten. Elk moment verwachtte ik dat hij plotseling voor me zou springen en een handvol zand over me heen zou strooien om me te verrassen. Dagenlang heb ik gehoopt op zijn komst, en niet alleen in Tunis, maar ook op de stranden van Port Saïd en Alexandrië. Het waren altijd stranden, bij eb en bij vloed. Wie mij nu zou horen, zou denken dat ik een dromer ben, die leeft in een fantasiewereld. Misschien is dat ook wel zo, want hoe kan ik anders mijn liefde voor Nasir en voor Beiroet verklaren?

Toch heeft dat me er niet van weerhouden om me aan de voeten van die Spanjaard te werpen en zijn liefde te winnen, in de hoop dat hij me naar zijn landgoed zou ontvoeren. Het idee om me in Spanje te vestigen was in me opgekomen toen ik daar samen met een vriend van Nasir en zijn vrouw over een weg reed die was omringd door sneeuwwitte bloeiende amandelbomen. De vlakten en valleien die zich voor me uitstrekten ademden louter rust en veiligheid. Ten slotte kwamen we bij een grote villa, met aan weerszijden van de oprijlaan aardewerken potten met cactussen vol koraalrode bloemen, en het was vanaf dat moment dat ik de bewoners van dat huis begon te benijden.

De auto reed over de lange oprijlaan en stopte op een open plek, voor een deur die wijdopen stond. Bij het horen van de gierende remmen kwam er een corpulente, kalende man naar buiten gesneld, gevolgd door een blaffende hond. Nadat hij het beest tot de orde had geroepen, liet de man ons binnen in zijn oude huis en bracht ons naar het balkon. Ik slaakte een diepe zucht en hoopte hartgrondig dat hij medelijden met me zou krijgen.

De gele vlakten, de tuinterrassen en zelfs de koele bries leken rechtstreeks uit de rode zon te komen, die was omfloerst door een paarsroze sluier. In de verte klonken de geluiden van het vee dat naar de stallen werd gedreven. Terwijl ik vanaf het balkon stond te kijken, dacht ik terug aan mijn eigen dorp. De herder was blijven staan om een sigaret te rollen, schijnbaar zonder zich te storen aan het geblaf van zijn hond. De Spanjaard kwam naar me toe met een glas wijn en ging naast me over de balustrade geleund staan. Ik keek hem aan; hij was hier de baas, dat leed geen twijfel. Mijn grootvader had daar net zo kunnen staan, gekleed in hetzelfde gekleurde overhemd en dezelfde spijkerbroek en net zoals hij met een sigaar tussen zijn vingers. Waarschijnlijk zouden mijn grootouders geen moeite hebben zich voor te stellen hoe ik daar met die man op het balkon naar de terugkeer van de kuddes stond te kijken, hoewel wij op ons land alleen fruitbomen hadden en geen vee.

Langzaam viel de duisternis in. De geluiden stierven weg en er kwam een diepe rust over het land, alsof de natuur opnieuw werd geboren uit de mond van de zwarte nacht, die de omgeving in duisternis hulde en alles veranderde in geluidloze schimmen. Zelfs de boskrekels waren overvallen door de nacht en zaten stilletjes ineengedoken, zonder hun vleugels te verroeren.

Achter ons klonken voetstappen, waardoor ik niet de kans kreeg de Spanjaard te vertellen dat ik, net als hij, een kind was van de grond en de aarde. Een oude man met een nors gezicht mompelde een paar woorden en ging weer weg, waarop de Spanjaard ons glimlachend aan tafel noodde.

Uitgeput zeeg ik neer op mijn stoel; Beiroet had weer bezit van mij genomen en verlamde mijn handen. Ik vergat hoe ontspannen ik me had gevoeld in deze sfeer en in dit land dat, in tegenstelling tot Libanon, nog overeind stond. Een land zonder chaos, zonder oorlog. Ik was inmiddels gewend aan die gedachte die me al zoveel rusteloze nachten en dagen had bezorgd. Het idee dat er nog mensen bestonden die een normaal, zorgeloos leven leidden, maakte me onzeker en jaloers, maar tegelijkertijd kon ik daardoor afstand nemen van de ellende die ik in Beiroet had meegemaakt in tijden van geweld, toen de stad was omsingeld. Ik wilde dat de andere gasten met neergeslagen ogen naar mijn verhaal zouden luisteren; ik wilde een eind maken aan de beleefdheden en de plichtplegingen aan tafel, zodat de oude bediende geen reden meer had om in en uit te lopen. Ik verviel in stilzwijgen, in afwachting van hun vragen. Eigenlijk waren het geen vragen, maar opmerkingen. Hun emoties waren oprecht, maar vluchtig; kennelijk hoopten ze dat de avond zo snel mogelijk weer in beslag zou worden genomen door gewone, dagelijkse dingen.

Na het diner stonden we op om een ronde door het huis te maken; grote kamers, grote hallen, een groots verleden... Een kleine kapel met een beeld van de Heilige Maria met wijd opengesperde ogen. Een klein theater. Een kleine filmzaal met een groot scherm. We kwamen in een enorme kamer, die helemaal leeg was, afgezien van een groot, imposant bed. De Spanjaard pakte een boek van de houten kist. Hij sloeg het open en wees op een foto van het bed. Ik knikte vol bewondering, zonder te horen wat hij zei. Ik vroeg me af wat het effect van dit bed op Nasir en mij zou zijn geweest. Zouden we gelachen hebben? Zouden we ons erop hebben geworpen, of zouden we het matras op de grond hebben gelegd, zoals we altijd deden tijdens onze omzwervingen, wanneer de bedden ons niet bevielen?

Ik streek met mijn vinger over de gouden en zilveren versieringen van het ledikant en over de vier spijlen, die deden denken aan de zuilen in een oude ruïne. Nee, ik denk niet dat dat naargeestige bed onze goedkeuring had weggedragen, net zomin als dat matras, dat ongetwijfeld vol vochtige schimmelplekken zat. Nee, we waren vast en zeker uit deze lege kamer weggevlucht, vrezend dat het een valkuil was.

Ik vergat de mensen om me heen en begon te mijmeren over de plaatsen waar Nasir en ik elkaar hadden getroffen. Een voor een kwamen ze terug in mijn herinnering: mooie huizen met bloeiende jasmijn op het balkon, overvolle flatgebouwen, weerzinwekkende woningen waar geen straaltje zon binnenkwam en waar zelfs geen vlieg zich waagde. De laatste keer hadden we geen elektriciteit gehad en de keer daarvoor hadden we een hotelkamer gedeeld met een zieke vriend van Nasir, die rillend van de koorts in het andere bed had gelegen en ons met zijn hallucinaties aan het lachen had gemaakt. Onze rendez-vous vonden niet altijd plaats in een slaapkamer; soms ontmoetten we elkaar ergens in een luxueuze zitkamer, of in het huis van een van Nasirs getrouwde vrienden. Als we op de bel drukten en ik het lawaai van de kinderen binnen al hoorde, was ik teleurgesteld, omdat ik hem niet voor mij alleen zou hebben. Maar al snel werd ik overspoeld door een nieuw geluk bij de gedachte dat Nasir me altijd bij zich wilde hebben, ongeacht de omstandigheden. Hij maakte gekheid met de kinderen, griste het eten dat eigenlijk voor hen was bestemd uit hun moeders hand en slikte het tot hun verbazing nog echt door ook. Wat had ik op zulke momenten graag, net als die kinderen, met mijn vingers zijn adamsappel aangeraakt.

Zodra Nasir me belde om een nieuw adres door te geven, probeerde ik me voor te stellen hoe het eruit zou zien. Zou het een appartement zijn, een kantoor, of een huis? Zouden we er alleen zijn? Ik vormde me een beeld van de ruimte, van de onbekende stoel die op me stond te wachten, van de hotelkamer die de sfeer van een verre kuststad in me zou oproepen, onaangetast door de oorlog. Ondanks de spanning zegende ik deze toverlantaarn die me naar een andere wereld voerde, van het vasteland naar de zee, op een golvend waterbed. Verrukt vlijde ik me als een filmster neer op de zachte, donkerrode deken. Toen ik misselijk werd van het deinende matras, vroeg Nasir half spottend, half serieus: 'Betekent dit dat we niet over zee kunnen reizen?'

Over zee? Reizen? En elkaar ontmoeten in een golf, zoals eb en vloed?

Ik wist dat hij vaak dacht aan trouwen, meer dan de anderen, die een normaal leven leidden. Voor hem was het een noodzaak. Hij was zich bewust van alles wat hij deed; zelfs wanneer hij op straat liep, was hij zich ervan bewust dat zijn voeten de grond en het asfalt raakten. De gedachte aan een huwelijk drong zijn twijfels over het nut van zijn politieke activiteiten naar de achtergrond. Als hij soms wanhoopte, gaf de overtuiging dat hij streed voor de bescherming van zijn gezin en voor een betere, harmonieuzere toekomst voor zijn kinderen, hem nieuwe kracht.

'Ik hoop dat jij ook veel kinderen zult krijgen, Nasir', had Assia, de vrouw van zijn vriend, in Beiroet tegen hem gezegd toen hij haar een poesje had gegeven, als troost omdat ze een zoon had gekregen in plaats van de gewenste dochter. Daarna had ze zich tot mij gewend en eraan toegevoegd: 'Ik bedoel natuurlijk "jullie"'. Het deed me goed dat ze onze verhouding serieus nam en er geen moeite mee had dat we elkaar tijdens haar afwezigheid in haar huis troffen. Nasir had plagend geantwoord: 'Denk je nu heus dat ik net zo gek ben als jullie en met een sleep kinderen van het ene huis naar het andere ga zwerven?'

'De tuin?'

De Spanjaard leek minder enthousiast dan Assia, die fluisterde: 'O Asma, je zult in de wolken zijn!'

Als ze eens wist waar ik was met mijn gedachten... Het enige wat ik wilde was Nasirs stem horen en naast hem zitten. Niets van wat er om me heen gebeurde interesseerde me. Eigenlijk zag ik nauwelijks iets en ik proefde niet eens wat ik at. We liepen naar het ijzeren hek. Ik schopte een paar kiezelsteentjes weg, als een ongedurig kind, en vroeg me ondertussen af hoe ik deze avond door moest komen. We sloegen een smal pad in, dat leidde naar een meertje, omzoomd door bomen. Wat kon die Assia overdrijven, dacht ik nog, maar ineens slaakte ik een kreet van bewondering. Dit was het paradijs, zoals het in de heilige boeken stond beschreven en zoals ik het me in mijn fantasie had voorgesteld: tuinen waar de rivieren onderdoor stroomden,[2] watervallen, wilgen en andere bomen die ik nog nooit had gezien, zelfs niet in boeken. Door het dikke gebladerte was een schilfer van de maan te zien, of was het de zon?

Nasirs vriend slikte en riep toen uit: 'Mijn God, wat prachtig!' De vogels, gewekt uit hun slaap, begonnen rond te fladderen, maar weldra trokken ze zich weer in hun nesten terug. De wortels van de bomen staken boven de grond uit, alsof ze wilden zien hoe de stammen van de jonge loten gedijden, hoe hun takken eruitzagen en welke kleur hun bladeren hadden. Dan verdwenen ze in het water dat tussen de rotsen stroomde, als de lianen van Tarzan. Tussen de hoge boomtoppen was een open plek in de lucht te zien. Verbluft bleven we staan. De Spanjaard raapte een paar steentjes op en gooide ze in het water. Het geklater klonk als muziek in de nacht. De opgeschrikte vogels begonnen weer rond te fladderen, tot ze gewend waren aan het lawaai, waarna ze terugkeerden naar hun nesten en bomen. Toen we elkaar weer konden onderscheiden, wisten we dat een stukje van de maan naar de open plek tussen de bomen was geschoven, om dit paradijs te verlichten. Voor me zag ik een paar rotsblokken liggen, die als een trap op elkaar gestapeld lagen. Ik beklom de treden en kwam op een smal pad. Ineens hoorde ik geritsel achter me. Het was de Spanjaard, die me vroeg waar ik heenging.

'Naar de hemel', zei ik blozend. Ik was me ervan bewust dat ik me anders probeerde voor te doen dan ik was. Ik wilde een kokette, uitdagende vrouw spelen. Hij kwam naast me lopen en waarschuwde me glimlachend dat de weg doodliep. Zijn bezorgdheid bleek terecht, want het pad werd steeds smaller, tot we bij een plateau kwamen, dat uitkeek op het zwarte, met bomen overdekte paradijs. Hij greep mijn hand vast, alsof hij me voor een gevaar wilde behoeden, en tot mijn verbazing vond ik het prettig om die warme, dikke vingers om de mijne te voelen. Even vergat ik dat er een gezicht bij hoorde, dat ik me nauwelijks kon herinneren, en een ziel die ik niet kende. Ik liep samen met hem verder en bij elke stap moest ik denken aan die villa, aan die paradijselijke tuin, aan Beiroet en aan mijn leven in het algemeen. Ik was in de war en wist niet meer waar ik moest wonen en of ik wel moest teruggaan. Toch was het niet de aanraking van zijn hand die deze gevoelens in mij wakker riep; het kwam door de stilte en doordat alles hier vreemd was. Dit was een neutrale plek, waarvan ik de mensen en de taal niet kende. Ik wist niets van hun gedachten en hun geheime verlangens. Voor mij was dit het begin van de wereld; ik hoefde het lege glas maar te pakken en te genieten van de magische drank. Bij elke tree die ik afdaalde, nam het idee om me hier te vestigen vastere vormen aan in mijn hoofd.

Op een plek als deze zou niemand – zelfs ík niet – van me verwachten dat ik de draad van mijn verleden, die me had gevormd, zou oppakken en zou doorgaan met weven. Als ik me hier zou terugtrekken, zonder mijn spullen, zou de draad vanzelf breken. Als in een film zag ik mezelf al op het monumentale bed liggen, glibberend tussen de gladde, zijden lakens, terwijl ik brieven pakte van een gouden blad dat de man met het norse gezicht voor me hield. Getroffen door die brieven zag ik opnieuw in een flits voor me hoe ik dit paradijs aan mijn vrienden zou laten zien, of hier in Nasirs armen zou liggen. Maar plotseling werd de betovering verbroken; ik was een vreemde in dit huis, en mijn fantasieën strookten niet met mijn vroegere leven, dat ik moest opgeven.

En toch... Ik zou de villa voor de helft met Arabische meubels inrichten. Ik zou terugkeren naar vervlogen tijden en mijn kinderen oude Arabische namen geven: Balkies, Tarik, Laila, Zijjaad.

Ik keek naar de Spanjaard en zag aan de manier waarop hij glimlachte dat hij wist dat zijn huis een lokaas was voor hoeri's, maar niets in zijn blik verried dat hij begreep waar ik op uit was. Ik zei dat ik te veel had gedronken en hoofdpijn had. Voor het eerst dacht ik dat het geen ramp zou zijn als Nasir had gebeld en niemand thuis had getroffen. De Spanjaard bracht me een paar Alka-Seltzers en zei dat ik maar ergens op een bed moest gaan liggen. Zijn vriendin Vera ontfermde zich over me, hoewel ze nauwelijks haar ergernis kon verbergen; ik had immers de hele avond de aandacht van haar vriend opgeëist met mijn verhalen over Beiroet, het beleg, de bezetting en mijn vertrek uit de stad. Ik had hem uitgebreid verteld over Beiroet voor de oorlog, waarbij Assia verbijsterd had toegekeken; ze kon niet geloven dat ik dezelfde vrouw was die ze in haar huis had ontvangen en die verdrietig en afwezig bij haar had zitten wachten op een telefoontje van haar geliefde. Dezelfde vrouw die, steeds wanneer het iemand anders bleek te zijn, had herhaald: 'Hij is me vergeten. Of anders is mijn boodschap niet doorgekomen, of...' Ze kon zich niet voorstellen dat diezelfde vrouw nu alles op alles zette om de Spanjaard te verleiden. Ik trok mijn schoenen uit en zei giechelend tegen hem, terwijl ik op de bank ging liggen: 'Ik ben dronken.'

Pas toen ik de gasten afscheid hoorde nemen, doezelde ik in. Ik voelde een hand op mijn voorhoofd en mijn haar. Ik deed alsof ik schrok en schoot overeind. Toen ik de Spanjaard zag, sloot ik gerustgesteld weer mijn ogen. Hij dekte me toe met de wollen deken en boog zich vervolgens over me heen; ik voelde zijn adem en zijn handen langs mijn gezicht strijken. Toen hij zijn mond op de mijne drukte, glimlachte ik naar hem, zonder me te verzetten. Ik proefde een lichte smaak van wijn en sigaren, terwijl ik me overgaf aan zijn lippen en hem kuste. Ik liet zijn tong naar binnen gaan, hoewel ik had besloten dat het daarbij zou blijven. Maar het enige wat hij verder nog deed was zijn hand op de deken leggen, ter hoogte van mijn borsten. Toen slaakte hij een diepe zucht, aaide me over mijn haar en wenste me een goede nacht.

De ochtend op het landgoed was nog mooier dan de nacht. In de verte hoorde ik het kraaien van de haan, het bellen van de kuddes en de echo's van Spaanse stemmen, precies zoals in mijn dorp, wanneer de landarbeiders in de vroege ochtend naar hun werk gingen. De dag maakte zich gereed en verjoeg de vochtige geuren van de nacht. Ik vroeg me af of de struikgewassen van de vorige avond, die 'de Koningin van de Nacht' werden genoemd, waren opgehouden hun bedwelmende geuren te verspreiden. Opnieuw hoorde ik geluiden. Ik probeerde me voor te stellen hoe ik wakker zou worden als ik eenmaal de meesteres van dit landgoed zou zijn.

Ik stond op en begon rond te wandelen in het grote huis met zijn hoge plafonds. Ik voelde me nu niet meer verloren in deze ruimte, maar werd er juist door aangetrokken. Het speet me dat ik geen Spaans sprak, om de weg naar de paradijstuin te kunnen vragen. De vrolijke stemmen van de landarbeiders, die me vriendelijk groetten, gaven me een vertrouwd gevoel. Deze mannen waren er vast aan gewend om vrouwen van uiteenlopende leeftijden en nationaliteiten in dit huis aan te treffen, op alle uren van de dag en de nacht. Maar ze beseften niet dat ik anders was; ik had geen behoefte aan feestjes en ik was niet uit op geld en juwelen. Het enige wat ik wilde, was hier, tussen al dat moois, een nieuw leven beginnen.

Maar de Spanjaard, die advocaat was, had haast. Met zijn leren tas zag hij eruit als een gewone ambtenaar die naar zijn werk ging en niet als de heer en meester van dit landgoed. Daarmee kwam er een einde aan de illusie dat de bewoners van dit huis, dit paleis, dit fort, volledig van de buitenwereld waren afgesloten. Maar dat gaf niet; het was juist een geluk, want dan zou ik het grootste deel van de tijd alleen in dit paradijs kunnen doorbrengen.

In de auto begreep ik dat ik nooit alleen in dat mooie huis zou zijn en dat ik er waarschijnlijk zelfs nooit meer zou terugkomen. De man stelde voor om te lunchen in zijn appartement midden in de stad. Ik was verjaagd uit het paradijs, want Vera had argwaan gekregen; ze had haar web om hem heen gesponnen. Ik ben nog nooit zo verdrietig geweest als die dag. Het was nog erger dan de pijn en de wanhoop die ik voelde als ik dagen achtereen op een telefoontje van Nasir zat te wachten. Ik was bereid geweest mijn gevoelens en mijn lichaam te verkwanselen, alleen om in dat huis te kunnen wonen en er een nieuw leven op te kunnen bouwen. En nu werd ik afgewezen.

Ik voel dat je ongeduldig wordt, Jill Morrell, maar zo zijn gijzelaars nu eenmaal: ze verkeren in een voortdurende dialoog met het verleden, dat ze steeds weer opnieuw herkauwen.

Terug naar het probleem van de ontvoerders en hun slachtoffers. Jij wilt gerustgesteld worden en zo snel mogelijk meer informatie krijgen. Misschien heb ik je ogen geopend voor iets waarmee je nog niet eerder rekening had gehouden. Nu zal ik je vertellen hoe deze absurde ontvoeringen tot iets gewoons zijn geworden, iets dat hoort bij oorlog. Er zijn geen regels meer, de oorlog verandert met de wisseling van accenten en uniformen. Grappige dingen worden triest en trieste gebeurtenissen worden grappig. Ontvoeringen zijn een recht geworden.

Een familielid van Hajaat dat maandenlang als gijzelaar had vastgezeten, werd op een dag gewekt door zijn bewaker met de woorden: 'Gefeliciteerd, we laten je vandaag vrij.'

De man, die Moenier heette, raakte in paniek, want hij vreesde dat ze hem wilden vermoorden. Geblinddoekt werd hij in een auto gezet en naar een plek gereden waar hij werd achtergelaten, nadat ze de blinddoek van zijn ogen hadden gehaald. Terwijl hij langzaam gewend raakte aan het licht, de harde stemmen, het getoeter van de auto's, de oproep tot het gebed en allerlei andere geluiden, kwam hij tot de conclusie dat mensen in zijn situatie zich louter op zichzelf concentreren en dat hun lichaam en hun gedachten slechts gericht zijn op de vijf zintuigen. Hij duwde een deur open en hoorde iemand zeggen: 'Godzijdank, u bent ongedeerd. Kom binnen, uw familie wacht op u.'

Een jongeman in burger gaf hem een hand, terwijl hij nog steeds in een shocktoestand verkeerde. De kamer zat vol jonge mannen, allemaal in burgerkleding. Een van hen pakte een kan water en nam een slok. Moenier stond er met open mond naar te kijken. Toen nam hij huilend een broek in ontvangst en trok die aan, over de gestreepte flanellen pyjama die ze hem op de tweede dag van zijn ontvoering hadden gegeven. Flanel, terwijl hij alleen maar zijde droeg.

Waar waren zijn ontvoerders? Had zijn vrouw losgeld betaald?

Maar het muisje had nog een staartje, want daags na zijn vrijlating namen de ontvoerders contact met hem op en drongen aan op een ontmoeting. Ze kwamen zijn huis binnen en begroetten hem als oude vrienden.

'We hebben je gemist', zeiden ze, waarmee ze suggereerden dat er een hechte band tussen hen was gegroeid. Vervolgens zei een van hen tegen zijn vrouw: 'Echt mevrouw, we hebben voortdurend aan u moeten denken. Wat hebt u een kieskeurige man. Dit was te zout, dat lustte hij niet en dat was niet genoeg doorgebakken. "Hoe kan die vrouw het met hem uithouden? God helpe haar", hebben we vaak tegen elkaar gezegd.'

Toen kwamen ze tot de kern van de zaak. Ze klaagden dat ze financiële verliezen hadden geleden die ze niet hadden voorzien toen ze hem ontvoerden. Ze hadden veel geld uitgegeven aan zijn voedsel en zijn maagtabletten. Bovendien hadden ze een aantal mensen uit de buurt zwijggeld moeten betalen. Zelfs de *haddja* die zijn eten klaarmaakte had meer geld gevraagd dan ze konden opbrengen. Toen ze uitgemoppperd waren en hun koffie hadden opgedronken, verdween Moenier en kwam terug met een enveloppe met geld. Hij verzocht hun vooral de haddja niet te vergeten. Nog hoorde hij haar stem, wanneer ze de ontvoerders vroeg of het 'de christelijke meneer' wel had gesmaakt. Ze had altijd voor lekkere hapjes gezorgd en goed voor hem gekookt, ondanks de overmaat aan knoflook en koriander, die hem slaperig had gemaakt. Haar belangstelling voor zijn culinaire voorkeuren had hem verbaasd; ondanks zijn situatie had ze steeds geprobeerd het hem naar de zin te maken.

Toen vroeg Moenier zijn gasten waarom ze niet waren gearresteerd, want hem was verteld dat de partij disciplinaire maatregelen had getroffen tegen zijn ontvoerders. Het bleek dat de partij een autoriteit op het gebied van religieuze aangelegenheden had geraadpleegd. Deze had een *fatwa* uitgevaardigd, waarin werd verklaard dat de ontvoering legitiem was, met name omdat de gijzelaar connecties met Amerika bleek te hebben. Op grond daarvan waren ze gedwongen geweest hen vrij te laten. Uiterlijk reageerde Moenier onverschillig, maar innerlijk beefde hij van woede en angst. Zijn vrouw had het liefst de rest van de hete koffie over hun hoofd gegooid, het geld uit hun handen gerukt en ze in het gezicht geschreeuwd dat ze ze niet als haar landgenoten beschouwde. Diezelfde avond besloot het echtpaar te emigreren.

Maak je maar geen zorgen, Jill Morrell. Er zal niets ernstigs met je vriend gebeuren. De situatie is aan het veranderen. De waanzinnige bombardementen zullen stoppen. De doden zullen worden opgeruimd, het Rode Kruis of de Rode Halve Maan zal de gewonden afvoeren en er zal een tijdelijke of duurzame wapenstilstand worden afgekondigd.

En dat is nu juist het probleem, dat alles weer zal terugkomen op het beginpunt; het enige wat ze hebben gedaan, is emmers zout op de wonden strooien, waardoor ze nog meer zijn gaan ontsteken.

Niemand is meer geïnteresseerd in wat hier gebeurt. Niemand, behalve de milities. Wie neemt een oorlog die zich afspeelt in straten en stegen nog serieus? Wie is er nog benieuwd naar het resultaat? Ik denk niet dat ik ooit nog belangstelling zal kunnen opbrengen voor iets dat zich buiten de grenzen van deze kamer bevindt. Toch moet ik me beheersen om niet door het gat in de tuinmuur te gluren naar het huis aan de overkant, waarvan ze zeggen dat het wordt bezet door partijleden. Vannacht was het stil en rustig; iedereen sliep. Ik zag de gewapende mannen in hun bed liggen. Ik hoorde ze bijna snurken. Ik boog mijn hoofd en vroeg me af of ik wel echt ontvoerd was. Misschien waren dit slechts de naweeën van een nachtmerrie waaruit ik nog niet helemaal was ontwaakt. Mensen die zo vredig liggen te slapen kunnen toch geen ontvoerders zijn? Maar toen viel me in dat ook het kwaad soms slaapt.

3

Lieve Nasir,

Opnieuw moet ik steeds aan je denken. Als ik niet was afgeleid door de tank die voor ons flatgebouw staat, zou ik me nu bezorgd afvragen of je misschien ziek bent, of op sterven ligt. Het is alsof iedereen aan wie ik denk, of ik nu droom of wakker ben, iets noodlottigs moet overkomen. Na een tijdje hoor ik dan wat er is gebeurd.

Ik weet dat de vrouwen uit mijn omgeving me sinds mijn jeugd hebben volgestopt met dit soort fatalistische ideeën. Als ik hun praatjes zou geloven, zou er niemand in mijn omgeving meer in leven zijn. Hoe vaak heb ik mezelf niet gedwongen die voorgevoelens van me af te zetten? Maar het volgende moment denk ik dan weer dat het misschien juist goede voortekenen zijn.

Mijn moeder heeft er zich niet alleen altijd verre van gehouden, maar steekt er zelfs de draak mee op de cassettes die ze regelmatig aan Fadiela stuurt. Eerst hoor je haar met haar zachte stem een couplet uit een volksliedje zingen, dan klinkt er gelach en dan hoor je haar zeggen: 'Wat een rotleven hier in Amerika. Alles gaat in dit land volgens de regels; ze zijn hier zelfs niet bijgelovig.' Dan komt er een verhaal over haar zwager, eigenaar van een wasserij die voor hotels werkt. Al voordat de gasten zijn vertrokken begint hij de lakens te wassen, en toch is er nog nooit iemand uit een vliegtuig gestort, onder de wielen van een auto terechtgekomen of onderweg dood neergevallen.

Ik maak mezelf wijs – om je voor rampen te behoeden – dat het door de omstandigheden komt dat ik weer aan je ben gaan denken. Ik voel me net een slechte roman, waarin de personages plotseling, van het ene op het andere hoofdstuk verdwijnen, om vervolgens aan het eind van het boek weer in volle glorie op te duiken. Behalve in de moeilijkste situaties, als ik bang ben mijn verstand te verliezen, probeer ik zo min mogelijk te denken aan wat er hier gebeurt. Een voorbeeld: toen de gevechten in volle gang waren, kwam mijn buurmeisje langs voor een beetje morele steun en troost, al had ik niet veel te geven. Ik heb haar toen gevraagd een sjaal voor me te breien, want daar is ze goed in. Daarna heb ik de koperen vijzel gehaald om kikkererwten te stampen en iets lekkers klaar te maken. Ze was geschokt door mijn voorstel en raakte in paniek bij elke explosie die ze hoorde, maar toen ik haar ervan had overtuigd dat schuilkelders geestdodend zijn en dat je beter thuis kunt blijven zitten, kwam ze tot rust, ondanks Zamzam, die maar bleef schreeuwen: 'Het zijn allemaal idioten! Schurken, beesten! Dit is een hel!'

Inmiddels was het toen al zover gekomen dat ik zelfs Zamzams voetstappen in huis niet meer kon verdragen. '"Hel" is een prachtig woord,' zei ik uitdagend, 'stel je die duivels eens voor, met hun bliksemende ogen en hun bleke, magere gezichten. Stel je eens voor hoe ze de mensen op hun grote vorken prikken.'

Ik ben nu wel gewend aan Zamzams kuren, maar ik zal nooit wennen aan dat gejammer van haar, dat slaan op haar borst en dat gedraai, als een hond die achter zijn eigen staart aanzit.

Sinds de gevechten waren uitgebroken, bleef ze maar schreeuwen dat we weg moesten uit Beiroet. Niet naar het dorp, maar naar Egypte of Damascus.

'Wil je dan dat de mensen medelijden met ons krijgen?' protesteerde mijn grootmoeder, 'dat ze zeggen: "Ach, wat een schande is het toch dat die mensen uit hun huizen worden verdreven en gedwongen zijn te zwerven"?'

'Moet je haar horen! Denkt u nu heus dat ze medelijden met ons krijgen als we weggaan? Ze zouden juist jaloers zijn.'

De kanonschoten deden het huis op zijn grondvesten trillen. We zaten ieder in onze eigen kamer. Ik hoorde al aan het gejammer op de gang dat Zamzam in aantocht was, maar toen ze het boek in mijn handen zag, maakte ze rechtsomkeert, alsof ik een dodelijk wapen op haar richtte.

'In naam van God, de barmhartige Erbarmer', riep ze uit en rende naar mijn grootmoeder, die bij kaarslicht in haar gebedenboek zat te lezen. Ze vroeg haar of er geen speciaal gebed bestond dat de gevechten zou kunnen stoppen. Geërgerd antwoordde mijn grootmoeder dat ze maar een familie moest zoeken die bereid was haar mee te nemen naar het buitenland. Zamzam begon te sidderen alsof ze een elektrische schok had gekregen, en stamelde: 'Dus u bedoelt dat u wel zonder me kunt, nu u me helemaal hebt uitgezogen. Toen ik bij u in huis kwam, was ik nog vers als een blaadje basilicum.'

Ik kreeg medelijden met haar en mengde me in het gesprek: 'Mijn grootmoeder zegt dat alleen omdat ze van slag is. Ze is bang dat je weggaat en haar in de steek laat.'

Ineens deed Zamzam me denken aan een visje in een opgedroogde rivier, dat nog wat water probeert op te zuigen uit de stenen en de gewassen. Tevergeefs, want zijn ruggegraat is al kromgetrokken, terwijl hij nog ligt te roepen om zuurstof. Zonder mijn grootmoeder en het leven dat ze bij ons leidde, was Zamzam net zo hulpeloos als dat visje. Maar misschien vergiste ik me, want de dagen dat Zamzam al haar trots en zelfvertrouwen ontleende aan het pure feit dat ze naast mijn grootmoeder mocht zitten, of het nu in de auto was of thuis, waren voorbij.

We hoorden de deur met een klap achter haar dichtslaan.

'We hadden haar moeten leren schreeuwen: "Weg met Amal, weg met Hizbollah... Imam Ali is Gods uitverkorene..."', mompelde mijn grootmoeder, waarna ze voor zichzelf herhaalde: 'Weg met Amal, weg met Hizbollah, imam Ali is Gods uitverkorene...'

Een demonstratie! Hoe was het mogelijk? Alleen al het woord klonk me vreemd in de oren, hier in Beiroet. Het herinnerde aan de rustige tijden van weleer. Zamzam die meeliep in een demonstratie! Op haar sloffen en in haar kaftan! Ik hoorde mijn grootmoeder hoesten in haar kamer. Wat was ze zwak geworden. Ze was allang niet meer de djinn van vroeger. Misschien kwam het doordat ze die witte, wapperende jurken en die witte zijden hoofddoeken niet meer droeg, waarin ze eruitzag alsof ze net van de *hadj* was teruggekomen. Vroeger had ze bovendien haar gezicht gepoederd, als een actrice die zich gereed maakt om het toneel op te komen. Ook dat deed ze niet meer.

Al drie dagen waren we niet meer uit onze kamers gekomen. Maar toen klonk er zo'n afschuwelijke explosie, dat we allemaal gillend de gang oprenden en bijna tegen elkaar botsten. We waren zo blij elkaar te horen, dat we het van pure vreugde uitschaterden. Ik holde naar de voorraadkamer, waar de vlammen uitsloegen. Er lag een ijzeren voorwerp op de grond, zomaar neergeslingerd, alsof het niets te maken had met de verwoestingen die het had aangericht. Op het eerste gezicht leek het een dikke, verdorde tak. Terwijl ik er naar keek, zei ik tegen mijn grootmoeder: 'Kom, laten we hem gaan koken.'

We moesten er alle drie om lachen. Toen mijn grootmoeder opmerkte dat ik het gevoel voor humor van mijn moeder en mijn grootvader had geërfd, voelde ik me verplicht haar te bekennen dat ik het idee niet van mezelf had, maar uit een dichtbundel waarin ik had zitten lezen:

> 'Laatst besloot mijn moeder:
> Als er een raket inslaat in de keuken
> Zal ik hem uithollen
> En in de courgettepan gooien
> Ik zal hem koken met gebroken rijst
> En een handvol pijnboompitten
> Dan zal ik de strijders uitnodigen
> Voor een uitgelezen feestmaal.'[3]

Ik keek verward om me heen en plotseling voelde ik een diepe haat en afkeer tegen dit huis. Hoe had het kunnen toestaan dat die granaat door het beton was gedrongen en op die onmogelijke plek was neergekomen, tussen de roestvrijstalen dienbladen en de zakken gierst? Ik had gedacht dat het geweld mij niet zou treffen, dat ik net als de anderen, zelfs de soldaten achter de barricades en de kanonnen, beschermd was door een magisch pantser.

Zamzam kwam terug met de mededeling dat de Syrische tanks op het punt stonden onze straten in te rijden. Ze had gehoord dat Fadiela haar neef Ricardo in huis had opgesloten en dat ze zelf was gaan demonstreren. Ze had naar de Syriërs geroepen, zich op de borst geslagen en dermate hun aandacht getrokken, dat ze haar gezicht wel zouden moeten herkennen, als ze op zoek zouden gaan naar strijders van Hizbollah. Zamzam was opgewonden als een aap die in een bananenkraam terecht is gekomen en niet weet waar hij moet beginnen. Ze herhaalde steeds weer dat de hele wijk zich gereedmaakte om te vluchten. De dagen die volgden, ontdekten we dat Zamzam het aan het rechte eind had: de beestachtige strijd had zich naar onze wijk uitgebreid en het geluid van de bombardementen dreunde onafgebroken in onze oren.

Het enige waaraan ik kon denken, was dat ik moest ontsnappen aan het lawaai en aan mijn grootmoeder, die zich inbeeldde dat ze kersen plukte in groene parken, dat ze op de Arafatberg stond, of in een schip op de zee van Maramara voer. Ik moest vluchten van Zamzams angstige smeekbeden: 'Alstublieft Heer, laat iemand me hier weghalen, ook al is het de doodsengel Azraël.[4] Laat hij mijn verdorde blad maar van de boom schudden en mijn ziel meevoeren, naar een andere wereld misschien. Alles is goed, als ik maar rust heb.'

En inderdaad ging mijn wens in vervulling, want ik werd gered door een hevig gebons op de deur. We waren met stomheid geslagen; zelfs de waanzinnige herrie buiten was niet zo schokkend als het kloppen op de deur. Mijn hart maakte een sprongetje van vreugde, want ik hoopte dat het de ridder uit mijn dromen was, die had gehoord over Doornroosje en met zijn zwaard was gekomen om de 'kogeldoornen' af te houwen.

'Snel, doe open!' klonk Ali's stem.

Ik glimlachte en deed blij de deur open.

'Dachten jullie dat Ali jullie was vergeten?' schreeuwde hij.

'Natuurlijk niet, Ali.'

Dit warme onthaal moet hem goed gedaan hebben, maar kennelijk werd hij er ook verlegen van, want hij zei snel, en niet zonder trots: 'Ik ben gekomen om jullie naar het dorp te brengen. Opschieten! Pak je spullen!'

Mijn grootmoeder riep hem bij zich. Zoals gewoonlijk wilde ze ook in deze omstandigheden de schijn ophouden en vroeg hem, alsof ze de minister van Oorlog was die de soldaten aan het front toespreekt: 'Wat is het laatste nieuws? Wie is aan de winnende hand? Wat gaat er gebeuren?'

Maar Ali zei ongeduldig: 'Jullie hebben precies één minuut om je spullen te pakken. Het wordt een slepende, bloederige affaire. Het bloed zal tot hun knieën komen.'

'Als het bloed niet tot hun lippen komt, valt het nog mee', reageerde mijn grootmoeder droog.

Ik was oprecht blij dat Ali was gekomen. Ik hoorde hem uit de zitkamer roepen: 'Jullie hebben me nog niet eens gevraagd hoe ik jullie erdoorheen wil krijgen. Ik heb een pantserwagen meegebracht, een heuse pantserwagen.'

Voor mij maakte het geen verschil of we met een pantserwagen gingen, of met het goudgevleugelde paard Boeraak.[5] Het enige wat voor mij telde, was dat ik eindelijk zou ontsnappen aan de schelle stem van Zamzam en de diepe zuchten van mijn grootmoeder.

'Een pantserwagen! Ali, je bent een...'

Hij onderbrak me en zei glunderend: 'Jawel, mevrouw Asmahaan, een enorme pantserwagen.'

Ik verzamelde mijn grammofoonplaten van Billie Holiday en stopte ze in een plastic tas, waarin ik ook nog wat ondergoed, twee rokken, een paar blouses en een pak maandverband propte, het enige wat soms niet te krijgen was in de dorpswinkel.

Toen ik eens mopperde dat ze geen maandverband hadden als ik het nodig had, zei Zamzam dat de dorpelingen tenminste niet zo achterlijk waren als de mensen in Beiroet, die hun geld verspilden aan dergelijke vuiligheid.

Ik hoorde mijn grootmoeder gillen, gevolgd door een snikkende Zamzam, die in alle staten was. Zo graag als ze het huis had willen ontvluchten – om het even waar naartoe, als het maar ver van het geweld was – zo moeilijk vond ze het nu om alles achter te laten. Ze draaide rond in kringetjes, niet wetend wat ze moest meenemen en wat ze moest achterlaten. Ze was bang dat er iets zou gebeuren met het huis en kon geen afstand nemen van de spullen.

Ondanks mijn blijdschap over het vertrek bleef ook ik treuzelen en ik liep niet meteen achter Ali aan naar buiten om in de pantserwagen te stappen. Ik had het gevoel dat ik op de vlucht sloeg en dat ik voor een lafaard aangezien zou worden. Maar door wie dan? Door jou? Door de andere bewoners van de wijk? Maar zij zaten in de schuilkelders. Ik vermande me en terwijl ik langzaam verder liep, zei ik spottend tegen mezelf: ben ik dan misschien bang voor de katten, die inmiddels zo goed weten wat oorlog is, of voor de geknakte lantaarnpalen?

Ali riep ons dat we moesten voortmaken. Zijn speeksel sproeide door de lucht. De laatste jaren, sinds hij niet meer bij ons in dienst was, was zijn toon strenger en gedecideerder geworden. Voor de oorlog was hij onze chauffeur en klusjesman geweest als we in Beiroet waren.

Ik had als laatste het huis willen verlaten, maar toen ik Ali tegen Zamzam hoorde uitvaren, omdat ze behalve haar tas ook haar vogel had meegenomen, liep ik snel naar buiten. Mijn grootmoeder had het ook op een brullen gezet.

'Kom nou toch! Er kan elk moment een raket op de auto vallen!' riep Ali, maar Zamzam was al naar het huis van de buren gerend, om de kooi bij hen achter te laten. Vloekend en tierend dreigde Ali dat hij haar niet mee zou nemen en dat ze dan geen medelijden verdiende. We stapten in. Mijn grootmoeder kon haar verbazing niet op; in haar ogen was Zamzam ineens een mens geworden, want ze had de Moulinex laten staan en haar vogel meegenomen. Eindelijk kondigde Zamzam met schallende stem aan dat ze in aantocht was. Ze stapte in. Ali was kwaad omdat ze de vogel niet aan hem had toevertrouwd, waarop ze uitriep: 'Waarom zou ik hem aan jou geven? Ik ken jou. Je zou hem met plezier de nek omdraaien, plukken en rauw opeten.'

Op mijn grootmoeders vraag of ze de vogel bij Dzakiyya had achtergelaten, gaf Zamzam geen antwoord; ze zei slechts verbitterd: 'Moge God jullie vergeven.'

Daarna vroeg mijn grootmoeder haar nog eens of ze de deur wel goed had afgesloten. Dat had ze ook al gevraagd toen we het trapje naar de tuin afliepen, waarop Zamzam had geantwoord dat ze beide sloten op slot had gedraaid. Zonder me te storen aan de herrie om me heen, snoof ik het aroma op van de amandelbloesemboom in de tuin, waarvan de takken overhingen naar de straat. Maar deze keer was het vermengd met de geur van kruit, dat de paarse bougainville zwart had geblakerd. Door de kogelgaten leken de hoge gebouwen op gevlekte panters. De eetkamer van onze buren had geen buitenmuur meer; hier en daar zag je alleen de blauwe verf nog en in het midden stond de eettafel, met daaromheen de stoelen. Het was een mooi gezicht, die kamer die daar tussen hemel en aarde hing. Mijn grootmoeder vroeg: 'Mijn hemel, Ali, wat is er met de buren gebeurd?'

'Weet ik veel', schreeuwde Ali. 'Kom, stap in. Alsjeblieft, stap toch in!'

Het was stil in de buurt; iedereen zat te bekomen van de tumultueuze gebeurtenissen van de vorige avond, toen het vuurwerk urenlang de hemel had verlicht. Een gebouw liet uitgeput het hoofd hangen; de pijpleidingen lagen in elkaar gekronkeld, als zwarte slangen; een lantaarnpaal stond voorover gebogen, alsof hij de grond probeerde aan te raken. Er stegen nog steeds rookpluimen op, als donkere wolken in de lente. Op de grond lag een dakpan, als een blok uit een speelgoeddoos, wachtend op het verloren paleis. De enorme metalen deur van de winkel deed denken aan een Chinese waaier, waarvan de ribben waren losgeraakt. De balkons wankelden op hun kapotgeschoten pilaren.

De pantserwagen stond op ons te wachten; er klonk muziek uit de autoradio. We klommen langs de achterdeur naar binnen. Het laatste wat ik zag, voordat ik zijn geheime wereld binnenging, waren de affiches met de portretten van martelaren, religieuze mannen en leiders aan de muur; ze waren half losgeraakt, alsof ze, geschrokken van het geweld, hadden geprobeerd te ontsnappen.

Mijn grootmoeder zei tegen de jongen die zonder te groeten de deur achter ons sloot: 'Dank u, meneer, dank u voor uw goede zorgen.'

Zamzam, die mijn grootmoeder kennelijk niet hartelijk genoeg vond, voegde er nog aan toe: 'Moge God u behouden voor uw naasten. Moge Hij het kwaad van u afwenden, waar u ook gaat.'

De jongen wierp ons slechts een snelle blik toe en zei onverschillig, voordat hij verdween: 'Geen dank.'

Ik moet er weinig aantrekkelijk uitgezien hebben, want hij reageerde niet op mijn glimlach. Hij negeerde me volledig. Ik schreef het toe aan de spanning, maar toch kon ik het niet nalaten even in mijn spiegeltje te kijken om te zien of ik inderdaad mijn charme en mijn levenslust was kwijtgeraakt. Het bleef me bezighouden, totdat de pantserwagen in beweging kwam. Toen ik eenmaal gewend was aan het geronk van de motor, begon ik nieuwsgierig om me heen te kijken. Van binnen deed het voertuig denken aan een ambulance; de zitplaatsen leken op kleine, smalle ijzeren britsen en het plafond zat vol met gaten en blutsen, als een egel, maar dan van staal. Ali wendde zich tot de chauffeur, van wie we alleen nog maar het onderlichaam, van de benen tot het middel, hadden gezien. Hij klopte op het dak van het voertuig, alsof het een paard was dat de eerste prijs in een wedstrijd had gewonnen, en gaf de bestuurder een tikje op zijn been. De man stond rechtop; waarschijnlijk had hij zijn hoofd uit het bovenluik gestoken, om een beter uitzicht te hebben op de straat. Hij trok zijn hoofd naar binnen, schonk ons een brede glimlach en richtte het woord tot Ali: 'Ja, wat wil je?'

Ali richtte zich op en enige ogenblikken verdween zijn hoofd uit het zicht. Even later kwam hij weer te voorschijn en riep: 'Kom eens hier, mevrouw Asmahaan.'

De pantserwagen stopte. Ali bukte, rekte zijn hals en herhaalde opgewonden: 'Mevrouw Asmahaan, kom eens kijken. Het Rode Kruis is bezig de slachtoffers uit het puin te halen!'

Hij stak zijn hand naar me uit. Omdat hij zo aandrong stond ik op, hoewel ik me net prettig begon te voelen op mijn warme plekje. Rechtop in het luik kon ik de hele wereld overzien: de hemel en de aarde, alles stond op zijn kop. Ik zag mezelf te midden van de verwoestingen; ik zag een gebouw, dat... Toen klonk er een explosie en snel trok ik mijn hoofd naar binnen. Tevergeefs probeerden de twee jongens het luik te sluiten, waarna Ali hen wegduwde en woest op alle knoppen begon te drukken. Een van de jongens probeerde hem tegen te houden, maar hij liet zich niet afremmen. Plotseling viel het licht uit. De andere jongen begon Ali uit te schelden en ik dacht bij mezelf dat we misschien wat al te snel en ondoordacht met Ali's plan hadden ingestemd en in die pantserwagen waren gestapt. We werden steeds angstiger, vooral Zamzam. Ik had allerlei verhalen gehoord over mensen die op de vlucht voor de bombardementen de zee in waren gerend en door de stroming waren meegesleurd. Op dat moment besefte ik dat die jongens alleen waren ingegaan op het verzoek van Ali omdat ze weleens een pantserwagen wilden besturen, niet omdat ze met onze veiligheid begaan waren. Wanhopig keek ik toe hoe de drie mannen hun nieuwe speelgoed in bedwang probeerden te houden. Plotseling had ik heimwee naar ons huis, dat in mijn verbeelding heel klein was geworden. De spullen, die in de loop van de tijd een deel van mij waren geworden en getuige waren geweest van mijn gedachten en gevoelens, kwamen me flets en levenloos voor. Het enige wat er nog van over was, waren de sleutels in Ali's zak en de instructies die hij had meegekregen voor het sproeien van de tuin en de potten basilicum. Ineens voelde ik me uitgeput en verlangde ik naar mijn eigen bed. Hoe verder ik me ervan verwijderde, hoe levendiger ik me dat bed voorstelde, dat op me wachtte om me te vertellen dat het gevaar snel zou wijken, maar ook om me te vragen waarom ik was gevlucht. Toen pas zag ik de realiteit onder ogen: het gevaar dreigde overal, zelfs in deze pantserwagen. Alsof ze mijn gedachten had gelezen zei mijn grootmoeder om de spanning te breken: 'We hadden Dzakiyya moeten vragen de marjolein en de basilicum water te geven en erop toe te zien dat de kinderen geen stenen tegen de sinaasappelboom gooien.'

Geërgerd zei Zamzam: 'Wij gaan misschien wel dood en u denkt aan de marjolein en de sinaasappelboom!'

Toen klaarde haar gezicht plotseling op en begon ze te mompelen tegen de plastic tas naast haar: 'Ik wist wel dat jij me geluk zou brengen.'

Ze had de kooi met de vogel in de tas verstopt. We moesten er erg om lachen en mijn grootmoeder zei dat ze inderdaad al eerder geritsel had gehoord. Ali vertelde lachend het verhaal aan de jongens. Daarop begon mijn grootmoeder, die kennelijk genoeg had van het onderwerp, Ali instructies te geven over het huis.

'Ik zal er een ijzeren deur in laten zetten. Gelukkig staan er geen dure spullen in het huis. Maar het is geen prettig idee dat er vreemden naar binnen kunnen, ook al valt er niets te halen.'

Hij gaf me een knipoog en ik begreep meteen wat zijn bedoeling was: hij wilde voorkomen dat de jongens zich iets in hun hoofd zouden halen. Iedereen begon te kletsen en grapjes te maken. Het speet Ali dat hij geen camera bij zich had, zodat ze een foto van hem in het luik van de pantserwagen hadden kunnen nemen. Mijn grootmoeder prevelde het *Troonvers* uit de koran, gevolgd door een aantal gebeden, speciaal bestemd voor reizigers.

Jij bent nu in mijn gedachten, Nasir, omdat ik in een pantserwagen zit. Ik voel je in mijn transpirerende lichaam, net als die keren dat we samen waren, badend in het zweet, zonder acht te slaan op de gevechten. De pantserwagen loeit. Waar komt dat geluid vandaan? Van het bonken op de weg of van de motor zelf? De rupsbanden doen me denken aan een armband van mijn moeder, met massief gouden schakels. Nu begrijp ik pas waarom pantserwagens zo'n belangrijk wapen zijn in een grondoorlog. De naam zegt al genoeg en het geronk is al voldoende om overal angst en terreur te zaaien. Het is net een reus, die brullend de stad optilt, alsof het een fruitschaaltje is. Nu begrijp ik waarom de soldaten, als ze in een pantserwagen zitten, het gevoel hebben dat ze de auto's en de bomen, die niet groter lijken dan doornstruiken, met de grond gelijk kunnen maken. Alle fysieke en geestelijke banden met de buitenwereld zijn verbroken; er is alleen dat ijzeren gevaarte, dat traag, maar vol zelfvertrouwen voortkruipt. Ik heb het gevoel dat ik dit bestaan heb verlaten: geen verwoestingen, geen mensen, geen straten, geen lange jaren van oorlog... Het is alsof ik al die tijd in een onderzeeboot heb gezeten, zonder ramen of kijkgaten; het enige licht dat we hebben, komt uit een zwakke elektrische lamp en uit de schietgaten in de cabine van de bestuurder.

Ik weet dat je vijf jaar geleden Beiroet wilde verlaten in een pantserwagen als deze, zonder ramen, zonder kijkgaten, alleen met je ontgoocheling, die je aan alle kanten omsloot als prikkeldraad. Je probeerde hem te misleiden, je sprak tegen hem of negeerde hem, maar hij stak zijn punten in je lichaam en sloot zich om je heen. Bij elke ademhaling voelde je de pijn. Je ging zelfs nog verder; je probeerde het gevaar uit te buiten, wraak te nemen door in leven te blijven. Je lichaam was je vrijheid geworden. Als je lichaam vrij zou zijn, zou je geest ook vrij zijn. Je wilde niet het slachtoffer worden van degenen die Beiroet zouden binnenvallen, of het nu de Israëli's waren of anderen.

Maar het waren de Israëli's, dat was de realiteit. Ze zouden niet alleen de vliegvelden en de havens bestormen en zich niet slechts op strategische punten concentreren, maar ze zouden huizen, kantoren en nachtclubs binnengaan en zich meester maken van de ondergrondse gangen, van de afstand tussen de gedachten en het papier, van het wit van de ogen... Hoe kon dat gebeuren? Het was onvoorstelbaar dat de Israëlische soldaten de wijken zouden binnentrekken en alles zouden zien: de was die in de zon lag te drogen, de strengen met uien en knoflook die aan de muren van de balkons hingen, de potten met bloemen en basilicum die waren verdord door gebrek aan water, en de hopen afval, die tot het normale straatbeeld waren gaan behoren. Ze zouden plaatsnemen op onze stoelen en aan onze tafels, in de cafés en overal elders; ze zouden lopen op de grond die gewend was aan onze voetstappen. Ze zouden met grote ogen kijken naar de poorten van de universiteit met zijn grote binnenplaats, waar wij tijdens de oorlog van '67 op hen hadden gescholden.

Het vooruitzicht dat je zou worden geëvacueerd in een passagiersboot of in een vrachtschip, of dat je op het vasteland voor een soldaat zou komen te staan die je zou toeschreeuwen: 'Naam! Land van herkomst! Leeftijd!' ontnam je je laatste sprankje hoop. Je vergeleek jezelf met een wilde stier, die uit de arena wordt verwijderd omdat de matadors er niet in slagen hem de genadestoot te geven. Maar diep in je hart wist je dat je een mak lam was, of een geit die angstig begint te mekkeren bij het zien van het stempel waarmee de slager een nummer in haar huid gaat branden. Je had nooit gedacht dat je je zou terugtrekken, vooral niet in de beginjaren van het verzet, toen je naar de kampen toog en tussen de bomen, de namen en de camouflagepakken op zoek ging naar Saliem, de zoon van je buren, die was verdwenen en zich volgens de geruchten bij het verzet had aangesloten. Je wist zelf niet waarom je vrijwillig had aangeboden om in Syrië en Jordanië informatie over hem te zoeken, maar plotseling wilde je niets liever dan je ingenieurskantoor en je bureau achter je laten. Voor het eerst was je verlost van het irritante, chronische suizen in je oren, dat je had overgehouden van de bulldozer waarmee je in Koeweit als stratenmaker had gewerkt.

Vanwaar dat enthousiasme? Was het omdat de familie van Saliem ongerust was? Omdat ze dachten dat hun zoon in handen was gevallen van een bende die jonge jongens en kinderen meelokte, met geweld of met mooie praatjes, met dromen en beloften, een bende die 'het Palestijnse Verzet' werd genoemd? Omdat je niet wilde geloven dat je nooit meer het huis van je oom in het Arabische deel van Jeruzalem zou zien? Omdat je iets wilde doen tegen de man die een muur rond de Westelijke Oever bouwde, de poorten sloot en de sleutel in zijn zak stopte? Je wilde voor het verzet werken, maar op je eigen manier, en in de eerste plaats voor jongens als Saliem. Je zou geen geweer of revolver dragen en je zou geen vergaderingen bijwonen, maar alleen, buiten hen om opereren. Door vast te houden aan je eigen ideeën, zou je in staat zijn deuren te openen waar zij nog niet aan hadden gedacht. Maar misschien zouden het gevaarlijke deuren zijn, hellepoorten. En hoe moest het verder met je ingenieurswerk, je kantoor en je familie? Je begon te twijfelen en je ontdekte dat het niet zo simpel was als je had gedacht, maar ten slotte besloot je je niet te laten beïnvloeden door deze tegenstrijdigheden en er juist van te profiteren. Je zou als ingenieur voor het verzet gaan werken. Zonder dat het je werd gevraagd vertelde je de verantwoordelijke van het vluchtelingenkamp in Jordanië dat de meesten van je familieleden in Palestina waren gebleven en dat alleen je vader en moeder zich na 1948 bij je hadden gevoegd, omdat ze je zo misten.

Ik had niet verwacht dat ons gesprek zo'n wending zou nemen, toen ik je drie jaar na onze eerste ontmoeting weer terugzag. Ik had mijn auto in een steegje geparkeerd, om iemand de weg te vragen naar het gebouw waar je kantoor gevestigd was. Tot mijn verbazing lagen er zandzakken voor de ingang. Binnen zat een portier, die nauwkeurig de namen van de bezoekers verifieerde, naar persoonsbewijzen vroeg en de inhoud van zakken en handtassen controleerde. Toen ik hem jouw naam opgaf, wees hij naar boven en zei: 'Eerste verdieping rechts.'

Ik had niet verwacht dat ik je zou aantreffen achter die kleine tafel in die lege kamer, schaars verlicht door een kale peer die aan een elektrische draad hing. Er stond een bank, waarover een verschoten, wollen sprei was gedrapeerd, zoals je wel ziet in de kantoortjes van stationschefs op afgelegen stations. Schijnbaar was er, sinds de vloer was gelegd, geen bezem meer overheen gegaan, laat staan een dweil. Tegen de muur stond een houten groentekist met roestige spijkers, met daarop een thermoskan, een elektrische ketel, twee blikken koffie en een pak suiker. Op een houten bank en in een hoek op de grond lagen stapels boeken, papieren en dossiers.

Ik hoorde hier niet. Waar woonde ik, waar kwam ik vandaan, wat voor gedachten had ik? Zelfs mijn auto viel uit de toon, om niet te spreken van mijn haarband. Ik keek om me heen om mijn verwarring te verbergen. Er lag een abrikozenpit in de asbak; ik kon mijn ogen er niet meer vanaf houden, want die pit was het enige in deze droge woestijn dat aan het leven herinnerde. Je was veranderd, je had je van alles ontdaan, behalve van je overhemd en je broek; je was doorzichtig geworden als het theeglas dat ik in mijn hand hield. Maar door het raam zag ik de rode bloemen van de kerstster, die me weer terugvoerden naar het roerige Beiroet en naar die dag, in 1967, waarop we elkaar hadden leren kennen in jouw ruime appartement: ik herinner me nog alle kleuren, de groene planten, de vissenkommen, je gestreepte overhemd, je pick-up, je grammofoonplaten... Waarschijnlijk had je dat alles achter je gelaten, om je te bevrijden van de vertwijfeling die ons allen in 1967 had overvallen. Die dagen doken weer op in mijn herinnering met zo'n snelheid en zo'n kracht, dat ik het gevoel had dat een warme wind me tegemoet sloeg, terwijl ik daar tegenover je zat op die ongemakkelijke rieten stoel. Ik keek naar je tennisschoenen die onder de tafel uitstaken, alsof ze niets meer te maken hadden met de voeten die destijds met de mijne hadden gespeeld. Je vroeg me hoe het met me ging. Ik wist niet meer wat ik moest doen, het was alsof mijn hoofd klem zat tussen ijzeren staven. Ik had je willen vertellen wat er door me heen ging, maar kon slechts gestamel uitbrengen. Ik had je willen zeggen dat ik me niet op mijn gemak voelde op je kantoor, met mijn lange witte mantel die bijna tot de vloer reikte en mijn witte leren schoenen. Maar je stond op, alsof je weigerde te luisteren, en vroeg: 'Thee of koffie?'

Je ging voor de ketel staan en keek hoe het water begon te koken, terwijl ik tevergeefs probeerde iets anders te laten zien dan mijn verwarring. Toen ik met mijn auto wegreed, had ik het gevoel dat ik een gapende afgrond achter me liet.

Maar heel Beiroet was ondergedompeld in de oorlog en toen ik je later nog een keer tegenkwam in een restaurant in een van de oude stadswijken, besefte ik dat ik me in dezelfde afgrond bevond als jij. Het restaurant was onlangs geopend en door zijn ligging en atmosfeer week het af van de meeste andere gelegenheden van voor de oorlog; zodra je er binnen was, vergat je de oorlog. Iedereen wilde bij het raam zitten, om naar de voorbijgangers te kunnen kijken; je voelde je daar veilig en onkwetsbaar, ondanks de schoten en de explosies buiten. De oorlog had de persoonlijkheid van de cliëntèle getekend, of het nu intellectuelen waren die in Libanon waren blijven wonen, oud-strijders, of mensen die nog steeds een actieve rol in de oorlog speelden. In deze omstandigheden sloten mensen snel innige vriendschappen, die met hetzelfde gemak ook weer werden beëindigd. Maar daar het sociale circuit steeds kleiner en beperkter werd, waren de mensen extra nieuwsgierig naar elk nieuw gezicht en elke nieuwe naam. Zodra je me zag, stond je op en opende je armen om me te omhelzen, als een vader die na lang zoeken zijn dochter weer terugziet. Toch had ik het gevoel dat deze nieuwe oorlog je had veranderd. Toen we elkaar kusten – ik had van tevoren besloten dat we elkaar zouden kussen – rook ik weer die geur, die sinds de oorlog van 1967 in mijn geheugen was blijven hangen. Het was een vluchtige kus, die geen blijvende sporen achterliet en het is daarna nooit meer gebeurd.

Er verstreken nog een paar jaar... Je zat gespannen en onzeker van je whisky te drinken, terwijl ik tegenover je zat, hopend dat de Nasir van vroeger weer zou terugkomen. Ik verwachtte niet dat je optimistisch was geworden, ik verwachtte niet dat je de tegenstrijdigheid van de oorlog had leren relativeren en jezelf ervan had weten te overtuigen dat kanonnen slechts geluid maken en vlammen slechts kleuren zijn, dat zwart eigenlijk rood is en dat de doden niet meer dan statistieken zijn in de kranten. Het enige wat ik hoopte, was dat de Nasir van vroeger weer terug zou komen.

Ik zit tegenover je en weet dat ik je krant ben, de boodschapper van slecht nieuws. Ik ben de enige schakel tussen jou en de buitenwereld geworden, een uil met een onheilspellende, starre blik. Ik vertel je over de mensen die hun toevlucht hebben gezocht op het strand langs de boulevard, tussen de Engelse en de Amerikaanse ambassade; over de geweren die in het zand zijn achtergelaten voor de voeten van moeders of echtgenotes, voor het geval dat een van de strijders terugkomt uit de zee; over de triktaktafels; over de stormloop op voedsel, vlees, water, generators en gaslampen. Als ik wil overgaan op het nieuws over het nationale voetbalteam, roep je woedend uit: 'Dat weet ik al, dat weet ik al! Ik ben toch niet doof? Waar dacht je dat al die radio's in de buurt voor dienden?'

Ik begon mijn rol van boodschapper te haten. Daarom vertelde ik je niet over de comités en de fronten die waren gevormd om voorzieningen te treffen voor de voedselverstrekking, voor het behoud van bakkerijen en klinieken en de publicatie van kranten, want dat zou voor jou betekenen dat je inspanningen zinloos waren geweest. Daarom vertelde ik je niet meer in detail wat ik om me heen zag, of wat ik voelde. Je was een zware last voor me geworden. Wanneer ik bij je wilde blijven, wilde jij alleen zijn. Wanneer ik thuisbleef, had ik het gevoel dat je aan me trok, al was het van een afstand, in de hoop dat ik je wat van mijn warmte zou kunnen schenken.

Ik wilde opstaan en naar je toelopen, want de passie stroomde door mijn hele lichaam, tot in mijn vingers. Maar ontmoedigd door je zwijgzaamheid bleef ik zitten, stil en afstandelijk, terwijl ik je diep in mijn hart verweet dat je me niet accepteerde en je niet aan me wilde binden. Je was een sprinkhaan, die van de ene plek naar de andere vluchtte. Ik trok je overhemd uit, dat je al een week aanhad, en je broek en je onderbroek. Ik voelde je adem in mijn nek. Hoe heftiger je op en neer bewoog, als een gekooide panter, hoe zwaarder ik het gewicht van je lichaam op me voelde drukken. Ik luisterde naar je woorden, die als schuim uit je mond spoten. Toen schudde ik mijn hoofd en sloot mijn ogen.

Wat naïef van me om te denken dat ik verantwoordelijk voor je was. Ik vertelde je niet meer wat ik hoorde en zag: massa's mensen in de straten, die deden denken aan de geluksspelletjes die vroeger op feesten werden gespeeld: blijf je, of ga je weg? Zul je leven, of ga je dood? Wie zal deze keer de ongelukkige zijn? Of wordt iedereen getroffen?

Maar blijkbaar had jij je eigen antennes. Op een keer kwam ik bij je, ging hijgend op de bank zitten en sloot mijn ogen, veinzend dat ik moe was. Je vroeg niet wat er aan de hand was, maar ging midden in de kamer staan, goot olie over je papieren en bleef toekijken hoe ze in vlammen opgingen. Zelfs toen het vuur zich begon te verspreiden, verroerde je je niet. Ik wilde je vertellen over de brand die mijn moeder bij het overlijden van mijn vader had gesticht. Ik wilde je liefde winnen en je vergiffenis vragen voor de gedachten die me onderweg naar jou hadden bestookt. Jagend door Hardj Beiroet had ik in plaats van de pijnboomtakken, uitwaaierend als groene parasollen, slechts verkoolde resten gezien. Met een brok in mijn keel had ik mijn tocht over de zwartgeblakerde weg voortgezet. Misschien was het wel beter als de Palestijnen zouden vertrekken, zodat het in de hemel niet meer zou krioelen van de Israëlische vliegtuigen, die overal littekens achterlieten. Ik wist dat als zij zouden vertrekken, jij met hen mee zou gaan, en toch wilde ik niet dat Beiroet in een onherkenbare stad zou veranderen. De lucht was al veranderd: in plaats van de gekleurde papieren vliegers zag je overal pamfletten tussen de wolken ronddwarrelen, gedropt door Israëlische vliegtuigen. Waren dit pamfletten uit de hemel, of 'zwermen vogels' en 'bakstenen'?[6] Hoewel de stoep vol gaten zat, bleef het een stoep in Beiroet. Er liepen nog steeds mensen door de straten. Hun ogen namen de situatie op: dit gebouw is vast verwoest door een explosie, daar is een ruit gebroken, die bomen zijn verbrand, de speelgoedwinkel is een afhaalrestaurant voor geroosterde kippen geworden en de kapsalon is zo te zien voorgoed gesloten, dichtgespijkerd met metalen platen. Maar dat Beiroet helemaal zou verdwijnen? Helemaal?

Ik dwong mezelf niet meer na te denken, terwijl ik samen met jou naar het smeulende vuur staarde. De papieren die inmiddels tot as waren vergaan, hadden alle hoop met zich meegenomen; de hoop, die de woorden had vergezeld; de dagen en nachten, waarin logica, zelfbespiegeling en geloof zinloos waren geworden. Elke poging om het verleden nieuw leven in te blazen of te herstellen was vruchteloos. Je had met eigen ogen gezien hoe je vriend de deur voor je dichtsloeg, zich verontschuldigend dat hij je geen onderdak voor die nacht kon geven, omdat hij bang was dat het gebouw het doelwit zou worden van bombardementen als bekend zou worden dat jij er je toevlucht had gezocht. Je was diep gekwetst, omdat jullie vriendschap, die was gebaseerd op het ideaal van een gemeenschappelijke toekomst, voor jou meer had betekend dan oppervlakkige gesprekken, bioscoopbezoekjes en zinloze discussies. Ook in mijn ogen moet je hebben gelezen dat je aanwezigheid in Beiroet zwaar op me zou gaan drukken. Hoe kon jij ooit zo'n belasting worden voor mij en voor Beiroet, jij die zo lang mijn grote passie was geweest? Ik had het kloppen van je hart nodig om te kunnen leven. Ik moest je zo lang tegen me aanklemmen, dat onze lichamen zich versmolten en onze adem een gemeenschappelijk pantser vormde tegen een onbekende terreur.

Je herinnert je vast nog wel die nacht, drie of vier dagen voor je vertrek. Je zuchtte en zei: 'Ik wil een heleboel ijs in mijn whisky.'

We kwamen uit hotel Commodore en liepen onvast, door de whisky en de rode en witte wijn die we hadden gedronken. We probeerden te raden hoe het appartement eruitzag dat je voor die nacht had geregeld. Je vroeg me naar het hospitaal te rijden. Ik reed weg, parkeerde de auto en stapte uit; alles verliep als in een droom. Beiroet was donker en rustig, ondanks de bombardementen. We gingen een ruimte binnen, waar de verpleegsters samen met de dokters en enkele patiënten zaten te kaarten. Nadat we de obligate grapjes hadden uitgewisseld, vroeg je hun om ijs. Hoewel het ijs was gereserveerd voor het koel houden van bepaalde medicijnen, kreeg je toch een stukje mee. We zochten niet meer naar het appartement, maar gingen bij een vriend langs die schilder was. De voordeur stond open, alsof hij een heleboel gasten verwachtte. We gingen de zitkamer binnen, die vol zat met jonge mensen, vooral meisjes. Ze zaten in groepjes op de grond en hier en daar slingerden hun spullen; je zou je bijna op een kostschool wanen. Je ging zitten en begon te drinken van de whisky met ijs die je zelf had meegebracht, terwijl je een gesprek met de schilder aanknoopte. Intussen onderhield ik me met een jongen, die me voorstelde naar het balkon te gaan, omdat het binnen zo benauwd was. Het was alsof we met onze komst nieuw leven in het feestje hadden geblazen: de muziek werd weer aangezet en de meisjes stonden op om te gaan dansen, terwijl anderen op de grond bleven zitten, meewiegend met de cadans. Op het moment dat de jongen aanstalten maakte om mijn borsten te betasten, keek ik naar binnen en zag de dochter van je vriend tegen je aangeleund staan, terwijl jij teder haar haar streelde. Huilde ze? In ieder geval was ze bang. De vingers van de jongen speelden met mijn tepel, terwijl Beiroet omsingeld was en waakzame ogen door een telescoop de wapens op de grond, in de lucht en op zee nauwkeurig volgden. Toen de muziek wegstierf, werd alles rustig, behalve de hand van de jongen, die nog steeds in mijn borsten kneep. Ik voelde niets, behalve de duisternis die de stad omhulde. De kamer leek weer op een internaat. Ik ging naar binnen; jij stond daar nog steeds met de dochter van je vriend en klopte haar geruststellend op haar schouder. Zodra je me zag, slaakte je een zucht van verlichting, maar dat weerhield je er niet van haar tegen je aan te drukken, teder haar gezicht tussen je handen te nemen en haar haar van twee kanten naar achter te strijken. Toen we de trap afliepen, fluisterde je tegen me dat het meisje bang was. Je had haar arm, die ze om je middel had geslagen, weggeduwd en haar gezegd dat ze haar hoofd op je schouder moest leggen. Ik zei niets over de betastingen van mijn jongeman. We spraken nooit over dat soort dingen.

Terwijl we een trap opklommen die leidde naar een kamer op het dak van een flatgebouw, hoorden we de kanonschoten van de Israëlische oorlogsschepen weergalmen. Naarmate we hoger kwamen, werd het steeds donkerder, misschien door de mensen die op de trappen lagen. De kinderen sliepen, of ze waren zo moe dat ze geen geluid meer maakten. Je hoorde alleen nog het gemurmel van de volwassenen, sommigen wanhopig, anderen optimistisch. Een vrouw klemde zich vast aan je been. Ik dacht dat je over haar was gestruikeld en dat je je bukte om je te verontschuldigen, maar ze keek je met smekende ogen aan en sloeg haar klamme hand om je nek.

In de beslotenheid van onze kamer begon je te praten en hield niet meer op. Je luisterde niet naar mij, vroeg niets en gaf geen antwoord op mijn vragen. 'Luister je wel, lieveling?' herhaalde je telkens weer. Ik was blij omdat je me in vertrouwen nam, maar tegelijkertijd betwijfelde ik of ik echt je 'lieveling' was en of ik niet slechts deel uitmaakte van het decor van Beiroet. Ik had de indruk dat je niet mij, maar Beiroet toesprak, omdat je weldra zou vertrekken. Toch liet ik je praten en luisterde ik naar je, alsof we elkaar net hadden ontmoet en er nog een oneindige horizon van dagen, nachten, woorden en fluisteringen voor ons in het verschiet lag. Ik kwam tot de pijnlijke conclusie dat de turbulente stad ons had meegesleept in zijn chaos en ons geen tijd had gegund om te praten, zoals nu. Ik wilde je hand pakken, maar ik wist dat ik hem slechts te leen had. Toen ik op mijn horloge keek, zei je geïrriteerd: 'Je hebt zeker een afspraak.'

Ik kon niet geloven dat de tijd zo snel was gegaan. Ik wist net zo goed als jij dat je binnenkort zou vertrekken en dat je afscheid zou nemen van de warmte die je hier had gekend sinds de eerste nacht, die je had doorgebracht in een herberg in een Libanees dorp, verwarmd door de slapende beesten.

Je had in 1948 samen met de familie van je oom je dorp verlaten, op weg naar een land dat Libanon werd genoemd. Aanvankelijk dacht je dat het een van de vele boomgaarden was waar je doorheen was gekomen, lopend, rennend, of op het paard dat je deelde met je tante en je beide neefjes. Maar toen de reis lang duurde, begon je te beseffen dat je vader je had weggestuurd uit angst voor de wraak van twee Britse soldaten, omdat je hun uniformen met modder had bespat door opzettelijk in een plas te springen.

De tocht door het land dat Libanon heette werd voortgezet nadat de rest van je familie zich bij jullie had gevoegd; je moeder kuste je en drukte je tegen zich aan, terwijl ze bleef herhalen dat ze je zo had gemist. Jullie bivakkeerden niet meer in herbergen of kloosters, maar betrokken een huis, bestaande uit één kamer en de hoognodige sanitaire voorzieningen. Je ging naar een nieuwe school en kreeg een nieuwe naam: Nasir de Palestijn.

'Ik ga zelfmoord plegen. Nee, ik moet doorzetten. Ach, eigenlijk maakt het niet uit wat ik doe, want het resultaat is hetzelfde: overgave. Als ik volhard, betekent dat niet dat ik een gevaar ben voor de Israeliërs. Hier betekent volharding weggaan, alle hoop achter je laten en alles vergeten wat er is gebeurd. Zelfmoord is een daad van hoogmoed, die niet bij mij past.'

Het was een lange monoloog. Soms dacht ik dat je mij bij het gesprek wilde betrekken, maar zodra ik mijn mond opendeed, ging je weer door, alsof de beweging van mijn lippen slechts een rustpunt was in jouw woordenstroom, net lang genoeg om op adem te komen. Intussen begon ik een nieuwe waarheid onder ogen te zien: dat de woorden dood waren, niet alleen tussen jou en mij, maar in het algemeen. Ik had het gevoel dat je al van me was weggegaan op een onzichtbare vliegende schotel en dat ik hier met iemand anders zat die op je leek, je naam droeg en je stem nabootste. Je overwoog naar een ver land te emigreren, waar je geen woord Arabisch zou horen en waar je onder een andere naam zou leven. Of je kon in een Golfstaat gaan wonen, omringd door weelde en luxe. Weelde... Je haalde de woorden voor weelde en revolutie, die in het Arabisch bijna hetzelfde klinken, door elkaar. Ik wees je op deze veelzeggende verspreking, maar je kon er niet om lachen. Je staarde naar de hemel van Beiroet, alsof je afscheid nam van een deel van jezelf, nadat je je had overgegeven aan die andere kant van je gespleten persoonlijkheid: enerzijds wilde je weten wat er in de buitenwereld gebeurde, maar anderzijds berustte je in de routine van je eenzaamheid, waarin geen plaats meer was voor je politieke ideeën. Je had het contact met het hoofdkwartier verbroken, je stemde de radio niet meer af om hun instructies te ontvangen en je wilde niet meer weten hoe het de anderen verging. De aderen op je slapen en je voorhoofd waren opgezwollen en je dacht hardop: 'Zijn de Libanezen bang voor de Israeliërs? Hebben ze hun geloof in ons verloren?'

Vanaf het balkon zag Beiroet eruit als een duister labyrint van straten en stegen, maar elk detail was duidelijk zichtbaar, alsof je door een microscoop keek. Van de ene dag op de andere was de stad veranderd van een mooie, vrijgevochten minnares, begrensd door de hemel, de zee en de bomen, in een magneet, die spelden aantrok uit de verste hoeken en gaten.

Was dit Beiroet? Die kleurige, rollende bal van vroeger? Die stad vol bruinverbrande gezichten, badkleding, luxe auto's, theaters en bioscopen, cafés en sportclubs, opgemaakte vrouwen, internationale zangers en artiesten, jonge meisjes op lawaaierige brommers? Die stad vol moderne appartementen in hoge flatgebouwen met gesloten of wijdgeopende ramen, als ruimtecapsules afgesloten van de buitenwereld, waarvan de bewoners niets anders zagen dan de blauwe zee? En daarnaast de oude wijken, waar je in de trappenhuizen van de flatgebouwen vertrouwde etensgeuren rook, en van de balkons het geluid van de mattenkloppers kon horen. Die tegenstelling maakte de inwoners van Beiroet onsterfelijk.

Dat was het Beiroet van weleer, en ik keek ademloos, van een afstand toe wat ermee gebeurde, zonder dichterbij te durven komen. Ik wist immers hoe ver dat alles van me afstond; ik had weliswaar kritiek op mijn eigen omgeving, maar voelde me er tegelijkertijd toe aangetrokken. Ik ergerde me aan de dure interieurs van sommige huizen in Beiroet, maar tegelijkertijd wilde ik zelf die schilderijen bezitten, die deden denken aan Venetiaanse paleizen, en ik droomde van zo'n smaragdgroene schemerlamp op mijn toilettafel. Wat me vooral in die toverwereld afstootte, waren de mensen; vrouwen en meisjes met het air van keizerinnen en prinsessen, wier kapsels, kleren en manier van voortbewegen getuigden van zelfvertrouwen en levenservaring. De mannen waren allen doordrongen van de westerse cultuur, of ze nu jaren in het buitenland hadden vertoefd of nooit uit Beiroet waren weggeweest. Ik vroeg me weleens af waarom ik toch zo besluiteloos was en me niet zoals de andere Libanezen kritiekloos stortte op alles wat modern was en uit het buitenland kwam.

Was dit dezelfde stad die ik tijdens de oorlog door jou had leren kennen? Toen de oorlog uitbrak, was het alsof er een internationaal festival werd aangekondigd; de opening had nog niet plaatsgevonden, of de idealisten, de strijders en de journalisten stroomden van alle kanten toe en overspoelden het land – dat openstond voor alles – met hun ideeën en hun fysieke kracht. De binding met de stad, die begon in de geest en het hart, vond al snel zijn weg naar de portemonnee. Iedereen die voor de oorlog met afkeuring de rijkdommen, het goud en de dure hotels had aanschouwd en van mening was geweest dat dat allemaal moest verdwijnen, al die mensen die Beiroet een hoer hadden genoemd, omdat ze zo vrij was, terwijl zijzelf waren onderworpen aan onderdrukkende regimes, die mensen vonden nu dat de stad menselijker was geworden. Beiroet was niet meer een fonkelend sieraad, verlicht door de nachtclubs; ze was een stad geworden die paste bij mensen zoals mijn grootmoeder en Zamzam.

Mijn vader had weer tot leven moeten komen, want deze stad zou nu veel beter begrijpen waarom hij langs de restaurants had gezworven en zich had gevoed met de restjes die de klanten overlieten. De volkscafés langs het strand waren koffiehuizen geworden, die pasten bij een stad met een ziel. Zelfs de straatkatten waren gewone katten geworden, die vliegen vingen en een poot of een oog misten. Jij nam me mee en leerde me mijn eigen stad kennen, een stad met een kloppend hart en een verleden, zoals Cairo. Er verschenen figuren op het toneel die het eeuwige leven leken te hebben, vergroeid met de half ingestorte muren. De oude appartementen, die vroeger slechts hadden gedroomd van heerlijke etensgeuren en het geritsel van de elegante jurken van de rijken, gaven nu onderdak aan vrije mensen met een overtuiging en een ideaal. Je zette me neer bij een paar mannen, die rustig aan hun waterpijp zaten te lurken, vissen uitzochten en genoten van de zachte lucht; er heerste een intense vredigheid tussen hen en de golven van de zee. Ik voelde me als een bij; samen met jou ontdekte ik dat Beiroet een honingraat was. Te midden van de borrelende waterpijpen staarde ik naar de zee. Deze keer werd ik niet afgeleid door de verwoestingen en de lijken in de stad.

We verlieten je kantoor. Met energieke passen liep je de trap af. Je stelde me voor aan de portier en vroeg hem in het voorbijgaan naar zijn hond, die tijdens de bombardementen gewond was geraakt. We gingen een banketbakker binnen en je maakte me attent op de groene pistachenoten en de gouden baklawa, die zo mooi bij elkaar kleurden. Je zuchtte samen met Oemm Kalsoem op de radio, terwijl je een glas suikerrietsap dronk.

Je nam me mee naar een nachtclub in Zaitoena; de zangeressen waren vermoeid, de danseressen dronken. Het orkestje speelde nu eens vol vuur en enthousiasme en verviel dan weer in een acute apathie. De muzikanten hadden elk een vrouw uitverkoren; ze knipoogde, tuitten op een suggestieve manier met hun lippen, of streken bij wijze van groet met hun hand door hun haar. Jij hield van deze nachtclub, die bijna uitgestorven was. Hij was authentiek, zei je, authentieker dan de andere. Flessen goedkope champagne werden opengetrokken en de showmeisjes leegden de inhoud van hun glazen onder de tafels en in de bloempotten, waarvan de planten door de alcohol waren verwelkt. Je danste de tango met mij, je ogen gericht naar de zee. Van tijd tot tijd voelde je in je zak, om te verifiëren of je je papieren nog had, terwijl ik gegeneerd naar de vrouwen en de muzikanten keek; onze manier van dansen moest hun het gevoel geven dat we de spot met hen dreven. Terwijl je danste, bleef je blik gevestigd op de zee, hoewel je door de duisternis buiten en het licht binnen niet in staat was iets te onderscheiden. Bovendien waren de ramen vuil en beslagen. In extase sloot je je ogen en drukte me zo dicht tegen je aan, dat ik bijna werd opgezogen, voordat ik me aan je armen kon overgeven. Je fluisterde in mijn oren en in mijn nek dat je me wilde opvreten: 'Zoals jullie, Libanezen, ons willen opvreten! Binnenkort zullen jullie ons wegjagen.'

Ik vroeg me af of je niet overdreef. In die tijd dacht ik dat de Libanese zee, die verder strekte dan de horizon, alleen was bedoeld voor papieren scheepjes; dat de hemel alleen was bedoeld voor de wolken en de zon; dat de sneeuw en de vogels de enige spionnen op de bergtoppen waren; dat de jagers, die met hun geweren de kleine vogels boven de irrigatiekanaaltjes en de aanplant in de gaten hielden en hun met een hagelschot de oorlog verklaarden, de enige waarnemers waren.

Deze zee werd jouw obsessie tijdens die laatste dagen, toen je eindelijk had gehoord wat er zich in de Hamrastraat afspeelde: de strijders maakten zich klaar om te vertrekken. De straten in de omtrek waren veranderd in grote vliegveldhallen vol met bagage. In alle winkels werden nu koffers verkocht en overal liepen advocaten rond om de overdracht te regelen van de auto's en appartementen van de vertrekkende strijders, die waren gedwongen alles achter te laten voor degenen die bleven. Ze deden denken aan leerlingen op hun laatste schooldag, die na de uitreiking van de diploma's en de aankondiging van het begin van de zomervakantie op het schoolplein afscheid van elkaar nemen en handtekeningen uitwisselen met zinnetjes als: 'Alles gaat voorbij, behalve de eeuwige herinnering.'

Heb ik je wel eens verteld dat ik die regel ooit heb opgeschreven voor een jongen uit het dorp op wie ik verliefd was, en hij op mij? Ik was zo trots, in de eerste plaats op mijn handschrift, maar ook op die zinsnede, die ik uit een boek had onthouden. Maar hij bonkte van woede met zijn hoofd tegen de muur en beweerde dat ik niet van hem hield. Het enige wat ík deed was huilen, zonder te geloven wat hij zei.

De vertrekkenden wisselden adressen uit en gaven enkele laatste instructies: 'Neem contact op met die en die, dan zal ik hem bellen zodra ik weet waar de zee me naartoe brengt' of: 'Ik zal je schrijven naar je adres in Libanon. De post zal vast snel weer functioneren. In ieder geval zal ik je schrijven.' Er heerste een complete chaos in het vochtige, hete Beiroet. Hier en daar werden de soldaten bestrooid met bloemen. Overal zag je bloemen: in de lopen van geweren, in knoopsgaten, op militaire jeeps en op personenauto's.

Terwijl jij op de boot stapte, lag ik in bed te piekeren over een manier om je te laten ontsnappen; ik zou je verstoppen in mijn auto en samen met jou vluchten over de bergen. Ik had er het volste vertrouwen in dat de huizen met hun rode daken en groengeverfde raamkozijnen, de pijnbomen en de laurierbomen ons zouden beschermen tegen degenen die je van me wilden wegrukken. Tot de laatste dag heb ik geloofd dat je niet over zee zou vluchten, dat je vertrouwen zou houden in de liefde van Beiroet en in mijn auto. Ik stelde me voor dat ik misschien een vals paspoort voor je zou kunnen bemachtigen, of voor je kon bemiddelen bij de Verenigde Naties. We zouden in mijn auto stappen en wegrijden, als een verliefd stelletje. Maar je schudde je hoofd. Misschien zag jij een andere realiteit: dat dit land niet meer open stond voor iedereen, dat de douanebeambten niet meer zomaar stempels in paspoorten zetten, zonder ze te controleren. Je zag de dingen beter dan ik, ook al had je je opgesloten in je kamer: mijn auto zou ons niet meer bescherming bieden dan een kartonnen doos waarin twee uitgebluste schimmen naar de poorten van de hel worden gevoerd. Ik had dus voor niets al die moeite gedaan om mijn rijbewijs te halen, ondanks een voorspellende droom van Zamzam die mijn grootmoeder als een slecht voorteken beschouwde. Nu ik mijn auto nodig had om me naar veiliger oorden te brengen, liet hij het afweten bij de versperringen op de kustweg naar Sidon. Je vertelde me dat Alexander de Grote nog nooit zo geroerd was geweest als toen hij afscheid moest nemen van Sidon, met zijn azuurblauwe zee en zijn welriekende bloemen; op dat moment dacht ik bij mezelf dat dat niets meer betekende, nu het asfalt werd platgetreden door grote Israëlische soldatenlaarzen.

Je deed niet open en ik bleef gebiologeerd naar de geverfde deur staren, luisterend naar het geluid van mijn bonzende vuist op het hout. Mijn mond was kurkdroog. Pas toen kreeg ik het vermoeden dat je op zee zat, op een van die schepen, met honderden andere strijders. Ik kokhalsde, alsof ik een slok zeewater naar binnen had gekregen. Ik rende naar het dichtstbijzijnde strand. Het water was kleurloos. Ik keek naar de zee en naar de horizon, maar het enige wat ik zag was hitte en onverschilligheid. Wat me het meest benauwt aan de oorlog is dat de natuur altijd haar plicht blijft doen. De golven sloegen als altijd tegen de rotsen, het schuim spatte omhoog en viel weer terug. Alleen de hemel had een andere kleur gekregen, door de kruitdampen van de kanonschoten die ter ere van jullie waren afgevuurd. Die regen van kogels moet de nodige woede en spot bij jou hebben losgemaakt, terwijl je een vluchtige blik wierp op de kinderen die gretig de lege hulzen verzamelden, of een jongetje dat kikkervisjes ving in een medicijnflesje, of een ander jongetje dat probeerde een bosje verwelkte bloemen te verkopen aan de vertrekkende soldaten. Waarom lijken dit soort verhalen in geschiedenisboeken altijd veel zwaarwichtiger? Als je bijvoorbeeld leest 'dat ze werden ingesloten, tot ze geen andere uitweg meer zagen dan de zee.'

Ik begaf me zo snel als ik kon naar het voetbalstadion, het verzamelpunt van de soldaten. Het gejubel van de vrouwen was gestopt, maar overal op de grond lagen nog rijstkorrels en bloemknoppen. Uitgeput ging ik terug naar huis. Ik zag je weer voor me, zoals je langdurig in je papieren had gebladerd alvorens ze te verbranden. Ik was naast je gaan zitten en deed net alsof ik de krant las.

'Wat ben ik een stommeling,' zei je tegen me, 'heb ik dan nog mijn les niet geleerd? Ik had inmiddels moeten weten dat alles wel verandert. Alles verandert, maar je moet geduld hebben. Degenen die vandaag de touwtjes in handen hebben, dansen morgen naar de pijpen van anderen.'

Ineens was je weer vol vertrouwen in de toekomst. Misschien wilde je daarom niet naar me luisteren en weigerde je mijn bescherming. Je kon niet accepteren dat mijn gedrevenheid om met je mee te gaan deels te maken had met mijn verlangen om alleen met je te zijn, me tegen je aan te klemmen en je geur te ruiken. Alleen vrouwen zijn in staat tot een dergelijke logica: blijven zoeken naar een opening in een turbulente geest als de jouwe, die wordt beheerst door demonische krachten, in de hoop er nog wat liefde en genegenheid uit te persen.

Ik kon aan niets anders denken dan dat ik je wilde volgen, hoewel ik wist dat het onmogelijk was. Alle wegen waren afgesloten, behalve de enorme zee. Opnieuw zag ik alleen nog maar die blauwe zee, die intens blauwe kleur. Toch moest ik zo snel mogelijk naar je toe. Maar denk nu niet dat ook ik, net als alle anderen, was bevangen door de koorts om West-Beiroet te verlaten, die zich als een epidemie onder de mensen verspreidde, sinds het oosten de prikkeldraadversperringen en de barricades had geopend. Iedereen die familie of vrienden aan de andere kant had, of die voldoende geld had om een kamer te huren in een van de hotels op de berg, was vertrokken. Voortaan zouden ze 's nachts vanaf het terras van hun hotel of vanaf de balkons van vrienden de branden gadeslaan; ze probeerden alles te vergeten en te genieten van de rust van de bergen en de bomen. Maar ze zouden wroeging krijgen omdat ze waren weggegaan; hun hart zou breken door wat hier gebeurde. Weldra zouden ze stuiten op de onverschilligheid van de inwoners van Oost-Beiroet en dan zouden ze ontdekken dat hun vlucht naar veiligheid slechts een illusie was geweest.

De taxichauffeur die me van de haven, waar honderden mensen een plaatsje zochten op de schepen, terugbracht naar het huis van Hajaat, was niet onverschillig. Zodra hij hoorde waar ik vandaan kwam, overviel hij me met een stortvloed van woorden. Hoewel het huis niet ver uit de buurt lag, vertelde hij me zijn hele levensverhaal; hij vertelde me over zijn heimwee naar de andere kant, de kant waar ik vandaan kwam. Hij had geen haast en stoorde zich niet aan het getoeter en de verkeersdrukte. Ik had liever gehad dat hij zijn mond had gehouden en ik trilde bijna van ongeduld. Maar hij verstelde zijn spiegeltje om mijn gezicht te kunnen zien, of om oogcontact met me te krijgen. Eerst raakte ik erdoor geïrriteerd, maar toen besloot ik hem mijn volle aandacht te geven. Hij kwam uit Ain Mraisseh in West-Beiroet en had daar met zijn familie een hutje tegenover de Ondinezwemvijvers bewoond. Wanneer zijn vader erin slaagde een vis te vangen, was dat hun voedsel. 'Ach,' zuchtte de taxichauffeur, 'ach, ach, ach, kon ik die kamer en die hut nog maar één keer zien, met zijn houten en lemen vloeren en zijn houten plafond. Kon ik nog maar één keer die visnetten zien hangen aan de muur bij de ingang. Ik ruik de geur nog en ik voel ze nog in mijn hand. Kon ik nog maar één keer de koekenpan, de gootsteen en het fileermes zien.'

Ik vroeg hem niets meer, want hij gaf toch geen antwoord en zette zijn monoloog onverstoorbaar voort: 'Ach, kon ik nog maar één keer de badkamer, het bad en de spons zien. Vlak na mijn geboorte hebben mijn ouders me aan die visser en zijn vrouw gegeven. Ik kwam uit een gezin met tien kinderen en mijn moeder was niet in staat ons allemaal te voeden, hoewel ze altijd een kruis kerfde in het deeg voor het brood dat ze bakte en hoewel mijn tante, die non was, net zo lang achter de priester aan bleef lopen tot hij bereid was het huis te zegenen. Ik leefde met mijn stiefvader, de visser, en met mijn stiefmoeder; ik noemde ze papa Nicola en mama Laila, om misverstanden te voorkomen. Ik ging elke zondag op bezoek bij mijn eigen familie, maar daar voelde ik me een vreemd kind in een vreemd gezin. Ach, juffrouw... mevrouw... Mama Laila is in de oorlog gestorven... en papa Nicola al daarvoor.'

Ik heb Libanon in een militaire helikopter verlaten. Een familielid van Hajaat, een legerofficier, had voor me bemiddeld. Onder de passagiers waren een paar kinderen, die zich ondanks de waarschuwingen van hun moeder lastig en luidruchtig gedroegen. Verder zat er een voormalig president van Libanon met zijn vrouw, en nog iemand, die we zodra hij binnenkwam als een vermogende sji'itische immigrant herkenden, bekend om zijn financiële steun aan enkele politieke partijen in West-Beiroet. De man groette de president en zijn vrouw, keek om zich heen en liet glimlachend zijn blik op mij rusten. Toen ging hij op zijn plaats zitten en stak een sigaar op. De kinderen wuifden de rook uit hun gezicht en riepen: 'Mama, het stinkt... Mama, ik word misselijk... Mama... Mama...'

Het viel me op dat ze alleen Arabisch spraken als ze ruzie

maakten of iets te klagen hadden. Die paar zinnetjes waren het enige Libanese aan hen; voor de rest hadden ze kunnen doorgaan voor een buitenlands gezin. Libanon is net zo ongrijpbaar als kwikzilver: te oordelen naar haar manier van kleden en praten, zou het me niet hebben verbaasd als de moeder van de kinderen zelfs het bestaan van West-Beiroet had ontkend. Voor haar telde alleen Oost-Beiroet; dat was Libanon. Toch leek ze niet geschokt door de aanwezigheid van een lid van de sji'itische gemeenschap in de helikopter.

Als de officier had geweten wat ik op dat moment dacht en waarom ik in die helikopter zat, had hij waarschijnlijk de motor en de propellers stilgezet en me laten uitstappen. Ik voelde geen enkele dankbaarheid toen hij me bij mijn arm pakte en tegen me zei: 'Juffrouw, we staan tot uw beschikking', waarna hij me naar de trappen begeleidde. Hij was immers de reden waarom jij het asfalt en de verstikkende hitte van Beiroet had verlaten en op die boot was gestapt. Ik bedwong mijn woede en probeerde de zaken in perspectief te zien. Nee, die legerofficier was niet de oorzaak. Het waren de Israeliërs die je van de straat hadden geplukt en als het niet de Israeliërs zelf waren, dan kwam het in ieder geval door Israël dat je was weggegaan. Als je samen met mij naar Hajaat was gevlucht, dan zou je nu hier bij me zijn en dan zouden de politieke deskundigen hun theorieën bevestigd zien: dat het net zo onmogelijk was de politieke situatie in Libanon te analyseren, als om vat te krijgen op een druppel kwikzilver.

Jij, die je met hart en ziel in deze oorlog hebt gestort en één kant hebt gekozen, bent een vijand van deze ex-president met zijn dikke nek. Je bent tegen alles wat hij vertegenwoordigt. En hij is de vijand van die dreinende kinderen, die alleen Frans kunnen spreken: 'We vervelen ons, we hebben honger. Waar ligt Cyprus nou? Wanneer komt Cyprus? Dit is helemaal geen helikopter zoals bij James Bond. Je hebt gelogen, mama.'

Deze kinderen zullen zich later met hand en tand tegen jouw ideeën verzetten, ook als een van hen zich misschien bij jouw kamp zal aansluiten. Als deze ex-president wordt gezegend met kinderen en kleinkinderen, dan zullen zij over een aantal jaren oorlog tegen deze kinderen voeren, omdat ze geen rivalen dulden, of misschien omdat ze Libanon willen herenigen, het land dat ik op dit moment beneden me zie liggen als een eikel die van de boom is gevallen.

Vanaf Cyprus ben ik je naar Egypte gevolgd, naar het strand van Port Saïd. Ik ben op het zand gaan zitten. Ik zag de zee voor me, de blauwe zee, en kon mijn ogen nauwelijks geloven. Ik zat daar als een zeemansvrouw, of een uitgehongerde kat, wachtend op de terugkeer van de vissersboten, kijkend naar de rollende golven. Ik kon nauwelijks geloven dat ik daar was, dat ik pas de dag daarvoor Beiroet had verlaten. Ik had het gevoel dat ik jarenlang tussen Beiroet, Djoenja, Cyprus en Cairo had rondgezworven. Een race tegen de tijd, alleen om jou te zien en je afscheidswoorden te horen.

Naast me in het zand zat mijn vriendin Mona, die alles over Beiroet en de belegering wilde weten. Toen de oorlog uitbrak, had ze Beiroet verlaten en zich in Cairo gevestigd, iets waarover ze zich nog steeds schuldig voelde. Ik wilde geen heftige emoties oproepen, want ik voelde me net zo'n verrader als zij.

Ik dacht dat de schepen zouden stoppen zodra ze ons zouden zien. De eerste die de zee inrende was Mona, gevolgd door haar huilende dochtertje. Ze waadden met hun voeten door de zee en renden verder, totdat het water tot hun middel kwam. De mensen maakten gebaren en schreeuwden, maar de schepen verdwenen even snel als ze waren verschenen, hoewel we de passagiers op het dek zagen wuiven. Mona's dochter snikte: 'Til me op, mama, ik wil de *fedajjien* zien!'

De schepen dreven langs als wolken en lieten in mijn herinnering een beeld achter van opgeheven vingers die het victorieteken maakten. Ik had niet gedacht dat schepen zo snel voorbij konden varen. Zelfs de snelste vliegtuigen zie je langer in de lucht en als ze uit het zicht zijn verdwenen, hoor je nog een hele tijd het geronk van de motoren en zie je hun witte sporen in de hemel. Maar deze schepen waren als onderzeeërs te voorschijn geschoten, om het volgende moment weer naar de vertrouwde diepte van de zee te duiken.

We begonnen ongeduldig te wachten op andere schepen. De ergste hitte was geweken; onze verhitte gezichten en de flesjes frisdrank, die warm waren geworden in de zon, koelden langzaam af. Ik begon te vrezen dat wachten geen zin meer had, maar tegelijkertijd hoopte ik dat ik je niet te zien zou krijgen; ik was bang voor je trots, als ik je somber en triest op het dek zou zien staan, of je met opgestroopte mouwen de kruiden voor de geroosterde vis zou zien klaarmaken. Ik wilde niets meer horen, vooral niet het geluid van de flesjes die werden opengemaakt en de bezorgde en boze kreten van de moeders, als hun kinderen te dicht bij de zee kwamen.

De zon zonk weg achter de zee. Een Egyptische officier kwam naar me toe om me te vertellen dat er nog andere schepen langs zouden komen. Hij herinnerde zich waarschijnlijk de paniek op mijn gezicht, de vorige dag, toen de schepen als bliksemschichten waren verdwenen.

Er kwam een nieuw schip in zicht. Het gooide zijn anker uit. Of vergiste ik me? De officier nam me bij de hand en ik trok op mijn beurt Mona en haar dochter mee. Met een groepje begaven we ons naar een kleine boot, die ons naar het schip zou brengen. Alle opgekropte zelfbeheersing leek zich in dat kleine bootje te ontladen. Ik vroeg me af hoe ik je zou aantreffen en probeerde te bedenken wat ik tegen je zou zeggen. Alle dialogen en blikken die ik van tevoren had ingestudeerd, was ik vergeten. Toen ik op het scheepsdek stond, besefte ik dat ik al die tijd een illusie had gekoesterd. Je zat natuurlijk op een ander schip, of je was nog in Beiroet. Mona omhelsde hartstochtelijk snikkend de fedajjien en haar dochter huilde om haar moeders tranen. De jonge strijders en strijdsters probeerden haar te troosten. Hun gezichten stonden vermoeid. Een jonge vrouw met een donkerbruine huid kwam naar me toe en zei met een felle, boosaardige glinstering in haar ogen: 'Vertel me, is het waar dat de zon in

Soedan en Jemen net zo steekt als in Afrika?' En ze liet erop volgen: 'Ik ben namelijk bang dat ik nog bruiner word.'

We moesten lachen. Mona zei met een bemoedigende glimlach: 'Wees maar niet bang, over een maand zijn jullie weer terug.'

Op het houten dek lagen de gewonden, gewikkeld in *koefiyya*'s en kleren. Ze rilden van de kou en vroegen de Egyptische officier om dekens. Hij beloofde dat hij zijn best zou doen, maar week ondertussen niet van mijn zijde. Ik meende Griekse muziek te horen, en Griekse stemmen. Het bleek een Griekse vrachtboot te zijn. Ook al was de lading anders dan normaal, voor de bemanning maakte het geen verschil. Dat idee schokte me meer dan het zien van het geronnen bloed op het houten dek. Deze ruwe zeelui waren gewend aan de eenzaamheid van de zee en hadden een harde kijk gekregen op alles wat van het vasteland kwam.

'Een dollar, twee dollar! Koffie, thee, broodjes!' werd er geroepen.

Tot mijn verbazing staken de jongens hun handen in de zakken van hun gevechtskleding en haalden geld te voorschijn. Sommigen bleven naar de zee staren en anderen gingen om ons heen staan. Ze gaven ons koefiyya's, vlaggen en zelfs kogels die ze niet meer nodig hadden. Anderen gaven ons brieven om te posten.

Ik merkte dat ik niet meer aan jou dacht. In de chaos was ik je vergeten. Ik was me slechts bewust van het vermolmde hout van de boot en de stemmen van degenen die ons omringden. Ik nam de brieven aan en beloofde dat ik ze dezelfde dag nog zou posten, terwijl de officier opnieuw toezegde dat hij voor dekens zou zorgen. Toen we wilden opstappen, weigerde Mona's dochter huilend om met ons mee te komen. We renden achter haar aan, toen ik iemand hoorde roepen: 'Asma, Asma.'

Het was Rana, de dochter van je vriend, in een zwarte korte broek. Ze omhelsde me en vroeg me of ik had besloten met hen mee te gaan. Haar ogen zochten naar jou en toen ze je niet kon vinden, vroeg ze me hoe het met je ging. Ik zag haar kamer weer voor me, waar jij een aantal dagen had doorgebracht. Ik weet nog dat ik niet met jou in haar bed wilde slapen en dat ze me op een nacht, toen je me riep omdat je me zogenaamd iets wilde geven, toefluisterde: ‘Misschien gaat hij je kussen.’

4

Mijn lieve grond,

We zijn naar je onderweg, maar je bent nog lang niet in zicht. Toch zie ik je in mijn verbeelding uitgestrekt onder de zon en de regen liggen; jij bent het enige in deze oorlog dat verloren is gegaan en toch nog waarneembaar is.

Ik heb je sinds de bezetting, sinds ze je bomen hebben omgekapt en je landschap hebben veranderd, niet meer bezocht. Wat heb ik mijn best gedaan om mijn grootvader zover te krijgen dat hij je zou verlaten! Maar hij riskeerde nog liever een ontvoering, of zelfs de dood. Hoe kan een mens zo gehecht zijn aan levenloze dingen? Maar jij leeft wel: je draagt vruchten, je hebt dorst en je hebt het koud. Je bent wispelturig en opstandig; met je uitgestrekte vlakten, met een handvol van je aarde, heb je de mensen gekneed en gevormd. Je hebt mijn familie voortgebracht en je bent doorgedrongen tot haar diepste geheimen. Je hebt haar naam gefluisterd, opdat de echo hem langs de bergen, de dalen, de vlakten en de elektriciteitsmasten zou meevoeren, naar Beiroet. Jij bleef waar je was, maar zelfs in Beiroet heb je ons niet in de steek gelaten.

Ik verwachtte dat het pijn zou doen, als ik voor je zou staan en vol ongeloof zou aanschouwen wat er met je was gebeurd. Wat ik zag, terwijl we over de kapotte wegen en langs de puinhopen reden, leek op een kruiswoordpuzzel in de krant, niet van woorden, maar van cement, stukken hout en open gaten, die een stukje van de hemel lieten zien, of waren afgedekt met plastic zakken. Ondanks alles bekroop me een ondefinieerbaar geluksgevoel als ik me voorstelde dat er een vogel kwetterend op een van de boomtakken zou neerstrijken of zou wegvliegen door de mooie, wijde hemel; de wereld was nog steeds vol kleur en leven. De chauffeur stopte in een file voor een controlepost. Ik hoorde hem naar een auto naast ons roepen: 'Ik heb blikken honing bij me, voor *aboe* Rafiek, van zijn zoon uit Engeland.'

De natuur bracht rust in mijn hart, al was ze nog zo verminkt. Eindelijk had ik Beiroet ver achter me gelaten: de gekleurde plastic watertanks; het woord 'dollar' dat elk gesprek domineert en zelfs het gedreun van de motoren overstemt; de geldwisselaars die via koptelefoons de dollarkoers volgen. Fadiela dacht dat het walkmans waren en had aan een van hen gevraagd of het een nieuw model was en hoeveel het kostte. Zelfs de geldwisselaars zijn mobiel geworden: ze staan op straat met een plastic zak, meer niet. De Libanezen zijn inmiddels zo gewend geraakt aan de dollarbiljetten met de afbeelding van George Washington in plaats van de blauwe Libanese biljetten van honderd pond, dat zelfs een zigeunerin die groene tijm en cichorei verkocht, Zamzam laatst vroeg in dollars te betalen.

'Ach, waarom ook niet? In dollars dus', had Zamzam boosaardig geantwoord, waarna ze haar op de trap had achtergelaten, met haar linnen tas op schoot. Even later kwam ze terug met wat snippers van een krant. Toen de vrouw protesteerde, had Zamzam lachend uitgeroepen: 'Ik wed dat je nog nooit in je leven een dollarbiljet hebt gezien.'

Hoewel Beiroet ver weg leek, als een brandend kooltje dat we zelfs niet met onze gedachten konden naderen zonder ons te branden, galmde de echo van de ontploffende granaten nog steeds in onze oren. Vlak bij een groene, uitgestrekte boomgaard stapten we uit de auto om bij te komen van de moeizame tocht en het lange wachten voor de controleposten. Het zou nog uren duren voor we het dorp zouden bereiken. De chauffeur stelde ons voor om daar te lunchen. Hij maakte een vuurtje en pakte aardappelen, eieren en een kip uit de tas.

'Advies van meneer Ali', zei hij.

Mijn grootmoeder mompelde dat we geen honger hadden.

'Maar ik heb wel honger', protesteerde Zamzam, 'en de chauffeur en alle anderen ook.'

Inmiddels waren er meer automobilisten bij de boomgaard gestopt. Sommigen gingen in het gras liggen, anderen renden achter hun kinderen aan. De geur van geroosterd vlees drong in mijn neusgaten en ineens kreeg ik trek. Ik strekte me uit op het gras, maar mijn grootmoeder riep me tot de orde. Ik was immers niet 'zoals die anderen'. Ik ging rechtop zitten, met mijn armen om mijn benen geslagen en mijn hoofd op mijn knieën. Toen ook dat mijn grootmoeder niet zinde, stond ik op en liep weg om bij de chauffeur te gaan kijken, die met een krant probeerde het vuurtje aan te wakkeren. Er stond een kring kinderen om hem heen; een van hen had zijn hand verloren, maar hij rende rond, net als de anderen, ondanks de bloedvlekken op zijn hemd. Ik moet hem lang aangestaard hebben, want er kwam een vrouw naar me toe en verklaarde: 'De smeerlappen voor wie hij werkte hebben zijn hand afgehakt.'

Voordat ik iets kon vragen, vervolgde ze: 'Hij ging zoals altijd naar zijn werk en toen hij een schoen van de grond wilde oprapen, ontplofte er een bom die zijn hand heeft afgerukt.'

Maar dat kind was nog geen tien jaar oud, hoe kon hij dan al voddenman zijn?

'Wat doet hij precies voor werk?' vroeg ik.

Haar gezicht klaarde op, omdat ze een luisterend oor had gevonden.

'Hij gaat naar de vuilnisbelt, sorteert de spullen en doet ze, apart, in een zak. De oude troep legt hij aan één kant en de glazen en plastic flessen en de lege blikjes aan de andere. Dat is nog altijd beter dan dat hij 's nachts duizend angsten moet uitstaan op de begraafplaats, op zoek naar gouden tanden, zoals de anderen.'

Ik schaamde me omdat ik nog steeds niet goed begreep wat ze bedoelde.

'Wat doet hij met de spullen die hij verzamelt?' vroeg ik.

Ze nam me van top tot teen op, maar kennelijk kon ze niet aan mijn kleren zien of ik arm of welgesteld was.

'Hij brengt ze naar de voddenhandelaren.'

Haastig zei ik, alsof ik zijn bazen wilde vrijpleiten, dat het niet in hun voordeel was zijn hand er af te schieten. Ze bekeek me weer van top tot teen, waarna ze haar hoofd schudde; het was niet duidelijk of ze daarmee mijn naïviteit of de waarheid van haar eigen woorden benadrukte. Toen zei ze: 'Waarom niet? Waar hebt u al die tijd gezeten? Het is toch bekend dat wanneer fatsoenlijke mensen in vuilnisbakken gaan graaien, de handelaren geïrriteerd raken, alsof ze hun eigendom zijn? Hoe het ook zij, laten we hopen dat God rechtvaardig zal zijn. Zelfs grote, sterke mannen verliezen tegenwoordig hun eergevoel en hun waardigheid. Maar goed, morgen doen we een verzoek bij het fonds van al-Hariri, en dan krijgt hij een nieuwe, plastic hand.'

Ze maakte een lichte beweging, keek naar de grond en vroeg waar wij naartoe gingen en of de chauffeur mijn broer of mijn neef was en Zamzam mijn moeder. Toen wees ze naar een grote vrachtwagen en zei: 'Onze buurman had medelijden met ons. Ik wilde mijn moeder zien en hij heeft ons een lift gegeven in zijn vrachtwagen.'

Waarom geloofde ik de verhalen van Zamzam niet en deze vrouw wel? Kwam het doordat er altijd leedvermaak doorklonk in Zamzams woorden? Zelfmedelijden? Overdrijving? Steeds wanneer ze ons zo'n verhaal vertelde, zeiden mijn grootmoeder en ik meteen dat het de schuld van het slachtoffer was, of we toonden helemaal geen belangstelling. Had Zamzam ons niet verteld over de explosies op de vuilnisbelten waardoor al heel wat mensen vingers hadden verloren? We hadden die verhalen afgedaan als geruchten, bedoeld om angst en terreur te zaaien, en tegen haar gezegd: 'Dat zeggen ze alleen om mensen zoals jij bang te maken.'

'De moeder van iemand die ik ken heeft haar trouwring verkocht om te kunnen eten en iemand anders heeft een bruidsjurk voor haar dochter overgenomen van de familie van een meisje dat vlak voor haar huwelijk is gestorven. Dzakiyya heeft haar hardleerse zoon van school gehaald, om de studie van de anderen te kunnen betalen.'

Het was waar dat elk huishouden last had van de prijsstijgingen, zelfs wij. Mijn grootmoeder had bedacht dat we van *kisjkawi*-kaas heus niet langer zouden leven, dus kochten we die niet meer. Zamzam roosterde nog maar één kip in plaats van twee, om maar niet te spreken van de ambtenaren en de mensen met modale inkomens, die zelfs niet in hun primaire levensbehoeften konden voorzien. Onze buurvrouw kwam 's middags niet meer met haar koffiekannetje bij ons om de nieuwtjes te horen, maar bracht moerbeisap uit haar dorp mee.

We gingen terug naar de auto, maar kort daarna moesten we stoppen voor een controlepost. Inmiddels was ik eraan gewend geraakt en wist ik hoe ik me moest gedragen: tegen de milities moest je ernstig doen, niet smeken of bang zijn; met de Syriërs moest je geduld hebben, want het was duidelijk aan hen te zien dat ze moe waren en heimwee hadden. Vroeger reageerde ik overdreven emotioneel als ik een controlepost zag, alsof ze een blinddoek van mijn ogen hadden gerukt en me de naakte werkelijkheid lieten zien: dat Libanon was verdeeld in autonome staatjes en gebiedjes, dat slechts sommigen een uitgewerkt plan in hun hoofd hadden, en dat de situatie die we meemaakten niet van tevoren door de strijdende partijen was voorzien.

We stonden stil.

'We moeten teruggaan en de bovenweg nemen, want de benedenweg zit vol bandieten. Orders van meneer Ali.'

'Wat is er van de wereld geworden?' zuchtte mijn grootmoeder. Ik begreep wel waarom ze dat zei en waarom ze zo zuchtte: omdat Ali 'meneer Ali' was geworden. De benedenweg was korter en gemakkelijker begaanbaar, maar het zat er vol met bandieten, die gretig gebruik maakten van de dichte begroeiing aan weerskanten van de weg. Gemaskerd en vermomd als milities hielden ze auto's aan, onder het voorwendsel dat ze de papieren moesten controleren. Ik had liever gezien dat de chauffeur het risico had genomen en toch de benedenweg had gekozen, zodat ik de dichte bossen had kunnen zien. Ik wilde die bandieten weleens meemaken en zien hoe Zamzam duizend angsten zou uitstaan om haar vogel.

Sommige dorpen waren verwoest, maar door hun oude stenen leken de kapotgeschoten huizen meer op oude ruïnes, alsof de natuur dit werk had gedaan. Ondanks de puinhopen genoot ik van het vertrouwde gezicht van de was die lag te drogen, de rook die opsteeg uit een dal waar afval en droge bladeren werden verbrand en zelfs van het gebalk van de ezels. Dat alles herinnerde me aan het verleden, en aan jou. Maar ook de controleposten, die wezen op het heden en de toekomst, deden me aan jou denken.

In het begin van de oorlog, toen we nog regelmatig op bezoek gingen in het dorp, doemden zodra we de rotsen en de bergen naderden de wijngaarden en de bloementuinen voor ons op, vol met lelies, als witte en gele lolly's. Het was alsof het dorp nog niet was aangetast door de oorlog, alsof de echo's van de explosies en raketten er nog niet waren doorgedrongen, hoewel de muren van de huizen al scheuren vertoonden.

In vredestijd verlieten we meestal de zeeweg en gingen verder over de bergen, tot we de valleien en ten slotte de rand van het dorp bereikten. Ik vroeg me altijd weer verbaasd af waarom ons dorp juist daar lag en niet elders, op dat braakliggende terrein bijvoorbeeld.

De eerste die altijd meteen op de auto kwam afgerend was de blinde herder, die vóór alle anderen onze auto herkende aan het geluid van de remmen. Hij tastte met zijn stok de rotsen af en zodra hij het asfalt voelde, riep hij tegen zijn geiten dat ze daar op hem moesten wachten. Dan zette Ali de auto stil, stapte uit en kwam even later terug met de blinde herder, die hij naar het raampje leidde. Intussen hield hij hem goed in de gaten, om te voorkomen dat hij met zijn stok de carrosserie zou beschadigen. Zodra de man mijn grootmoeders stem hoorde, kuste hij zijn hand en legde hem op zijn voorhoofd, als uiting van respect en dankbaarheid. Mijn grootmoeder opende haar zwarte handtas, pakte er een paar bankbiljetten uit en legde die, nadat ze ze had opgevouwen, in zijn hand. Toen ze hem weer sloot, maakte de tas een droog, klikkend geluid, alsof hij wist hoe belangrijk zijn inhoud was.

Deze keer werden we niet zoals vroeger verwelkomd door de boomgaarden van mijn grootvader, maar door een bord waarop stond: Kapsalon Samiera.

'Een kapsalon, hoe is het mogelijk?' riep ik uit.

Ik kon me niet voorstellen dat iemand, behalve Roehiyya, hier naar de kapper ging. Glimlachend zag ik Roehiyya voor me: met een sigaret in haar hand en een kopje koffie op haar schoot. Opnieuw riep ik uit: 'Een chocoladefabriek! Een bank! Een kippenboerderij! Een restaurant! Café De Bron, met maar liefst drie etages! Villa's! Is dit echt ons dorp, grootmoeder, hoe is het mogelijk? Kijk, een bank, en nog een bank!'

Zamzam zei ongeduldig: 'Heb je al die tijd watten in je oren gehad? Ik had je toch al verteld dat er een kapperszaak in het dorp was geopend? Toen Kawakib er voor de eerste keer kwam, zei de kapster dat er geen warm water was. De tweede keer moest ze druivenbladeren rollen en de derde keer was ze moe en had ze geen tijd. En ik heb je toch ook verteld dat Hamad Dja'far fortuin heeft gemaakt in Koeweit? En dat hij na zijn terugkeer een fabriek heeft geopend, en dat zijn broer een restaurant is begonnen en dat ze hun geluk en dankbaarheid niet op konden?'

Natuurlijk had ik al die verhalen al eerder gehoord, maar ik kon me er toch geen voorstelling van maken: tafeltjes met kleedjes en een ober met een blocnote en een pen, in plaats van de landarbeider op zijn lapje grond in de woestijn, waar we altijd naartoe gingen om onrijpe, gele meloenen en komkommers te halen... 'Een halve kilo', schreeuwden we tegen hem, waarop hij zijn schoffel liet staan en wegliep. Even later kwam hij terug met de komkommers, gewikkeld in een krant, of in een stuk papier dat hij van een cementzak had afgescheurd.

Zelfs nu nog hoor ik alleen het gezoem van de vliegen, maar het kunnen ook de machines van de chocoladefabriek zijn.

Mijn grootmoeder kuchte zonder ophouden; ze kon het niet opbrengen om naar haar boomgaarden te kijken, terwijl ik mijn ogen er niet van af kon houden. Alle bomen waren dood, de wilde bloemen groeiden lang zo weelderig niet meer als vroeger en het grijs van het stof overheerste alle andere kleuren. Toen kwam ons huis in zicht. Ik hoorde het geluid van het water in het reservoir en had het gevoel dat ik deze plek nooit had verlaten. Alles was nog hetzelfde. Daar kwam Na'iema aanrennen, gevolgd door een ander meisje. En daar was mijn grootvader. Het andere meisje keek ons even aan, draaide zich om en verdween. Iedereen kuste elkaar en mijn grootvader omhelsde me. Toen liet hij me los om de hand van mijn grootmoeder te kussen, waarna hij me opnieuw in zijn armen sloot. Over zijn schouder zag ik de waslijn, dansend in de wind. De pijnbomen stonden er nog net zo bij als vroeger, en ook de perenboom, vlak naast het reservoir. Ik maakte me los uit mijn grootvaders armen en ging op mijn tenen staan om de tent op het dak te kunnen zien, waar een familielid van ons altijd zijn middagslaapje deed en gedichten schreef, wat hem de bijnaam Aboe Tammaam had opgeleverd.[7]

De ramen leken nog steeds even nutteloos als vroeger, want anders dan in Beiroet stonden ze altijd open. Ze werden alleen gesloten als het regende of sneeuwde en ik kan me niet herinneren dat dat ooit is gebeurd toen ik in het dorp was. Er keek nooit iemand naar buiten door die ramen met hun smeedijzeren tralies, waar je nauwelijks iets door kon zien. Als we een auto hoorden toeteren of de remmen op het zand en de kiezelstenen hoorden gieren, renden we meteen naar de deur, die altijd open stond.

Mijn grootvader sloeg zijn sterke armen om me heen: 'Ik heb me zorgen om jullie gemaakt. Waarom hebben jullie niets van je laten horen? Waarom zijn jullie niet meteen, in het begin al, uit Beiroet vertrokken?'

Natuurlijk zag Zamzam haar kans schoon om wraak te nemen. Ze vertelde hem dat ze had gekwaakt als een kikker, maar dat het niets had geholpen. Zelfs toen er een granaat in ons huis terecht was gekomen, hadden we alleen maar gelachen en gezegd dat we hem zouden uithollen en vullen met rijst.

Mijn grootvader trok me mee en samen maakten we een wandelingetje in de omgeving van het huis, waar de landerijen lagen. De avondschemering was over de akkers gevallen. Ik hoorde stemmen en gelach en mijn adem stokte in mijn keel. In het midden van het land stonden hutjes van steen en zinkplaat. Mijn grootvader wees met zijn vinger en zei: 'Kijk eens naar het gif dat ze hebben gezaaid.'

Maar ik zag slechts de vage omtrekken van de gewassen, roerloos in de duisternis.

'Zie je wat ze daar hebben gezaaid? Gif, rotzooi.'

'Ook al zaaien ze er apen of chimpansees, morgen zijn ze vertrokken', probeerde ik hem te troosten.

Maar hij begon luidkeels te schelden en te tieren. Ik smeekte hem stil te zijn, maar dat was olie op het vuur.

'Waarom moet ik stil zijn?' brulde hij. 'Moeten ze soms denken dat ik bang ben? Het enige wat ik nog heb is mijn stem. Ik wil dat ze naar me luisteren. Wat kunnen ze doen? Me ontvoeren? Dat hebben ze al geprobeerd.'

Na'iema en mijn grootmoeder kwamen op het geschreeuw af. Zwijgend probeerden ze hem naar binnen te trekken. Toen hij weigerde, liet Na'iema haar opgekropte woede de vrije loop: 'Zo gaat het iedere dag! 's Ochtends, 's middags, 's avonds en om twaalf uur 's nachts. Alsof hij toevallen heeft en niet meer van deze wereld is. Het is goed dat jullie zijn gekomen, zodat jullie met eigen ogen kunnen zien hoe die arme ziel wordt gekweld en wat wij met hem moeten doorstaan.'

We gingen naar de veranda. Het enige wat je daar zag, waren de sterren en de toppen van de bergen. Mijn grootvader ging zitten; het kostte hem zichtbaar moeite, alsof hij jou, zijn dierbare grond, op zijn schouders en in zijn hart meetorste.

Toen keek hij om zich heen en vroeg naar Djoehaina. 'Djoehaina!' riep hij, 'Hé, Djoehaina!' en hij verzekerde me, alsof ik een klein meisje was, dat ze een aardige vriendin voor me zou zijn, want ze was lief en intelligent. Opnieuw schreeuwde hij: 'Waar ben je, Djoehaina?' en hij mompelde toen in zichzelf: 'Mijn God, ze is verdwenen als een djinn.'

Als kind had mijn grootvader besloten dat hij wilde leren lezen en schrijven, ondanks de pogingen van zijn vader en alle andere familieleden om hem van zijn voornemen af te brengen: 'Jouw familie bezit de hele wereld en dan ga jij tegenover een leraar zitten die jou bevelen geeft en het alfabet leert? Zo van: "De *alif* draagt geen teken en onder de *ba* staat een punt." Neem toch gewoon bediendes om het voor je te doen... Waarom zou je jezelf vermoeien?'

Maar hij was koppig; hij wilde leren lezen. De Ottomanen en de Fransen lazen toch ook kranten en schreven toch ook met pennen? Hij had het zelf gezien, als ze zich afzonderden om uit te rusten van de jachtfeesten.

Zo vertrok hij dus op zijn paard naar de school van de sjeikh in een naburig dorp. Bij het afscheid reciteerden zijn moeder en zijn tante gebeden voor een behouden reis en een goede gezondheid. Maar toen de tijd was gekomen om jou, zijn dierbare grond, te verlaten en naar de Universiteit van Beiroet te gaan, kon hij dat niet opbrengen. De vogels waren de eerste die hem terugriepen. Uiteindelijk is hij een bekwaam vogeljager geworden, net als zijn vader. Maar hij gedroeg zich anders dan hij: hij reed niet op een paard, als een koning die zijn ruiters en zijn honden bevel geeft hem te volgen, en hij was niet meer de enige die schoot, zoals zijn vader destijds, in de hoop dat de mensen elkaar vol bewondering zouden vertellen hoeveel vogels er aan het zadel van hun meester hingen. Voor mijn grootvader was de jacht een passie die hij met de mannen en de jongens uit het dorp wilde delen, en met alle mannen uit de omtrek die van jagen hielden. Samen met de Ottomanen en de Fransen woonde hij de jachtfeesten bij, totdat hij langzaam tot het besef kwam dat hij met zijn hart en zijn ziel aan jou was gebonden. Hij ontleende zijn kracht aan jou, ademde door jou en ten slotte ontdekte hij dat jij betrouwbaarder en constanter was dan boeken of schriften. Hij wist dat jij alle rampen en tegenspoed zou trotseren en overal een oplossing voor zou vinden. De dorpelingen waren van jou afhankelijk; hun status was immers gebonden aan degene die jou bezat. Je gaf en je nam, je beefde van woede, of je schonk je zegen. Jij hebt mijn grootvader in je opgenomen en hem diep in je binnenste laten wortelen.

Je wist dat je een bruid voor hem moest zoeken en op een dag vond je haar, tijdens een van zijn lange tochten te paard. Het meisje dat mijn grootmoeder zou worden, had net zo lang gehuild en gesmeekt om naar buiten te mogen, tot haar vader haar toestemming gaf om samen met haar moeder het huis te verlaten, van top tot teen gehuld in het zwart. Hij had tot zonsondergang gewacht, zodat niemand haar zou zien, en hij had een afgelegen plekje uitgekozen, op het land van mijn grootvader. Daar was ze op een steen gaan zitten en had de hemel gevraagd waarom haar vader zo wreed en tiranniek was. Ze was een gevangene in haar huis en niemand had ooit haar stem gehoord, zelfs de muren niet. Niemand had haar ooit gezien, behalve een paar vrouwen, die af en toe kwamen vertellen wat er in de wereld en de naburige dorpen gebeurde. Uiteindelijk werd ze bekend als 'de dochter van de djinn-koning', die, behalve haar vader en de hemel, niemand ooit te zien heeft gekregen. Ze vroeg hem voortdurend waarom hij haar niet toestond naar de *sjeikha* te gaan. Hij antwoordde dat mens noch djinn haar mocht zien, want ze was niet alleen een vrouw, maar ook zijn dochter. Ze vroeg hem waarom hij de sjeikha dan niet thuis liet komen, zodat ze van haar de koran kon leren lezen; hun familie werd immers geassocieerd met religie en hun zonen waren zelfs de wereld ingetrokken om de grondslagen van het islamitische recht te bestuderen. Omdat hij niet wilde erkennen dat ze gelijk had, maakte hij haar wijs dat hij betwijfelde of de sjeikha wel kon lezen en schrijven. Volgens hem had ze de koran uit haar hoofd geleerd, en bovendien wist hij te vertellen dat ze nooit het huis uitkwam, behalve voor belangrijke religieuze aangelegenheden. Toen zijn argumenten niet werkten, zei hij: 'Ik ben bang dat je misbruik zult maken van je kennis en dat je stiekem romans gaat lezen, of zelfs brieven gaat schrijven.'

Ze antwoordde: 'Het lezen en interpreteren van de koran dient toch alleen om dichter bij God en Zijn profeet te komen?'

Mijn grootmoeder won de strijd en zo werden lezen en schrijven de belangrijkste bezigheden in haar leven. Ze was niet geïnteresseerd in het geklets van de vrouwen, dat niet verder ging dan de fruitoogst, een koe die een miskraam had gehad, of de een of andere bruiloft. Ze zette de gaslamp op vier om 's nachts te kunnen lezen, en zo ontdekte ze dat het ontcijferen van woorden haar kracht gaf. Ze weigerde voortaan op de mat te eten en zette haar maaltijd op een klein tafeltje. Toen haar vader zijn grote schoenen had weggegooid omdat ze versleten waren, trok ze ze zelf aan, om de kracht te voelen die ze uitstraalden.

Daar op het land van mijn grootvader verlieten haar ogen de hemel en vestigden zich op haar vader. Huilend zei ze dat ze er behoefte aan had elke dag, niet alleen zo nu en dan, de hemel te zien en de lucht op te snuiven. Maar hij had iets anders aan zijn hoofd: hij liep onrustig rond om zich ervan te overtuigen dat alles rustig en stil was en dat er geen andere geluiden te horen waren dan het geritsel van de wilde natuur en het gehinnik van het paard dat hij ingespannen voor de wagen in het dal had achtergelaten. Toen hij ervan overtuigd was dat mens noch djinn zijn dochter kon zien, haalde hij opgelucht adem. Maar er was wél een mens in de buurt, en hij observeerde haar: mijn grootvader had een glimp van dat treurende gezicht opgevangen en was verliefd op haar geworden.

Mijn grootvaders naam was bekend geworden tot in Beiroet, zoals de families Soersoek en Baidoen en andere families naar wie straten en wijken zijn genoemd. De familienaam van mijn grootvader werd gebruikt voor verscheidene soorten appels, peren en een nieuw soort fruit, dat hij zelf had gekweekt, door een appel met een guave te kruisen; het was zacht als een zoete appel en tegelijk ruw als een kweepeer, en de smaak hield het midden tussen oranjebloesemwater en jujubevruchten. Overal waar ik kwam hoorde ik onze naam, vooral onder de straatventers.

Hoewel mijn grootmoeder je heeft verlaten, bleef jij diep in haar geworteld. Daarom heeft ze zich slechts half aan Beiroet gegeven: één oog, één neusgat, één hand. Alles wat met de stad te maken had, was tijdelijk, of speelde op zijn minst een ondergeschikte rol.

Voor meubels toonde mijn grootmoeder niet de goede smaak die ze wel had voor kleren. Ze kocht ze in het wilde weg; ze ging naar de eerste de beste meubelzaak, bleef zelf in de auto zitten en gaf Ali opdracht te kopen wat er voorradig was. Ze heeft nooit geprobeerd contact te leggen met haar buurvrouwen en ze heeft zich nooit kunnen aanpassen. We leefden in Beiroet alsof we dicht bij je waren: in de keuken gebruikten we een allegaartje van borden en half verroeste koperen lepels, we aten grote stukken rauw vlees, ingewanden en lever, en maakten ons niet druk om de sla die in het water dreef, of de vliegen die in de melk vielen.

Ik paste me aan en leefde in Beiroet op dezelfde manier als mijn grootmoeder, maar jij bleef naar me lonken. Steeds wanneer ik thuiskwam en de houten kisten opgestapeld bij de deur zag staan, of wanneer ik in Ali's auto zat naast een doos eieren, een paar geslachte kippen of een emmer melk die hij uit het dorp had meegebracht, kwam je me weer scherp voor de geest.

Nadat de oorlog zich buiten de grenzen van Beiroet had uitgebreid, is hij in snel tempo in je ingewanden gedrongen, waar het zaad ontkiemde dat de branden zou veroorzaken.

De Palestijnen waren de eersten die een deel van jou bezetten, dat bekend stond als 'de woestijn'. Mijn grootvader beklaagde zich bij iedereen die ook maar de minste connectie met hen had. Hij ging zelfs naar hun verantwoordelijke officier, die al eerder bij hem was geweest met het verzoek zijn grond voor enige tijd te mogen gebruiken voor oefeningen. Mijn grootvader had geweigerd, niet omdat hij bang was dat hij de Israeliërs daarmee een excuus zou geven om aan te vallen, maar omdat hij en mijn grootmoeder erg bezitterig waren: zelfs de bijen en de vlinders die op hun bomen neerstreken beschouwden ze als hun eigendom. Iedereen, zelfs het vee, moest weten dat hun land begon bij een bepaalde steen en geen koe durfde zelfs zijn nek uit te steken naar hun gras, of het nu groen en sappig was of geel en verdord. Er stond geen hek van prikkeldraad om je heen, noch een muur, en iedereen mocht naar hartelust naar je kijken, maar in de gedachten van de mensen was je omgeven door een ondoordringbare omheining, die iedereen die het terrein met kwade bedoelingen betrad een elektrische schok bezorgde. De mensen waren niet alleen bang voor mijn grootouders zelf, maar ook voor alles wat ze bezaten: het huis, de bomen, de auto met chauffeur, het huis in Beiroet, de gasten die ze ontvingen, de hadj naar Mekka en naar de heilige plaatsen die ze regelmatig verrichtten, de bidsnoeren die ze meebrachten van de berg Arafat, het water dat ze meebrachten van de Zamzambron en de onuitputtelijke voedselvoorraad, die de kern van hun macht leek te zijn.

Mijn grootvader ging dag en nacht naar 'de woestijn' om de fedajjien te observeren tijdens hun oefeningen: ze lieten zich van de heuvels rollen, zochten dekking, vuurden schoten af en roosterden slangen voor hun avondmaal, onder het uitstoten van luide kreten. Mijn grootvader imiteerde hen, danste, zwaaide met zijn handen, haalde een duizendpoot uit een pot en deed alsof hij erop kauwde. Uit de verte riep hij tegen de Palestijnen: 'Wat willen jullie? Hoeveel pond moet ik betalen om jullie te laten vertrekken?'

Hij geloofde niet in politiek, noch in de revolutionaire strijd. Steeds wanneer hij een schot hoorde, bracht hij de mannen tot wanhoop, door naar voren te rennen en te roepen: 'Heeft iemand hier te veel bonen gegeten? Ik hoor de ene scheet na de andere.'

Mijn grootvader leefde voor jou, maar mijn grootmoeder leefde voor de mensen. Niet omdat ze van hen hield, maar omdat ze energie putte uit haar gezag over hen. Toen ze 'de woestijn' verloor, was het alsof ze de vleugels verloor die haar in staat stelden om te vliegen. Om haar gezicht en dat van mijn grootvader en diens voorouders voor de buitenwereld te redden, probeerde ze mijn grootvader er toe over te halen in te stemmen met het verzoek van de Palestijnen en hun 'de woestijn' in bruikleen te geven. Op deze manier zou hij hun sympathie winnen en zou mijn grootmoeder, wanneer ze met gekruiste benen op een bijeenkomst zat, onverschillig, alsof ze een vlieg wegsloeg, kunnen zeggen: 'We hebben hun een dienst bewezen; ze staan bij ons in het krijt.'

Uiteindelijk hebben de Palestijnen 'de woestijn' verlaten, nadat er meerdere malen een Israëlisch verkenningsvliegtuig boven het dorp, de omliggende gebieden en de bergen was gesignaleerd. Men beweerde dat ze hun informatie hadden gekregen van een spion uit ons dorp. Verheugd ging mijn grootvader op pad om het terrein te inspecteren. Hij gooide de witgekalkte keien waarmee het kamp was afgezet, naar beneden, tegen de rotsen. Daarna overlegde hij met mijn grootmoeder of hij er bouwland van zou maken, of het zo zou laten; hij kon de houtstapels in brand steken en dan een tijdje wachten tot het vanzelf houtskool werd. Maar de jonge mannen van het dorp lieten hem daarover niet lang in onzekerheid. Op een vroege ochtend, op het moment dat het wakend oog nog slaapt, wachtend tot de donkere nacht zich terugtrekt en de dageraad nadert, bezetten ze het terrein.

Mijn grootvader kwam het huis uitgestormd en riep: 'Ik ben beroofd door mijn eigen kinderen. Ik ben beroofd door mijn kinderen.'

Hij rende weg met zijn hemd uit zijn broek, gevolgd door mijn grootmoeder, die hem zijn riem aanreikte en riep: 'Een man zonder riem is stuurloos en als je zo blijft rondrennen, zullen ze nog denken dat je je verstand en je waardigheid hebt verloren.'

Toen mijn grootvader Moestafa en de andere jongens op het terrein in het oog kreeg, werd hij zo kwaad dat er een bloedvat in zijn oog sprong. Hij was nog niet bijgekomen van de narcose, of hij riep: 'Moestafa? De zoon van aboe Moestafa? Ik weet nog goed dat zijn moeder weeën kreeg op ons land, terwijl ze de oogst in kisten stond te pakken. Toen hebben ze haar naar ons huis gebracht om dat schorem te baren!'

Hij wist niet meer van ophouden, ook al had de dokter hem gewaarschuwd dat er nog een tweede bloedvat zou springen als hij niet oppaste.

Mijn grootvader dacht dat hij de zaak had opgelost, nadat hij de ouders op het gedrag van hun zoons had aangesproken. Ze waren zeer ontdaan over het gebeurde en beloofden beterschap. Maar hun kinderen dachten er anders over: ze maakten plannen om 'de woestijn' te verlaten en in plaats daarvan de boomgaarden te bezetten. De idealisten onder hen verkeerden in de veronderstelling dat de boomgaarden geld opbrachten; zo zouden ze geen partij, geen lokale of landelijke autoriteit meer nodig hebben en het geld zou hen in staat stellen een eigen, onafhankelijke partij op te richten, die los zou staan van alle andere. Mijn grootvader, die nog steeds een verband voor zijn oog droeg, zwoer niet alleen dat hij zich op hén zou wreken, maar ook op jou, op jouw aarde en jouw bomen, die een andere meester hadden geaccepteerd. Hij bezwoer dat hij je in brand zou steken, maar belandde weer in het ziekenhuis, huilend van de pijn, smekend om iemand die hem kwam troosten. Mijn grootmoeder en mijn ooms maakten zijn toestand van kwaad tot erger en hij krijste als een kind dat weigert te spelen met het speelgoed dat hij heeft gekregen.

'Oog om oog, tand om tand', zei mijn grootmoeder, suggererend dat ze een eigen burgerwacht moesten vormen. Zware jongens, of 'strijders', zoals ze tegenwoordig werden genoemd.

Het moesten angstaanjagende types zijn, voor wie zelfs een leeuw smekend om genade door de knieën zou gaan.

'Een burgerwacht?' brulde mijn grootvader woedend, 'Vechtersbazen die schieten op alles wat los en vast zit? Wat bezielt je ineens? Je bent toch een verstandige, wijze vrouw, hoe kun je dan aan een burgerwacht denken?'

Nog harder schreeuwde ze terug: 'Ik ben radeloos, het is alsof ik in brand sta! Ik voel me alsof ik met een vishaak aan mijn ogen ben opgehangen. Vind je het normaal dat een handvol schurken ons van onze grond verjaagt? De grond van onze voorvaderen? Moeten we toestaan dat een stelletje goddelozen dit huis omsingelt? Deze muren, die dankzij mijn gebeden louter puurheid en reinheid uitstralen?'

'Ja, het zijn inderdaad allemaal communisten zonder godsdienst en zonder wortels, maar een gewapende burgerwacht, oemm Fatima, we zijn toch geen schurken?' wierp een van mijn oudooms in het midden.

Spottend reageerde ze: 'Je hebt gelijk, wij zijn geen schurken. Maar een mens moet nu eenmaal meegaan met zijn tijd. Wanneer we ons land verdedigen op de enige mogelijke manier, noemen ze ons schurken. Het zij zo. Als Sjam'oen een schurk is, of Sa'ib Salaam, of om het even welke andere politicus, ja, dan zijn wij het ook.'

Het idee om een burgerwacht te vormen had zich vanaf het begin van de oorlog als een zaadje in haar hart genesteld. Ze had het regelmatig water gegeven, tot het was gaan groeien en bloeien. Ze stond op en vroeg uitdagend: 'Wat vind je ervan?'

Ze richtte het woord opzettelijk alleen tot mijn grootvader, want ze wist dat zijn broer haar idee niet zou toejuichen en bovendien was ze nog steeds van mening dat de familie eigenlijk alleen uit haar en mijn grootvader bestond.

Mijn grootvader antwoordde: 'Wie zou er dan wapens moeten gaan dragen? Aboe Karki en zijn vrouw? Of de vader van Moestafa, de leider van dat stel? Of Fadl?'

We schaterden het uit, want mijn grootvader had de oudste,

de kreupelste en de onnozelste dorpelingen genoemd die er waren, of die mensen die alleen trouw aan onze familie waren gebleven om de simpele reden dat hun zonen in het buitenland of in Beiroet verbleven.

Plotseling was mijn grootmoeder stil. Innerlijk vervloekte ze zichzelf en de duivel, omdat ze had gelachen.

'Nee, zo stom ben ik niet', zei ze. 'Nee, nee, sjeikh, niemand heeft mij horen zeggen dat ik met een burgerwacht een stelletje schooiers bedoel, die alleen maar uit zijn op geld en macht. Nee, ik bedoel gewoon bewakers, flinke kerels. Doe wat ik je zeg en je zult zien dat ze als kakkerlakken onder je voeten kruipen.'

Mijn oom nam het woord, maar niet dan nadat hij eerst iedereen had gewaarschuwd dat zijn woorden als een bom zouden inslaan. Desondanks had hij besloten het te zeggen, omdat er maar één oplossing was: 'Jullie moeten het op een akkoordje gooien met "de familie waarvan jullie de naam niet willen noemen".'

Mijn grootvader schreeuwde: 'Jij bent al net zo geschift als oemm Fatima, maar ik pas ervoor! Onze naam te grabbel gooien vanwege een stelletje raddraaiers, die in opstand komen tegen hun ouders omdat ze willen trouwen en niet weten hoe ze aan het geld moeten komen?'

Mijn grootmoeder merkte op, zonder haar zwager een blik waardig te keuren: 'Je begint oud te worden.'

Ze negeerde zijn voorstel en kwam weer terug op haar oorspronkelijke idee: 'Alle families hebben een burgerwacht. Zal ik ze opnoemen? Zelfs de familie Albino heeft er een. In totaal zijn dat er dus minstens twintig.'

Maar mijn oom liet zich niet uit het veld slaan: 'Luister, praat eens met die familie. Ze zijn vast wel bereid jullie een paar van hun jongens te sturen. Ze zullen jullie grond verdedigen en jullie zullen er nog geen uienschil op verliezen. Integendeel, jullie worden er alleen maar beter van, want ze zullen blij zijn als jullie hun om bescherming vragen. Dat betekent immers dat jullie met hen willen samenwerken.'

Ik kan me niet herinneren dat de echte naam van die bewuste familie ooit door ons is genoemd. We verzonnen de ene bijnaam na de andere: de familie Vogelzaad, de familie Plee, de familie Stront en Modder, de familie Zonder Naam. Onze haat jegens hen had niets te maken met het feit dat ze hasjiesj en cocaïne smokkelden (dankzij de winsten die ze daarmee hadden gemaakt, had een van hun zonen techniek kunnen studeren aan een grote universiteit in Amerika; na zijn studie was hij teruggekomen en had hij een houten vliegtuigje gebouwd, dat ze gebruikten voor hun handel). De werkelijke reden was, dat ze tijdens de oorlog op de sociale ladder waren gestegen en zich een reputatie hadden verworven, hoewel mijn grootouders hun bestaan nooit hebben erkend en hen zelfs lange tijd hebben genegeerd.

Mijn grootvader kon het niet verkroppen dat deze mensen tot de rijkste en invloedrijkste families van het dorp en de omtrek waren gaan behoren. Hun voorvaders waren scharrelaars geweest, die kiezelstenen en zand op ezels vervoerden. Dankzij hun slimheid waren sommigen van hen in de tabakssmokkel terechtgekomen en tijdens de oorlog waren ze overgegaan op hasjiesj. Ze smeten met geld, kochten dure Amerikaanse auto's, moderne villa's en goudkleurige meubels. Hun vrouwen mochten geen kamelen- en koeienmest meer verzamelen om het vuur mee aan te steken en toen er een asfaltweg werd aangelegd, omzoomd door bloemperken, werden de broodovens en de bakplaten bij de ingang van het huis verwijderd.

Een van de zonen trouwde met een knappe actrice, die al een paar keer was gescheiden en die had geposeerd voor een reclame, met een flesje parfum tegen haar borst geklemd. 'Een weldaad in de hitte', stond eronder. Maar de verwachte kritiek bleef uit en de bewondering van de dorpelingen werd alleen maar groter; ze waren er zelfs trots op dat de familie oorspronkelijk uit de Bekaavallei kwam, net als zij. Ze raakten nog meer onder de indruk toen de familie zich met de politiek ging bemoeien, gijzelingsacties op touw zette en iedereen ontvoerde die de handel in de weg stond. Ze omringden zich met zware jongens en vormden uiteindelijk een burgerwacht, niet alleen voor hun eigen bescherming, maar ook voor die van hun smokkelroutes en hun agenten, die allengs actiever werden in de handel in verdovende middelen. Ze bedienden zich van de meest geavanceerde communicatiemiddelen en beschikten over walkietalkies en een eigen internationale telefoonlijn, waarvan de draden boven zonnebloemvelden en de elektriciteitspalen hingen, en langs de riviertjes liepen. Ze gebruikten de modernste methodes voor de winning, de bereiding, de productie en de opslag van hun hasjiesj. Alle jongens uit het dorp en de omgeving koesterden het verlangen om tot hun entourage te behoren, wanneer ze hen in hun privé-helikopter in de lucht zagen cirkelen met hun Elvis Presley-kuiven, hun gouden en diamanten ringen en hun riemen van echt krokodillenleer.

De ontreddering van mijn grootmoeder bereikte een hoogtepunt toen ze – voor het eerst van haar leven – merkte dat ze machteloos stond tegenover de gewapende bendes die zich aan de rand van haar domein hadden verschanst. Snel ging ze op bezoek bij alle gezinnen in het dorp; ze ging huizen binnen waar ze gewoonlijk alleen kwam als er iemand was gestorven of als er een kind was geboren. Het ontging mijn grootmoeder dat de mensen bang waren; zij die altijd alles, zelfs de kleur van iemands wimpers, opmerkte. De ouders waren vooral bevreesd dat hun kinderen haar zouden zeggen wat ze zelf al eerder hadden gehoord. Ze hadden goedschiks en kwaadschiks, met dreigementen en zachte woorden, op hun kinderen ingepraat, in de hoop dat ze het terrein zouden verlaten. Ze hadden de verdiensten van onze familie in hun herinnering gebracht, die dateerden van ver voor hun tijd. Ze hadden gesproken over een verleden dat hun kinderen niets meer zei; deze jongens hadden immers alleen maar oorlog gekend en het enige waar ze belangstelling voor hadden, was hoe je met wapens moest omgaan, en hun enige ambitie was ooit een uniform te mogen dragen. Hun bemiddelingspogingen hadden de kinderen alleen nog maar opstandiger gemaakt en hen nog verder van zich verwijderd; ze konden niet begrijpen dat hun ouders een familie van landeigenaren als de onze zo goedgezind waren en ze wierpen hun voor de voeten dat ze nog steeds bang waren voor het verleden en er nog steeds door werden beheerst.

Mijn grootmoeder begreep uit het gestamel van Na'iema, die ze vooruit op verkenning had gestuurd, dat de dorpelingen er de voorkeur aan gaven als ze 's ochtends kwam. Even moest ze slikken, alsof haar mond vol spelden zat, want vroeger had ze nooit haar bezoek hoeven aankondigen. Toen hadden het hele jaar lang de deuren voor haar opengestaan in afwachting van haar komst en iedereen had zich verheugd over haar belangstelling. Maar ze liet haar teleurstelling niet aan Na'iema merken en zei glimlachend: 'Geen probleem. 's Ochtends is prima.'

Mijn grootmoeder ging langs de huizen, luisterend naar de holle echo van haar eigen woorden in de kamers die nagenoeg leeg stonden, op een paar matrassen en een voorraadkast na. Aan de muren hing hier en daar een speldenkussen of een rieten matje. Het viel mijn grootmoeder op dat de dorpelingen niet meer zo gespannen waren als in het begin, toen ze net het bericht over de bezetting van het land hadden vernomen. Hoewel ze zich huilend naar haar overbogen om haar schouder te kussen, zich openlijk distantieerden van hun kinderen, bezwoeren dat ze hen zouden straffen en beloofden dat ze alles zouden doen wat in hun vermogen lag, had mijn grootmoeder de indruk dat er iets in deze huizen was veranderd: er heerste een ongewone rust, sinds de ouders zich hadden onderworpen aan de wil van hun kinderen, en ze verweet hun dat ze hun gezag hadden prijsgegeven.

Ze droeg een jurk die ze lang niet had gedragen. Hij zat wat krap in de taille, maar ze hield van de fluwelen manchetten. De jas die ze eroverheen droeg was weliswaar verschoten, maar hij beviel haar nog steeds. Ze had zich beprenkeld met amberessence, waarbij ze haar rozenkrans niet had overgeslagen. Ze liet zich niet meeslepen door haar wanhoop; ze had zich gewapend met een groot arsenaal argumenten, waarbij ze zich beriep op de geschiedenis, de rechtspraak en zelfs op de krant. Maar ze had ze zo vaak opgepoetst, dat ze een versleten indruk maakten. Haar gastvrouwen keken ongerust naar de deur, bang dat hun kinderen plotseling binnen zouden komen en haar in verlegenheid zouden brengen. Toen het tijd werd om afscheid te nemen, bleef mijn grootmoeder opzettelijk treuzelen, want ze wilde liever met de kinderen praten dan met hun ondoorgrondelijke ouders, die steeds weer herhaalden: 'Er is geen macht noch kracht dan bij God. Het enige wat we kunnen doen is een mes op hun keel zetten. We zijn bereid om dat voor u te doen, maar...'

Uiteindelijk stond ze op, juist op het moment dat Moestafa binnenkwam, die ongetwijfeld in de boomgaard van haar bezoek had gehoord. Hij was niet gekomen voor mijn grootmoeder, maar om vrede te sluiten met zijn vader, aboe Moestafa, die zich openlijk, vanaf de minaret van de moskee, van hem had gedistantieerd. Mijn grootmoeder had al haar hoop gevestigd op dit laatste bezoek aan het huis van aboe Moestafa. Hij was een fijngebouwde man, met ogen die vuur schoten. Met jou, mijn lieve grond, was hij als een kunstenaar: je bomen leken alleen vruchten te dragen als hij ze aanraakte en je aarde leek alleen te willen drinken als hij hem water gaf. En toch was alleen al het volksliedje dat zijn vader voor mijn grootvaders vader had gezongen, voor hem genoeg reden om zich als was in mijn grootvaders handen te gedragen:

'O heer, o meester,
U bent de stier en ik ben de vlieg
Beschouw me als een vlieg onder uw staart
Ik zal u vertellen over de boeren
Die u zien als hun heer en weldoener,
Over het goed dat ze doen
Over het kwaad dat ze doen
Als ik ooit tegen u lieg,
Sla me dan... sla me...'

Moestafa wist dat hij alleen in het bijzijn van mijn grootmoeder zijn vader zou kunnen overtuigen. Alleen als hij met haar in discussie zou gaan, zou zijn vader naar hem luisteren. Hij zou haar niet de kans geven om slimme uitvluchten te bedenken of haar scherpe tong te gebruiken. Nee, hij zou haar met een mond vol tanden laten staan. Hij begon met haar te discussiëren, maar wilde met haar niet dezelfde fout begaan als met zijn vader: hij zou haar niet in vertrouwen nemen en niet vertellen dat hij een strijder wilde worden, in gevechtstenue, klaar voor de actie, dat hij bevelen wilde uitdelen en een warme kogel in zijn hand wilde voelen. Je zou je daar in die boomgaard bijna in een film van Bruce Lee wanen. Overigens was Moestafa was zich er terdege van bewust dat het niet meer dan een spel was, want in plaats van zijn ambitie uit te leven, moest hij boodschappen voor zijn moeder doen, haar zegenen als ze spuugde op de jeugd en grootmoedig haar vervloekingen incasseren; steeds wanneer ze een emmer waswater leeggooide, zei ze: 'Moge God jullie zo vuil maken als dit water.'

Moestafa nam het woord: 'Vaders begrijpen de woede van hun kinderen niet. Ja, zij waren vroeger ook in die boomgaarden, net als wij, en onze moeders waren er, om te schoffelen, te zaaien, te plukken en de zakken weg te dragen, terwijl hun kinderen de hele dag waren overgeleverd aan de brandende zon en de insecten, schreeuwend van de pijn als ze werden gestoken. Als ze opkeken van hun werk, zagen ze de horizon en wisten dat dit alles toebehoorde aan die blonde man in de hut, die man met zijn daverende lach, die rondgaloppeerde op zijn paard. Had hij recht op die grond, alleen omdat zijn grootvader tijdens de Eerste Wereldoorlog de dorpen van graan en ijs had voorzien en omdat hij het land had geconfisceerd van de mensen die geen gouden ponden meer hadden om aan hem te betalen?

Ondanks deze historische argumenten zag Moestafa tot zijn verwarring dat het hem niet lukte mijn grootmoeder te overtroeven. Tegenover zijn vader, die een gelovig moslim was, liet ze niet na de godsdienst erbij te halen en enkele uitspraken van imams en tradities te citeren. Voor mijn grootmoeder werd de godsdienst bepaald door de profeet, de imams en een aantal vrouwelijke religieuze persoonlijkheden, zoals Fatima az-Zahra, *sitt* Zainab en Khadiedja. Ze kende hun levensverhalen, hun uitspraken en de tradities die aan hen waren toegeschreven, of die over hen werden verteld. Ze interpreteerde hun leven en gaf haar eigenzinnige commentaar, waar ze geen duimbreed van afweek, zelfs niet wanneer ze met religieuze geleerden te maken had. Maar ze wist ook veel te vertellen over de Egyptische president Nasser, zijn nationalisatiepolitiek en de Israëlische vijand. Toen Moestafa geen andere uitweg zag, zocht hij zijn toevlucht tot persoonlijke ervaringen: 'Ik herinner me nog hoe mijn vader en moeder op het heetst van de dag op de dorsvloer stonden en hoe mijn oudste zus aan een boom stond te schudden en de vruchten opving in haar jurk.'

Mijn grootmoeder zuchtte misprijzend over een dergelijke hypocrisie. Toen stond ze op, trok haar jas om zich heen en pakte haar parasol. Voor ze wegging zei ze: 'Wat hebben we jullie misdaan? Je vader en moeder werkten op het land en in de boomgaarden. Ze zijn toch niet de koning en de koningin die we van hun troon hebben gestoten? Hebben we ze soms hun goud afgenomen en hen gedwongen te gaan werken? Ik zal jullie geheugen eens opfrissen. Het is niet goed om in het duister te blijven tasten.'

Dat was haar laatste bezoek. Mijn grootmoeder keerde terug naar huis, gevolgd door Zamzam. Ze hield de blauwe parasol tegen haar gezicht, uit angst dat haar witte huid door de zon zou worden aangetast. Zuchtend begon ze over de kwestie te praten. Voor het eerst van haar leven wilde ze Zamzams mening horen, hoewel ze van tevoren al wist dat ze er een of twee woorden of maximaal één zin van zou onthouden. Zoals gewoonlijk lette Zamzam niet op de keuze van haar woorden; ze volstond met een zucht en zei: 'Wat een hitte.'

Toen mijn grootmoeder bleef aandringen op een antwoord, zei Zamzam onverschillig: 'Werken op het land is gewoon een baan. Hun kinderen hebben andere banen gevonden, waar ze meer worden gewaardeerd. En dat niet alleen: ze brengen geld mee naar huis en geven het uit aan zichzelf. Als u vijf piaster in hun zak had gestopt, hadden ze begrepen wat u wilde zeggen.'

Mijn grootmoeder zei verslagen, als een meisje dat tijdens de huwelijksnacht ontdekt dat haar verloofde met een ander gaat trouwen: 'Je hebt gelijk. Geld kan veel uitdrukken. En een kalasjnikov geeft macht en macht levert geld op.'

Ze was diepbedroefd omdat jij niet meer van haar was, omdat je haar niet meer nodig had. Ze liep verder, onder de brandende zon, zonder schaduw, ervan overtuigd dat de mensen haar begluurden van achter hun ramen en vanaf hun veranda's. Ze moest een manier zien te vinden om langer te worden in plaats van korter. Wat was er gebeurd met de houten kist, die van binnen was bekleed met purper en groen fluweel, die kist die altijd in de slaapkamer van haar vader naast zijn bed had gestaan? Ach, zat hij nog maar vol met rinkelende Engelse, Ottomaanse en Egyptische goudstukken, zoals vroeger. Ze had ze zelf gezien toen ze nog klein was. Waar waren ze nu, hoe waren ze verdwenen? Ze wist het niet. Als ze er eerder aan had gedacht, toen ze nog jong was, had ze misschien een antwoord gekregen. Ach, hadden ze de opbrengst van de boomgaarden maar in geld omgezet en op bankrekeningen gestort in plaats van nog meer land te kopen. Had zij er maar dure meubels voor gekocht en een andere chauffeur genomen, nadat Ali hen had verlaten, ach had ze maar...

Slechts één keer hebben mijn grootouders gedacht dat ze je zouden terugkrijgen. Dat was toen de Israëli's Libanon daadwerkelijk waren binnengetrokken. Vurig hoopten ze dat ze naar ons dorp zouden doorstoten. Ze volgden de Israëlische acties op de radio en in het begin stuurde mijn grootvader de zoon van Na'iema zelfs naar de 'familie van wie ze de naam niet wilden noemen', om te luisteren naar het nieuws dat ze op hun kortegolfradio's ontvingen. Mijn grootmoeder, die op dat moment in Beiroet verbleef, verliet zich op radio Monte Carlo. Als mijn grootvader uit het nieuws opmaakte dat Israël vorderingen maakte, kreeg hij weer kleur op zijn wangen en klaarde zijn gezicht op. Maar als hij vernam dat Amerika en andere internationale grootmachten druk uitoefenden op Israël om zich terug te trekken, raakte hij zo geagiteerd dat de haartjes van zijn wenkbrauwen alle kanten opsprongen. Mijn grootmoeder in Beiroet draaide elke avond en elke ochtend haar kussen om en sprak mijn grootvader toe: 'Als God het wil zullen mijn gedachten je bereiken'

Zamzam, die daar heimelijk om moest lachen, vertelde me dat mijn grootmoeder weliswaar ouder, maar nog steeds niet wijzer was geworden; ze was nog steeds gek op mijn grootvader.

Er begonnen geruchten de ronde te doen over Israëlische operaties in de buurt van het dorp. Op een vroege ochtend cirkelden er helikopters door de lucht en onmiddellijk sloegen de gewapende mannen die het land van mijn grootvader bezet hielden op de vlucht, als kippen voor een vos. Juichend van blijdschap rende mijn grootvader naar jouw boomgaarden, kuste je aarde en hief zijn blik op naar de hemel; we hebben nooit geweten of hij tot God of tot Israël bad. Toen er twee dagen waren verstreken en er geen activiteiten in de lucht werden waargenomen, begon mijn grootvader te vrezen dat de bezetters terug zouden komen. Op dat moment had hij er spijt van dat hij geen burgerwacht bezat. Even overwoog hij zijn toevlucht te zoeken bij de 'bewuste familie', maar hij verwierp die gedachte meteen weer en begon andere mogelijkheden overwegen. De dagen die volgden gaven hem weer vertrouwen, want er landde een helikopter met een davidster op de zijkant, waaruit mannen in burgerkleding stapten. Ze vroegen naar Moestafa en zijn kornuiten, maar die hadden zich inmiddels teruggetrokken in de ontoegankelijke wirwar van paden en sporen die de akkers en irrigatiekanalen tussen de dorpen met elkaar verbonden. De kinderen overwonnen hun angst en argwaan en dromden nieuwsgierig om de vreemdelingen heen, die vloeiend Arabisch spraken, zij het met een accent. Ze begaven zich naar het huis van Moestafa en gingen er zonder aankondiging naar binnen, op zoek naar wapens. De nagenoeg dove tante van Moestafa ontving hen allerhartelijkst: 'Welkom, welkom. Knappe jongens zijn hier altijd welkom. Jullie zijn zeker vrienden van Moestafa. Welkom. Wat kan ik jullie aanbieden?'

Toen riep ze Amiena, de zus van Moestafa, die knarsetandend van woede binnenkwam, en zei tegen haar: 'Waarom blijf je daar als een standbeeld staan? Bied die jongens iets aan. Welkom. Geef ze iets koels te drinken. Of misschien hebben ze nog niet gegeten. Breng ze een bord *moedjaddara.*'

Ten slotte verloor ze haar geduld en riep tegen het meisje: 'Ga jij maar zitten, ik doe het wel.'

Een van de mannen kwam naar Moestafa's tante toe, klopte haar op de schouder en zei: 'Je bent een best mens. Waar is Moestafa?'

Ze verstond niet wat hij zei en vroeg: 'Hebben jullie geen honger? Waarom blijven jullie staan? Kom, ga zitten.'

Ze bleef maar doorpraten en putte zich uit in verontschuldigingen omdat Moestafa er niet was: 'Hij heeft zich aangesloten bij die gewapende bandieten. Hij is niet zoals jullie, netjes gekleed, schoon, geschoren en gekamd.'

Ze nam wuivend afscheid van hen, totdat Amiena haar op haar schouder tikte en in haar oor schreeuwde: 'Ze zouden je tong moeten afsnijden. Dat zijn Israëli's en jij haalt ze binnen.'

De tante sloeg zich wanhopig in het gezicht en gilde: 'Moge God me straffen.'

Toen rende ze naar het dak, pakte haar slippers en zwaaide er met haar ene hand mee in de lucht, terwijl ze zich met de andere hand op haar wang sloeg: 'Wat stom van me! Dat waren Israëli's en ik wilde ze nog wel te eten geven!'

De soldaten, die de brave vrouw vanuit hun helikopter met haar armen zagen zwaaien, wuifden terug, zonder aandacht te schenken aan de slipper die ze in haar hand hield.

Voor mijn grootvader betekende de komst van de helikopter dat er voorgoed een zwarte bladzijde was omgeslagen en dat het leven van vroeger in zijn boomgaarden zou terugkeren. Al snel werd hij echter gekweld door nieuwe zorgen: moest hij de vader van Moestafa en de andere families hun oude werk teruggeven, of kon hij ze beter vervangen door arbeiders uit Pakistan en Soedan, die overal in de omgeving de deuren langsgingen, op zoek naar werk? Maar deze problemen vielen in het niet bij zijn zorgen om de Israëli's, die de markt overspoelden met groenten tegen lage prijzen om de Libanese winkeliers aan te lokken. Vanaf dat moment noemde mijn grootvader Israël een slang en mijn grootmoeder richtte zich na elk gebed tot haar Schepper en smeekte Hem de Israëlische huizen en akkers te vernietigen. Toen na verloop van tijd de vreemdelingen en de bendes terugkeerden en opnieuw onze boomgaarden bezetten, richtte ze haar vervloekingen op hen; zonder met hun ogen te knipperen misvormden ze je landschap en veranderden je zowel innerlijk als uiterlijk, zodat je een andere ziel hebt gekregen.

Het is alsof ik lawaai hoor, alsof er een gevecht plaatsvindt, een merkwaardig geluid, dat zelfs het gekletter overstemt van het water dat uit de kraan in het reservoir stroomt. Ik sta op en zie dat het de wind is. Ik probeer het raam af te sluiten en het lukt me het lawaai te dempen. Maar ik ben klaarwakker en schrijf je deze brief, woord voor woord, zin voor zin. Ik let goed op de punten en de komma's en ik open en sluit netjes de haakjes, maar het valt me op dat ik bijna geen vraagtekens of uitroeptekens meer gebruik. Ondanks de duisternis gonst er een vlieg onder het lage plafond en houdt me uit mijn slaap.

Ik was dus al wakker toen mijn grootvader me kwam roepen: 'Mijn ezel is beter dan de jouwe en mijn zadel is beter dan het jouwe.'

Het was alsof alle aderen van jouw takken en elke korrel van jouw aarde was doordrongen van zijn stem en slechts de echo van zijn woorden hoefde te weerkaatsen. Maar andere stemmen riepen terug: 'Laat ons en de anderen slapen.'

Toen besefte ik dat ik net wakker was geworden.

Weer hoorde ik voetstappen op de veranda. Geblaf, gehuil,

gevolgd door gezang of gelach. Het was mijn grootvader weer. Nu gaf niemand meer antwoord en ik draaide me om in mijn bed, alsof ik hem niet had gehoord. Ik ging weer aan jou denken en aan mijn moeder en aan deze wonderlijke wereld. Opnieuw schrok ik op, deze keer van het geluid van brekend glas op de veranda. Uit de verte hoorde ik mijn grootvader schreeuwen: 'Ik schaam me voor mijn familie en mijn overleden ouders. Mijn grond zit vol met gif!'

Ik liep snel naar de veranda. Mijn grootvader hield een lege oliefles, die hij tegen de muur kapot had geslagen, in zijn hand. Ik pakte de fles voorzichtig van hem af en duwde zachtjes zijn blote voeten weg van de scherven.

'Lag je te slapen, liefje? Sinds die verdomde jongens er zijn, doe ik geen oog meer dicht', zei hij eenvoudig.

Op dat moment begreep ik waarom de bezetters hem negeerden: hij had geen macht en geen kracht meer. Op de eerste dag van de bezetting hadden ze geprobeerd hem te ontvoeren. Hij zat op zijn paard, met zijn geweer, maar hij bood geen verzet. Hij steeg gehoorzaam af en liep geblinddoekt met de gemaskerde mannen mee. Uiteindelijk kon hij ontsnappen en wist hij zich springend over rotsen uit de voeten te maken. Zelfs bij geweld lijken er onuitgesproken wetten te gelden: als een gijzelaar de identiteit van zijn ontvoerder kent en erin slaagt te vluchten, wordt hij niet nog eens ontvoerd. Tot hun verbijstering noemde mijn grootvader hen allemaal bij hun naam.

'Hij stierf met zijn bijl in zijn hand en de koeien beweenden hem...' zong mijn grootvader.

'Maar grootvader, Moestafa hoort niet meer bij hen', zei ik.

'Wat maakt het uit? Het is allemaal zijn schuld.'

Ik lachte en hij ook. Ik maakte mezelf wijs dat hij lachte van blijdschap, maar toen vervolgde hij: 'Rotjongens! Was het niet jullie eigen grootmoeder die dacht dat de auto van mijn grootvader uit de hemel was komen vallen? Ze raakte hem aan met haar hand alsof het de heilige Kaaba in Mekka was, legde diezelfde hand tegen haar lippen en kuste hem. Was het niet jullie bloedeigen grootmoeder die dacht dat de fotograaf een foto van haar kon maken zonder haar te zien? Dus kom nu niet bij me aan met je talkie-walkies en je protserige auto's.'

Terug in mijn kamer hoorde ik opnieuw voetstappen op de veranda, vlak bij de deur, onder het raam. In de verte hoorde ik schaterlachen. Ik had geen zin om op te staan en vroeg me af hoe die donkerrode vloerbedekking tegelijkertijd zo weldadig warm en zo heerlijk koel kon zijn. Ondanks de lange weg die we hadden afgelegd om dit dorp te bereiken, had ik het gevoel dat ik door een magische kracht hier was gekomen.

Ik opende mijn ogen en sloot ze weer, genietend van de droge, frisse lucht en de geluiden, die me herinnerden aan een normaal leven en versmolten met de echo van mijn brieven, waarvan ik had aangenomen dat ze samen met mij in slaap waren gevallen, zodra ik mijn ogen had gesloten. Maar ze waren wakker, net als ik. Ik hoorde een hoge lach die ik niet kende, gevolgd door de stem van Zamzam. Toen hoorde ik weer die onbekende, hoge stem. Uit Zamzams onzekere toon maakte ik op dat de nieuwe stem sterker was. Zamzam probeerde harder te praten, maar ze werd overstemd door de klaterende lach van de ander. Ik luisterde aandachtig en probeerde erachter te komen wie het was. Ik hoorde mijn grootvader, maar de andere stem was harder dan de zijne: 'Nee, ik wil niets hebben. Roehiyya wacht al sinds vanochtend vroeg op Asmahaan.'

Ik schoot overeind. Werd ik seniel? Sinds we langs de uithangborden van de kapsalon, de koffiehuizen en de kippenboerderijen waren gereden, had ik niet meer aan Roehiyya gedacht. Mijn grootvader begon een lange tirade af te steken. Hij kondigde aan dat het een ideale dag was om de bomen te snoeien. Hij schold op de schooiers, op de jeugd, op de afgunstigen, en maakte ze uit voor sloebers en pooiers, die hun vrouwen, hun moeders en hun dochters voor hoer lieten spelen. De onbekende probeerde mijn grootvader tot zwijgen te brengen. Maar zijn raspende stem, die klonk als een roestige naald die over een grammofoonplaat schuurt, drong in mijn oren en mijn hart en beheerste de hele veranda. Ik trok haastig mijn kleren aan en liep naar buiten om er achter te komen wat ze zeiden, want door de dikke muren waren hun stemmen nauwelijks te horen. Huilde mijn grootvader? Nee, hij lachte. Mijn grootvader lachte en zong een lied. De schelle stem van de andere vrouw bracht hem tot zwijgen.

Ik ging naar buiten. Ik had het gevoel dat de dag al bijna weer om was; ze waren allemaal eerder opgestaan dan ik en hadden het programma al vastgesteld tot de laatste minuut en tot in het kleinste detail, zodat er voor mij geen plaats meer was. Zodra ze me ontwaarde, gooide de vrouw met de schelle stem de wasknijpers die ze in haar hand hield in de mand en stormde op me af. Ze stoorde zich niet aan de afkeurende blikken van Zamzam maar rende naar me toe, kuste me en drukte me tegen zich aan, terwijl ze zei: 'Godzijdank, je bent heelhuids aangekomen. Godzijdank.'

Ze was hetzelfde meisje dat gisteren bij onze aankomst van een afstand naar ons had staan kijken, niet dichterbij had durven komen en ten slotte was verdwenen. Haar mooie gezicht was een en al glimlach. Haar blauwe ogen keken dwars door me heen, zo doordringend dat alles om me heen blauw werd. Verrast door mijn koele reactie, vertelde ze me dat ze Djoehaina heette en dat ik haar, toen ze nog klein was, eens een haarspeld had gegeven. Ik herinnerde me haar als een meisje met rood ontstoken ogen. Toen ik haar dat vertelde, antwoordde ze dat ze daar in het vijgenseizoen nog steeds last van had. Ik glimlachte, hoewel ik me niet op mijn gemak voelde omdat ik zoveel ouder was dan zij.

'Ik heb die bloemen in je kamer gezet. Na'iema en alle anderen waren ertegen, maar ik heb het toch gedaan', zei ze.

'Hou eens op met dat geklets. Misschien wil Asmahaan wel ontbijten', onderbrak Na'iema haar, maar Djoehaina riep autoritair: 'Waarom noem je haar Asmahaan? Ze heet Asma. Asmahaan is ouderwets. Ze wil vast niet eten, Roehiyya zit op haar te wachten.'

Toen wendde ze zich naar mij en vroeg op een vleiend toontje: 'Kom je mee naar Roehiyya? Toen ze hoorde dat je er was, was ze in de wolken. Ze wil je dolgraag zien.'

Mijn grootvader kwam terug van het kleine veldje tegenover de veranda en zei, terwijl hij de aarde van zijn handen schudde: 'Het is een prachtige dag vandaag. Niet te koud en niet te warm. Alles is bedekt door een laagje dauw en de appels hebben een fantastische kleur. Ach, die papavers breken nog eens mijn hart, als mevrouw Djoehaina dat niet al heeft gedaan.'

Djoehaina bleef hard doorpraten, alsof ze me wilde uitdagen, maar mijn gedachten werden afgeleid door de rode en witte papavers die zachtjes meedeinden op de bries, glinsterend onder de zon. Ze wierpen grote, donkere schaduwen over jouw heldergroene en gele tinten. Misschien stond ik toen pas voor het eerst stil bij het drama dat mijn grootouders, mijzelf en jou had getroffen. Met een schok besefte ik dat dit alles ons niet meer toebehoorde. Er waren geen landarbeiders meer die je met hun kabaal en geschreeuw gezelschap hielden. Er waren geen vrachtwagens en geen trekkers meer en ons huis was gereduceerd tot een zielloze steenmassa. Mijn gedachten dwaalden af naar de andere huizen in de verte. Hoe had iedereen deze abnormale situatie zomaar kunnen accepteren? Waarom deed het mij pas iets nu ik het met mijn eigen ogen zag? Ik keek naar de auto's die zich een weg baanden tussen jouw boomgaarden. Ik hoorde lachen, roepen en zingen: 'Kom bij me binnen, kom binnen schat. Dan kunnen we samen spelen in bad.'

'Ze hadden nog beter alles in brand kunnen steken... Papavers zijn vergif. Ze zuigen het water uit de grond en ontnemen hem alle vitamines.'

Mijn grootvader was bezorgd om jou, om je gezondheid en om je hart. Hij vergeleek je met een gevilde slangenhuid, die in een oogwenk onder de zon verdroogt. Intussen vroeg ik mezelf af waarom ik me zo ergerde aan Djoehaina. Ik wist inmiddels zeker dat ze mijn grootvader in haar lange lokken had gestrikt.

'Ach, had ik maar zoons gekregen,' riep mijn grootvader

verslagen uit, 'dan had ik ze als een stel honden op ze losgelaten om ze te verslinden. Ik zweer het.'

'Het is je eigen schuld. Dan had je maar een tweede vrouw naast grootmoeder moeten nemen', zei ik gekscherend.

Djoehaina mengde zich in het gesprek: 'Maar je moeder heeft bij haar tweede man toch jongens gekregen? Dat heeft Na'iema me tenminste verteld.'

'Ja, drie.'

'Is het waar dat je moeder de schoenen van Afaaf heeft gestolen toen ze bij jullie in Beiroet overnachtte?'

Mijn grootvader antwoordde lachend: 'Waarom niet? Het waren prachtige rode lakschoenen.'

Djoehaina trok me mee en zei: 'Kom, Asma moet zich aankleden. Roehiyya zit te wachten.'

Mijn grootvader legde zijn arm om Djoehaina heen, boog zijn gezicht naar het mijne, net als de eerste keer, en smeekte: 'Neem me mee naar Roehiyya.'

Toen vervolgde hij ernstig: 'Alsjeblieft, zeg eens eerlijk. Heb je behalve jezelf en je moeder ooit iemand gezien die zo mooi is als Djoehaina?'

Ik trok mijn gezicht weg en zei: 'Grootvader, laat dat, ik stik bijna.'

'Laat me los,' riep Djoehaina op haar beurt, 'of moet ik je bijten?'

Ik was verbluft; het was net alsof er twee mensen van dezelfde leeftijd voor me stonden. Maar waren het twee oude mensen of twee jonge? Ik ging mijn kamer binnen om me te verkleden, blij dat ik in het dorp was en niet in Beiroet. Bij de gedachte dat ik Roehiyya zou zien, werd ik ineens ongedurig. Ik liep naar de gang en keek in de oude spiegel. Hij was bedekt door een laag stof en zag er aftands uit, alsof hij genoeg had van zijn rol; ik kon mijn gezicht er nauwelijks meer in zien. Ik maakte hem schoon. Tussen de grijze vegen die hier en daar waren achtergebleven, als kleine vogeltjes, zag ik jouw kalme weerspiegeling, mijn lieve grond, alsof je nog steeds van ons was.

5

Lieve Billie Holiday,

Zodra ik gewend was aan het snelle tempo van Djoehaina en haar kon bijhouden zonder buiten adem te raken, dacht ik aan jou. Ik had in geen eeuwen meer zo'n eind gelopen. Ik keek naar mijn voeten, terwijl ze neerkwamen op de grond.

Sinds de oorlog is uitgebroken, houden we onze armen krampachtig tegen onze borst gedrukt; we weten niet eens meer hoe plezierig het is om ontspannen te lopen. We vragen ons voortdurend af of de kleren die we dragen wel deugen in de ogen van de voorbijgangers en de gewapende milities, want afgezien van de bestaande, tastbare barricades, hebben we ook barricades in onze geest, die nog veel sterker zijn.

Ik voelde me ontspannen en gelukkig. Niets raakte me meer. Niet de bezetters van onze grond, noch het verdriet van mijn grootvader. Je glimlachende gezicht verscheen voor mijn ogen. In je laatste dagen was je niet meer in staat om te lopen; de heroïne waarvoor je leefde, stimuleerde je geest – je dacht dat je dreef of vloog – maar je lichaam, en vooral je benen, waren krachteloos.

In Beiroet ben ik opgehouden met lopen, niet omdat er bijna geen trottoirs meer zijn, niet omdat de straten vol met kuilen zitten en bezaaid zijn met afval, maar omdat een straat je van de ene plek naar de andere zou moeten brengen, van de ene sfeer naar de andere, van de ene mens naar de andere, en dat is nu iets uitzonderlijks geworden. Toch was het niet het lopen – of het niet-lopen – dat me aan je deed denken. Nee, het waren de groene, geurige hasjiesjplanten en Roehiyya, naar wie ik op weg was. Als jij hasjiesj in plaats van heroïne had gebruikt, dan had je de teugels van het paard in handen gehouden, dan was je nog in leven geweest. Maar het paard van de heroïne heeft jou bestegen, tot je niet meer wist waar het je mee naartoe nam.

In de velden, die zich uitstrekten tot de horizon, stonden de hasjiesj- en papaverplanten onder de brandende zon. Ze groeiden overal, zelfs langs de kant van de weg. De groene, paarse en witte struiken wiegden in de wind als boongewassen of tomatenplanten. Op de grond, tussen de droge struiken, kronkelde een waterslang, als een adder. Naast een aardewerken kruik die langs de kant was neergegooid, lag een leeg blik. Een hond blafte, gevolgd door een tweede.

'Dat ontbrak er nog aan,' barstte Djoehaina uit, 'smerige honden die tegen ons blaffen en ons bespioneren.'

Ze bukte, pakte een paar stenen op en gooide die scheldend naar de honden.

In de wei lagen wat koeien te suffen; ze maakten een vriendelijke, goeiige indruk. Djoehaina vertelde me dat ook zij de smaak van hasjiesj te pakken hadden gekregen.

Weer bukte Djoehaina zich, pakte een paar stenen op en gooide ze naar de koeien, maar die bleven onverstoorbaar naar de horizon staren, zwaaiend met hun koppen.

'Niet te geloven hoeveel moeite het die beesten alleen al kost om op te staan!'

De geur van de hasjiesj begon me langzaam te bedwelmen. Djoehaina vertelde lachend: 'Mijn kleine broertje heeft in een opstel over de lente geschreven dat hasjiesj naar parfum ruikt en de grond bedekt als een tapijt van groen zijdebrokaat.'

Overal in het dorp was tegenwoordig hasjiesj te vinden. Djoehaina wees naar het huis van een oude vrouw die was gestorven zonder te weten dat de grond om haar huis er vol mee stond, tot aan de trap van haar woning toe.

'Hasjiesj is net als bonen. Waar je het ook zaait, het komt altijd op. Mijn zus heeft eens ergens een zaadje gestrooid en na een dag kwam het al op. Het is net een stuiterende bal. Het is gemeen spul; het zou zelfs langs de kust kunnen gedijen.'

Mijn blik dwaalde af naar de horizon; voor me strekte het rotsachtige landschap zich uit. De heuvels waren nagenoeg kaal, net als de meeste akkers. Ik ontwaarde een smal pad in de bergen. Mijn grootvader wees het altijd aan en beweerde dat het een spoorbaan zou worden, en ik geloofde hem. Ik zag de hutten van de landarbeiders, met hun wit gekalkte muren en een wingerd onder het raam. Voor de deur van een van die hutten stond een Amerikaanse auto geparkeerd. En een enorme hasjiesjplant, zo hoog als een boom. Een vrouw, die naast haar man stond, vroeg me naar mijn moeder en naar Beiroet. Was het echt waar dat de mensen daar geen elektriciteit hadden? Ze trok haar hand uit de mijne en legde hem – als teken van respect – op haar borst. Haar vingers waren zwart en droog. Het was oemm Kamil. Hasjiesj was haar enige passie geworden en ze dacht met spijt terug aan vroeger: 'Hadden we toen maar geweten dat er hasjiesj bestond. We waren net gek, om courgettes en aubergines te verbouwen.'

Ik glimlachte naar Djoehaina en vroeg me af hoe ze aan die zelfverzekerde houding kwam. Ze gedroeg zich alsof ik nauwelijks ouder was dan zij. Alsof ik niet Asma was, de dochter van een gegoede familie, alsof ik niet had gestudeerd. Zelfs mijn kleren wekten geen ontzag. Het was alsof mijn eigen zelfvertrouwen werd ondermijnd door het hare. Ik moet oud geleken hebben in haar ogen; ze moet de indruk hebben gehad dat ik de boot had gemist. En mijn familie, die had alle boten gemist.

Ik nam een voorbeeld aan mijn grootmoeder, die zo'n moment van zwakte zou hebben verhuld door om het even welk onderwerp aan te snijden: 'De hasjiesj en de papavers groeien goed in het droge klimaat hier.'

'Alsof God – Hij zij geprezen – in hun wortels zetelt.'

Dat antwoord snoerde me de mond. Ik liep van de weg af en bukte me om een witte papaver te plukken; een zwerm vlinders en bijen vloog weg. Tot mijn verbazing stortte Djoehaina zich op de bloemen, plukte er een aantal en zei: 'Eén bloem. Wat heb je nu aan één bloem? Maar kijk uit voor je grootvader. Als die je ziet, lust hij je rauw.'

Het landschap was onherkenbaar geworden. Het waren niet meer dezelfde dorpen en ook de paden waren veranderd. Ik zag zwarte, kale schroeiplekken op de grond en de stenen. Djoehaina, die mijn blik had gevolgd, zei: 'Daar hebben de fedajjien hun vuurtjes gestookt.'

'En de anderen dan?' vroeg ik haar, waarop ze lachend antwoordde: 'Die eten thuis, of hun familie brengt voedsel.'

We klommen door de velden omhoog, naar de hoger liggende huizen van het dorp. De felle kleuren schreeuwden ons tegemoet. Djoehaina liep haastig door, maar ik vertraagde mijn pas. Ik genoot van alles wat ik zag, zelfs van de Syrische tank, waar soldaten op lagen te slapen. Hoe was het mogelijk dat ik gisteren nog naar Beiroet had willen terugkeren. Nu voelde ik slechts dankbaarheid, omdat ik ver weg was van Hizbollah en Amal, omdat ik me kon baden in het door de zon verwarmde water, dat direct uit de pijp spoot; hier had ik eindelijk voldoende ruimte om te ademen.

Zodra ik Roehiyya's armen om me heen voelde, kwam jouw glimlachende gezicht weer terug in mijn herinnering. Jouw gezicht, Billie Holiday. Sinds ik verslingerd aan je ben geraakt, doe je me denken aan Roehiyya. De overeenkomst zit hem niet in jullie gezicht of jullie gebit, niet in jullie ogen of jullie verwijtende blikken, maar in jullie persoonlijkheid en jullie stem. Jullie komen beiden voort uit de aarde: jij uit distels en de wortels van katoenplanten en zij uit stenen, gruis en rood zand. Jij bent gevormd door de zon en het vochtige klimaat, zij door de zon en de hete, droge winden. De aarde heeft jullie gevoed met zijn verdriet. Jullie zijn omhoog geschoten, omdat jullie verlangden naar regen, naar het water aan de oppervlakte. Al snel ontdekten jullie de waarheid en jullie hebben beiden op jonge leeftijd mannen liefgehad. Jij luisterde naar de stemmen van de blueszangeressen op zwarte grammofoonplaten, die steeds weer werden afgedraaid, golvend onder de naald, ronddraaiend als de aardbol. En zij luisterde naar de stemmen van de moëddzins en naar oude Arabische gezangen en rouwliederen.

Geen van beiden hebben jullie je toevlucht tot de pen gezocht; jullie schrijven je gedachten in je hoofd. Het contact met de wereld en alles wat daar gebeurt, heeft jullie gevoelige ziel gekwetst. Jullie bezingen de realiteit zoals jullie haar beleven, niet zoals jullie je haar voorstellen in je dromen. Soms komt je stem half sluimerend uit je keel, nadat al je ledematen in slaap zijn gevallen. En de stem van Roehiyya? Ik zal mezelf niet herhalen. Roehiyya heeft jouw stem.

Voordat Roehiyya de houten deur openzwaaide, die door de tijd was verweerd, begon ze al te jubelen. Daarna kuste ze me en begon opnieuw te jubelen. Ze pakte mijn gezicht vast en noemde me 'mijn lieveling', 'licht van mijn ogen' en 'mijn gazelle'. Ik schaamde me een beetje voor deze uitbarsting van affectie en het kostte me moeite haar aan te kijken. Haar intelligente ogen stonden zo zacht, dat het leek alsof ze waren bedekt door een vochtige mist. Haar donkerbruine huid en haar dikke lippen waren nog hetzelfde, maar haar tanden waren verrot. Ze wendde zich tot Djoehaina en zei: 'Nou, wat heb ik je gezegd over Asma? Heb ik je niet gezegd dat ze anders is dan de rest van de wereld? Dat er niemand is zoals zij? De mensen praten over haar familie, maar voor mij telt zij alleen. O, Asma, mijn oogappel, waarom ben je zo lang weggebleven?'

Kennelijk had ze door alle emoties behoefte aan een sigaret gekregen, want ze haalde een klein doosje uit haar borstzak te voorschijn waarin vloeitjes en tabak zaten. Ze rolde een sigaret en stak hem aan. Ze nam een trek, blies de rook uit en zei: 'Het enige wat me nog rest is de smaak van sigaretten. God heeft me alles afgenomen, behalve mijn sigaretten. Zal ik er een voor je rollen?'

Ik antwoordde lachend: 'Nee, geef mij maar een granaatappel.'

Roehiyya schaterde het uit. Vroeger was ze net zo mooi als

jij. Nu is ze niet mooi meer, en jij ook niet. Haar tanden hebben de kleur van tabak gekregen en ze mist er een paar. Maar haar lippen zijn nog steeds vol en bruin en op haar kin heeft ze een blauwe tatoeage, als een zigeunerin.

Ze nam een trek van haar sigaret en vroeg naar Beiroet, naar mijn grootmoeder, mijn moeder en Fadiela. Toen ze merkte dat ik terughoudend was met mijn antwoorden, drong ze niet verder aan en zei: 'Laat maar. Iedereen maakt het goed en van praten krijg je pijn in je mond. Iedereen maakt het goed. Wie niet onder de grond ligt, heeft geluk. Maar waar is je minnaar?'

Ze liet me zelfs niet de tijd om te glimlachen, maar wendde zich tot Djoehaina en zei: 'Ik wist het wel: nu Asma er is heb je ineens geen grote mond meer en gedraag je je mak als een lammetje.'

Ze lachte schel, inhaleerde en hoestte, met de sigaret nog steeds tussen haar lippen geklemd, en vervolgde, toen ze uitgehoest was: 'Maar dat geeft niets. Het is normaal dat je ook thee met biscuitjes wilt, zoals alle nette mensen.'

Ik begreep niet meteen wat ze bedoelde, hoewel de verwijtende toon in haar stem me niet ontging. Maar uit Djoehaina's felle reactie maakte ik op dat er meer aan de hand was. Voordat ik besefte wat er gebeurde, stond Djoehaina al bij de deur. Ze was woedend op Roehiyya.

Na een paar ogenblikken had Roehiyya al spijt dat ze Djoehaina zo op stang had gejaagd.

'Waar ga je heen, in die brandende zon?' vroeg ze liefjes.

Toen Djoehaina zich zelfs niet meer omdraaide, stond ze op om haar terug te halen en ik liep achter haar aan, maar het meisje was al naar buiten gerend.

'Kom terug, vooruit! Je hebt een goed hart. Kom terug, ik mag toch wel een grapje maken?'

Maar Djoehaina was verdwenen. Terwijl ze de deur achter haar sloot, verzekerde Roehiyya me dat ze wel weer tot bedaren zou komen.

'Er is iets tussen haar en grootvader, hè?'

Roehiyya lachte; ze sperde haar mond zo wijd open, dat ik de blauwe aderen in haar hals kon zien.

'Mijn god, je bent me er eentje. Je lijkt wel een hond; je ruikt dingen al van een afstand. Je had ze meteen door, deugniet!'

Het bloed steeg naar mijn hoofd en het zweet brak me uit. Mijn hart bonsde en ik begon te trillen. Roehiyya sprak zo ongedwongen over de relatie tussen mijn grootvader en Djoehaina, dat ik het wel moest geloven. Het scheen niet in haar op te komen dat ik op dat moment mijn grootmoeder voor me zag en me probeerde voor te stellen hoe zij op deze situatie zou reageren. Maar ik schudde die verontrustende gedachte meteen weer van me af; ik kende mijn grootvader beter dan Roehiyya en Djoehaina hem kenden. Wat zich tussen hem en Djoehaina afspeelde, was maar een spel.

Roehiyya probeerde zich onze laatste ontmoeting te herinneren: 'Dat is lang geleden... God, wat is dat lang geleden. Hij leefde nog. Weet je nog, dat was die keer toen hij je zo plaagde en ik ruzie met hem kreeg, omdat hij je lastig viel. Weet je nog? Nu schaam ik me ervoor; ik gedroeg me als een politieagent, als Atatürk.'

Ik knikte. Destijds was ik ervan overtuigd geweest dat ze jaloers was, omdat haar man met me flirtte en mijn haar wilde aanraken.

'Moge God me straffen. Wat ben ik wreed tegen hem geweest. En nu word ik ervoor gestraft.'

Ze stond op, stak haar hand in de lucht en zwaaide ermee naar links en naar rechts, terwijl ze zong: 'Wij zijn weduwen en ons verdriet zit diep; wij zijn weduwen en ons verdriet zit diep.'

Plotseling hield ze op, hoewel het haar duidelijk moeite kostte. Ze veegde haar gezicht af met haar hand en ging over op een ander onderwerp: 'Wat wil je drinken, wat kan ik je aanbieden, behalve het bloed in mijn aderen?'

Ik moest lachen, maar zij vervolgde op klaaglijke toon: 'Toen hij stierf ben ik al mijn bloed verloren. Als ik niet had gerookt, had ik maanden lang voor hem gevast. Ik heb pillen genomen, zodat ik niet ongesteld zou worden en kon blijven vasten. Maar van die ellendige sigaretten kon ik niet afblijven.'

Ze keek naar de sigaret, stond op, liep naar de deur en deed hem vanbinnen op het ijzeren slot.

'Wat me gek maakt, is dat hij zijn dood voelde aankomen. Steeds wanneer hij een pil tegen de drank nam, zei hij: "Jij zult me vermoorden; jij wordt mijn dood." En dan puilden zijn ogen uit als die van een kikker.'

Ze huilde. Ze legde haar hoofd in haar handen en huilde.

'Degene die me nog het meest verdriet heeft gedaan, was zijn broer. Hij weigerde een rouwceremonie in zijn huis te organiseren; zijn zoon zat op de universiteit en hij was bang dat die door het boze oog getroffen zou worden. Wat een mentaliteit! Toen hebben we de plechtigheid hier gehouden. Sommigen zaten in de tuin en anderen stonden op straat. We hebben alles in Gods hand gelegd. Door de dood leer je de mensen kennen, niet door het leven. Mijn moeder had gelijk; die zei altijd: "Ik vertrouw op God en op mijn kluis." Ze bedoelde dat haar bezittingen in de kluis zaten en bezittingen leveren geld op.'

De man van Roehiyya was verslaafd geweest aan alcohol: arak, bier, cognac, whisky. Op het laatst nam hij zelfs spiritus en eau de cologne... 's Avonds, 's ochtends vroeg, tussen de middag, in de namiddag, bij zonsondergang, hij dronk de hele dag door. Die verslaving had van Roehiyya een soort schildpad gemaakt, zwijgzaam en met ingetrokken kop. Ze kon het niet verdragen dat ze in een zwart gat terecht was gekomen. Ze trad niet meer op bij begrafenissen en zong geen klaagliederen meer om het verdriet van de treurende nabestaanden intenser en tegelijk draaglijker te maken. Ze vond dat ze in deze situatie niet het recht had om de elegieën van Hasan en Hoesein te zingen, nu iedereen het wist van haar man. Elk jaar had ze met haar trillende, droeve stem de tragedie van Asjoera bezongen en de herinnering levend gehouden aan de eeuwige dorst van de mensheid, op zoek naar een druppel water om de uitgedroogde monden te bevochtigen.[8] Haar stem was het licht in haar leven.

Ze had ontdekt dat ze meer kon doen met haar mond dan eten of praten en daarin onderscheidde ze zich van de vrouwen uit het dorp en zelfs die uit Beiroet. Haar mond was haar intiemste lichaamsdeel, haar sekse. En nu moest ze hem beteugelen, want ze was niet meer vrij om te zeggen wat ze wilde en mensen te bekritiseren wanneer ze daar zin in had. Zodra ze wilde gaan zingen, voelde ze scherpe doornen in haar tong prikken.

'Het is mijn schuld; ik heb hem aan de drank gebracht. Wist je dat ik vroeger stiekem arak dronk? Toen hij erachter kwam dat ik hem in het begin had afgewezen omdat ik verliefd was op mijn neef, werd hij gek. Hij wilde me niet meer aanraken. Ik zeg bij mezelf: van een glas arak raakt hij in een roes en wanneer zijn geest zich ontspant, zal zijn lichaam wel weer in beweging komen. Ach, ach, er is niemand zoals hij; zijn speeksel smaakte beter dan de zoetste siroop.'

Toen, alsof ze niet kort daarvoor nog had gehuild, klaarde haar gezicht op en zei ze lachend: 'Moge God mijn tong afsnijden. Waarom bezing ik iemand die onder de grond ligt, terwijl jij voor mijn ogen staat?

'O, Asma, O, Asmahaan
Jouw naam ligt eeuwig op mijn tong
Mijn liefde voor jou is blind
Ik bid voor jou
Ik zie je voor me in een bruidsjurk
Voordat de olie van de lantaarn op is
Voor jou wil ik eigenhandig de klokken luiden
Voor jou wil ik eigenhandig de trekker van de kalasjnikov overhalen.'

Ik glimlachte gegeneerd en ging snel over op een ander onderwerp: 'Heb jij ook hasjiesj of papavers geplant?'

Ze sperde haar mond weer open, als een gapende grot, en vroeg: 'Wil je er wat van? Morgen ligt het voor je klaar.'

Ondanks het leeftijdsverschil tussen ons, had ik de vriendschap met Roehiyya al die tijd gekoesterd, in weerwil van de jaloezie van mijn grootmoeder en Zamzam. De mensen uit het dorp wisten niet wat ze ervan moesten denken. Wanneer ze me in Beiroet ging bezoeken, was iedereen op de hoogte: dan maakte ze pannenkoekjes, granaatappelen, dunne broden en in olie ingemaakte kaasbolletjes voor me klaar en componeerde ze een aantal nieuwe liederen. Ik was blij als ze kwam en nam haar mee naar de universiteit, de bioscoop en het café. Ik drong erop aan dat ze bij mij en niet bij haar familie zou overnachten. Ik stelde haar voor aan Hajaat, aan mijn vrienden van de universiteit en ten slotte, tijdens de oorlogsjaren, aan Nasir. Ik was in mijn jeugd aan haar gehecht geraakt; als klein meisje zat ik altijd bij haar, met de wasteil tussen ons in, en wenste dat ik voor altijd kon blijven kijken naar haar wringende en boenende handen, luisterend naar de liedjes die ze neuriede. Ze voerde gesprekken met iedereen en alles in haar omgeving, zelfs met de voorbijschietende hagedissen. Ze dronk haar koffie – liever dan thee – onder de granaatappelboom, nadat ze de grond ter verkoeling met water had besproeid.

Door de jaren heeft Roehiyya me haar leven verteld. Zo ontdekte ik, zonder dat zij het wist, wat me als negen- of tienjarig meisje in haar had aangetrokken. Hoe kon ze toen al weten dat ik haar vertrouwen en haar vriendschap verdiende, hoewel ik nog zo jong was? Ik weet het niet. Ik kwam iedere dag bij haar en ze onderging mijn bezoekjes altijd geduldig, ondanks haar drukke werkzaamheden, vooral toen haar lastige, veeleisende moeder nog in leven was. Mijn fascinatie voor haar was begonnen tijdens een herdenking van Asjoera waar ze de martelaar Hoesein bezong, en ik was vooral onder de indruk van haar geraakt door de theatrale manier waarop ze de dorst van sitt Zainab verbeeldde. Ik kreeg er tranen van in mijn ogen. Ik dacht dat Roehiyya zelf dorst had en wilde haar een glas water brengen. Het leek alsof het stof van Kerbela haar lippen en haar slapen bedekte.[9] Ik kon me niet meer bedwingen en snikte het uit. Mijn vriendinnetjes dachten dat ik een lachbui had, zoals meestal wanneer we ons tussen de meisjes en de vrouwen naar binnen drongen. Die bijeenkomsten waren voor ons een uitje, minstens zo leuk als een bezoek aan de bioscoop. We keken naar de huilende vrouwen, vooral de oudere, die leken op personages uit een komedie. Dan schaterden we het uit, terwijl we onze gezichten in onze handen verborgen. Maar Roehiyya huilde niet, hoewel haar stem af en toe stokte. Ze kreunde, maar hield haar stembanden in bedwang. Die nacht liet Roehiyya's beeld me niet meer los. Ze had een trieste indruk op me achtergelaten, waarvan ik me wilde bevrijden door haar de volgende dag thuis te bezoeken; ik wilde voor mezelf bewijzen dat ze een normaal mens was, die niet de hele tijd jammerde, maar net als de andere vrouwen gefrituurde aubergines van een rieten blad at. Maar mijn vermoeden bleek juist: ze was niet zoals de andere vrouwen. Ze speelde haar verdriet niet, ze leed echt. De pijnlijke ervaringen die ze had meegemaakt hadden wonden op haar ziel achtergelaten. Toen ze werd uitgehuwelijkt, was haar hart bij haar neef, van wie ze hield, en ze probeerde zich met hand en tand tegen haar huwelijk te verzetten door een lied te zingen:

'O moeder, o moedertje,
Kijk hoe mijn oogleden zijn gezwollen
En hoe mijn ogen zijn uitgeblust
Waarom wil je me verlaten?
Waarom weer je me van je borst?
Wie zal de molensteen voor je draaien?
Wie zal macaroni voor je maken?'

Haar moeder antwoordde: 'Ik heb niemand nodig om de molensteen voor me te draaien en mijn macaroni klaar te maken. Je bewijst me de grootste dienst door weg te gaan. Ik wil *farraka* eten, met een stuk vlees.'

Roehiyya zong:

'Morgen zul je ach en wee roepen
En alleen de muren zullen je antwoorden.
De moeder brengt haar kind groot en wordt oud
Haar dochter groeit op en vliegt uit.'

Ze had geprobeerd haar man te ontvluchten, en zich tussen de druivenranken, bij het waterreservoir en in het huis van haar oom verstopt. Ze wist hem een maand lang te ontlopen, totdat haar moeder en haar tante op een ochtend de deur op slot deden en haar bij haar handen en voeten vastgrepen. Hoewel Roehiyya sterk was, bood ze nauwelijks verzet; ze kon niet geloven dat haar man zich voor de ogen van haar moeder en haar tante op haar zou werpen. Daarom wachtte ze zijn komst samen met hen af. Toen ze hem zag, als een uitgehongerde hond die een kluif ziet, werd ze plotseling overmand door nieuwsgierigheid en verlangen: 'Toen hij me besteeg, wist ik niet wat me overkwam en ik begon te gillen: "Haal dat weg. Het brandt!" Mijn moeder en tante hadden hun gezicht naar de muur gekeerd en huilden. Ze dachten dat ik zou sterven van de pijn en dat mijn koppigheid me fataal zou worden. "Nee, nee!" riep ik. "Ik wil hem niet. Ik weet niet waarom." Maar daar waren ze inmiddels aan gewend, dus gilde ik dat ik door een wesp was gestoken.'

Toen ik haar vroeg wat die wespensteek en dat branden betekenden, barstte Roehiyya in lachen uit, tot de tranen over haar wangen biggelden en ze mompelde, terwijl ze haar hand voor haar mond sloeg: 'Mijn God, ik zou mijn lippen moeten dichtnaaien. Je bent nog maar een kind. Op deze manier verpest ik je nog. Hoor toch eens wat ik je allemaal vertel! Wat een schande! Ik vergeet gewoon dat je nog een kind bent en praat tegen je als tegen een twintigjarige.'

Op den duur was ze blij dat ze met hem was getrouwd. Ze ontdekte dat hij van haar stem hield, van de kracht van haar tong, van haar eeuwige geredeneer, haar geklaag en haar buien. Hij beweerde dat hij liever haar sigaretten rook dan zeep of parfums. Hij had bewondering voor haar, omdat ze de enige vrouw in het dorp was die in het openbaar durfde te roken. Ze zat graag alleen thuis en als er iemand onverwacht langskwam, hield ze meestal de deur dicht, met als excuus dat ze ziek of moe was. Ze was liever alleen met haar man en hield hem van zijn werk, zodat hij bij haar kon blijven. Maar hij bleef vragen waarom ze hem in het begin had afgewezen. Eerst draaide ze eromheen, loog en verzon uitvluchten, totdat ze hem op een dag de waarheid vertelde, dat ze verliefd was op haar neef in Beiroet.

Wanneer ik haar bezocht, snoof ze mijn geur op en zei: 'Laat me Beiroet ruiken, de wind van Beiroet, de mensen van Beiroet.'

Toen ik haar vroeg of ze de stad kende, zuchtte ze: 'Beiroet heeft mijn hart gestolen.'

Ze kende de stad sinds ze bij haar tante in de huishouding was gegaan, tegen kost en inwoning. Ze ging in de leer bij een naaister, maar die liet haar meer knoflooktenen pellen dan dat ze haar iets bijbracht. Roehiyya verdroeg dat alles, want ze was verliefd geworden op haar neef, de enige die inzag hoe slecht ze door zijn familie werd behandeld. Op een keer fluisterde hij in haar oor: 'Wat zonde van dat mooie lichaam, dat je kleren van de markt en zulke goedkope schoenen draagt. En die witte tanden, het lijken wel pareltjes. Je zou ze moeten poetsen met een borstel en tandpasta in plaats van ze te schuren met zout en water, zoals mijn moeder.'

Hiermee had hij een zwakke plek geraakt en om haar verwarring te verbergen begon ze te huilen en zei, terwijl ze zich jammerend op haar gezicht sloeg: 'Waar moet ik het geld vandaan halen om een tandenborstel en tandpasta te kopen?'

Hij gaf haar zijn zakdoek en zei teder tegen haar: 'Ik geef het je, maar hou op met huilen.'

Maar alsof hij spijt had van zijn belofte, of zich schaamde voor zijn vriendelijkheid, vervolgde hij op luidere toon: 'Ik zal een tandenborstel voor je kopen. Maar hou nu op met huilen.'

Hij bracht niet alleen een tandenborstel, maar ook een

schrift, een pen en een boek mee. Hij leerde haar klokkijken, telefoneren en nog veel meer.

Ze hield van haar neef, maar terwijl ze de woorden bestudeerde die hij haar dicteerde, besefte ze dat er veel was dat hen scheidde, vooral de dikke boeken die hij altijd onder zijn arm droeg en waarin hij 's avonds zat te werken. Toen ze een keer naar haar oom op de markt ging om hem zijn lunch te brengen, nam ze er een paar mee. Met de boeken op schoot voelde ze zich anders dan de andere mensen in de tram. Ze was ervan overtuigd dat het de boeken, het tennisracket, de witte ballen, de dikke witte tennissokken en vooral de witte tennisschoenen waren die haar en haar neef van elkaar scheidden. Die avond vertelde ze haar tante over haar wens om zich in te schrijven op een school die vlak bij hun huis lag. Ze zag zichzelf al uit school komen, in een zwart schort met een witte kraag, waarop ze een groene cederboom had geborduurd.

Maar tot haar verrassing sneed haar tante een heel ander onderwerp aan: haar terugkeer naar het dorp. 'Beiroet is verwoest', begon ze, 'en inmiddels kun je omgaan met draad en naald. De bruidegommen staan voor je in de rij.'

Maar Roehiyya stopte haar oren dicht en ging door met dromen. Ze smeekte haar tante om zich op de staatsschool te mogen inschrijven, maar deze antwoordde: 'Je bent al zeventien en je hebt nog niet eens een lagere schooldiploma. Je kunt toch niet gaan studeren met meisjes die jonger zijn dan jij? Die meisjes zijn slim. Ze zullen je uitlachen en je uitmaken voor oud wijf, voor het grootste uilskuiken dat ze ooit hebben gezien.'

Roehiyya gaf de hoop niet op. Ze dacht dat haar neef haar wel op het eindexamen van de lagere school zou voorbereiden. Maar hij had geen zin meer om haar iets te leren of om boeken en schriften voor haar te kopen. Hij was veranderd; de tederheid was verdwenen en hij greep niet meer elke kans aan om alleen met haar te zijn. Wanneer ze hem vertelde dat zijn moeder was uitgegaan om een familielid te bezoeken dat ver weg woonde, kwam hij pas 's avonds laat thuis, nadat ze uren op hem had zitten wachten, vervuld van koortsachtige, absurde gedachten, die door haar hoofd tolden en voor haar ogen flitsten: ze zag zichzelf naakt aan zijn voeten liggen, trok hem naar zich toe, besprong hem en raakte zwanger. Vervolgens zag ze een sjeikh, die de huwelijksceremonie leidde, en dan zag ze zichzelf weer: in hun huis, met naast zich een witte telefoon.

Een paar maanden later begon haar tante weer over haar vertrek. De aanleiding was een koffiekopje, waaruit ze haar toekomst voorspelde: 'Degene aan wie jij denkt, gaat trouwen met de zus van zijn vriend. Ik zie een Singer-naaimachine, die per vrachtwagen naar het dorp wordt vervoerd. Ik zie veel geld in je zak. En ik zie mijn zuster, die vlees koopt en farraka klaarmaakt.'

Roehiyya haalde quasi-onverschillig haar schouders op, maar in werkelijkheid kreeg ze een brok in haar keel, toen ze begreep waarop haar tante zinspeelde. Toen haar tante tegen haar zei: 'Je gaat vrijdag terug naar het dorp en ik ga met je mee', begon ze te huilen en smeekte haar om haar zoon over te halen met haar te trouwen. Maar haar tante zuchtte en zei: 'Ik zou niets liever willen, want je bent als een dochter voor me, maar tegenwoordig kun je kinderen niet meer dwingen.'

Roehiyya wist niet meer hoe de twee jaren die volgden voorbij waren gegaan. Het lange wachten had de tijd opgeslokt. Ze zat de hele dag te naaien, wachtend op zijn tedere blikken. Haar tante had een naaimachine voor haar gekocht, waarmee ze gordijnen maakte en hoezen voor de radio en de tv, nieuwe kussens voor de stoelen, dekens voor de familie en ondergoed en hemden voor de kinderen. Terwijl ze haar voeten op de pedaal op en neer liet gaan, naaide ze in haar hoofd zinnen aan elkaar, die allemaal eindigden met hetzelfde refrein. Steeds wanneer ze ze binnen gehoorsafstand van de buurvrouwen uitsprak en hen hoorde lachen, wist ze dat ze de woorden niet goed aan elkaar had gestikt, vooral die keer dat ze hardop declameerde:

'Ik sterf van liefde voor jou
Moge God je gezondheid geven
Moge Hij je voorspoed schenken
In alles wat je doet
Maar waarom heb ik om jou
Het alfabet vergeten?
Mijn gewrichten verpulveren
Als ik denk aan wat je me hebt aangedaan
Ik kan slechts voor je hopen
Dat God je vergeeft.'

Maar Roehiyya wanhoopte niet, zelfs niet toen hij zich na zijn studie verloofde en ten slotte trouwde met een meisje uit Beiroet. Op zijn bruiloft danste ze zelfs op het liedje 'Sla op de trommel, mensen van het huis, vooruit!', dat in haar hoofd veranderde in: 'Sla met de steen op mijn hoofd, mensen van het huis'.

Intussen ging er geen dag voorbij zonder dat Roehiyya gedichten en liederen verzon. Wanneer ze ze voordroeg, voelde ze zich dicht bij haar geliefde. Eerst werd haar verdriet nog heviger, maar na verloop van tijd werd het minder.

Ze keerde pas weer terug naar het dorp nadat haar neef een hoge post in een Arabisch land had gekregen. De eerste maanden sprak ze over Beiroet alsof ze de stad op haar duimpje kende. Ze maakte veel werk van haar uiterlijk en liep op hoge hakken, die vastraakten tussen de stenen en in de modder. Het eerste waar ze naar keek in de krant die ze af en toe kocht wanneer ze naar het dorpsplein ging, waren de berichten over het land waar haar neef woonde. Alle mannen die om haar hand vroegen, wees ze een voor een af. Meestal waren het onderwijzers, die les gaven in de naburige dorpen. Er was zelfs een man uit Beiroet bij, die haar vaak had zien lopen in de buurt waar haar tante woonde. Maar ze wilde een bruidegom zoals haar neef, of op zijn minst iemand met zijn status. Na een tijdje kreeg ze geen aanzoeken meer. Haar stem werd hees en ze begon zich toe te leggen op volksliederen en klaagzangen. Ze rolde sigaretten en hoestte en spuugde als een vent, zonder zich te bekommeren om haar omgeving. Ze maakte plezier met mannen die veel jonger waren dan zij, vooral met haar jongste neef Djawaad. Toen hij de puberteit had bereikt, ontdekte hij hoe groot de indruk was die zijn nicht, die hem als kind zijn schort had voorgedaan en zijn veters had gestrikt, op hem had gemaakt. Hij ging haar opzoeken in de zomervakantie en trok bij haar in, samen met wat vrienden. Haar huis raakte vol met jonge mensen, die gefascineerd waren door haar stem. Ze maakte plezier met hen, maar gaf hun ook standjes en goede raad, en soms liet ze zelfs haar vingers door hun haar gaan, terwijl ze zong:

'Ik ontmoette 's nachts een glimworm in Tunis
Ik dankte de Heer dat Hij hem had gevonden
En hem die nacht aan mij had gezonden
Hoewel hij niet groter was dan een kruimel
Verlichtte hij toch de duisternis
Maar toen ik dorst kreeg
En mijn keel wilde spoelen,
Sprong Tarzan in mijn mond.'

Roehiyya deed het houten tuinhek open en het licht stroomde naar binnen. De meubels van haar huis waren niet veranderd. Ik volgde haar over de drempel en liep de 'hangende tuinen' in, zoals ze ze noemde, of 'haar kleine lapje grond'. In het midden stond een granaatappelboom, met takken die vol hingen met vruchten.

'Weet je nog, Asma, dat jij op de drempel zat en ik granaatappels voor je pelde?'

Ze lachte en legde haar hand op mijn schouder: 'Vertel eens, mijn schoonheid, mijn lieveling, hoe gaat het met je?'

Als een goed opgevoed schoolmeisje zei ik: 'Alles is in orde.'

'Je ziet er zo mooi, zo elegant uit, en dan wil je me vertellen dat er niets aan de hand is?'

Ik moest denken aan Simon, aan die ander, aan die buitenlandse correspondent en zelfs aan Ricardo. Ik haalde mijn schouders op en zei: 'Iedereen stelt me dezelfde vraag. Maar wie denkt er nog aan liefde of trouwen? Ik werk één dag op de tien. Verder smeer ik mijn haar in met olie en was het uit met kamille, ik leg plakjes courgette op mijn gezicht en neem kokosmelkbaden. Dat is alles.'

Ze moest lachen: 'Ik weet heus wel dat je zit te wachten op mijn neef Djawaad. Waarom ga je niet naar hem toe? Als hij je gezicht ziet, wordt hij gek. Bij God, als ik jullie niet bij elkaar kan brengen, heet ik geen Roehiyya meer.'

Toen ik zag hoe ze naar mijn borsten keek, begon ik te blozen. Ik wist immers hoe haar geest werkte.

We hoorden Djoehaina op straat roepen: 'Wat? Verboden toegang? Levensgevaar?'

Opgetogen rende Roehiyya naar de deur, deed hem open en zei: 'Je bent een goed meisje.'

Djoehaina kwam zelfverzekerd binnenstappen en zei lachend: 'Natuurlijk ben ik een goed meisje. Ik ben voor Asma teruggekomen. Kom, ik neem haar mee voor een wandeling. Ik wil haar de kapsalon, het koffiehuis en het restaurant laten zien. Ze vroeg er vanochtend nog naar. Zo is het toch, Asma?'

We liepen weer door de vlakte, nadat we de huizen op de berg hadden verlaten. De warme lucht streek langs mijn gezicht. Ik genoot ervan en hoopte dat het nog heter zou worden. De stoffige kronkelweggetjes van vroeger hadden plaats gemaakt voor villa's, flatgebouwen en grote auto's, geparkeerd in de zon. Dat was allemaal in twee jaar tijd gebeurd. Aan de gevel van het koffiehuis hing een neonbord, dat 's nachts waarschijnlijk knipperde. Heerlijke geuren van geroosterd vlees kwamen ons tegemoet. Er hingen rookslierten boven de tafeltjes, de stoelen en de volle waslijn die je in een hoek kon zien, ondanks de pogingen van de eigenaar om hem te verbergen achter wat gedroogde planten en stro. Ik stelde Djoehaina voor om aan een tafeltje te gaan zitten en een maaltijd te bestellen. Ze aarzelde;

op dit uur van de dag zaten er alleen maar mannen; de vrouwen kwamen later, in de namiddag. We liepen om het koffiehuis heen en troffen bij de deur Samiera aan, die vlees stond te roosteren boven een grill. Ze begroette ons hartelijk, kuste eerst Djoehaina en daarna mij, en drong erop aan dat we samen met haar zouden eten. Toen Djoehaina haar vertelde dat ik liever in het restaurant wilde eten, schudde Samiera beslist haar hoofd en zei: 'Hoe komen jullie erbij?'

Ik kon me niet voorstellen dat er een echt restaurant in het dorp was en ik was benieuwd om te zien hoe een bestelling zou verlopen. Maar het lukte me niet haar dat duidelijk te maken. Zo te zien was ze alleen in het restaurant, maar toen hoorden we een auto remmen. Ze hoopte dat haar man was gekomen, om haar te helpen, maar het was een grote, zwarte Cadillac die voor de deur stilstond. Djoehaina rende naar buiten en vroeg de bestuurder ons mee te nemen. Samiera zei glimlachend, terwijl ze de rook uit haar gezicht sloeg, dat Djoehaina een goed meisje was, want ze had zich tijdens onze afwezigheid om mijn grootvader bekommerd. Toen vroeg ze me: 'Jullie zijn toch gisteren aangekomen? Dan moet ik je grootmoeder gedag gaan zeggen.'

Djoehaina kwam terug en zei: 'Kom, Sjawki brengt ons naar huis.'

Samiera maakte geen bezwaar, alsof ze haar uitnodiging was vergeten. Ook ik had er niets op tegen; ik wilde best een ritje maken in deze auto, die volstrekt uit de toon viel in de omgeving. Maar ik kon nauwelijks geloven dat de meisjes van tegenwoordig zomaar met een vreemde man mee durfden te gaan. Toen ik een jong meisje was, had niemand een auto gehad, behalve wij en de familie van wie we de naam niet wilden noemen. Ik dwong mezelf er niet verder over na te denken. Het was alsof ik ineens besefte dat ik het dorp al jaren geleden voorgoed achter me had gelaten, om me in het leven van de grote stad te storten.

Sjawki deed het achterportier voor ons open. Eerst stapte

Djoehaina in en daarna ik. Ik groette het ronde, welgedane, bezwete gezicht. De wanorde die in deze luxewagen heerste – plastic doosjes, pakjes sigaretten, een koefiyya – verbaasde me niet, maar mijn aandacht werd meteen getrokken door een doos met penselen van goede kwaliteit. Ik vroeg wie de schilder was. Hijzelf kon het niet zijn, zo iemand kon geen kunstenaar zijn. Djoehaina pakte de doos en maakte hem open.

'Goh, gebruikt de "schilder van de martelaren" zulke mooie penselen?'

'Wat dacht je dan, dat hij het met een bezem deed?'

Ik barstte in lachen uit. Geamuseerd zei hij: 'Wat moet ik anders zeggen? Schilderen doe je toch niet met een bezem?'

Zijn dikke hoofd schudde van het lachen.

'Ja, ze zijn van de "schilder van de martelaren". Hij stort zich op zijn schilderijen als een boerin die haar land bewerkt. Hij gaat langs de dorpen, komt terug met foto's en begint te schilderen. Zijn leven lang heeft hij niet geweten wat hij moest doen. En nu hangen zijn schilderijen in alle huizen.'

De 'schilder van de martelaren' bleek Abdallah te heten en hij was de broer van onze chauffeur. Hij legde contact met strijders van Hizbollah en Amal, om na hun dood hun portret te schilderen. Toen ik kenbaar maakte dat ik zijn werk graag wilde zien, zei de man hartelijk: 'Met alle plezier.'

Maar Djoehaina kreunde: 'In deze hitte?'

'We ontvangen jullie toch niet buiten? We hebben een kamer met airconditioning.'

Vervolgens vroeg de man naar mijn grootouders en zei: 'Moge God hen kracht geven.'

Ik beefde van woede. Hij deed warempel alsof ze ziek, of afgeschreven waren! Plotseling zag ik ze door de ogen van de dorpelingen, dezelfde mensen die vroeger van angst geen woord hadden durven uitbrengen, als ze bij hen kwamen om naar hun gezondheid te informeren, of een verzoek hadden in verband met het werk in de boomgaarden.

Ongetwijfeld gaven de luxeauto en de gouden sleutelring

deze Sjawki een gevoel van superioriteit jegens mij. Maar toen ik de 'kamer met airconditioning' zag, was mijn woede op slag bekoeld, want op de grond lagen nog steeds dezelfde matten en kussens als destijds. Zijn moeder ontving me hartelijk; ze kon nauwelijks geloven dat ik, Asmahaan, uit de auto van haar zoon was gestapt en zomaar haar huis binnenkwam. Ze ging naar een andere kamer om het nieuws te vertellen en ik hoorde haar bij de imam Ali zweren dat ik hier, in hun huis was. Daarop kwamen er drie vrouwen en een man de kamer binnen. Toen hij zijn hand naar me uitstak, herkende ik de jongen die ik altijd de Olifantman had genoemd. Djoehaina zei plagend tegen hem: 'Je bent uniek, schilder van de martelaren! De mensen komen zelfs uit Beiroet om je te ontmoeten. Mevrouw Asmahaan is gisteren gearriveerd en komt nu al toegesneld om je schilderijen te bewonderen, bofkont die je bent!'

Hoewel ik me schaamde voor Djoehaina's harde stem en de manier waarop ze mij probeerde te domineren, knikte ik instemmend.

'Alleen voor jullie dan', zei de schilder, en als ik zijn gezicht niet zo goed had gekend, had ik gedacht dat hij de draak met ons stak.

Zijn moeder riep dat hij de martelaren maar naar de zitkamer moest halen, in plaats van mij naar die zwijnenstal te brengen. Stotterend verdedigde hij zichzelf: 'Het atelier van een schilder is altijd rommelig, dat weet ze wel.'

Om hem aan te moedigen stond ik op en zei: 'Mag ik?'

Hij bracht ons naar zijn atelier en zei: 'Dames, to... to...'

'Tot uw orders', maakte zijn moeder de zin voor hem af.

'Hij stottert', voegde ze eraan toe.

Er kwam lawaai uit de kamer waar de broodoven stond. Djoehaina bleef bij de deur staan en riep naar binnen: 'Hallo, Abdallah gaat ons zijn martelaren laten zien.'

'Abdallah, je hebt toch niet de foto van mijn neef bij je?' hoorde ik iemand terugroepen.

Spottend antwoordde hij: 'Jawel, ik heb hem hier in mijn

zak. Denk je soms dat ik de doodsengel Azraël ben, die zi... zie... zielen rooft?'

Ik stond midden in de kamer en kon mijn ogen niet geloven toen ik al die doeken om me heen zag. Kwam het door zijn zwakke ogen? Hij droeg maar liefst twee brillen, die als compressen voor zijn ogen zaten. Of kwam het door zijn linkerhand, die verlamd was en de bewegingen van zijn rechterhand had aangetast? Of was het zijn mond, die aan één kant scheef hing, waardoor de woorden in zijn keel bleven steken? Had dat misschien ook effect op zijn schilderijen? Hij hield zijn mond open, alsof hij weer iets wilde gaan zeggen. Hij haalde de schilderijen uit elkaar en zette ze voor ons neer in de zwijnenstal. Een atelier kon je het niet noemen; er stond zelfs een bord met oude etensresten, misschien wel van een jaar geleden. En die portretten, waren dat gezichten, of ondefinieerbare krabbels? Waren dat kleuren, of was er per ongeluk een blik tomaten overheen gevallen die in de hitte waren gaan rotten op het canvas? Eindigden die strepen ergens buiten het schilderij, omdat hij niet kon zien waar de rand van het doek was? En die zwarte puntjes, waren dat ogen of gaten van een houtworm?

Schilderen was Abdallah's redding in deze oorlog. En waarom ook niet? Hij behoorde tot degenen die nog nooit in hun leven een potlood hebben vastgehouden, behalve om hun uitgaven te noteren, en dan ineens hun woede en verdriet op het papier uitstorten, alsof ze vanuit hun graf met de buitenwereld proberen te communiceren.

Abdallah legde mijn verbijstering anders uit: 'Iedereen die deze schilderijen ziet, is met sto... sto... stomheid geslagen.'

Djoehaina was weggegaan; ik hoorde haar praten in de ovenkamer.

'Iedereen zegt tegen me: "Wat zou ik graag een martelaar zijn, want dan zou jij me schilderen." Voordat de jongens hun plicht als fedajjien gaan vervullen, kloppen ze bij mij aan. Dan weet ik al hoe het gaat aflopen. Maar wat kan ik er aan doen? Ik moet mijn tranen en verdriet onder controle houden. Met een of twee penseelstreken maak ik de omtrek van het gezicht. Dan zet ik het schilderij aan de kant en zodra er een sneuvelt, pak ik zijn portret en vul ik de details aan.'

'Zien ze hun portret voordat ze sneuvelen?' vroeg ik.

'Natuurlijk. Er was er bijvoorbeeld een die een grotere snor wilde. Een dag voordat hij sneuvelde heeft hij het portret mee naar huis genomen en er een foto van laten maken. Als ouders willen weten of hun zoon bij de partij zit, komen ze bij mij vragen of ik een foto van hem heb. Ik lijk Sherlock Holmes wel!'

Ik keek niet meer naar de schilderijen, maar draaide me om en deed alsof ik Djoehaina zocht. Toen verliet ik de zwijnenstal, die vergeven was van de muggen. Djoehaina stond bij de achterdeur, waar oemm Abdallah kweeperen stond te koken, samen met een andere vrouw, die ik niet kon thuisbrengen. Ze sprak me aan, met haar hand voor haar gezicht om zich te beschermen tegen de stoom die uit de ketel kwam. Ondanks de witte sluier die haar gezicht en haar mond bedekte, kon ik haar duidelijk verstaan: 'Zo, mevrouw Asmahaan. Hebt u de foto's van de gekken gezien? Hebt u gezien hoe stom ze zijn? Ze maken hun families en zichzelf kapot. Hun moeders lijden hevige pijnen om ze ter wereld te brengen, schrapen koeienmest bij elkaar om ze te verwarmen en proberen ze zo goed mogelijk op te voeden. Hun vaders sterven duizend doden om ze een stuk brood te kunnen geven; ze gaan uit bedelen om ze naar school te kunnen sturen. En zodra ze de baard in de keel krijgen, zeggen ze: "Aju, we gaan."'

Djoehaina maakte het liedje af: 'Aju, we gaan. Vergeef ons wat we jullie hebben aangedaan.'

'Je hebt een mooie stem, kind', zei een van de vrouwen.

De schilder kwam erbij en riep: 'Hou toch eens op met dat ge... ge... geklets.'

Toen we daar zo stonden, hoorden we iemand uit de verte roepen: 'Hé, Djoehaina!'

Er klonk gelach: 'Hé, schoonheid! We willen je zien!'

Drie meisjes met felgekleurde jurken stonden bij het hek van een huis, dat tegen een heuvel was gebouwd.

'Wie is daar bij je, schoonheid?' vroegen ze.

Hun scherts had een magische werking op Djoehaina. Zij begon op haar beurt te lachen en zei bij wijze van groet: 'Val dood!'

Toen trok ze me mee, terwijl ze afscheid nam van de schilder Abdallah en zijn moeder, die ons nog uitnodigde voor het avondeten.

De schilder wilde met ons mee naar huis lopen, maar Djoehaina ging de andere kant op, in de richting van de heuvel waar de meisjes stonden. Ik vroeg haar wie er in dat huis woonde en Djoehaina begreep meteen mijn verwarring: het was het huis van aboe Ahmad, dat ik niet had herkend omdat het verscholen lag achter de opslagruimte, de werkplaats en de kamers voor de arbeiders die ze hadden gebouwd.

Toen de schilder eindelijk begreep waar we naartoe gingen, nam ook hij afscheid van ons. De meisjes wisten niet van ophouden en bleven Djoehaina plagen: 'Loop toch eens rechtop, deugniet! En wieg niet zo met je heupen. Denk je soms dat je Madonna bent, sloerie?'

Zij schreeuwde en giechelde terug, tot we bij hen waren gekomen. Ze herkenden me meteen en kusten me. Ik daarentegen dacht bij mezelf dat ik aan geheugenverlies begon te lijden, want ik herinnerde me niet eens meer dat ze met drie meisjes waren in die familie.

Ze wilden me meetronen naar hun huis en het scheelde niet veel of ze hadden hun koefiyya's van hun mond getrokken. Maar Djoehaina protesteerde en zei dat ze hun werk niet in de steek mochten laten. Toen vroeg ze hun of ze iets fris te drinken hadden.

'We hadden naar je toe moeten komen om je te begroeten, maar het werk groeit ons hier boven het hoofd', excuseerde een van hen zich bij mij.

We gingen een ruime kamer binnen, die vol zat met oude en jonge vrouwen. Een van de zusjes liep naar een grote kist. Toen ze het deksel had opgetild, sloeg ons een koude luchtstroom tegemoet; het was een vrieskist, gevuld met flessen water, plastic zakken en een aardewerken kruik, die bovenop de ijsblokken lagen.

Er kwam een oudere vrouw naar me toe, die me op beide wangen kuste en naar mijn grootmoeder vroeg. Haar gezicht was verborgen achter een witte doek, zodat alleen haar ogen te zien waren. 'Blijf toch rustig zitten, mamma', zei een van de meisjes tegen haar, maar de moeder wilde hen met alle geweld helpen. Terwijl ze 'in naam van God de barmhartige Erbarmer' prevelde, stak ze haar hand door een opening en haalde een paar pakjes gedroogde hasjiesj te voorschijn, die daar in overvloed lagen. Een andere vrouw, die bezig was blaadjes door een zeef te halen, alsof ze gedroogde mint over een koolsalade strooide, deelde plotseling mee dat 'de Palestijnse' haar had gevraagd of moeders en dochters hetzelfde verdienden.

De oude vrouw, die inmiddels in beslag werd genomen door haar eigen zeef, gaf eerst geen antwoord. Toen mompelde ze: 'Ik weet het niet.'

Toen mijn ogen gewend waren aan de duisternis in de opslagruimte, zag ik buiten aan het raam een jongen hangen, die zich vasthield aan de ijzeren tralies en alles imiteerde wat de vrouwen deden en zeiden. Hij riep zijn moeder, die samen met een andere vrouw gebogen stond over een tafel die dienstdeed als een grove zeef. Met een houten apparaat, dat het midden hield tussen een borstel en een schaaf, sloegen ze met krachtige slagen op de hasjiesjblaadjes en stampten ze tot kleine korrels, die door de gaatjes op de tegelvloer vielen. De andere vrouwen raapten ze op, onder het prevelen van religieuze formules. Ze brachten de gemalen hasjiesj naar andere zeven, waar de blaadjes werden geschud. Dit proces werd herhaald met steeds fijnere zeven, totdat er een bruingroen, meelachtig poeder overbleef. Intussen liep de moeder van de drie zusjes rond tussen de tafels en inspecteerde of de hasjiesj niet te fijn of te grof was, waarbij ze niet vergat God te prijzen. Steeds wanneer ze dat deed, keken de vrouwen op en prevelden haar na, zodat ik de indruk kreeg dat ik me in een tempel bevond en getuige was van een godsdienstig ritueel. Te midden van het stof, het geprevel en de stem van Samiera Tawfiek op de radio kwam er een jong meisje binnen met een huilende baby in haar armen. Een vrouw in een lange, kleurige jurk die over de grond sleepte, nam het kind van haar over en riep uitgelaten: 'De baby is er. Hij is gekomen om zijn moeder te zien!'

Ze trok een borst uit de opening van haar jurk en bedekte hem met de zwarte sjaal die over haar schouders hing.

Djoehaina ging van de ene vrouw naar de andere, lachte tegen de een, knipoogde naar de ander, terwijl ze nu en dan een blik op mij wierp. Er verscheen een man, die duidelijk niet uit het dorp kwam. Hij communiceerde met de moeder van de drie meisjes door met zijn hoofd naar links of rechts te bewegen. De vrouw die haar kind de borst gaf, riep: 'Kom eens hier, Djoehaina, en neem de baby van me over. Als ik hem op de grond zet ben ik bang dat hij door een schorpioen wordt gestoken. Ik ga even het middaggebed doen.'

Toen richtte ze het woord tot de moeder van de meisjes: 'Vooruit, zeg dat die man weg moet gaan, zodat we in alle rust kunnen bidden.'

Op de terugweg naar huis zagen we de man die met de moeder van de meisjes had staan praten.

'Hallo', groette Djoehaina hem en hij antwoordde: 'Hallo.'

Ik vroeg haar of hij nog een ander woord kende dan 'hallo'.

'Hij begrijpt inmiddels alles', zei Djoehaina, en ze vertelde me dat hij zijn eerste dagen in het dorp, nadat hij uit Afghanistan was gekomen, veel medelijden bij de mensen had gewekt. Iedereen vroeg hem of hij geen heimwee had naar zijn familie, of hij wel genoeg at en of hij genoeg dekens had.

'Uit Afghanistan? Wat heeft die man hier te zoeken?'

Kennelijk begreep Djoehaina niet wat ik bedoelde, want ze zei bestraffend: 'En wat dan nog? Ze komen hier zelfs uit Zuid-Amerika. Die hebben ons alles over coca geleerd. Niemand hier wist er iets van. Ze komen ook uit Nicaragua om wapens voor hasjiesj te ruilen. Wij hebben aan niets gebrek. Dacht je soms dat ze beter waren dan wij? Als je eens wist wat die Afghaan niet allemaal verzamelt: letterlijk alles, zelfs de doppen van Pepsi Cola-flesjes en grote, lege blikken.'

Ik betastte de dode papaverbloemen in mijn zak, die aanvoelden als reepjes zijde. Ik zei niets meer tot we thuis waren en ik Djoehaina, die zichzelf verweet dat ze te laat was en Na'iema niet had geholpen met het huishouden, moest kalmeren. Ik hoorde hoe Djoehaina mijn grootvader tot in de details op de hoogte bracht van onze dag; tot slot merkte ze op dat ik van mensen hield.

Na'iema voegde er nog aan toe: 'En ze is heel intelligent. Als ze een man was geweest, zou niemand hier zelfs een stokje van de grond durven oprapen.'

Ik rende naar mijn kamer en wierp me op mijn bed. Ik hoorde de stem van mijn grootvader en die van Djoehaina, die hem uitlegde dat ik moe was. Toen hoorde ik Zamzam en Na'iema. De deur werd opengeduwd en mijn grootmoeder kwam binnen: 'Wat is er, mijn liefje, waarom ben je zo moe? Zal ik water voor je warm laten maken, zodat je een bad kunt nemen? De zon is onder.'

Ik zei haar dat ik alleen mijn ogen even wilde sluiten. Toen ze bleef zitten, wist ik dat ze me nog iets anders wilde zeggen. Ik sloot mijn ogen, waarop ze een doek van de rand van het bed pakte en over me heen legde. Het was duidelijk dat de woorden in haar hart borrelden, en toch hield ik mijn ogen dicht. Ze schraapte haar keel en ging weer op het bed zitten. Toen vroeg ze me of Djoehaina en ik nog belangrijke mensen hadden bezocht.

'Belangrijke mensen?' herhaalde ik spottend, maar intens verdrietig. Wie waren dat? Sjawki, de broer van de schilder, die speelde met zijn bidsnoer terwijl de etensresten nog tussen zijn tanden zaten? Of bedoelde ze de bewoners van het huis op de heuvel en hun bewakers, die overal opdoken met hun bevelen en dreigementen en even later mak als lammetjes onderhandelden over de prijs van een levering, met twee mannen in een dure auto, die half in de greppel en half tegen de heuvel geparkeerd stond? Er werd beweerd dat die twee connecties hadden met Interpol. Daardoor konden ze iedereen opsporen die naar het dorp kwam om te spioneren.

Belangrijke mensen? Bedoelde ze soms de zoon van Moesa en zijn ezel? De soldaat met zijn jachtgeweer? De gasverkoper en zijn tank? Ik sloot mijn ogen en bedacht dat de tijd van mijn grootmoeder voorbij was en net als het land verloren was gegaan.

'Heb je de bomen gezien? Het lijken wel kale stokken. En heb je de papavers gezien, waar vroeger de fruitbomen stonden? Alles is veranderd.'

Ik gaf geen commentaar, maar bleef met gesloten ogen liggen, tot ze me vroeg wat ik van Djoehaina vond. Was ze een engel of een duivel? Op dat moment opende ik mijn ogen en zei, alsof ik haar zinspeling niet begreep: 'Ik weet het niet.'

Ik had een van jouw platen willen opzetten en naar je stem willen luisteren, Billie Holiday. Ik had een hasjsigaret willen rollen, de deur willen dichtgooien en me in een andere wereld willen terugtrekken.

Glimlachend dacht ik aan jou en Roehiyya. Meer dan ooit wist ik waarom jullie met elkaar verwant waren: jullie hadden allebei je eigen godsdienst gemaakt.

6

Lieve grootmoeder,

Ik weet dat Djoehaina en grootvader een verstandhouding met elkaar hebben. Dat ik spreek van een verstandhouding en niet van een liefdesverhouding, geeft mijn verwarring al voldoende weer. We waren eraan gewend dat grootvader soms verliefd werd. Dan lag hij in bed te klagen en te kreunen, met zijn hand op zijn hart. We waren er ook aan gewend dat jij hem glimlachend geruststelde. Je zei dat hij er ook deze keer wel overheen zou komen en je voorspelde dat hij net als altijd opnieuw verliefd zou worden. Het hart, zo zei je, is immers altijd in beweging, links en rechts op zoek naar een nieuwe liefde. Als zijn verdriet te lang duurde, troostte je hem door te zeggen: 'Alles verandert. Zo zit de wereld nu eenmaal in elkaar: de vrucht wordt rijp, de tak wordt een kale stok, de bladeren vallen op de grond en er groeien weer nieuwe aan. De boom verandert, zoals alles verandert.' Het was alsof je een zwaard op hem liet neerkomen en in één klap zijn diepste gevoelens raakte.

De onzekerheid omtrent grootvader en Djoehaina trof ons als een blikseminslag. We waren verblind en konden niet achterhalen wat zich tussen hen beiden afspeelde. Ze was nog zo jong en toch leek ze hem te accepteren zoals hij was, terwijl wij niet beter wisten dan dat hij steevast werd afgewezen door de vrouwen die hij achterna liep. Volgens de geruchten, die vooral onder de oudjes met hun gespleten tongen de ronde deden, was het overigens louter uit respect voor jou, grootmoeder, dat de ongetrouwde vrouwen niet ingingen op zijn avances, want een huwelijk met een getrouwde man was op zich geen ramp, ook al was het niet ideaal. Bovendien had grootvader landerijen, een charmante lach en aanzienlijke macht, dankzij het prestige van zijn voorvaderen, dat op het voorhoofd van alle nakomelingen stond gegrift.

Ik herinner me nog dat ik je heimelijk verweet dat je deze situatie accepteerde. Toen dat gevoel zo sterk en overheersend werd dat ik het niet meer uithield, vroeg ik je hoe het zat. In twee minuten tijd legde je me de hele kwestie uit en ik weet nog dat ik schudde van het lachen, want je had een wonderlijke manier om naar de dingen te kijken. Je had een heel eigen perspectief en zag vluchtige vibraties die niemand anders zag. Je bleke gezicht was nog helemaal gaaf, afgezien van een paar blauwe aderen midden op je voorhoofd.

'De natuur, lieveling, zit niet stil', begon je. 'Ze zit ons met gekruiste benen vanaf haar troon te observeren, intrigerend en snuffelend naar nieuwtjes. Ze weet dat ik geen eitjes meer heb, sinds ik je moeder heb gekregen en sinds de miskraam die ik heb gehad. Maar ze weet ook dat je grootvader zaadjes in overvloed heeft, die zodra hij een knappe vrouw ziet, opspelen en begerig worden en roepen: "Wat willen we graag haar eitjes leren kennen. Wat zouden we een lol beleven! We zouden kindertjes kunnen worden, jongens of meisjes, dat is toch veel leuker dan hier opgepropt in dit donkere lichaam, tussen al dat vlees, dat vet, die bloedvaten en die zenuwen te blijven zitten?" Maar het probleem is, dat je grootvader ook nog ogen, een mond en een neus heeft. Steeds wanneer hij te ver gaat met een vrouw, komen ze met hun waarschuwingen: "Wat doe je? Is er iemand op de wereld die mooiere ogen heeft dan Soelaima, is er iemand die zo mooi praat als zij, die zo lekker ruikt als zij?" Zelfs zijn verstand, dat schijnbaar niets te maken wil hebben met zijn avontuurtjes en onafhankelijk van hem functioneert, als een loshangend overhemd dat zijn koortsige borst niet raakt, gaat zich ermee bemoeien: "Het maakt mij niet uit. Je bent vrij om met een andere vrouw te slapen, maar ik heb een speciale voorkeur voor Soelaima." En zo breekt elke keer weer de oorlog uit die jij nu ziet, tussen zijn zaad en zijn verstand, zijn ogen, zijn mond en zijn neus. Vergeet niet, mijn lieveling, dat je grootvader eigenlijk een beklagenswaardig mens is. Hij wordt niet alleen bestookt door zijn zaad, dat voortdurend naar buiten gluurt, maar bovendien zal hij, als hij zich tot mij wendt, nog geen half eitje aantreffen.'

Ik hoorde je aan, terwijl je het probleem uiteenzette, en ik was niet eens verbaasd, want ik was sinds mijn jeugd gewend aan deze bijzondere zienswijze van jou, sinds de dag – ik was negen jaar oud – waarop ik je had gevraagd: 'Grootmoeder, stammen wij van de vrouwelijke djinns af?'

Toen mijn ogen die van Zamzam ontmoetten, voegde ik er snel aan toe: 'Ik bedoel jij en ik?'

Je had mijn blik opgevangen en rende pijlsnel naar me toe, nam me in je armen en overstelpte me met kussen, waarna je zo hard mogelijk uitriep: 'Luister allemaal, Asmahaan vraagt of we van de vrouwelijke djinns afstammen. Hoe wist je dat?'

Ik dacht dat ik een geheim had ontdekt en antwoordde: 'We zijn anders dan de rest.'

Toen keek ik naar Zamzam en voegde eraan toe: 'Maar Zamzam komt niet van de djinns hè?'

Ze schaterde het uit en riep: 'Luister allemaal. Je hebt gelijk, Zamzam komt niet van de djinns, maar ze is in de leer.'

Zamzam, kennelijk verstoord door die opmerking, stond op en zei: 'In naam van God de barmhartige Erbarmer... Mevrouw, dat is blasfemie!'

Waarop jij hooghartig antwoordde: 'Asma bedoelt dat wij niet van deze wereld zijn. Ze heeft het niet over echte djinns. Moge God ons tegen de duivel beschermen.'

Toen vroeg je me in alle ernst: 'Waarom denk je dat we van de djinns afstammen?'

Ik moest even nadenken, want het was moeilijk om uit te leggen. De reden was dat ik nog nooit een grootmoeder zoals jij had gezien.

'En mama, die komt ook niet van de djinns', zei ik.

Je drukte me tegen je aan en ik rook het rozenwater waarmee

je elke dag je gezicht, je hals en je borst besprenkelde.

'Je hebt gelijk, alleen jij en ik', fluisterde je.

Ik dacht dat ik aan de dans was ontsprongen, maar je bleef aandringen op een antwoord. Bliksemsnel flitsten er ontelbare beelden door mijn hoofd, die zo gedetailleerd waren, dat ik ze niet onder woorden kon brengen. En ik hoorde jouw stem: 'Mijn ziel bestaat uit rook en wolken in een kist op de bodem van de zee...'

's Avonds kwam je naar mijn bed in je lange, witte nachtgewaad. Je zwarte, krullende haar hing langs je ovalen, witte gezicht. Je liep op je tenen naar mijn bed, trok het laken tot mijn kin en bedekte mijn gezicht met kussen. Maar ik kon nog steeds niet uitdrukken wat ik voelde of wat ik me in mijn fantasie voorstelde. Toen je bleef aandringen, zei ik dat ik geen andere grootmoeder kende zoals jij. Meteen besefte ik dat het feit dat je mijn grootmoeder was, geen betekenis voor je had, want je zei altijd: 'Asma is niet mijn kleindochter en niet mijn dochter. Asma, dat ben ikzelf, toen ik jong was.'

Je bleef me aankijken met een vragende blik in je ogen. Omdat ik per se een intelligent antwoord wilde geven, begon ik herinneringen op te halen; hoe je mijn ziekte had bezworen, door een bittere, onrijpe limoen te plukken en uit te persen in de bouillon, en hoe je mijn neus had ingewreven met een knoflookteen.

Maar ik vertelde je niet dat ik, wanneer jij 's nachts door het huis dwaalde, zelf ook wakker was en in mijn bed lag te woelen. Het was alsof je rondwaarde in de historische romans die we allebei verslonden. Je deed me denken aan Elissa, de stichteres van Carthago, en aan Sjadjarat ad-Doerr, 'de boom der parels', omdat je krullende haar soms leek op het groene, weelderige gebladerte van een boom. In je lange, turkooizen jurk kon je zo uit een Perzische miniatuur zijn gestapt. Je was de Jemenitische koningin Arwa bint Ahmed, die door de straten van de bergstad Djabala liep en zelfs de stenen met haar ogen ondervroeg. Maar er was één verschil: jij reed rond in een auto, die afgezien van de vale, wijnrode bekleding van de stoelen niet bij je paste. Ik was er dan ook van overtuigd dat je elk moment kon wegvliegen naar de schemergebieden van het verleden.

Dat heb ik je allemaal nooit verteld, maar ik heb je wel eens beschreven hoe je gezicht rood aanliep als dat van een djinn onder de vonken van de weerlicht, toen je ontdekte dat ik luizen op mijn hoofd had. Je reageerde alsof ik je had verteld dat er een schat in mijn haar verborgen zat.

'Misschien heb je ze van de dochter van haddja Nadzar', suggereerde Zamzam. 'Jullie leken wel een verliefd stel.'

'Wordt er zo tegen schoolmeisjes gepraat? Wat is dat voor taal?' gromde jij kwaad.

Toen Zamzam opperde dat ik waarschijnlijk tijdens het eten aan mijn haar had gezeten, voer je opnieuw tegen haar uit. Binnenkort, zei je verontwaardigd, zouden er mensen op de maan lopen, maar tegen luizen hadden ze nog steeds niets gevonden; die sprongen nog steeds lustig van het ene hoofd naar het andere, zonder dat er een remedie tegen was. Vanaf dat moment schaamde ik me niet meer voor mijn luizen. Ik liep naar je toe en ging tegenover je zitten, terwijl jij je handen door mijn haar liet gaan. Eerst zwijgend, en na verloop van tijd af en toe mompelend: 'Deze dame weet wat ze wil. Die laat zich niet zomaar wegjagen. Dat beest marcheert als een soldaat.'

Zamzam boog zich over me heen en zei: 'Ja, zeg. God beware me.'

En dan zei jij weer: 'Asmahaan, je zou die luis eens tussen je krullen moeten zien... Die heeft daar een beschut plekje gevonden, zeg. Kijk eens hoe die geniet van je zachte, geurige hoofdhuid.'

Je was blij en ik begreep niet waarom. Je trok de larven een voor een uit mijn haar en toen ik onrustig heen en weer begon te draaien, zei je: 'Als ik ze niet verwijder voordat ze uitkomen, krijg je een heel leger van luizen op je hoofd, die je overal naartoe kunnen brengen.'

'Echt waar, grootmoeder?'

'Je weet best dat het niet waar is. Maar het zou kunnen. Je weet nooit. Hoe heeft God – Hij zij geprezen – ooit luizen kunnen verzinnen? Ze leven op de hoofden van mensen en leggen er eitjes. Ze voeden zich met de hoofdhuid en gedijen in de warmte. En als ze er genoeg van hebben, springen ze naar een ander hoofd. Ik geloof in U, Heer.'

Toen ik erover nadacht, stelde ik me voor dat mijn hoofd op dat moment een woud vol levende wezens was, die zich voortdurend vermenigvuldigden.

'U bent de petroleum vergeten en...' zei Zamzam, maar je liet haar niet uitpraten en schreeuwde dat je nog liever je hand af zou hakken dan petroleum over mijn hoofd gieten.

'Omdat het stinkt?' vroeg ik.

Terwijl je de botjes in je nek liet kraken, zei je: 'Precies, omdat het stinkt en omdat je hoofdhuid te teer is. Je hoofd is geen spons die alles maar opzuigt. Als de stank in je aderen doordringt, kun je duizelig worden en werken je hersens straks niet meer.'

Ik zat zoals gewoonlijk op het taboeretje in de badkamer, maar deze keer hield ik mijn onderlichaam bedekt, vanwege de kleine haartjes die er groeiden. Ik wist dat je naar me keek; je kende mijn lichaam zo goed. Bij elke verandering was je trots, alsof jij daar persoonlijk voor had gezorgd. Je tilde me op van het taboeretje en droeg me op gehurkt in de wasteil te gaan zitten. Ik begreep niet wat de wasteil met luizen te maken had, tot jij uitriep: 'Kijk! Daar is er een! En nog een!'

Het water sproeide uit de slang die je aan de kraan had bevestigd. Wanneer je iets zwarts op het water zag drijven of op mijn rug zag zitten, kneep je het fijn tussen je vingers en drukte het uit op de rand van de teil, terwijl je mompelde: 'Weg jullie, maak dat je wegkomt! We zijn mevrouw Asmahaan aan het baden.'

Ik bestudeerde de luizen en telde ze: negentien. En jij bleef maar mompelen: 'Vooruit, verdrink, sterf, verdrink!'

Je hield er pas mee op toen je de hoop er nog een te vinden

had opgegeven. Ik kon je gezicht niet zien, maar ik stelde me voor dat het geconcentreerd en ernstig stond, als een herder die zijn schapen bij elkaar probeert te houden.

Ten slotte zei je: 'We hebben ze uitgeroeid.'

Je keek naar de kam en begon vrolijk te zingen: 'O, eitjes, nu zitten jullie tussen de tanden van de kam. Jullie kunnen alleen nog roos voor de duivel baren.'

Ik was destijds jouw huis binnengekomen als Asmahaan, een meisje dat zich niet kon uiten; mijn tong leek zich niets van de rest van mijn lichaam aan te trekken. Ik praatte onsamenhangend en vertelde leugens; ik was eraan gewend smoesjes te verzinnen, niet alleen voor mezelf, maar ook voor mijn moeder en soms zelfs voor Is'aaf.

Jij begreep dat en probeerde mijn tong terug te brengen naar mijn mond en weer dienstbaar te maken aan mijn oren, mijn ogen en mijn hersens. Jij hebt ervoor gezorgd dat ik gemakkelijker en vloeiender leerde praten.

De aandacht die ik van je kreeg, maakte me tegelijk gelukkig en benauwd, alsof ik een roestig stuk metaal was dat eerst moet worden bewerkt met allerlei vloeistoffen, voordat zijn ware kleur en aard aan het licht komen. Door jouw goede zorgen kwam er weer wat licht in mijn leven en eindelijk kon ik me weer overgeven aan een ongestoorde slaap. Soms reageerde je overdreven, bijvoorbeeld die keer dat je jezelf van de muur van de veranda wilde gooien, toen je eerst mij en daarna ook Na'iema en Zamzam had horen gillen, omdat ik uit de dadelpalm was gevallen. Maar meestal overdreef je niet, bijvoorbeeld die keer dat ik me niet lekker voelde: je zei me dat ik niet naar de wc mocht gaan en zette een witte po in mijn kamer. Ik vroeg je of je soms bang was dat ik kou zou vatten, want behalve voor zonnesteken was je erg beducht voor tocht. Maar je wachtte tot ik klaar was en begon in de po te roeren met een boomtak, die je speciaal voor dat doel had meegebracht, om erachter te komen hoe ziek ik was, zodat je kon beslissen of je er meteen een dokter bij moest halen of het nog een dag kon aanzien.

Toen je mijn ontlasting had onderzocht, trok je mijn oogleden op en telde de adertjes in mijn oogwit. Daarna deed je mijn mond open en bekeek mijn tong. Ten slotte moest ik spugen, zodat je kon zien of ik gezond was.

Toen je me van school afhaalde en me naar een andere, niet-religieuze school stuurde, vielen de schellen van mijn ogen; het was een openbaring voor me. Ik leerde lezen en schrijven, iets wat ik nog nauwelijks kon. Ik nam mijn boeken onder mijn arm en Ali, die me met de auto naar school bracht, had een kussen bij zich, voor het geval de ruwe houten schoolbanken pijn zouden doen aan mijn billen. In mijn onberispelijke schortje voelde ik me net Sneeuwwitje, op weg naar het paleis van de prins.

Ik was niet de enige leerling die met de auto naar school werd gebracht, er waren er veel. Op de vorige school was er maar één meisje geweest dat niet te voet kwam. Zij kwam op een kar, voortgetrokken door een paard, met aan de teugels een soldaat die een uniform droeg in dezelfde kaki-groene kleur als de kar. Ik hoefde me niet meer zoals vroeger naar huis te haasten voor het middageten, dat lang niet altijd klaar stond, en ik hoefde de beledigingen van mijn moeder en Is'aaf niet meer aan te horen, want ik at mijn middagmaal in de eetzaal van de school. Vlak voordat de bel ging kwam Zamzam om mijn eten, dat ze van huis had meegebracht, op te warmen op een petroleumbrander. Dan ging ze tegenover me zitten om erop toe te zien dat ik mijn bord helemaal leeg at. Daarna stopte ze alles weer in haar leren tas en gaf me een roze stuk zeep en een kleine handdoek, waarmee ik mijn handen moest wassen en afdrogen. Mijn vriendinnetjes uit de straat dromden nieuwsgierig om me heen; de school, mijn nieuwe schoenen, mijn lange haar en het feit dat mijn moeder in Amerika woonde, schenen mijn verstand een bijzondere glans te geven, alsof het was opgepoetst met amandelolie.

Terug naar zaadjes van mijn familie, die anders zijn dan die van anderen. Ze zijn niet altijd in beweging als maïskorrels, zoals bij grootvader het geval is; soms vallen ze in een diepe slaap. Neem het voorbeeld van jouw moeder, mijn overgrootmoeder: nadat je vader aan de vooravond van een van zijn lange reizen naar Irak en Nadjaf de liefde met haar had bedreven, stond ze snel op uit bed, niet om water te verwarmen en zich te wassen, zoals de gewoonte was, maar om het zaad op te vangen in een glazen pot. Midden in de nacht groef ze met haar vingers een diep gat onder de appelboom naast het huis, waar ze de pot in zette en met aarde bedekte. Zo kon ze, als ze tijdens de afwezigheid van je vader zwanger werd, het bewijs van haar onschuld uit de aarde onder de appelboom te voorschijn halen.

Die zaadjes werden in onze familie omringd door allerlei rituelen. Iedereen in huis wist dat je je na de liefde moest reinigen. Maar jij bleef in je bed liggen wachten, in de hoop dat een van zijn zaadjes zich met een van jouw eitjes zou verenigen en dat je zwanger zou worden. Zodra grootvader de deur van je kamer opendeed, riep je naar Zamzam dat ze water moest opzetten. Volgens mij was dat opschepperij, om iedereen in huis te laten weten dat grootvader niet van je sponde week. Zelfs Zamzam speelde het spelletje mee: ze hurkte neer en begon energiek de petroleumbrander op te pompen, totdat hij luid begon te snorren, alsof iedereen moest horen waarom er water werd gekookt.

Ik heb meer dan eens de neiging gehad grootvader en Djoehaina uit elkaar te trekken, maar ik hield me in, uit liefde voor jou. Dit is niet voor het eerst dat ik merk dat ik op mijn moeder lijk. Het is al veel vaker voorgekomen. En dan heb ik het niet over het ongeduldige karakter dat ik van haar heb geërfd: ze had bijvoorbeeld de gewoonte om de olie direct, zonder trechter, in de fles te gieten, waardoor een gedeelte in de gootsteen terecht kwam en een ander gedeelte op haar kleren. Of ze gooide al haar sleutels weg – omdat ze geen zin had ze steeds weer om te draaien – en liet de laden van de kasten gewoon openstaan. Of ze stond ongedurig heen en weer te draaien terwijl Is'aaf en ik de rits van haar jurk dichttrokken. Als ze de knopen van haar rok niet snel genoeg openkreeg, knipte ze ze af. Als ze mijn haarband wilde losmaken, beet ze hem doormidden met haar tanden. En als dat niet lukte, sneed ze hem door met een mes. Ze weigerde het zoutvaatje te gebruiken, maar schepte het zout direct met haar handen uit de zak. Ik heb al die eigenschappen onderdrukt; ik heb me ertegen verzet, uit liefde voor jou, sinds de dag waarop je me een keer aantrof toen ik samen met Zamzam de slappe lach had. Je nam mijn hoofd in je handen en drukte me tegen je aan, zodat ik nog slechts de geur van je jurk rook. Je hief je gezicht naar de hemel en riep God aan: 'Ik zal uw gehoorzame dienares zijn, tot de Dag van de Opstanding. Mijn dochter heb ik al opgegeven, maar voor deze kleine is nog hoop. Open haar geest, O Heer, en maak haar hart blind. Knijp de ader af, die haar lachlust opwekt. Sluit voorgoed haar oren af voor de denkbeelden van haar moeder en de grapjes van haar grootvader.'

Toen mijn grootmoeder eenmaal met mijn grootvader was getrouwd en zijn aard had leren kennen, werd ze depressief. Goedlachse sociale mensen zoals hij leden in haar ogen aan een chronische ziekte, zonder hoop op genezing. Eerst dacht ze nog dat ze zijn karakter kon veranderen, maar toen al haar pogingen strandden, begon ze zichzelf verwijten te maken, omdat ze met hem was getrouwd en het verhaal dat ze haar over zijn moeder hadden verteld in de wind had geslagen: toen zijn grootmoeder bij de dood van zijn vader op de rug van een ezel naar de begraafplaats werd gebracht, verborg zijn moeder haar gezicht in haar handen en begon over haar hele lichaam te trillen. De vrouwen trokken haar handen weg, in de veronderstelling dat ze aangedaan was, maar toen kwamen ze tot de ontdekking dat ze schudde van het lachen bij het zien van haar schoonmoeder op de rug van die ezel.

Mijn grootmoeder, die bang was dat haar kind net zo'n lichtzinnig temperament als haar man zou krijgen, smeekte God haar geen zoon te schenken. Toen ze na maanden nog niet zwanger was, kwam ze tot de conclusie dat God haar bede had verhoord. Hij had, zo redeneerde ze, van tevoren geweten dat de jongen die ze zou dragen en baren, al in de armen van de vroedvrouw in lachen zou uitbarsten in plaats van een geboortekreet te slaken. Ze wilde God niet om nog meer gunsten vragen en zo gaf ze haar verzet tegen mijn grootvader op en had ze geen kritiek meer op zijn bulderende lach en zijn lolligheden. Ze negeerde de dingen die haar irriteerden, totdat ze er uiteindelijk geen erg meer in had, en toen ze zwanger werd van mijn moeder, vergat ze alle zorgen die ze zich om haar toekomstige kind had gemaakt. Ze werd te veel in beslag genomen door haar fantasieën: hoe haar zoon met zijn intelligentie, zijn kennis en de nette, donkere stropdassen die hij zou dragen, de wereld zou veroveren. Ze zou hem al in de eerste maanden leren praten en lopen en in zijn eerste levensjaar zou ze hem de cijfers en de letters van het alfabet bijbrengen. Ze zou met hem in Beiroet gaan wonen, want hoewel er genoeg goed opgeleide mannen waren in het dorp, ontbrak het hun aan manieren. De zoon van Moesa bijvoorbeeld, die in Irak en Nadjaf had gestudeerd en zelfs optrad als adviseur voor de sjeikhs van de Azhar Universiteit in Egypte, veegde zijn neus af aan zijn mouw en sloeg zijn glas limonade in één keer achterover.

De geboorte van mijn moeder was een teleurstelling, hoewel mijn grootmoeder beweerde dat het haar niet uitmaakte of het een jongetje of een meisje was, omdat ze voor beiden dezelfde dromen koesterde. Maar vanaf het begin vertoonde mijn moeder tekenen van een frivole natuur. Ze hield niet van leren en vond het leuker om te lachen, naar de jongens te lonken en te kletsen met de boerenmeisjes op het land. Toen ze vijftien was, wilde ze trouwen met een groothandelaar die fruit bij haar vader inkocht en regelmatig langs kwam om de vracht te controleren. Ze had haar oog op hem laten vallen omdat hij op de populaire filmster Anwar Wadjdi leek en omdat hij liedjes van de bekende zanger Abd al-Wahhaab neuriede. Ze ontvluchtte de kamer die mijn grootmoeder voor haar had ingericht – iets wat zelden gebeurde in die tijd – en waar ze zich net een gevangene voelde, afgesloten van de dorpsmeisjes en hun gegiechel. Hoewel mijn grootmoeder de hoop al had opgegeven dat ze haar school zou afmaken, verwachtte ze wel van haar dochter dat ze zich zou terugtrekken in haar kamer, om biografieën van historische vrouwen of een vertaling van 'A Tale of Two Cities' te lezen. Ze was realistisch genoeg om haar niet te dwingen religieuze teksten of de koran te bestuderen, zoals ze zelf graag deed. Sinds mijn moeder haar eerste stappen had gedaan en haar eerste woordjes had gesproken, wist ze immers wat voor een kind ze op de wereld had gezet.

Ik herinner me niet dat ik, toen ik ouder werd, ooit met mijn moeder heb gepraat. Ik luisterde, terwijl zij me grappige anekdotes vertelde over dingen die haar of anderen waren overkomen, maar ze had geen enkele belangstelling voor mij. Om te laten zien dat ze toch om me gaf, waarschuwde ze me soms: 'Wees zuinig op je dingetje... Het is goud waard.'

Ze wees ernaar en zei: 'Moge God het behouden... het is een goudmijntje.'

Ik kan me niet herinneren dat ik ooit een serieus gesprek met haar heb gevoerd over iets dat haarzelf of mij aanging. Behalve één keer, en toen kon ik mijn oren nauwelijks geloven. Dat was toen ik haar voorstelde aan Nasir, tijdens een van haar bezoeken aan Beiroet. De nonchalance waarmee ze als een tienermeisje op haar kauwgom stond te kauwen, stak schril af bij haar elegante jurk, haar lange, gelakte nagels en haar gouden horloge. Plotseling zei ze kalm, zoals grootmoeder had kunnen doen: 'Moge God zijn licht over Asmahaan laten schijnen en haar op het goede pad brengen. Ze zal nooit meer iemand zoals jij ontmoeten; maar laten we hopen dat ze een ander vindt. Ik weet dat je haar soms gelukkig zult maken, maar je zult haar honderd keer vaker verdriet doen, ook al is het niet met opzet. Je zult haar elke dag op een andere plek laten slapen. Je maakt je zorgen om haar, omdat je weet dat je haar eens moet verlaten, en zij maakt zich zorgen om jou, zelfs als je bij haar bent. Ze zal haar vrienden en dierbaren verliezen. Iedereen zal bang zijn om jullie te bezoeken en er zal een dag komen waarop jij jezelf in veiligheid moet brengen en haar moet achterlaten.'

Nasir wierp me een veelzeggende blik toe: dit was niet de moeder over wie ik hem had verteld. Ze was niet degene met wie ik zoveel had gelachen, zelfs voordat ik de betekenis van haar woorden kon begrijpen. Ik had zo vaak gezien hoe ze zich schaterend op haar knieën sloeg, grinnikend haar hand voor haar mond hield en bulderend Is'aaf een klap op haar schouders gaf, dat ik was gaan geloven dat lachen erbij hoorde, of je nu at, bad, of zelfs verdrietig was.

Toen mijn moeder ontdekte dat ik dingen stal van een familie die in een straat verderop woonde, moest ze lachen. Ze maakte het gebed van mijn vader tot een komisch schouwspel, door een staart van stof aan zijn pyjama vast te spelden. Wanneer het naar haar smaak te lang duurde, begon ze om hem heen te draaien en stelde hem allerlei vragen, die hij, onverstoorbaar als hij was, negeerde. Zelfs de koranrecitatie voor mijn vaders zielerust wist ze tot een farce te maken waar iedereen tot de dag van vandaag nog om lacht: toen ze zich begon te vervelen, onderbrak ze de voordracht van de sjeikh en bood hem een glas water aan. Daarna gaf ze hem iets te eten en adviseerde hem er alle tijd voor te nemen. Zodra hij de recitatie wilde hervatten, stelde ze hem voor in de moskee verder te gaan; het zou God gunstig stemmen als hij met andere gelovigen zou bidden, en dat zou mijn vaders zielerust ten goede komen. Toen de sjeikh weigerde, smeekte ze hem op te houden, voorwendend dat de herinnering aan mijn vader te pijnlijk voor haar was. Als er geen vrouwen op condoléancebezoek waren, droeg ze me op zoveel mogelijk lawaai te maken en de aandacht van de sjeikh af te leiden, zodat zij even kon gaan slapen of bij Fadiela langs kon gaan. Nog voordat de rouwperiode was afgelopen, weigerde ze de sjeikh binnen te laten; ze sprak hem van achter de gesloten deur spottend toe en ontkende dat hij ooit haar huis had betreden om voor de overledene te reciteren. Door de deur voor zijn neus dicht te gooien, bracht ze de geest weer terug in ons huis; ze veranderde alles, totdat er geen spoor meer van de herinnering aan mijn vader te vinden was.

Nu gedraag ik me precies zoals mijn moeder zich destijds gedroeg toen een van haar vriendinnen werk van grootvader maakte, in de veronderstelling dat het een peulenschil was om een man in te palmen die altijd vrolijk was en lachte, net als zijn dochter. Maar die vriendin wist niet dat mijn moeder haar met haviksogen gadesloeg. En nu zoek ik op mijn beurt een andere vrouw voor grootvader, eentje die ik naar mijn hand kan zetten, precies zoals mijn moeder. Ik moet mijn ogen goed open houden en een meisje zien te vinden dat iets met Djoehaina gemeen heeft, al is het alleen haar jeugd.

Grootvader is inmiddels gewend aan de geur van een jonge, zachte, frisse mond. Hij zal geen genoegen meer nemen met oud vlees om in te knijpen of met een mond vol gaten en gouden vullingen. Ik weet dat de komst van een nieuwe vrouw in het huishouden voldoende is om hem weer gelukkig te maken, ook al kan hij alleen maar toekijken hoe ze praat, hoe ze loopt en hoe ze werkt. Vóór Djoehaina deed hij niet veel meer dan een beetje plagen, hier en daar wat knijpen en kat-en-muisspelletjes spelen met de nieuwe meisjes. Maar Djoehaina heeft hem verpest, dus we moeten ervoor zorgen dat hij weer schik krijgt in zijn onschuldige, ongevaarlijke spelletjes.

Djoehaina maakt zeer effectief gebruik van haar lange haar en haar mooie figuur; in elke kamer, in elke kier laat ze haar sporen achter en ze vult alle hoeken van het huis met haar stem, waarvan de echo voortdurend om ons heen zweeft en doordringt in alles wat van ons is, zelfs onze kussens. Haar blonde haar, dat ze wast en laat drogen onder de zon, glanst als een rivier van honing, en ze wast haar kleren langzaam en met de grootste zorg; terwijl we haar zien schrobben en wringen, weten we dat ze ze weer aan zal trekken zodra ze zijn opgedroogd. Ze hangt ze op, alsof ze wil zeggen: 'Dit zijn mijn kleren. Ik ben het die aan de lijn hangt, vrij onder de zon en in de wind, waar de oude man me naar hartelust kan aanraken en begeren.'

Het geluid van haar voetstappen, haar stem en haar gesmak als ze op kauwgom zit te kauwen, zijn een marteling voor onze zintuigen en een bron van bitterheid. Ze draait brutaal de kranen helemaal open, alsof ze daarmee wil zeggen: 'Ik ben vrij. Ik stoor me aan niets of niemand.'

Ik besef dat ik een moeilijke taak heb, net zoals mijn moeder vóór mij. Zij kreeg het zelfs voor elkaar dat de vrouw van Misbahi niet alleen regelmatig bij ons over de vloer kwam, maar bovendien bereid was naar grootvader te glimlachen, zich zijn avances te laten welgevallen en zijn cadeautjes te accepteren. Mijn moeder zou haar niet hebben uitgekozen als ze er niet zeker van was geweest dat haar aanwezigheid een onmiddellijk effect zou hebben; ze wist dat grootvader afstand zou nemen van Laila, die zoveel beslag op hem legde dat hij zichzelf en zijn gezin vergat. De vrouw van Misbahi daarentegen was als een roos op een piramide van dorens, of een verdroogde bloem tussen de pagina's van een boek, want ze leefde in voortdurende angst voor haar man, wiens naam ze droeg; tot de dag van vandaag weet ik niet hoe haar meisjesnaam luidt en ken ik haar alleen als 'de vrouw van Misbahi'.

Ik besef dat mijn taak moeilijk is. Het probleem zit hem niet zozeer in het kiezen van de juiste persoon, maar in het vinden van een ander meisje; daar gaat het om. Niemand is als Djoehaina, want Djoehaina is net zo zeldzaam als Lolita. Lolita, grootmoeder, was een meisje dat de begeerte in de ogen van de mannen kon herkennen. Ze speelde ermee alsof ze op een stukje kauwgum kauwde; ze zoog alle suiker eruit, blies het op tot een grote ballon, liet het klappen, rolde het tussen haar vingers en speelde ermee, tot er niets meer van over was. Dat is nu precies wat Djoehaina voor ogen heeft, en niet alleen 'om biscuitjes te kunnen eten', zoals Roehiyya het uitdrukt; ze heeft het ook gemunt op ons land – bezet of niet – en op ons hart.

Mijn taak is moeilijk, want zoals je weet zijn hier geen zwermen meisjes meer die, zoals vroeger, hard werken en liedjes zingen als afleiding bij het saaie werk in de boomgaarden en de fruitoogst. Wanneer je ze destijds vroeg hun werk op het land op te geven en Na'iema te komen helpen in het huis dat ze in de verte konden zien, waren ze dolblij, ervan overtuigd dat God hun gunstig gestemd was. Ons huis was voor hen een toverpaleis: het water in de koele, aardewerken kruiken was altijd fris; de geur van geroosterd vlees kwam ze tegemoet als ze in de zon aan het werk waren; en dan was er nog de lommerrijke veranda, de radio en de lach van die man. Maar dat is nu allemaal anders: als het werk in de hasjiesj en de opium hen niet aantrekt, kunnen ze verpleegster worden in de kraamkliniek die wordt gedreven door vrouwen. Sommigen gaan zelfs naar de scholen en universiteiten van de Iraanse ambassade, waar schriften worden uitgedeeld met een foto van imam Khomeini. Verder kunnen ze terecht bij de coöperaties, de islamitische apotheken en allerlei andere instellingen die worden geleid door de jongens van Hizbollah.

Voor de komst van Djoehaina heb je ons steeds in vertrouwen gezegd dat zijn belangstelling voor andere vrouwen een onschuldig spelletje was; anders was je nooit naar Beiroet verhuisd. Nadat mijn vader was overleden en mijn moeder hertrouwd, heb je mij opgenomen in je huis in Beiroet, waar je voordien zelden langer dan een week verbleef. Je meende een glimp van intelligentie in mij te bespeuren en je vermoedde dat de reden waarom ik niet de beste van de klas was, waarschijnlijk te maken had met de abnormale situatie bij mijn ouders thuis, waar ik heen en weer werd geslingerd tussen twee uitersten: mijn vader die niets anders deed dan bidden en mijn moeder die niets anders deed dan zingen. Als ze het er beiden over eens waren dat er gehuild moest worden, verschilden ze van mening over de aanleiding: mijn vader huilde uit vrees voor God, zodra hij op zijn bidkleed knielde, en mijn moeder huilde omdat de film die ze had gezien niet goed afliep.

Er is niemand die weet of je alleen voor mij naar Beiroet bent verhuisd, of ook voor jezelf. In de loop van de tijd ben ik gaan begrijpen waarom je zo lang in Beiroet bent gebleven en nooit naar het dorp bent teruggekeerd. Je was gewend geraakt aan het stadsleven en er zelfs van gaan houden. Alles leek er gehuld in een fijne, zachte nevel. 's Ochtends stond je ontspannen op uit je bed, dat er onbeslapen uitzag, terwijl het bed dat je met grootvader deelde meer deed denken aan een slagveld. Je sliep zo licht, dat je hoofd zelfs geen sporen op het kussen achterliet. Voordat ik wakker werd verrichtte je de rituele reiniging en het gebed en dronk je een kopje thee. Ik was altijd verbaasd over de rust en de stilte in huis; je kon er een speld horen vallen.

Nadat je ontspannen en uitgerust wakker was geworden, hoorde ik je door het raam praten met de zon en de wolken. Daarna keek je in de spiegel en mompelde: 'Misschien heb ik niet goed geslapen. Mijn oogleden zijn zo opgezwollen.'

Je pakte een flesje rozenwater en sprenkelde wat op een schoon gaasje, dat je op je ogen legde. Vervolgens ging je liggen en prevelde: 'Gezegend zij de profeet en zijn familie. Rozenwater is de parfum van het paradijs.'

Dan maakte je een ronde door het huis, wankelend, alsof je op eieren liep. Je luisterde naar het nieuws en naar liedjes die je mooi vond. Dan ging je een vertaalde roman of een verzameling van tradities van de profeet zitten lezen. 's Middags ging je altijd in de tuin wandelen en ontving je vrouwen uit de buurt of uit het dorp. Maar na verloop van tijd kreeg je het gevoel dat ze je eenzaamheid verstoorden en hoewel je vol aandacht naar ze luisterde, begon je je te vervelen. De gesprekken waren onbenullig en je gaf er de voorkeur aan met jezelf te praten, of met jongere vrouwen die nog studeerden. Je at het liefst alleen, zoals je me een keer hebt uitgelegd: 'Ik wil niet dat ze me als een koe op mijn voedsel zien kauwen.'

Je zat aan de gedekte tafel alsof je je er ver boven verheven voelde. Langzaam stak je je hand uit, zelfs als ze je favoriete maaltijd hadden klaargemaakt, en zat zwijgend en verstrooid te kauwen, alsof je de indruk wilde wekken dat je aan andere, veel belangrijker dingen dacht. Als je naar de wc moest, koos je een moment uit waarop iedereen bezig was, want we mochten je niet horen doortrekken. Alleen als je je rituele wassing verrichtte, bad je hardop. 's Avonds maakte je je klaar voor de nacht, voor je keurig opgemaakte bed; je plukte een jasmijnbloesem of een kamperfoelietwijg en zette die in een koffiekopje op het tafeltje naast je bed. Dan riep je Zamzam om groene thee voor je te zetten. Je nipte ervan alsof het een levenselixer was en mompelde: 'Deze geur is een vreugde voor het hart.'

Daarna verruilde je je witte jurk voor een nachthemd en ging in je kamer naar de radio zitten luisteren, terwijl Zamzam in de zitkamer naar het journaal keek; het kabaal op de tv verstoorde de golven van rust om je heen, zelfs als Zamzam het geluid zachter zette. Je had op iedereen die op het scherm verscheen wat aan te merken: de opzichtige omroepster leek op een klerenhanger en de presentator van het amusementsprogramma was een verwaande kwast.

Als ik thuiskwam van school en je aantrof met een band om je hoofd, wist ik dat je migraine had. Het was een rode band: 'rood als het bloed dat door de aderen van het hoofd stroomt', zei je. Je wilde dat ik naast je kwam liggen, ervan overtuigd dat de pijn zou verdwijnen zodra ik in de buurt was. Je legde een stuk verbandgaas op het kussen, zodat mijn ogen niet geïnfecteerd zouden raken door jouw adem. Je omhelsde me en bedekte mijn gezicht, mijn hoofd, mijn handen, mijn hals, mijn borst, mijn rug en zelfs mijn mond met kussen. Ondertussen herhaalde je: 'Mijn liefje, mijn hartje, ik hou zoveel van je, dat het pijn doet.'

Nieuwsgierig als ik was, wilde ik iedere keer weer je make-updoos openmaken, hoewel de inhoud nooit veranderde: een klein kistje met glimmende haarspelden, *kohl*-potjes, droge kruiden in een papieren zakje, opgevouwen papiertjes in een kleine envelop en ten slotte een donkerblauwe ring, bezet met diamantjes. Ik nam de doos mee naar mijn kamer en ging net als jij met gekruiste benen op de grond zitten. Dan boog ik me voorover, net zoals ik jou had zien doen, pakte het kohlstokje en begon mijn ogen op te maken, kijkend in het spiegeltje van je make-updoos. Ik probeerde je te imiteren en niet met mijn ogen te knipperen, zoals mijn moeder en Zamzam, maar ze wijd open te houden. Daarna pakte ik de poederdoos en opende het deksel, waarop een vrouw stond afgebeeld die op een Romeinse keizerin leek. Die poederdoos intrigeerde me: wat was dat voor een kleur? Hoe kwam het dat ik deze kleur nooit eerder had gezien in de poederdozen op de toilettafels van mijn moeder en Fadiela, die ik zo vaak had bekeken, dat ik ze uit mijn hoofd kende? Ik vroeg je naar die merkwaardige kleur, die ik niet in mijn verfdozen kon vinden. Je glimlachte trots en legde me uit dat je geen schaap was dat overal blindelings achteraan loopt. Je liet me zien hoe je drie soorten poeder met elkaar kon vermengen, tot je uiteindelijk deze kleur kreeg. Toen ik je vroeg hoe je dat had ontdekt, antwoordde je: 'Als de lente komt, laat ik het je zien.'

Ik keek in je ogen; de grote, bruingroene iris bedekte bijna je hele oog, waarvan het wit zo helder was, dat het bijna blauw leek. Toen bekeek ik je lange, magere vingers, je korte nagels en de mouwen van je jurk, die over je smalle polsen hingen. Je deed denken aan een koningin die bukt om een roos te plukken.

Toen werd het lente.

'Neem me niet kwalijk, kleintje', zei je tegen de bloemknop, terwijl je de blaadjes openvouwde en me de kleuren van het stuifmeel liet zien: roze, paars, perzik en zelfs wit. Je drukte me op het hart dat ik het aan niemand mocht doorvertellen, want deze bloem was zo gevoelig en kwetsbaar, dat zijn wortels bij de minste aanraking verschrompelden. Je tikte liefdevol tegen de kelk en zei: 'Vooruit, wees jij maar verlegen', en na een tijdje richtte de bloem zich weer op. 'Zie je, als het nodig is, moet een vrouw soms verlegen zijn', merkte je op.

Heb ik je al verteld dat ik jou nooit verlegen heb gezien? Wel nederig, wanneer je bijvoorbeeld in je gebedenboek zat te lezen, of het gebed verrichtte.

Je leefde in Beiroet, gescheiden van grootvader, die maar één lied kende om vrouwen te bezingen:

'Je mooie rode broekje
Met zijn kantwerk
Maakt mij niet half zo gek
Als wat erin zit.'

Als hij honger had en het eten niet klaarstond, barstte hij in woede uit. Hij moest altijd zijn grapjes kunnen maken, kunnen vertellen wat hem dwars zat en wat hij had gedroomd, al was het midden in de nacht. Iedereen had kritiek op je, omdat je heen en weer reisde tussen Beiroet en het dorp en niet bij grootvader bleef. Niemand kon bevroeden dat je, alleen in Beiroet, veel gelukkiger was. Jij was de enige die begreep dat een vrouw, wil ze met een man samenleven, zichzelf af en toe moet luchten, net als kleren in een garderobekast; die moeten ook van tijd tot tijd uitgehangen worden en wat zon en frisse lucht krijgen.

Ik had wel door dat je het gedrag van mijn moeder en Is'aaf afkeurde. Mijn moeder was doodsbang voor je; ze hoefde je naam maar te horen, of ze spitste haar oren en hield onmiddellijk op met lachen en grapjes maken. Ze deed haar uiterste best om ervoor te zorgen dat je niets over haar te horen zou krijgen en niets op haar aan te merken zou hebben. Kennelijk had ik behoefte aan jouw reactie op wat er in huis gebeurde, want ik vertelde je dingen die je eigenlijk niet mocht horen. Uiteindelijk was ik zelfs de reden van je definitieve breuk met mijn moeder. Je nam me in je armen en vroeg me of ik van je hield, en zo ja, hoeveel dan. Ik antwoordde dat ik liever bij jou sliep, waarmee ik de volgende vraag uitlokte: 'Waarom, mijn lieveling?'

Hoewel ik maar al te goed wist dat ik er spijt van zou krijgen, zei ik met bonzend hart: 'Omdat mama en Is'aaf ruzie maken over jou en grootvader en over mama's vriendinnen, op wie grootvader zo gek is.'

Toen vertelde je mijn moeder met een zachte stem, die klonk als een lichte bries, dat je je zorgen om mij maakte, vanwege haar levenswijze. Het was ongehoord dat een meisje zoals ik moest leven in 'een huis dat nog verderfelijker was dan Khaan Toemain'. Je pakte me zonder verder commentaar bij de hand en liep met me naar de deur. Ik keek wanhopig achterom, naar mijn moeder en Is'aaf, omdat ik de oorzaak was van hun verdriet. Ze lieten me niet met je meegaan; ze vlogen je aan en trokken me bij je weg. Plotseling liet je me los en zwoer met trillende kin dat je nooit meer een voet in dit liederlijke huis zou zetten, nooit meer van je leven, 'behalve bij ziekte of overlijden', voegde je er op het laatst aan toe.

Mijn moeder schreeuwde je na dat je ons in de ellende wilde storten, dat je uit was op onze ondergang en dat je nooit van haar had gehouden.

Sinds die scène ben je nooit meer bij ons gekomen; alleen grootvader liet zich van tijd tot tijd zien. En wat mij betreft, ik heb dat voorval lange tijd verdrongen en zelfs mijn nieuwsgierigheid naar die plek die Khaan Toemain heette, onderdrukt, uit angst dat de slechte herinneringen weer boven zouden komen. Pas veel later kwam ik erachter dat het een rustplaats was voor boeren, die er tijdens hun lange, vermoeiende tochten, voor twee piaster overnachtten; nadat ze de ezels hadden ontdaan van hun last, zochten ze ergens een plek om hun dekens uit te spreidden en te slapen.

Ik heb je nooit precies verteld wat er zich bij ons afspeelde wanneer grootvader op bezoek was. Ik was bang dat je me zou beschuldigen van verraad en dat ben ik nog steeds. Eigenlijk heb ik je ook verraden, zo klein als ik was. Zodra grootvader verscheen, begon mijn moeder te jubelen van blijdschap. Als een bij die eindelijk nectar heeft gevonden, draaide ze om het voedsel heen dat Ali uit de auto laadde.

'Kind toch,' bromde grootvader dan, 'ben je zo blij met dat beetje boter en meel? Gedraag je een beetje, je bent met een vooraanstaande handelaar getrouwd!'

Mijn moeder reageerde met een lach, terwijl ze op de blikken en de zakken afrende, bang dat Is'aaf ze zou verstoppen.

Grootvader probeerde haar op een speelse manier duidelijk te maken dat niet alles wat hij had meegebracht voor haar bestemd was, maar ook voor de vrouwen die hem hier vertroetelden en hem aandacht en affectie gaven. Bij elk cadeautje hoorde een uitleg: hij gaf ze bijvoorbeeld een zak groene pruimen of amandelen met de mededeling: 'Om je te laten kwijlen, zoals ik, wanneer ik je zie.'

Hij heeft zelfs een keer tegen mijn moeder gezegd dat degene met de grootste borsten het meest zou krijgen.

'Dit moet je rauw eten, zonder zout en zonder kruiden, net als jullie', riep hij uit, terwijl hij een groot stuk vlees voor hen neerlegde. Dan schaterden ze het uit en gaven hem een schalks tikje op zijn schouder of hand, totdat Is'aaf kwam en het vlees van hem afpakte om het in de keuken te bereiden.

De vrouwen popelden van ongeduld en reciteerden om de beurt de *fatiha*, om zijn komst te bespoedigen, totdat hij eindelijk zijn opwachting maakte. Hij nam hen mee naar uitspanningen in de bergen om er de avond door te brengen en nodigde hen uit voor diners in de beroemde, drukbezochte restaurants. Ze genoten en voelden zich net als de mooie, rijke vrouwen uit de societypagina's in de krant. Zittend aan tafel, met kettingen van jasmijnbloemen rond hun dikke nekken en schotels met allerlei heerlijke hapjes voor zich, konden ze hun geluk niet op. Niet omdat ze zo'n trek hadden, maar omdat het een genot was om in een restaurant te zitten, waar je op je wenken werd bediend en sigaretten of een waterpijp kon roken. Het gaf hun een gevoel van voornaamheid.

Ik vroeg me af wat grootvader met Djoehaina uithaalde; begroef hij zijn gezicht in haar borsten, of streelde hij ze alleen maar? Smeekte hij haar zich voor hem uit te kleden om zich eindelijk te kunnen verlustigen aan haar lichaam, dat hij zich tot dan toe slechts in zijn fantasie had voorgesteld, of kletste hij alleen maar met haar en fluisterde hij haar lieve woordjes toe – die hij soms zelfs oprecht meende – om zijn mannelijkheid te bewijzen? En hoe zat het dan met zijn lusten?

Ik kon me van grootvader niets anders voorstellen dan dat hij een kus op haar wangen drukte en haar schouder, haar heup, of misschien haar borst aanraakte, met de opmerking: 'God bescherme je. Wat ben jij flink, moge God je beschermen.'

Zamzam en Na'iema waren inmiddels veranderd in twee leeuwinnen die koste wat het kost Djoehaina wilden verjagen, als de dood dat ze zwanger zou raken en dat grootvader zich gedwongen zou voelen met haar te trouwen, want dat zou een ramp voor de hele familie betekenen. Het kwam niet in ze op dat grootvader misschien wel geen zaad meer over had. Bij ons in het dorp zijn de vrouwen ervan overtuigd dat mannen hun krachten pas verliezen als ze ziek worden of hun einde voelen naderen. Zamzam was zo nieuwsgierig, dat ze wakker bleef tot de ochtendschemering om ze op heterdaad te kunnen betrappen. Hoewel ik net zo nieuwsgierig was als zij, weigerde ik het spelletje mee te spelen en ik probeerde het hele idee van me af te zetten. Zonder twijfel vond hij dat hij het recht had om zich aan Djoehaina te hechten. Het lot van de mens was immers voorbestemd; hij had geen vrije keuze. Als we een toespeling zouden maken op het leeftijdsverschil, zou hij waarschijnlijk antwoorden dat hij haar niet had gedwongen en dat ze bovendien in veel opzichten ouder leek dan hij.

Ik zal niet voor je verbergen dat ik me al een paar dagen niet meer afvroeg wat zich tussen grootvader en Djoehaina afspeelde. Soms, als ik zag hoe gelukkig grootvader was, beschouwde ik hun verhouding zelfs als een zegen. Hij had weer een blos op zijn wangen en zijn haar leek minder grijs; hij was verliefd en daardoor vergat hij zijn verdriet, al was het maar tijdelijk, want zodra hij zijn hoofd omdraaide en naar de boomgaarden keek, zou hij de pijn weer voelen, als de tanden van een zaag die in zijn vlees drongen.

Ik stond nu zelfs open voor wat Djoehaina me te vertellen had. Dat was begonnen op een avond, op een van die momenten die zich zo goed lenen voor ontboezemingen. Ze was in haar nachthemd, zonder haar gele ceintuur en zonder kauwgom in haar mond. Ze droeg zelfs haar blauwe haarband niet, die ze altijd om heeft om zich tegen het boze oog te beschermen, sinds de nacht dat haar gesluierde zuster heeft geprobeerd haar haar tijdens haar slaap af te knippen. Tot mijn verbazing maakte ze op mij een onschuldige indruk. Ze leunde met haar elleboog op mijn bed en ik zag in haar ogen slechts de kinderlijke naïviteit van een dorpsmeisje, toen ze me vroeg of ik een verhouding had gehad met een van Jasser Arafats lijfwachten.

Ik twijfelde er niet aan dat ze over mijn Palestijnse minnaar was begonnen om het gesprek op grootvader te brengen. Maar ze zei niets; ze opende niet figuurlijk, maar letterlijk haar hart voor me, door haar nachthemd los te knopen. Ik begreep niet wat ze me wilde laten zien. Ik was nog niet van de eerste schok bekomen, toen ze haastig haar nachthemd, en daarna haar bh uittrok. Ik zag blauwe en paarse plekken, waarvan ik niet kon uitmaken of ze door vingers of tanden waren veroorzaakt. Was dat het werk van mijn grootvader? Haar tepels waren groot en rond als twee volle manen. Huiverend stelde ik me voor hoe grootvader ze had aangeraakt met zijn handen, of met zijn tanden. Ik kon het niet geloven en keek naar de grond. Voor het eerst rekende ik uit hoe oud grootvader moest zijn; in de zeventig. Ik probeerde niet te begrijpen hoe dit had kunnen gebeuren; ik schaamde me, maar ik had geen medelijden met haar, zoals ze scheen te hopen. Ik was verbijsterd, en vooral over mezelf, omdat ik niet had gezien wat zich tussen hen afspeelde. Had ik haar onbewust aangemoedigd? Had ze misschien gedacht: wie zwijgt stemt toe?

Het scheen grootvader niet te deren of hun relatie geheim bleef of niet. Terwijl de blauwe plekken voor mijn ogen groter en breder werden, kwam ik tot de conclusie dat hij misschien met haar wilde trouwen omdat alles om hem heen was verdord. Hij dacht waarschijnlijk dat hij, door met een jong meisje te trouwen, zijn jeugd weer zou terugkrijgen en een bladzijde zou kunnen omslaan waaronder hij jou, mij, het land en het verleden zou kunnen begraven.

Ik moest denken aan Roehiyya, die me had gewaarschuwd voor Djoehaina als vriendin. Dat meisje had zich in het hoofd gezet dat ze de meesteres van ons land zou kunnen worden, vooral als ze grootvader een zoon zou schenken. Zodra de oude man dood was, zou ze, gewapend met al haar diamanten en bont, op zoek gaan naar een beroemde componist, die een lied op haar moest maken, waarna ze een beroemde ster zou worden. In plaats van thee en biscuitjes zou ze nescafé drinken en cake eten.

'Luister, Asma, mijn lieveling,' had Roehiyya me tot slot gezegd, 'iedereen wil iets van een ander. Een mier zoekt graankorrels en graankorrels zoeken aarde. Het "waarom" is niet belangrijk. Waar het om gaat, is dat iedereen iets van een ander wil. Ik wilde dat mijn man van me zou houden, zonder drank, en hij wilde drinken, en de dood wilde hem. Maar hoe kon ik dat weten?'

Ik staarde Djoehaina aan. Was ze zo slim dat ze uitgerekend grootvader had uitgezocht? Wat ook de reden was, ze had gekozen voor het verleden, dat garant stond voor traditie, in tegenstelling tot de baardige leiders, de luidkeels verkondigde meningsverschillen en het wapengekletter van de moderne tijd.

Djoehaina zuchtte, alsof ze begreep waarom ik zweeg, en zei: 'Ik weet niet wat ik moet doen. Als ik je grootvader in de steek laat, gaat hij dood.'

Toen was ze stil, ondanks zichzelf, maar ook haar stilzwijgen sprak boekdelen. Ze maakte haar bh weer vast en trok haar nachthemd weer aan. Hoe had dit allemaal kunnen gebeuren, grootmoeder? In jouw armen was hij net een ziek kind, als hij met zijn wanhopige blik en zijn betraande, smekende ogen verzuchtte: 'Moge God mij voor jou laten sterven.'

Je legde warme azijncompressen op zijn voorhoofd, in de hoop dat de koorts zou zakken. Je las hem voor uit het gebedenboek en riep een voor een de imams aan. Heeft hij ook op jouw lichaam blauwe plekken achtergelaten, of durfde hij dat niet? Ik kan me niet voorstellen dat jij ooit, uit passie of uit schaamte, je ogen hebt gesloten als je bij hem in bed lag. Ik weet dat je hoofd altijd vol zit met gedachten en emoties en dat je je nooit helemaal aan zijn omhelzingen hebt overgegeven.

Ik begreep niet waarom Djoehaina me haar blauwe plekken liet zien en ik wist niet wat ik moest zeggen. Als in een flits zag ik mezelf in jouw positie en ik had er spijt van dat ik me zo had laten gaan. Schijnheilig zei ik tegen haar: 'Je bent nog zo jong. Hij had je grootvader kunnen zijn. Je moet je niet afvragen of hij zal leven of sterven. Denk eens aan jezelf. Het gaat om jou.'

'Maar ik hou van hem. Je zult het niet geloven, maar ik hou van hem. Hij is net een klein jongetje. Hij is niet ouder dan ik, hij heeft niets van een grootvader; ik hou van hem met heel mijn hart.'

Even liet ik mijn blik op haar rusten – in de zon leek haar haar nog blonder – en ik vroeg me af waarom een meisje met zulk mooi haar, dat hunkerde naar het leven, mijn grootvader begeerde. Waarom wilde ze zo graag de meesteres van dit huis en deze landerijen worden? Waarom liet ze zich de graaiende handen van grootvader welgevallen? Waarom liet ze hem met zijn valse tanden in haar vlees bijten? Waarom liet ze zijn ruwe hemd en onderbroek over haar lichaam schuren? Misschien zijn dit slechts emoties van rijke mensen zoals ik, terwijl de armen door het leven gaan als dorstige reizigers die niets verwachten en niets anders zien dan die ene druppel water, die glinstert in het verschiet. Maar wat verwachtte ze dan van mij, toen ze me die blauwe plekken liet zien en me haar verhaal vertelde? Dat ik haar hand zou vragen voor grootvader? Nadat ze me dagenlang als een schaduw was gevolgd, had ze me haar geheim onthuld. Wilde ze me getuige maken van hun liefde, zodat ik hun mijn zegen zou geven? Ongetwijfeld had ze hem verteld dat ik, hoewel ik iets vermoedde, toch niet afwijzend had gereageerd; dat ik geen commentaar gaf, betekende dat ik instemde. Wachtte ze op een teken van mij, om hem te kunnen zeggen dat zijn familie geen bezwaar maakte, in de veronderstelling dat jij en ik hetzelfde waren?

Ik weet dat ze hem afleidde van zijn zorgen om het land, al was het maar een beetje. Ze amuseerde hem met haar roddels en met de geheimen die ze samen hadden, waarmee ze een eigen wereld creëerden en die voor hen een bron van vermaak waren. Ze hadden het over Zamzam en vroegen zich af wat ze van hen vond. En over jou; wat jij ervan dacht en of je eigenlijk wel op de hoogte was van hun relatie. Voor Djoehaina werd de wereld die ze samen deelden een schild tegen de buitenwereld.

Sinds dat moment deed ik, als ik Djoehaina 's avonds of overdag mijn kamer hoorde binnenkomen, alsof ik moe was. Ik weigerde met haar uit te gaan, met haar te praten, of zelfs naar haar te kijken. Ze moet hebben aangevoeld dat haar dromen over grootvader, die ze tijdens onze afwezigheid had geweven in de hoop ze met listen en het nodige geduld te verwezenlijken, sinds onze komst in het dorp langzaam in duigen vielen.

Toen ze voor de tweede keer over het onderwerp begon, keek ik haar strak aan en zei tegen haar, terwijl ik opzettelijk woorden koos die jij zou hebben gebruikt, dat ik haar graag mocht en dat het me daarom pijn deed te zien dat ze een relatie met mijn grootvader had. Als ze ermee zou doorgaan, zou ze haar toekomst vergooien, want hij naderde zijn einde en zij was nog in de bloei van haar leven.

Driftig riep ze uit dat wij geen hart hadden, dat we grootvader aan zijn lot hadden overgelaten toen hij had moeten aanzien hoe zijn land onder zijn ogen werd bezet, terwijl wij lekker in Beiroet zaten. We zouden haar dankbaar moeten zijn, omdat ze hem had behoed voor de dreiging van de bezetters. Maar daar bleef het niet bij; toen ze dat eenmaal had gezegd, was haar woede niet meer te stuiten. Ze begon tegen Zamzam uit te varen, stampte op de grond, schreeuwde tegen grootvader, kwam mijn kamer binnen, hoewel ik deed alsof ik sliep, en ging niet weg voordat ik mijn ogen had geopend en bereid was naar haar te luisteren. Ze kon niet tegen al die vijandigheid op en verweet ons dat onze houding jegens haar plotseling was omgeslagen, terwijl zij niets had misdaan.

Ik zag haar als een last, net als de bezetters van ons land, en ik kon geen medelijden voor haar opbrengen, zelfs niet wanneer ze begon te huilen. Ik bedacht dat de omstandigheden inderdaad waren veranderd door de oorlog en dat ik haar zo snel mogelijk uit ons huis moest zien te krijgen. Ze deed me denken aan een kat die in een zak wordt gestopt en wordt achtergelaten op een verlaten plek, maar vóór haar baas alweer terug is, en met haar gemiauw lijkt te vragen waar hij was en waarom hij zo laat is. Ik vroeg me af hoe ik grootvader uit de klauwen van dit katje moest losrukken, als ik niet snel een vervanging vond, zonder klauwen. Waar kon ik er een vinden, nu de meisjes hier lachend en kletsend, in groepjes of alleen, om de soldaten heen hingen, die hun blikken nauwelijks van hun heupen konden afhouden? Waar waren de meisjes van vroeger gebleven, die in grootvaders boomgaarden hadden gewerkt, puffend en zwetend van de hitte en van het verlangen naar een man en een kind? Waar waren de meisjes die zich, als de oogst was afgelopen, naar het land haastten om de achtergebleven graankorrels in hun schoot te verzamelen? Toen ik je vroeg wat ze ermee deden, antwoordde je: 'Ze stampen ze fijn en eten ze op met suiker.'

Vooral in het begin van de lente, op 'eierdonderdag', als de februariwinden, die de bomen en de hemel door elkaar hadden geschud, waren overgewaaid, ging ik met hen mee om bloemen en wilde rozen te plukken. We zochten naar balsemiek om onze gezichten witter en onze ogen groter te maken. Zamzam zette alles wat we hadden geplukt in een vaas op de veranda. De volgende morgen, voordat de adders hun weg naar de bloemen hadden gevonden, slopen Jamama en Khadiedja bij me naar binnen en maakten me zachtjes wakker, waarna we onze ogen wasten met het water uit de vaas en de dauw die de hemel op bloemen had achtergelaten.

Djoehaina verdween, maar niet helemaal. Ze was als een mooie vogel, die zich in een dakraam heeft genesteld en waarvan alleen het puntje van de staart nog te zien is. Maar op zekere avond was de vogel met staart en al gevlogen. Mijn grootvader zat op haar te wachten, terwijl hij luidruchtig zijn kamille, zijn koffie en zijn thee dronk, sigaretten rookte en stenen naar de tenten van de bezetters gooide. Toen barstte hij plotseling in lachen uit en riep: 'Wat ben ik dom geweest om me zo te verslingeren aan mijn grond en vrouwen. Ik had beter kunnen leren gokken of aan de drank kunnen gaan. Ik heb mijn tijd verspild met jagen en mezelf tot een prooi gemaakt van een paar zwarte of blauwe ogen. Nu ben ik mijn land kwijt en het enige wat me nog rest is die ellendige griet, en die is nu ook nog weggelopen. Was ik maar dood!'

Niet alleen mijn grootvader wachtte op haar, maar wij allemaal, vooral Zamzam, die ervan overtuigd was dat Djoehaina op wraak zon. Ze ging op zoek naar iemand die bereid was met haar het graf van sitt Zainab in Damascus te bezoeken, om het kwaad van ons af te wenden. Jij verdacht haar ervan dat ze dat had verzonnen omdat ze goudbrokaat en hars wilde kopen en Syrisch gebak wilde eten.

Mijn moeder ging ook regelmatig naar sitt Zainab om er geloftes af te leggen. Ze smeekte en bad, terwijl ze de geldstukken en de gouden oorbellen die ze zou schenken in haar hand geklemd hield. Maar vlak voordat ze ze in de kist wilde gooien, deinsde ze terug en fluisterde: 'Ach, sitt Zainab, u begrijpt toch wel hoe hard ik deze oorbellen nodig heb. Ik wil ze nog even kunnen dragen. En u, u hebt er zoveel. Sta me toe dat ik deze keer mijn offer aan u schuldig blijf. De volgende keer, dat beloof ik u, zal ik u twee paar geven.'

Grootvader begon zich te gedragen als een verslaafde, of als een gevangene, die ijsberend in zijn cel op zijn veroordeling wacht. Toen verscheen Djoehaina weer en ze nam er alle tijd voor. Ze droeg haar haar los, had haar ceintuur om haar middel gesnoerd en een knoopje van haar bloes opengelaten. Met gespeelde onschuld zei ze: 'Ik heb het druk gehad.'

Grootvader probeerde spottend te reageren, maar al snel sloeg zijn ironie om in woede. Hij bezwoer haar dat hij haar niet meer uit dit huis zou laten vertrekken. We konden ze op de veranda horen schreeuwen; hij schold haar uit, bedreigde haar en verbood haar weg te gaan, maar zijn verwijten en beschuldigingen wekten slechts medelijden op. Hij deed denken aan een oud, seniel vrouwtje. Hij leek ons, zelfs jou, helemaal te zijn vergeten, en zo werd jij openlijk vernederd. Ik maakte me zorgen om jou en om wat er door je hoofd ging. De zwakke positie waarin je verkeerde tegenover de andere vrouwen in huis moet je veel pijn gedaan hebben. Wij vluchtten naar onze kamers en durfden er niet meer uit te komen, zoals bijen die in hun korf blijven zitten nadat ze hebben ontdekt dat de buitenlucht is vergiftigd. Djoehaina's stem galmde over de veranda: 'Vraag maar eens aan je kleindochter, die lust me rauw. Wat ben je nu van plan? Als je iemand wil, moet je er iets voor doen. Nou, wat ga je doen? Ik wil geen woorden, maar daden!'

Kennelijk was deze storm noodzakelijk om de rust weer te herstellen. Er volgden nieuwe stormen, maar van een andere soort: constante bewegingen, zonder begin of eind. Grootvader gedroeg zich als een klein kind; hij weigerde te eten of zei dat hij het niet lekker vond, en als zijn maag het had toegelaten, had hij geen voedsel meer aangeraakt. Schreeuwend kwam hij de keuken binnen, rommelde aan de pannen op het vuur, proefde van de bouillon en brandde zijn tong. Hoewel de maaltijd al op het vuur stond te pruttelen, slachtte hij een kip en liep ermee naar binnen, druipend van het bloed. Hij schold nu voortdurend op de bezetters, terwijl hij dat vroeger alleen deed als Djoehaina er niet was. Hij voer tegen hen uit en bezwoer hen dat hij nog liever blind was dan die vrachtwagens vol hasjiesj te moeten aanzien, en liever doof dan het geronk van hun motoren te moeten aanhoren. Met allerlei smoesjes wist ik hem over te halen om met me mee naar Roehiyya te gaan. Bij haar aangekomen zei hij: 'Zing eens iets voor me, maar geen lied over de dood alsjeblieft, en ook niet over het martelaarschap van Hoesein, of over je neef, of over hoe God een weduwe van je heeft gemaakt.'

Hij vroeg haar voor hem te dansen en leek zelfs even afgeleid van zijn verdriet, maar toen maakte hij haar uit voor sloerie en vertrok, zonder zich nog ergens om te bekommeren.

Djoehaina was net een slak: ze liet een slijmspoor achter, waar grootvader niet van los kon komen. Dag en nacht zocht ik naar een substituut voor Djoehaina. 's Avonds beeldde ik me in dat ik haar had gevonden, maar als ik 's ochtends wakker werd, begon mijn speurtocht weer van voren af aan.

Zo is mijn brief aan jou begonnen. De gedachte aan de eigenschappen die ik van jou en mijn moeder heb geërfd, geeft me de energie om mijn taak te volbrengen. Het is alsof ik nooit een boek over filosofie of logica heb gelezen; ik ben teruggekeerd naar jouw boeken, die nog steeds in mijn herinnering zijn opgeslagen. Wat ik nu zie, is een meisje, een vrouw, op de veranda, bij de waslijn of in de keuken, met in haar hand een potje kamillethee. En ik zie grootvader, die geniet van de warme klank van haar voetstappen en haar weldadige aanwezigheid.

7

Lieve Djawaad,

Ik zie Roehiyya, te midden van de matrassen, de overtrekken en een hoop katoen uit een kussen dat ze heeft leeggegooid om het op de strooien mat in de zon te leggen.

'O, vadertje,' roept ze, 'mijn lieve neefje, mijn oogappel komt eraan!'

Ze staat in haar verdorde tuintje en de enige die haar hoort is de granaatappelboom, die daar bij toeval, door een verdwaald zaadje, terecht moet zijn gekomen.

'Gisteren heeft Djawaad gebeld naar de "familie waarvan jullie de naam niet willen noemen". Ik heb hem gevraagd of hij ons was vergeten, daar in Frankrijk. "Denk je niet meer aan Roehiyya?" vroeg ik hem, "behalve dat je nu en dan parfums en sjaals opstuurt? Wat moet ik daarmee? Denk je soms dat ze mijn gemis goedmaken?" En de schurk antwoordde: "Wat moet ik dan doen? Wil je dat ik naar je toe kom?" Ik zei: "Alsjeblieft jongen, kom!" "Wanneer dan?" vroeg hij. "Liever vandaag dan morgen" zei ik. En weet je wat die ongelooflijke deugniet antwoordde? "Sorry, het wordt iets later. Ik kom over twee dagen."'

Ik wist niet hoe ik moest reageren toen Roehiyya me het nieuws vertelde, maar ik gloeide van opwinding, alsof zijn bezoek me persoonlijk aanging, alsof hij voor mij kwam. Ik had een vermoeden dat Roehiyya me in de gaten hield en ik wilde niet dat ze zou zien dat ik bloosde en dat mijn ogen wazig werden. Maar ze werd te veel in beslag genomen door haar strijd met de mieren. Terwijl ze met een stok op de matrassen sloeg, riep ze: 'Ik vraag me af waarom God mieren heeft geschapen.'

Ik moest lachen om die opmerking en zo was ik in staat mijn hunkering naar jou, naar die Djawaad die ik bij mijn weten nog nooit in mijn leven had gezien, te verbergen. Wel had ik het boek gezien, dat je had geschreven. Het staat in Roehiyya's vitrinekast, tussen de theeglazen en de bruidssuikerdoosjes die ze verzamelt. Als Roehiyya geen tijd voor me heeft, omdat ze bezig is met het bakken van aubergines en courgettes, dood ik de tijd met rondkijken, onder andere naar jouw boek, Djawaad. Ik hou het in mijn hand en blader het door, zonder het te lezen, want het is in het Frans en dat beheers ik niet.

Maar deze keer pakte ik dat boek niet om mijn verveling te verdrijven, maar omdat het heftige emoties in mij losmaakte; het was alsof er plotseling een man uit Europa in Roehiyya's sombere huisje was opgedoken.

Ik schreef mijn opwinding toe aan de eenzaamheid waaronder ik hier begon te lijden, zo ver van de stad, die in mijn fantasie een bruisend centrum vol leven en spanning was geworden.

Ik had gehoopt dat Roehiyya me mee zou nemen om je af te halen. Afgezien van mijn nieuwsgierigheid om je te leren kennen, wilde ik graag weer eens een vliegveld zien, al was het maar dat van Damascus. Al tijden had ik niet meer iemand uit het buitenland ontmoet of een vliegveld van binnen gezien.

Maar Roehiyya begreep mijn hint niet, hoewel ze uit mijn koffiekopje had voorspeld dat ik geld, brieven en onverwachte gasten zou krijgen. Maar volgens haar wezen de brieven en het geld op een overschrijving van mijn moeder en konden de gasten alleen de bezetters van ons land zijn. Toen vertelde ze voor de zoveelste keer het verhaal van de dokter, die jou op de Franse radio had gehoord: 'Hij zegt dat Djawaad een genie is. Hij heeft hij me van top tot teen onderzocht en me gratis medicijnen gegeven.'

Pas toen ik op weg was naar huis en door de verlaten velden liep, vol met bontgekleurde papavers, die deinden in de warme wind, begon ik me af te vragen waarom ik zo verlangde naar je komst. Mijn voeten stootten tegen de stenen en nu en dan sloeg ik een vlieg weg van mijn neus. De zwijgende bergen wierpen steelse blikken over de vlakte. Ik zag mezelf voor je staan en probeerde me de smaak van je lippen voor te stellen. Zou jij eigenlijk wel weten hoe je een vrouw moest kussen? Zou iemand die in deze omgeving was opgegroeid, wel weten dat de mond de sleutel is tot passie en verlangen en niet alleen dient om te eten, te schreeuwen en kiespijn te hebben? In een poging mijn opwinding te temperen, hield ik mezelf voor dat ik me dermate verveelde in dit dorp, dat elk nieuwtje welkom was.

Toen begon ik de schuld op Roehiyya af te schuiven, want ze had het voortdurend over je en daardoor kreeg ik het gevoel dat ik je al jaren kende. Daarom verlangde ik zo naar je. Uiteindelijk zag ik de waarheid onder ogen; de meest logische uitleg was dat ik wanhopig op zoek was naar een man, om het even wie. Er kwam een aantrekkelijke, blonde man aanlopen, in het gezelschap van een soldaat. Hij draaide zich om en keek me glimlachend na. Ongelovig wreef ik in mijn ogen, keek hem aan en glimlachte terug. Hoe was het mogelijk dat ik in dit roodgekleurde landschap zo'n charmante verschijning ontmoette? Uit de blik die hij me toewierp maakte ik op dat hij ook verbaasd was mij hier, op deze ongeplaveide wegen, aan te treffen. Toch vervolgden we elk onze eigen weg, hoewel we allebei achterom keken, totdat hij afsloeg, in de richting van de heuvel waar de drie vriendinnen van Djoehaina woonden. Toen begreep ik dat hij de buitenlandse scheikundige was, die de supervisie had over het opiumlaboratorium.

Ik klopte op Roehiyya's deur, terwijl ik beschaamd naar mijn borst keek, want mijn hart bonsde zo wild dat ik bang was dat het door mijn bloes heen te zien was.

'Sst! Sst!' zei Roehiyya, terwijl ze zachtjes de deur opendeed. 'Mijn lieveling ligt nog te slapen.'

Er stond een koffer – iets wat je nooit zou verwachten in Roehiyya's huis – die de kamer het aanzien gaf van een Afghaans hotel. Maar door de rest van de spullen – tennisschoenen met dikke witte sportsokken en een stapel buitenlandse tijdschriften, waarop een zonnebril lag – werd ik op een heel ander spoor gebracht. Mijn gedachten dwaalden af, ver van hier, naar een wereld van universiteiten en mensen die in joggingpak over het strand of zelfs over de boulevards van de grote steden renden. Roehiyya nam me bij de hand en trok me naar de keuken, terwijl ze fluisterde: 'Hij is zo attent, die lieve jongen van me. Hij heeft koffie, thee, poedermelk en conservenblikjes voor me meegebracht. Hij denkt dat de mensen hier honger hebben.'

Ze pakte een blik koffie van een merk dat hier niet te krijgen was en vroeg me of ik een kopje koffie wilde. Ik knikte vol verwachting; zo gelukkig had ik me in tijden niet gevoeld.

Toen ging ik met haar zitten wachten tot je wakker zou worden. Ter afleiding vertelde ik haar over Djoehaina, maar Roehiyya was afwezig en verstrooid. Jouw komst had haar hele wereld op zijn kop gezet. Ze liet de bonen op het vuur staan en nam me mee naar buiten, waar ze me op fluistertoon toevertrouwde: 'Ik heb hem gevraagd om mijn ervaringen met zijn schofterige broer op te schrijven, maar hij zei dat iemand anders dat al had gedaan en er zelfs een film van had gemaakt. Ja, heus... het is bijna precies mijn levensverhaal: over een meisje dat van een jongen houdt en denkt dat hij ook van haar houdt. Maar omdat ze niet kan lezen en schrijven, zoals hij, begint hij zich tegenover zijn vrienden voor haar te schamen. Zij wordt depressief en als hij haar dan in de steek laat, komt ze in een inrichting terecht. Daar leert ze kant haken en wordt ten slotte gek. Wanneer hij haar zo ziet, moet hij huilen. Dan pas beseft hij hoe dom hij is geweest omdat hij niet eerder de waarde heeft ingezien van wat hij had: een pure, eerlijke, mooie ziel... en alle liefde die ze hem gaf.'

Ik onderbrak haar woordenstroom en zei haar dat ze dat laatste vast zelf had bedacht. Er gingen twee uur voorbij en ik werd steeds nerveuzer. Ik maakte aanstalten om op te staan en tot mijn verbazing hield Roehiyya me niet tegen en drong ze er niet zoals gewoonlijk op aan dat ik bij haar zou blijven eten. Maar ik wilde niet weg en begon te zoeken naar sappige verhalen die ik haar kon vertellen. Ik vertelde haar over Ricardo, om wie ik me zorgen maakte, omdat ik had gehoord dat de Syriërs jacht maakten op de leden van Hizbollah in Beiroet. Ik sprak over hem, alsof ik als enige verantwoordelijk voor hem was, en hoewel ze me te kennen gaf dat ik zachtjes moest praten, werd mijn stem steeds harder. Toen ik merkte dat ze er helemaal niet bij was met haar gedachten, stond ik op, waarbij ik luidruchtig mijn stoel over de vloer schoof. Roehiyya keek ongerust naar de slaapkamer, en toen stond jij daar opeens, in een korte broek en een katoenen hemd, en op blote voeten. Je wreef in je ogen alsof je zo uit de hemel was komen vallen. Roehiyya rende op je af, legde haar hand op je schouder en zei snel: 'Lieverd, is dat je pyjama of je onderbroek?'

Ik lachte om mijn gêne te verbergen, en terwijl je nog steeds je ogen uitwreef, keek je me verbaasd aan. Je antwoordde: 'Dit is een short, geen pyjama en geen onderbroek.'

Ik lachte weer, geïrriteerd omdat ze me niet aan je had voorgesteld.

'Is dat niet Asmahaan?' vroeg je.

Ik was met stomheid geslagen. Ze vroeg misprijzend hoe je mij kende, maar herstelde zichzelf meteen weer: dat kwam natuurlijk doordat ze zoveel over me had verteld. Maar jij zei: 'Toe nou, ze kwam vroeger toch altijd bij je over de vloer? En die ene keer, met die jongen, hoe heet hij ook weer? Abdallah. Hij kwam naar me toe in het café en had juffrouw Asmahaan bij zich. Hij kwam me vertellen dat mijn nicht Roehiyya me wilde zien. Ik stond op en vroeg hem: "Wat wil ze van me?"'

Even liet je je blik op mij rusten en vervolgde toen: 'En u, juffrouw Asmahaan, u vroeg me of ik echt in Beiroet woonde, of ik echt naar de school bij de universiteit ging en of ik echt een auto had. Ik antwoordde dat ik inderdaad in Beiroet woonde en dat ik inderdaad naar die school ging, en dat mijn vader een auto had, waarop u zei: "Goed, als de zaken zo liggen, dan wil Roehiyya dat je met mij trouwt."'

Ik lachte verlegen, maar je woorden deden me goed. Toch was ik ook verdrietig en teleurgesteld. Je openhartigheid en je zelfverzekerde manier van praten wezen erop dat je me beschouwde als een ver familielid, iemand die niet meer in jouw wereld paste. Tot slot vertelde je dat je me plagend had toegezegd dat je bereid was mijn man te worden, waarop je me had gevraagd wie ik eigenlijk was. Toen ik de naam van mijn grootouders noemde, had je gezegd: 'Wat een pech!' waarop ik huilend was weggerend.

Roehiyya sloeg haar handen ineen en riep uit: 'Aap die je bent! Daar weet ik niets meer van! Jij wel, Asmahaan? Mijn God, hij herinnert zich alles nog, zelfs de barst in de tafel. Hij vroeg er daarstraks naar, want hij wist niet zeker of hij het niet had gedroomd.'

Ik herinnerde me het ook niet meer. Wat ik hoorde, was geheel nieuw voor mij. Het enige wat ik heb onthouden, is een discussie in de keuken: ik stond daar met een schaal gebakken aubergines, courgettes en bloemkool en hoorde Roehiyya op haar moeder inpraten, nu eens vriendelijk, dan weer boos, omdat de oude vrouw vlees bij het eten wilde. Ten slotte riep Roehiyya uit: 'Moet ik soms een stuk vlees van mijn dijbeen voor je afsnijden en er kibbe van maken? Er is vandaag geen vlees op de markt.' Ze griste het bord voor haar moeder weg en dreigde: 'Ik geef het wel aan de katten. Kom maar, kom maar, poesjes, moeder heeft geen honger.'

Je liet je achterover op de bank zakken. Jullie leken je nauwelijks meer bewust van mijn aanwezigheid en dat maakte me onrustig. Eerst zocht ik iets om te doen en toen besloot ik weg te gaan. Ik had me graag willen mengen in jullie gesprek, maar ik kon niets bedenken. Jij begon te gapen en opnieuw bekroop me het onaangename gevoel dat je je zo op je gemak met me voelde omdat je me als een oude vrijster beschouwde, of net als Roehiyya goed genoeg om te zingen, aubergines te bakken, matrassen in de zon te leggen en te treuren om mijn man. Wist je eigenlijk wel dat ik architecte was?

De hele weg terug maakte ik mezelf verwijten: elke beweging die ik had gemaakt, elk woord dat ik had gezegd, zelfs mijn zwijgen en mijn manier van zitten waren misplaatst geweest. Ik had het er nog erger op gemaakt door in een toenaderingspoging aan je te vragen: 'Ik heb je toch niet wakker gemaakt?'

Onder het lopen schudde ik mijn hoofd en mompelde hoorbaar: 'Meisje toch, je bent niet in je normale doen.'

Ik aarzelde of ik de volgende dag weer bij Roehiyya langs zou gaan en besloot ervan af te zien, want ik was ervan overtuigd dat de verveling en het saaie leven in het dorp je binnenkort parten zouden gaan spelen en dat je tegen die tijd wel samen met Roehiyya bij mij op bezoek zou komen.

Maar al snel werd ik in beslag genomen door heel andere dingen: op een ochtend werd ik wakker door de kreten van Zamzam: 'Jahja is hier... Jahja Ricardo, de neef van Fadiela!'

Dat kon niet waar zijn. Ik had me regelmatig afgevraagd hoe het met hem en zijn tante was afgelopen. Ik had op het nieuws gehoord dat de Syriërs bezig waren alle leden van Hizbollah te arresteren en maakte me oprecht zorgen over hen beiden. Maar nu bleek dat Ricardo, kruipend tussen de dode bomen en de karmijnrode bloemenvelden, de weg naar ons huis had gevonden.

'Ricardo, Ricardo', mompelde ik zachtjes, terwijl ik opstond. Ik trok snel mijn spijkerbroek en mijn bloes aan over mijn nachthemd. Ricardo stond verwilderd op de veranda, overrompeld door de vragen van Na'iema. Waarom was hij hier naartoe gekomen? En hoe? Was zijn tante nog in Beiroet? Wie was er aan de winnende hand? Amal? Hoe was het hem gelukt in het christelijke deel van de stad te komen?

Ricardo keek me aan met verschrikte ogen. Misschien had hij niet verwacht mij hier aan te treffen, of misschien hoopte hij dat ik hem kon beschermen tegen Na'iema's aanval. Net als de meeste andere bezoekers – jong en oud – zat hij schuchter op de rand van de veranda. Met zijn tas in zijn hand deed hij denken aan een handelsreiziger; de krassen op het bruine leer leken een weerspiegeling van de wonden van de man die hem droeg. Zoals gewoonlijk had Ricardo weinig woorden nodig. Hij vertelde dat hij in een taxi naar de andere kant van de stad was gegaan. Ik had medelijden met hem, zoals hij daar zat in zijn oude broek en zijn versleten hemd. Hij maakte zo'n terneergeslagen indruk, dat Na'iema ophield met haar lastige vragen. Ik wilde hem tegen me aandrukken, maar niet zoals die eerste keer...

Het had die avond gestroomd van de regen en hij stond als een klein kind bij de ijzeren poort van onze tuin. Toen ik mijn hand uitstak om een zwaar pak in ontvangst te nemen, spookten er allerlei angstige vermoedens door mijn hoofd. Zat er een bom in? Of kogels? Een revolver? Geld? Toen ik het langzaam openmaakte, hoorde ik hem zeggen: 'Ik hoop dat je het mooi vindt. Ze zeggen dat mijn moeder het me heeft gegeven toen ik klein was.'

Ik stak mijn hand in de papieren zak en haalde er een metalen voorwerp uit. Het was aardedonker. Ricardo stak een lucifer aan. Het was een mannetje van verguld metaal, met een rode stok in de ene hand en een schild in de andere. Zijn mond stond open als de ingang van een grot. Daaruit trok ik een ander mannetje te voorschijn, en nog een, en nog een...

Ricardo streek de ene lucifer na de andere af, terwijl ik er als verdoofd bij stond en me afvroeg of ik droomde. Elk mannetje droeg een gestreepte kniebroek en een petje in drie verschillende kleuren. Zulke dingen zag je allang niet meer in Beiroet. Als de winkels al nieuwe spullen importeerden, dan waren het van die smakeloze glimmende prullen van roestvrij staal. We werden zo in beslag genomen door de oorlog en onze ellende, dat we geen belangstelling meer hadden voor andere landen. Dit soort poppetjes, of Afrikaanse schaakstenen, herinnerden te veel aan het bestaan van andere culturen en andere landen, waar je naartoe zou kunnen emigreren en waar je zou kunnen leven. Ik was verrukt en vroeg aan Ricardo, terwijl ik ze terugdeed in de zak, of ik ze tot de volgende dag mocht houden, om ze bij daglicht te kunnen bekijken. Ik begreep niet waarom hij ze had meegebracht, maar hij antwoordde: 'Ze zijn voor jou.'

Ik bloosde en weigerde ze aan te nemen: 'Ze zijn een herinnering aan je moeder', zei ik, maar tot mijn verrassing antwoordde hij: 'Bij jou zijn ze veiliger. Ik ben bang dat mijn tante ze zal weggooien of weggeven.'

Hij kwam vaak bij ons langs om over zijn tante te klagen en mij om mijn raad te vragen over wat hij met zijn leven moest doen, maar nu kreeg ik het gevoel dat dat niet de enige reden was. Zijn blikken, die van mijn gezicht naar mijn borsten en van mijn borsten naar mijn handen gleden, maakten me van streek. Ik zag een ader in zijn hals kloppen alsof hij elk moment kon exploderen. Toch leek het me niet nodig om mijn abaja om me heen te slaan of naar binnen te gaan om iets anders aan te trekken. In het licht van de lucifer werd ik getroffen door de schoonheid van zijn mooie, licht gebruinde gezicht, zijn amandelvormige ogen en zijn helder witte tanden, en toch was dat voor mij niet de aanleiding om me door hem te laten kussen. Maar er waren genoeg andere redenen, vooral zijn hunkerende verlangen, dat maakte dat hij trilde toen zijn lichaam mijn borsten raakte. Ik deed net alsof ik niet begreep wat er met hem aan de hand was, hoewel hij verstijfd bleef staan, angstig en beschaamd omdat hij zo hijgde. Ik wachtte tot zijn ademhaling weer tot rust was gekomen, waarna ik me ontworstelde aan het gewicht van zijn hoofd en zijn borst. Ik had nooit gedacht dat zoiets me zou kunnen overkomen, zelfs niet in een droom.

Nu vreesde ik dat hij bij ons wilde blijven tot de situatie in Beiroet tot rust zou komen; dat maakte me bang, want de tijd dat het dorp alle vreemdelingen met open armen had binnengehaald, was voorbij.

'Wat is er, Ricardo?' vroeg ik glimlachend.

De woorden, die hij zo lang had opgekropt, rolden uit zijn mond, strijdend om gehoord te worden. Hij vertelde hoe hij de Syriërs de huizen had zien binnenvallen, op zoek naar leden van

Hizbollah. Geen plekje bleef gespaard: ze keken onder de bedden, op de daken en op de zolders. Zijn tante had hem opgesloten, zoals ze dat ook met zijn krankzinnige broer had gedaan, maar hij klaagde er niet over. Hij wilde juist dat ze hem ergens zou verstoppen en samen met hem zou vluchten; alles was beter dan in handen van de Syriërs vallen. Ze hadden Kazim en 'de moderne sjeikh' al gearresteerd en hij wist dat nu zijn beurt was gekomen. Bovendien bleek Basim, met wie hij regelmatig optrok, een Syrische agent te zijn; die zou hem zeker verraden.

De nerveuze spanning stond op Ricardo's gezicht te lezen. Hij sprak zijn woorden met nadruk uit, boog zijn hoofd en vervolgde zachter: 'Mijn tante werd langzaam gek. Ze wilde me weg hebben uit Beiroet en probeerde overal geld vandaan te halen voor een vliegticket. Ik heb haar beloofd dat ik het haar zou terugbetalen zodra ik wat geld had verdiend. Maar ik heb nooit iets anders overwogen dan naar jullie toe te gaan.'

Hij stak zijn hand in de zak van zijn overhemd en haalde er een briefje uit, dat hij aan mij gaf.

'Van mijn tante', zei hij met enige aarzeling.

Ik herkende het handschrift van Fadiela: 'Alsjeblieft, Asma. Zorg dat je hem het land uit krijgt, hoe dan ook. Ik zal nooit vergeten wat je voor ons hebt gedaan. Ik heb twee gouden armbanden van 22 karaats. Meer uitleg is niet nodig.'

Terwijl ik de brief opvouwde, zag ik weer die twee gouden armbanden om haar mollige witte pols. Ze had ze al aan zoveel mensen beloofd: aan mij, als ik zou trouwen, aan haar zieke tante, zodat ze zich door de beroemdste dokters kon laten onderzoeken, aan haar neef, aan de dokter van de inrichting waar haar moeder lag...

Iedereen had zich inmiddels om Ricardo geschaard, toen er een vrouw kwam met een boodschap van het huis van de drie meisjes op de heuvel. Ze vroeg of de Afghaan die bij ons op bezoek was niet was verdwaald en eigenlijk bij hen moest zijn. We moesten allemaal lachen: Ricardo's huidskleur had de dorpelingen misleid.

Ricardo is twee dagen bij ons gebleven. Daarna heeft Zamzam hem naar het vliegveld van Damascus gebracht, met een ticket voor een enkele reis naar Afrika. Hij had een paar oude overhemden van mijn grootvader bij zich, een paar katoenen T-shirts van mij en een klein bedrag in dollars. Verder had hij een brief van de verantwoordelijke Syrische officier in onze sector in Beiroet, met het verzoek aan de Syrische autoriteiten om het geval van Jahja Ricardo zo soepel mogelijk te behandelen. Hij verklaarde dat hij de man persoonlijk kende en dat hij – anders dan zijn achternaam deed vermoeden – toegewijd was aan de Syrische staat, net als de rest van zijn familie.

Ik zag hem weggaan, in zijn oude broek, met zijn versleten schoenen en zijn gehavende tas, en ik wist dat hij aan mij zou denken als hij samen zou zijn met een vrouw, maar dat hij haar niets zou vertellen. Hij zou zwijgen. Voor hem was het al heel wat dat zijn ogen, die zo lang dicht waren geweest, eindelijk waren opengegaan. Maar zou hij ook in Syrië zijn mond kunnen houden? Mijn zorgen om hem drukten als een berg op mijn schouders.

Met elke stap die hij deed ontnam hij me het zelfvertrouwen dat hij me onbewust had geschonken, door me terug te brengen in een wereld waaruit ik sinds het vertrek van Nasir en Simon was weggerukt.

Nadat Ricardo uit Afrika was teruggekomen, had hij mij, Asmahaan, teruggevoerd naar het hart van Beiroet, via een andere deur dan Nasir. In die tijd speelden de gebeurtenissen zich af in een ruimte als een walnoot, waarvan de vakjes weliswaar met elkaar verbonden zijn, maar geen toegang tot elkaar hebben. Steeds wanneer ik iets spannends meemaakte, had ik het gevoel dat ik weer leefde, dat ik mijn belangstelling voor de mensen, de straten en Beiroet weer had teruggekregen. Het deed me verdriet toen ik ontdekte dat hij eigenlijk niet om mij was teruggekomen, maar om zich aan te sluiten bij de sji'ieten, die in een onderlinge strijd verwikkeld waren. Zijn vertrek heeft me gedwongen een bladzijde in mijn leven om te slaan.

Ik zag al snel in dat ik me had vergist ten aanzien van jou, Djawaad, want je verveelde je helemaal niet. Integendeel, voor jou hadden de dagen nog veel langer mogen duren. Nachten lang schreef je met je dikke, donkerblauwe pen je indrukken op in een notitieboek met een bruinleren kaft. Je zat te peinzen over wie je had ontmoet, over een opmerking die iemand had gemaakt en over het paadje waarnaar je tevergeefs had gezocht; je kon nauwelijks geloven dat die afzichtelijke bakstenen villa op dat plekje was gebouwd. Zelfs ik stond in het boek, als de jonge bruid Asmahaan, die inmiddels sigaretten rookte, zwarte koffie dronk en gek was op wijn en boeken. Asmahaan, het keurige jonge meisje dat je destijds een aanzoek had gedaan, was een zigeunerin geworden: 'Zo te zien heeft ze haar haar al in geen maanden meer gewassen en haar jurken lijken op kimono's, of gewaden op Italiaanse schilderijen.' Je schreef ook over Roehiyya: 'Die doet nog steeds alles met hart en ziel, of ze nu kibbe stampt of een kopje thee zet. Ik ben verbaasd over de staat van haar gebit; je zou denken dat ze tijdens haar slaap door een specht te grazen is genomen. Toch zijn haar tanden nog gaaf vergeleken bij die van veel andere vrouwen, die alleen nog maar stompjes over hebben met een roestbruine aanslag van de tabak. Tanden zeggen meer over de economische en psychologische toestand van dit land dan alle sociaal-economische studies en statistieken bij elkaar. Ik heb besloten Roehiyya's gebit te laten herstellen door de privé-tandarts van Brigitte Bardot.'

We zaten in een kring om je heen, glurend naar de bewegingen van je pen. Roehiyya was trots, omdat ze een actieve bijdrage leverde aan je carrière, en aan een literair werk waar de mensheid in de komende generaties nog profijt van zou hebben. Ook ik was verrukt over de manier waarop je mij had beschreven en ik wilde niets liever dan je tegen me aan drukken.

Maar door je levendige belangstelling voor alles uit het verleden begon ik in te zien hoe naïef je eigenlijk was. Het fanatisme waarmee je alles wat je om je heen zag fotografeerde, vervulde me met weerzin. Ik had het gevoel dat wij allemaal waren veranderd in proefmonsters die je onder je microscoop bestudeerde en ik had er spijt van dat ik zo opgetogen had toegekeken terwijl je je notities in je geordende boek opschreef, met die dikke pen.

Mijn afkeer duurde overigens niet lang. Al snel wilde ik niets liever dan terugkeren naar Roehiyya's donkere huisje om weer dicht bij je te kunnen zijn naar je te kunnen luisteren, vooral als je het over mij had, in de hoop dat je me zou aanraken of met je hand langs mijn jurk zou strijken. Wanneer ik je tanden zag als je lachte, stelde ik me voor hoe je je lippen op de mijne drukte en hoe je dijen zich om de mijne klemden. Dacht je soms dat ik nog maagd was, of dat ik, net als Roehiyya, van iemand had gehouden en nog steeds met zijn herinnering leefde? Had je mijn grijze haren opgemerkt, en de rimpels op mijn voorhoofd? Of de aderen op mijn handen, die opgezwollen waren, hoewel ik ze voortdurend omhoog hield, als een hindoevrouw of een Japanse geisha?

Het kwam allemaal door Billie Holiday. Ik moest ophouden naar haar te luisteren. Zij wakkerde mijn emoties aan, wanneer ze met haar gewonde stem om haar man riep, als een poes in de maand april. Vervolgens gaf ik de schuld aan de droge, brandende vlam die opsteeg uit de grond en zelfs tot in de aderen van de bomen doordrong. Het was die vlam die me aan dit land bond – ik noem het zo, omdat het een land op zich is, uitgestrekt en zonder horizon, met hoge bergen en diepe dalen en een hemel die bijna de grond raakt. Het was alsof Beiroet niet bestond. Alsof de universiteit, de gebouwen waarvan ik de tegelvloeren kon dromen, en de zee waar ik jaren geleden had leren duiken, waren verdwenen. Wanneer ik 's ochtends om me heen keek en de roerloze vijgenbomen zag staan, dacht ik: hoe is het mogelijk dat ik nog maar tien dagen geleden naar het dorp ben gekomen. Het lijkt alsof ik nooit ben weggeweest. Of misschien ben ik nooit hier geweest, heb ik nooit op het paard van mijn grootvader gereden en ben ik nooit teruggekeerd naar Beiroet om naar de middelbare school en de universiteit te gaan, met mijn door de zon gebleekte haar.

Ik ging op mijn bed liggen en pakte een spiegel, om te zien wat jij zou zien als je naast me, of op me zou liggen: de aderen op mijn slapen, de haartjes tussen mijn wenkbrauwen, de rode vlekken rond mijn neus. Hoe krampachtiger ik de stroom van mijn fantasie probeerde te stoppen, des te sterker werd mijn verlangen om bij je te zijn. Bij alles wat ik deed, hoorde ik je fluisterende stem, hoorde ik de woorden die ik wilde horen. En zo bleef het, tot die middag waarop je samen met Roehiyya in ons huis verscheen. Toen ik zag hoe je met mijn grootvader van de veranda naar het land liep en hoe belangstellend je naar hem luisterde, sloeg mijn obsessie om in irritatie. Je plukte een papaver, en nog een, en hield ze bij je neus, terwijl je met je ogen mijn grootvaders wijzende vinger volgde. Ik hoorde je lachen. Niet alleen jij, maar ook Roehiyya was inmiddels een vreemde voor me geworden; ze zag er mooi uit, met haar met henna gekleurde haar, haar met kohl opgemaakte ogen, haar lichtrode lippen en haar ouderwetse maar elegante jurk. Die zorg voor haar uiterlijk maakte de verwijdering tussen ons nog groter.

Al snel kwam ik erachter dat jullie niet voor mij op bezoek waren gekomen, maar voor mijn grootvader, voor 'de schilder van de martelaren' en voor de rouwceremonie ter ere van de zoon van Kauthar, die in de strijd was omgekomen. Roehiyya sloeg haar arm om me heen en fluisterde in mijn oor dat ze beter haar mond tegen je had kunnen houden, want nu stond je erop met haar mee te gaan. De toegang was voorbehouden aan vrouwen en ze was bang dat je een manier zou verzinnen om binnen te komen en naar haar te luisteren. Ze vreesde dat ze zou gaan lachen, als ze iemand van haar familie onder het publiek zou zien.

'Heb je je zo opgetut voor een begrafenis?' vroeg ik afkeurend.

'De moeder van de overledene heeft alle vrouwen op het hart gedrukt dat ze geen zwart mochten dragen en niet mochten huilen. "Een martelaar van onder de twintig", zo zei ze, "gaat rechtstreeks naar het paradijs".'

Ik had meteen spijt van mijn grofheid en complimenteerde haar plagend met haar buitengewoon knappe en jonge uiterlijk. Terwijl ze me op mijn wang kuste, antwoordde ze: 'Dank je, lieveling. Het heeft me heel wat pijn en moeite gekost. En voor wie doe ik het eigenlijk, voor de vliegen? Jij hebt Beiroet, jij hebt mensen, vrienden, en bewonderaars om je heen!'

Ik zag hoe jij de bewegingen van Soema, het nieuwe dienstmeisje volgde. Zoals gewoonlijk liep ze heel langzaam, alsof ze bang was om uit te glijden. Ze bukte en raapte een dode tak, een paar bladeren en een bloeiend basilicumplantje op, om voor het boeddhabeeld te leggen dat ze in haar kamer had gezet. Ze vergat nooit een bloem in haar vlechten te steken, meestal zo'n gele hibiscus, die 's nachts zijn kelk sluit. Misschien verbaasde het je dat ze, hoewel ze veel donkerder was dan wij, Arabisch sprak met het accent van de mensen van het dorp.

Soema was de vrouw die in ons huis was komen wonen en mijn grootvader voorzag van zijn dagelijkse behoefte aan strelen, knijpen en bijten, en waarschijnlijk nog wel meer. Door de komst van Soema, met haar lange haar dat tot haar middel kwam, was Djoehaina vergeten. Het duurde een aantal dagen voordat iedereen aan haar naam gewend was: Soefa, Soemana, Soebia? Het hele huis hield zich met haar bezig, vooral sinds die keer dat ze naakt een bad had genomen bij de buis, die als een slang van het reservoir naar een hoek van de veranda liep. Ze wreef zich niet in met de zeep die Zamzam haar had gegeven, maar met olijfolie. Met behulp van een steen die ze van de grond had opgeraapt, boende ze haar lichaam schoon totdat het glom en iedereen nadrukkelijk van zijn bestaan op de hoogte stelde. De vrouwen van het huis waren om haar heen gaan staan, kakelend als kippen bij het zien van haar naaktheid, die slechts werd verhuld door een onderbroekje. Ze snelden niet meteen op haar af om haar te vertellen wat wel en wat niet kon, maar keken ademloos toe hoe ze zich baadde, zich afdroogde, haar haar kamde en het opnieuw besprenkelde met de olie, die ze in een medicijnflesje had gegoten; het was alsof ze naar een spannende film keken. Waarschijnlijk kwam het omdat ze Boeddha aanbad, dat ze zich onthielden van commentaar.

Soema had geen bezwaar tegen de strelingen van mijn grootvader, hoe ondubbelzinnig die ook waren, maar ze vond het niet prettig als hij haar kneep of beet. Ze vroeg zich af waarom hij haar gewillige vlees zo moest kwellen, terwijl ze bereid was zich aan hem over te geven, zoals ze zich overgaf aan haar werk en aan elke andere inspanning of ontspanning. Waarom moest hij haar gave huid aantasten? Mijn grootvader vermaken was een routine voor haar geworden; zodra ze had ontbeten, volgde ze hem naar zijn kamer met een kopje kruidenthee, kalm en vol zelfvertrouwen, alsof ze voor niemand hoefde te verbergen wat ze deed, zelfs niet voor mijn grootmoeder. 's Avonds wachtte ze geduldig tot hij haar riep. Dan stond ze op en schonk ons een glimlach, alsof ze daarmee te kennen wilde geven dat het tijd was om aan het werk te gaan. Misschien probeerde ze te suggereren dat ze de onderonsjes met haar meester als een belangrijk onderdeel van haar huishoudelijke taken beschouwde. Wie zal het zeggen?

Ik neem aan dat Roehiyya je al van de situatie op de hoogte had gebracht, want je begon beurtelings naar mijn grootvader en naar Soema te staren. Mijn vijandigheid jegens jullie stak in mijn hart als een schorpioen. Om op mijn beurt Roehiyya te kwetsen, vroeg ik op het laatdunkende toontje van Djoehaina: 'Wat is hier aan de hand? Zo te zien probeert Djawaad grootvader aan de praat te krijgen. Is hij soms van plan een boek over ons huis en het dorp te schrijven?'

'Hij wil met alle geweld op bezoek bij "de schilder van de martelaren". Ik heb tegen hem gezegd dat jij wel met hem meegaat.'

'Ik?' beet ik haar toe. 'Zodat hij over ons kan roddelen in Beiroet?'

Roehiyya was geschokt, maar in plaats van terug te schreeuwen, nam ze op een andere manier wraak: het was haar opgevallen, zo zei ze, dat ik me koel en prikkelbaar tegen je gedroeg en als ze me niet zo goed zou kennen, zou ze geloven dat ik beledigd was omdat je niet verliefd op me was geworden; om het even welk tijdschrift was in mijn ogen interessanter dan de boeken die jij had geschreven.

Eigenlijk was het geen wraak van Roehiyya, en ook geen steek onder water, maar eerder een poging om de vinger te leggen op datgene wat me werkelijk dwars zat. Onbewust probeerde ze greep te krijgen op de complexen, de emoties en de gedachten die me kwelden. Ze was ervan overtuigd dat er een stralende toekomst voor me in het verschiet lag, of dat nu in mijn carrière was of in het huwelijk. Ik was immers *cum laude* afgestudeerd in de architectuur en ik ontwierp huizen en gebouwen op de mooiste plekjes, van hier tot Beiroet. Ze had het enthousiasme gezien waarmee ik aantekeningen had gemaakt over het intuïtieve vernuft van de traditionele bouwwerken hier. En wat was het resultaat? Sigaretten roken, koffie drinken, slapen, zwijgen, lachen en steken onder water geven. Ik had me niet aan haar moeten blootgeven. Ik had haar niet elke dag moeten opzoeken en uren met haar zitten praten. Ik had me thuis moeten opsluiten en de indruk moeten wekken dat ik bezig was met een belangrijke opdracht. Ik had, als ik bij haar op bezoek ging, dure en mooie kleren moeten aantrekken, of althans in haar ogen, van het soort waarin jij me destijds als jong meisje hebt gezien, en niet van die 'afgetrapte vodden', zoals zij ze noemt. Mijn grootmoeder bleek weer eens gelijk te hebben: je moet de nieuwsgierigheid en belangstelling van de mensen prikkelen door je goed te kleden.

Ik liet Roehiyya alleen achter op de veranda en ging het huis binnen. Maar na een paar seconden besefte ik dat ik helemaal geen reden had om boos op haar te zijn en dat ík het was die opzettelijk had geprobeerd haar te kwetsen. Ik liep lachend weer naar buiten, omhelsde haar en barstte in huilen uit. Toen ik jouw voetstappen op de veranda hoorde, begon ik nog harder te snikken, bij de gedachte dat je me vast zou vergelijken met de drie zusters van Tsjechov, vooral door de blauwe geborduurde zijden sjaal van mijn grootmoeder. Voor het eerst reageerde Roehiyya niet met woorden. Zonder acht te slaan op de vragen van grootvader nam ze me mee naar de wasbak in de hal, waste mijn gezicht en streek mijn haar glad met een beetje water. Ik gaf me over aan haar ruwe vingers en schaterde het uit. Ze lachte met me mee, maar liet niet na ook de duivel te vervloeken. Om zich zo snel mogelijk van het incident af te maken zei ze: 'Kom, ik ga even naar binnen om je grootmoeder te groeten.'

'Dan ga ik intussen thee zetten.'

Zelfverzekerd kwam ik even later naar buiten met het theeblad. Ik keek je niet aan en schonk niet de minste aandacht aan je. Ik ging zitten luisteren naar het water in het reservoir en keek naar de opgestapelde dozen, de vrachtwagens en de kronkelweggetjes in de verte. Ik probeerde me voor te stellen wat er nu in Beiroet gebeurde; ik pijnigde mijn hersens af en dwong mezelf aan Ricardo te denken. Hoe zou het met hem gaan? Jij discussieerde intussen met mijn grootvader over de kwestie van de bezetters, de inflatie en de politieke partijen. Nu en dan vroeg je me wat ik ervan vond, maar ontmoedigd door mijn koele houding richtte je je aandacht weer op grootvader en ondervroeg hem uitvoerig over zijn land. Je luisterde geboeid en ving alles op in de netten die je gereed had gemaakt om te kunnen vissen in deze zee van ijdelheid en verveling.

Toen ik samen met jou naar het huis van 'de schilder van de martelaren' liep, had ik de indruk dat ik over een oppervlakte van menselijk vlees liep, zo zacht dat ik bijna viel. Je had mijn zelfvertrouwen geschokt. Vanaf het moment dat je wakker was geworden en gapend je ogen had uitgewreven, had je me het gevoel gegeven dat ik faalde, dat ik niet in staat was mezelf te ontplooien. Maar hoe kwam je daarbij? Ik probeerde niet te ademen en zelfs geen zuchtje te laten ontsnappen, hoewel niemand een stap op deze hobbelige wegen kan zetten zonder te hijgen. Het dorp krioelde van de mensen, als een echte stad: meisjes die in hun eentje rondliepen en gewapende mannen in jeeps of op motors, die naar de meisjes keken of met elkaar stonden te kletsen.

Het verbaasde me dat je het accent van ons dorp nog niet was kwijtgeraakt. Als je probeerde stads te praten, klonk het kunstmatig, zoals bij Zamzam wanneer ze moeite deed zich aan te passen aan Beiroet. Ik vroeg me af wat er met me aan de hand was; het leek alsof ik nog nooit van mijn leven met een man had gelopen. Ik was me er nauwelijks van bewust dat ik liep; ik zag nauwelijks de weg, de voorbijgangers of wat het oog verder zoal ziet; mijn onzekere voetstappen volgden het spoor van mijn woorden en gedachten.

Waarom was ik met je meegegaan, als ik me zo ongemakkelijk voelde?

We naderden de zijstraat die naar het huis op de heuvel en het opiumlaboratorium leidde. Ik hoopte dat ik de jonge buitenlander zou zien en dat onze blikken elkaar weer zouden kruisen. Ik zag het hemd van de schilder aan een waslijn tussen twee bomen hangen, maar deze keer stond de dure zwarte auto niet voor de ingang.

Zodra ze me zagen, kwamen ze allemaal naar buiten om me te begroeten. Hun hartelijkheid gaf me zelfvertrouwen, maar juist toen ik de moeder van de schilder naar haar zoon wilde vragen, viel haar blik op jou en ze slaakte een kreet van herkenning. Jij kreeg een warmer onthaal dan ik, zelfs dan de eerste keer dat ik hen had bezocht. Alle lekkernijen en versnaperingen die tot dan toe voor mij verborgen waren gebleven, werden ons, of eigenlijk jou, voorgeschoteld.

De schilder was niet thuis.

'Ik zal iemand sturen om hem voor je te halen', riep zijn moeder.

Jij boog je naar me over en zei: 'Zoiets zouden ze in Frankrijk nooit voor me doen.'

'Zelfs in Beiroet doen ze zulke dingen niet meer', wees ik je terecht, maar toen bedacht ik me en vervolgde: 'En hier zijn dat soort gewoonten ook allang uitgestorven, maar jij bent niet zomaar iemand.'

Toen ze je naar het leven in Frankrijk vroegen, wist ik niet zeker of je oprecht was. Voor het eerst sinds lange tijd was ik me ervan bewust dat ik tot de familie behoorde die deze grond bezat, dezelfde familie die vroeger ongevraagd de kieren van deze huizen en de poriën van de lichamen van deze mensen was binnengedrongen om ze naar believen van zuurstof te voorzien, of ze ervan te onthouden als dat beter uitkwam. Nu voelde ik me alleen. Ze waren vergeten wie ik was; ze hadden me op mijn plaats gezet en daar zat ik nu samen met hen vol bewondering naar jou te staren.

Ik ergerde me aan deze gevoelens, die me te veel aan mijn grootmoeder deden denken. Ik had last van dezelfde hoogmoed die ik haar kwalijk nam, zoals die keer toen ze me verweet dat ik een lift had geaccepteerd van de broer van de schilder (de schilder kwam trouwens net op dat moment binnen en begon langdurig je hand te schudden).

'Je kent het huis van aboe Sjawki toch? Weet je niet meer hoeveel kippen en koeien die hadden? Het was een familie van niks!' had ze vol minachting gezegd.

Ik had haar duidelijk willen maken dat het verleden niet meer zou terugkeren en dat de dorpsvrouwen haar alleen nog maar bezochten omwille van het verleden, omdat de herinnering hen misschien gelukkig maakte in vergelijking met de ellende die ze nu moesten doorstaan; een bezoek aan haar gaf hun tijdelijk troost, zoals een bezoek aan de graven, als ze somber gestemd waren. Ze onderscheidde zich niet meer van de andere vrouwen en ze bezat geen macht of invloed meer.

Ik bestudeerde hun gezichten en kon nauwelijks geloven dat onze familie voor hen niet meer bestond. Even had ik de neiging om hen eraan te herinneren waar ik vandaan kwam, maar ik zag ervan af en ging zitten, met een zelfgenoegzame glimlach op mijn gezicht, me troostend met beelden en taferelen van vroeger. Nog maar een paar jaar geleden hadden deze jonge mannen, die toen nog kinderen waren, zich bijna onder de voet laten lopen om aanwezig te kunnen zijn bij de feesten die mijn familie organiseerde ter gelegenheid van religieuze herdenkingen of verkiezingsoverwinningen. Buiten werd een groot stuk grond vrijgemaakt voor de maaltijd en 's morgens vroeg hoorde je uit de verte al het geblaat van de lammeren die werden geslacht. Snel rende ik dan naar buiten om te zien hoe de mannen de huid eraf stroopten, hun handen en ogen gefixeerd op de wollen vacht, hoewel het mijn grootmoeder was die besliste wat ermee ging gebeuren en wie hem zou krijgen. De vrouwen van het dorp verspreidden zich over de eetruimte, staken vuurtjes aan, pompten primusstellen op, roosterden het vlees en joegen de honden, de katten, de vliegen en de kinderen weg. Het duurde uren. Tegen het eind verzamelden ze alle brandende primusstellen, waarvan de vlammen inmiddels waren verzwakt en gooiden water op de vuurtjes, die met een sissend geluid uitdoofden. Ten slotte zetten ze de pannen klaar bij de keuken, waarna Na'iema en Zamzam de rijst op rieten bladen schepten. Ze streken de hoopjes met hun handen glad en drukten nu en dan wat voor zichzelf achterover. Als alle bladen eruitzagen als zoutbergen of stralend witte sneeuwtoppen, was de beurt aan mijn grootmoeder. Ze naderde in vol ornaat, met haar gezicht naar de hemel geheven, en prevelde eerst een gebed alvorens de lange mouw van haar jurk op te stropen zodat haar mooie, witte pols zichtbaar werd. Dan boog ze zich, terwijl ze God aanriep, met gesloten ogen naar voren en liet haar hand in de hete vleespannen zakken. Ze pakte de stukken vlees eruit alsof ze van breekbaar glas waren en rangschikte ze langzaam op de schotels met rijst. Soms veranderde ze op het laatst van gedachten, nam een stuk van de ene schotel en legde het op de andere. In de tussentijd waren de bussen met de gasten gearriveerd, elk met de vlag van het dorp waar ze vandaan kwamen. De vrouwen liepen naar het huis en verzamelden zich bij de keuken, waar de schotels op hen wachtten.

De mannen verspreidden zich over de hele ruimte; ze gingen in een kring rond de bladen met eten zitten en stonden pas weer op als alles op was. Op dat moment kwam de kandidaat die de verkiezingen had gewonnen naar voren en hield een toespraak. Dit duurde totdat een man te paard op een toeter begon te blazen en met een vlag begon te zwaaien. Dat was het teken voor de mannen en vrouwen om op te stappen en hun plaats vrij te maken voor nieuwe gasten, zodat ook zij de overwinning konden vieren. De nieuwkomers werden voorgegaan door een fanfare en de schalen werden opnieuw gevuld. De man te paard blies op de toeter en zwaaide met de vlag, maar in plaats van de winnaar werd mijn grootvader op de schouders getild. Hoewel hij deed alsof hij zich verzette, moet hij genoten hebben van elke minuut. 's Avonds liet hij samen met mijn grootmoeder de gebeurtenissen van de middag de revue passeren; ze dreven de spot met de kandidaat en maakten grapjes over zijn onzekere manier van lopen, zijn verlegen houding en de opgeblazen, serieuze toon waarop hij zijn redevoering had voorgelezen. Op instructie van mijn grootvader had aboe Moestafa hem een houten krukje gebracht om op te staan, zodat iedereen hem kon zien. De vader van de kandidaat glom van trots omdat zijn zoon een belangrijk man was geworden, terwijl zijn moeder zich naar voren had gebogen om de hand van mijn grootmoeder te kussen.

De schilder kwam binnengestormd, drukte jou de hand en begroette mij met een: 'W-w-welkom, mevrouw.'

Even later bracht hij de schilderijen naar binnen. Ik keek naar de grond, want ik vreesde dat ik zou moeten lachen om je serieuze opmerkingen. Staand voor zijn schilderijen, die nog lelijker waren dan de versieringen op een doos chocolaatjes, probeerde de schilder iets te zeggen dat waarschijnlijk op de punt van zijn tong lag: 'Dus in Fr... Fr... Frrrankrijk doen ze nie... nie... niet a... a... aan exposities over de revolutie? Over de hel... de hel... de helden? Of over de is... islamitische kunst?'

Je schudde je hoofd en zei, om hem te kalmeren: 'Waarom niet? Alles is mogelijk', waarop zijn broer uitriep: 'Je zult je expositie krijgen, ouwe jongen. Binnenkort regelen ze nog een tentoonstelling voor je op de Eiffeltoren.'

De schilder lachte verheugd, terwijl ik trilde van woede om zijn ijdelheid en jouw onoprechtheid.

Op de terugweg werd ik heen en weer geslingerd tussen het verlangen om dicht bij je te zijn en de behoefte om je uit te schelden, maar de eerste emotie was sterker dan de tweede. De dag maakte zich op voor de nacht en de avondschemering beheerste de omgeving. De witte en rode papavers stonden roerloos naast de bonen en de rijpe tomatenplanten. Hier en daar waren zandverstuivingen te zien. De honden blaften naar elkaar en verzamelden zich onder het maanlicht om door de straten te gaan zwerven. Uit de elektriciteitspaal hingen ontelbare illegaal afgetapte kabels. De geur van de brandende distels en doornstruiken maakte me duizelig. Toen ik me vrolijk maakte om de schilder, die zo graag zijn werk in het buitenland wilde exposeren, zei jij: 'Hoezo? Ik heb echt bewondering voor hem. Hij heeft lak aan de buitenwereld, de drugs en de handel; het enige wat hij doet is martelaren tekenen.'

'Dr... drugs en ha... handel. Moge God degene bijstaan die met hem een ha... ha... handeltje begint.'

Kennelijk was mijn imitatie geslaagd, want je barstte in lachen uit. Hoewel we in de openlucht liepen, kon ik je geur ruiken en ik kreeg opnieuw een warm gevoel, omdat ik dicht bij je was en omdat we samen over deze grond liepen. We waren hier beiden vreemd en dat bracht ons nader tot elkaar, ook al kwamen we uit verschillende werelden. Ik wees je op een spelfout op het uithangbord van de kapsalon; de Franse naam Cléopâtre was verkeerd geschreven.

'Ach, wat ontroerend', zei je.

Het was duidelijk dat je geen zin had om te praten. Je staarde zwijgend naar de hemel, de voorbijsnellende auto's en de vlakten om ons heen. Je slaakte een diepe zucht, alsof je een sigaret inhaleerde en de rook uitblies. Ontgoocheld constateerde ik dat de mens uiteindelijk helemaal alleen is, hoezeer hij ook probeert zich vast te klampen aan anderen. Je zuchtte nog dieper. Toen pakte je me ineens bij mijn schouders en zei bijna fluisterend: 'Kijk, wat ze met dit land hebben gedaan. Aan de buitenkant is alles stil en rustig, maar onder de oppervlakte kookt het van de intriges, drugs, smokkel en partijpolitiek.'

Ik luisterde naar je, maar was niet onder de indruk van je woorden. Je mooie theorieën kwamen te laat. Het kon geen kwaad om nu en dan je hart te luchten, want je zou ons toch snel weer vergeten zijn en de dagelijkse realiteit hier achter je laten. Je zou je weer storten in het Europese leven met al zijn kleine beslommeringen. Je agenda stond ongetwijfeld vol afspraken met uitgevers, redacteurs van tijdschriften en uitnodigingen voor dineetjes, feestjes en radio-interviews; allemaal opgeschreven in dat nette, duidelijke handschrift van je. Je schreef ons de wet voor alsof we hier in een normaal land leefden, waar de inwoners nog trots waren op het feit dat ze 'burgers' werden genoemd, met alles wat dat inhoudt. Het is geen kunst om theorieën te spuien als je nooit in een schuilkelder hebt gezeten, als je geen vrienden hebt die even zijn weggegaan om een brood te kopen en wachtend in de rij door een dodelijke granaat zijn getroffen, als je nooit hebt meegemaakt dat je thuiskomt en ziet dat het gebouw waar je woonde is weggevaagd en dat er alleen nog puin en zand over is.

Ik moest zo snel mogelijk thuis zien te komen, want de man die naast me liep was bezig een roman te schrijven, terwijl ik alleen behoefte had aan wat warmte; maar daar zou ik zelf voor moeten zorgen. Ik wilde naar huis en naar een plaat van Billie Holiday luisteren.

Mijn grootvader zat op de veranda te eten. Soema stond naast hem te wachten op een teken, voor het geval hij iets nodig had. Toen hij zag wie ik had meegenomen, klaarde mijn grootvaders gezicht op. Hij haalde je over met hem mee te eten en riep Zamzam. Tot mijn grote verbazing doemde Djoehaina achter haar op. Opnieuw deed ze me denken aan een poes die weet dat er geen voedsel in huis is, maar nog steeds naar de geur verlangt. Ik was nog verbaasder toen jij uitriep: 'Goh, Djoehaina, waar was je? Waar kom jij opeens vandaan?'

Ik bedacht dat je haar vast bij Roehiyya had ontmoet. Mijn grootvader verweet haar dat ze nooit meer kwam en dat ze hem zelfs in zijn eigen huis ontweek. Luidruchtig nam hij een slok yoghurt, morsend op zijn snor en zijn baard.

Djoehaina vloog op me af om me te kussen en te omhelzen, terwijl ik me probeerde los te wringen. Ze greep mijn haar vast en zei: 'Ik zie nu pas dat je krullen hebt. Ben je bij de kapper geweest?'

Ik liep naar de keuken om wat eten voor je op een bord te scheppen, maar ook omdat ik mijn gezicht in de spiegel wilde bekijken. Ik kwam naar buiten met het bord en zette het voor je neer. Toen ik zag hoe blij Djoehaina was met jouw aanwezigheid, begreep ik pas waarom ze geen behoefte meer had om wraak te nemen op ons en zelfs op de grond en de lucht om ons heen; toen ze had gehoord dat ik Soema had ingehuurd via een bemiddelingsbureau in een naburige stad, had ze de volgende dag een dreigbrief gestuurd, waarin ze had aangekondigd dat de Iraanse verloofde van haar zus een rechtszaak tegen ons zou aanspannen.

Ik had haar nog nooit zo gezien als op deze avond. Ze lachte hard en vertoonde geen enkele gelijkenis met de vrouw die ons nog maar een paar dagen daarvoor het leven zuur had gemaakt. Ik gaf haar met een hoofdknik te kennen dat ze me naar binnen moest volgen. Ik had haar op haar nummer willen zetten, door luidkeels te roepen dat ik haar nog achterstallig loon schuldig was, maar de moed verging me toen ze naar me toe kwam, haar armen om me heen sloeg en zei: 'Vinden jullie niet dat Asma en ik net twee zusjes zijn?'

Daarop stond mijn grootvader op, liep naar Djoehaina en trok haar hardhandig aan haar haar naar zich toe: 'Nu is het afgelopen. Het is uit tussen ons.'

'Laat me los! Mijn eigen grootvader is nog jonger dan jij! Jij hebt de leeftijd van mijn grootvaders grootvader.'

Was dat antwoord een aanwijzing dat ze zich terugtrok, was het een manier om haar verleden met hem te ontkennen, of was het een poging om haar trots te herwinnen? Nee, ze trok zich terug. Haar ogen straalden en ze hield voortdurend haar blik op jou gevestigd, zonder op de anderen te letten. Terwijl ze haar haar naar achter wierp, keek ze je strak in de ogen. Zelfs als je even wegkeek, verloor ze je niet uit het oog. Het leek alsof jullie een geheim deelden. De blikken die jullie wisselden hadden iets met Soema te maken en jullie lach had iets samenzweerderigs. Djoehaina had je zonder twijfel haar blauwe plekken laten zien en je tot in de details verteld over mijn grootvader en over de meedogenloze oorlog die ik tegen haar had gevoerd.

Toen ik uit de keuken kwam, nadat ik samen met Soema en Zamzam de borden had afgeruimd, stond jij bij de wasbak in de gang. Je wees met een vragende blik naar de enige foto die aan de muur tegenover je hing. Hij was van mijn grootvader: een jongetje met een geweer in zijn hand, op schoot bij zijn vader, die schrijlings op een zwart paard zat. Om zijn middel hing een zwaard en zijn imposante gezicht werd nog indrukwekkender door zijn koefiyya, zijn hoofdband, zijn dikke snor en het zadel met de zwarte franje. Hij droeg een jasje dat was bewerkt met goudbrokaat. Rondom hem stonden mannen, bewapend met zwaarden en geweren. Ondanks de ernstige blik in zijn ogen zag mijn grootvader er vertederend uit met zijn kleine, ronde gezicht en zijn grote, witte tanden.

Je zei: 'Als je eens wist hoe graag ik eens met je grootouders over hun leven zou praten. Vanaf het begin, vanaf het moment dat ze hun ogen openden...'

Ik merkte dat ik op een andere toon ging praten; misschien moest ik me als Djoehaina gedragen. Lachend zei ik: 'Ga maar met ze praten. Misschien beleven ze er plezier aan. Laat ze hun hart maar luchten.'

Zoals ik al had verwacht, kwam Djoehaina te voorschijn, met in haar hand een takje basilicum, dat ze bij je neus hield: 'Ruik eens! Ruik eens!'

'De geur van je handen is nog veel lekkerder', antwoordde je.

Ik ging weg en liet jullie samen achter. Voordat ik er iets van kon gaan denken, kwam Djoehaina achter me aan en zei: 'Het is mijn allergrootste wens om naar Frankrijk te gaan en schoonheidsspecialiste te worden.'

Kennelijk vond ze mijn reactie niet enthousiast genoeg, want ze probeerde het nog eens: 'Ik kan Djawaad in het huishouden helpen. Koken, strijken, wassen, opruimen, en dan een paar uur naar school.'

Mijn grootvader kwam terug. Hij leek het niet nodig te vinden nog langer stil te staan bij de confrontatie tussen hem en Djoehaina. Wat hij nu wilde, was praten over 'die schurken' en over de plaatselijke en internationale politiek. Hij wilde dat je hem zou helpen met het schrijven van een brief, voor alle tijdschriften ter wereld, waarin hij zijn beklag zou doen over de trieste omstandigheden waarin hij en zijn land verkeerden. Jij observeerde intussen iedereen, vooral Zamzam, die een nieuw nachthemd droeg en dolblij was dat iemand anders dan wij het kledingstuk kon bewonderen. Je deed een hernieuwde poging om mijn grootvader over zichzelf aan het praten te krijgen, maar hij werd alleen maar woedender: op de bezetters en op de families die hen ongetwijfeld steunden, want zij waren het die de opbrengst van het land op de markt brachten. Hij begon te schreeuwen dat jij deze misstanden aan de wereld bekend moest maken. Pas toen mijn grootmoeder hem en Zamzam bij zich riep, hield hij op. Ze waren nog niet weg van de veranda, of Djoehaina pakte mijn arm en gaf me een veelbetekenende knipoog.

Ik zei tegen je: 'Djoehaina wil je vragen of je niet iemand kunt gebruiken om voor je te zorgen in Frankrijk, tegen kost en inwoning.'

Je antwoordde lacherig: 'Het zou andersom moeten zijn. Ik zou voor jou moeten strijken, koken en koffie zetten.'

Toen voegde je er ernstiger aan toe dat je klein woonde, dat je buitenshuis at, dat je nooit je overhemden streek en dat je geen indigo gebruikte bij het wassen. Je vroeg of Zamzam nog steeds indigo gebruikte en ik antwoordde onverschillig dat je het haar maar zelf moest vragen.

Ineens hoorden we mijn grootvaders harde stem weer, nog voordat hij zelf op de veranda verscheen. Zoals gewoonlijk vroegen we hem wat zachter te praten.

Je keek me aan met glinsterende ogen, alsof je iets belangrijks was vergeten, en vroeg me of ik weleens met de bezetters van het land had gesproken: 'Stel je voor! Wat een verhaal zou dat opleveren als jij verliefd werd op een van die jongens!'

Mijn bloed begon te koken, steeg naar mijn hoofd en daalde vervolgens naar mijn tong. Vol walging zei ik: 'Wat dacht je ervan om het zelf eens te proberen? Waarom word je zelf niet verliefd op een van die jongens?'

Er viel een stilte onder de aanwezigen. Alleen Zamzam en jij bleven doorpraten. Verder was slechts de schaterlach van Djoehaina te horen, het geluid van de radio uit de kamer van mijn grootmoeder en de stem van Billie Holiday, waarmee ik me in een hoek van de veranda had teruggetrokken. Ik verkeerde in de veronderstelling dat ik alleen was, tot ik jou hoorde meeneuriën. Je kende Billie Holiday dus ook. Er opende zich een diepe kloof tussen ons. Ik vond het ingemeen van je om me van mijn exclusieve band met haar te beroven. De anderen waren ver weg, verzonken in hun eigen gedachten, en wij beiden waren alleen met haar stem.

Je zei: 'Je kent Billie Holiday en je kleedt je als de drie zusters van Tsjechov. Je lacht je grootvader uit omdat hij als een kwajongen achter de meisjes aanrent, maar als hij echt verliefd wordt op een meisje, jaag je haar weg en zoek je een vervanging om hem af te leiden. Bovendien maak je je kwaad om het minste of geringste. Ik begrijp je niet.'

Ik wilde gaan schreeuwen, maar zei kalm, zonder aandacht te schenken aan Djoehaina, die bij ons kwam zitten: 'Dat komt doordat je een egoïst bent. Wij zijn materiaal voor je boeken, meer niet. Je houdt geen rekening met onze gevoelens. Je wilt dat ik verliefd word op een soldaat die de boomgaarden van mijn familie bezet. Dat zou pas origineel zijn, als je in Frankrijk zou terugkomen met een typisch folkloristisch verhaal over een meisje dat hield van de vijand.'

Je stond op en ik bleef trillend zitten. Djoehaina liep achter je aan. Het geluid van jullie voetstappen stierf weg en ik was weer alleen met de stem van Billie Holiday. Toen hoorde ik een van de gewapende mannen roepen: 'Zet dat eeuwige gejammer toch eens af. Geef ons liever Fairoez!'

Ik wilde niet alleen achterblijven en ging naar mijn kamer, waar ik het licht aandeed en op mijn bed ging zitten. Er heerste een complete stilte, die werd doorbroken door mijn grootvader, die om Soema riep.

Eigenlijk was ik vooral boos op je omdat je ons bekeek door het oog van een buitenlander. Terwijl ik onverschillig mijn schouders optrok, constateerde ik dat je ons slechts zag als folkloristische figuren; je begreep onze pijn, onze verlangens en onze grenzen niet. Maar na een paar minuten bedacht ik me: kwam het niet door jouw gebrek aan belangstelling voor mij? Was dat niet de kern van het probleem? Was ik jaloers op Djoehaina en haar jeugd? Of kwam het doordat je ver van hier leefde en de schoonheid van je vaderland in je hart meedroeg, terwijl ik alleen een verminkt vaderland voor me zag? Jouw fantasie was een rustige vlakte die je graantje voor graantje inzaaide, met water besproeide en waarvan je de vruchten plukte, terwijl mijn verbeelding niet meer dan een uitgedroogde akker was. Kennelijk gaf het verleden je een nieuwe bezieling, een nieuwe jeugd. Waarom was je anders zo ontspannen, terwijl ik aan een draad van rook in de lucht hing?

Ik sloot mijn ogen en zag mezelf in de lente op het gras liggen, terwijl ik herhaalde: 'Ooit lag ik op het groene gras en keek naar de blauwe lucht. Ik fluisterde: "Waarom ben ik zo bang om te slagen voor het eindexamen, terwijl alles waarop ik mijn oog laat vallen van mij is? Zelfs de lichte wolken en de vlinder die rondvliegt alsof ze weet dat ze maar een dag te leven heeft? Alles is van mij, zelfs de dovende sterren".'

Maar deze herinnering kon de spieren van mijn gezicht en mijn keel niet ontspannen. Ik had trek in een glas gin, maar ik wist dat ik alleen arak zou vinden. Ik stond op, liep naar de glazenkast en trok de houten deurtjes open. Onderin, onder de glazen vitrine, stonden de dure glazen en de flessen die waren gereserveerd voor onvoorziene gebeurtenissen: alcohol tegen kiespijn, tegen menstruatieklachten en tegen het liefdesverdriet van mijn grootvader. Het was alsof de arak was opgedroogd in de fles. Ik opende een papieren zak en zag een aantal lege flesjes. Ik pakte er een en glimlachte. Ik liep met het flesje en een glas arak terug naar mijn kamer. Ik nam het flesje in mijn handen en huilde. 'Franca Branca', noemt mijn grootmoeder het; ze denkt nog steeds dat het helpt tegen maagpijn. Vroeger gaf ze het altijd aan haar vriendinnen te drinken, die dan hard lachend en enigszins waggelend het huis weer verlieten.

Ik voelde me licht worden, alsof ik boven mijn bed zweefde. Ik sloot mijn ogen en glimlachte naar jou. Ik hield je in mijn armen en probeerde te slapen. Maar hoe kon ik slapen als honderden gedachten door mijn hoofd tolden? Wat verwachtte ik van je? Niets, behalve dat je me in je armen zou nemen en je lippen op de mijne zou drukken. Dat je me tegen je aan zou drukken en me zou verzekeren dat je om me gaf. Was ik gek, of alleen gefrustreerd?

Ik moest die kolkende stroom van begeerte zien te stoppen, anders zou ik net als Fadiela een spons worden, die bereid is om het even welke vloeistof op te zuigen, om het even welk vocht; of een vogel, die zich zodra hij er behoefte aan heeft over de grond rolt, zonder erom te malen of hij in de modder ligt te spartelen of in het droge zand.

Kortgeleden had ik een punt gezet achter veel van mijn relaties, nadat ik op een ochtend bij God, bij de profeet Mohammed, bij de Messias en nog vele anderen had gezworen dat ik mijn ogen alleen nog zou sluiten en mijn mond alleen nog zou openen voor degene van wie ik hield. En zelfs voor wie ik liefhad zou ik pas na lange tijd mijn benen spreiden. Die ochtend voelde ik me volkomen uitgewrongen. Mijn blanke huid was vaal en gerimpeld. Op mijn dijen waren hier en daar haartjes te bespeuren en de groezelige, verschoten lakens maakten me nog neerlachtiger. Op het kussen lag een haar, kronkelend als een slang. Ik pakte mijn kleren van de vloer naast het bed en stond snel op, wakker geschrokken van de straatgeluiden. Door de deur zonder gordijn ving ik flitsen op van het dagelijkse leven: een krakelende familie, spelende kinderen, commotie in de lucht. Zelfs de door houtworm aangevreten dadelpalm leek zich niet aan het tumult te kunnen onttrekken. Ik keek naar de slapende man naast me. Ik bestudeerde zijn hoofd en de kleine kale plek die hij zorgvuldig trachtte te verbergen door zijn haar eroverheen te kammen. Ik vroeg me af of ik die man eigenlijk wel kende. Hield ik echt van deze leraar? Ik wilde wegvluchten van hem en van de herinnering aan de vorige nacht, hoewel ik geboeid naar hem had geluisterd toen hij me vertelde dat hij achteraf liever wiskunde en scheikunde had onderwezen dan geschiedenis en aardrijkskunde. Hij verdroeg de schijnheiligheid niet meer waarmee hij werd geconfronteerd zodra hij een boek opensloeg. Hij was niet meer bij machte zijn leerlingen uit te leggen hoe het Libanese districtenstelsel werkte en hoe het daarmee was afgelopen. Hij kon niet meer op een normale manier praten over de bergen met hun besneeuwde toppen en over de ski-oorden, waar tegenwoordig aan het begin van de pistes gewapende mannen stonden om de orde te handhaven.

De dag daarvoor hadden we gezwommen in Saint-Georges. Steeds wanneer we het zoute water uit onze ogen wreven, sprongen de zwartgeblakerde ruïnes van de hotels weer in ons blikveld. De echo's van de kanonnen uit Oost-Beiroet brachten een lichte beving teweeg in het water, dat stonk naar de uitwerpselen die erin ronddreven. We hadden er grapjes over gemaakt en elkaars hand vastgehouden, en toch wilde ik de volgende ochtend van hem en van de nacht die ik met hem had doorgebracht wegvluchten, nadat het straatrumoer mijn gedachten had verstoord; de oorlog beheerste inmiddels al mijn zintuigen.

En nu zit ik hier veilig in het huis van mijn grootvader te denken aan jou. Ik zie mijn kamer door jouw peilende ogen; het bed dat kraakt van eenzaamheid. Uiteindelijk zul je begrijpen waarom Asmahaan nog steeds niet is getrouwd: ze heeft een onberekenbaar karakter en ze voelt zich superieur, omdat haar familie bijna het hele dorp bezit. Waarschijnlijk heeft ze altijd neergekeken op de mannen die verliefd op haar werden, totdat ze haar uiteindelijk links lieten liggen. En nu slaapt ze alleen in dit bed.

Overal liggen boeken – over kunst en politiek – verhalenbundels, romans, populaire tijdschriften. Ik stel me voor dat je een boek in je handen neemt, het doorbladert en zegt: 'Vreemd, ik had nooit verwacht dat ze de films van die regisseur had gezien. Hoe kan ze over die roman gehoord hebben? Ze moet die beddensprei bij toeval hebben aangeschaft. Ze kon immers niet weten hoeveel zo'n sprei of zo'n gekleurd tapijt tegenwoordig in Europa waard is. Ze heeft wel op de universiteit gezeten, maar alleen om een diploma te halen.'

Ik zie voor me hoe je hoofdschuddend in mijn boeken staat te bladeren. Ik hou niet van die manier van doen. Je lijkt op een kleermaakster die het niet kan nalaten om steeds wanneer ze een jurk ziet die ze niet zelf heeft gemaakt het kledingstuk door haar vingers te laten gaan en haar mening over het naaiwerk te geven. Ik geef toe dat ik misschien hard tegen je ben, maar dat komt omdat ik de indruk heb dat jouw geest levendiger is dan de mijne. Dat gevoel heb ik gekregen toen ik je boeken zag, en de dingen die je had verzameld: een kleine eikel, een verdorde tak, een verrotte plant, een verdroogde vijg. Ik vroeg me af waarom dat soort dingen mij niet ontroerden, waarom het nooit in mij was opgekomen om ze te bewaren, hoewel ik ze toch dag en nacht om me heen zag. Maar ik zag ze niet echt.

Ik laat me meevoeren naar het land der dromen en wanneer ik 's morgens wakker word, ben ik nog steeds bezig in mijn hoofd deze brief aan je te schrijven.

8

Geachte oorlog,

Ik spreek je niet aan met 'lieve oorlog', want ik begrijp je niet.

Het is alsof je een voor een de draden van een Perzisch tapijt onder mijn voeten wegtrekt en ze meteen daarna weer aaneen weeft. Ik koester me aan je sfeer, een complete rust, die tijdens wapenstilstanden, of als de leiders van de oorlog een pauze nemen om een nieuwe tactiek uit te denken, alles beheerst. Zelfs de hemel en de elektriciteitspalen zijn stil op zulke momenten. Rond de vuilnishopen is het gonzen van de vliegen en muskieten opgehouden. De straten zijn het bezit geworden van de weinigen die er nog durven te komen. En wanneer jij dan weer terugkeert naar het toneel van geweld, zoeken wij, inwoners van Beiroet, beschutting bij elkaar. We klampen ons aan elkaar vast, tot onze adem één wordt; dan laat alles wat zich buiten onze kleine kring afspeelt ons koud.

Nee, jij bent mijn 'lieve oorlog' niet. En toch is de sfeer veranderd: tijdens periodes van rust, wanneer iedereen dacht dat de donkere wolken waren opgetrokken, keerden degenen die waren geëmigreerd of ondergedoken weer terug; de lichtjes kwamen terug en je hoorde de mensen weer lachen. We zagen die omslag ook in het eetcafé: nadat al die mensen waren teruggekeerd, was het niet meer een oase van rust te midden van de puinhopen en de duisternis. Het was niet meer de plek waar wij rond de tafel zaten en genoegen namen met een enkel glas water. Het was weer een gelegenheid geworden waar je kon eten en met je kleren pronken.

Nu twijfel ik. Waarom noem ik je niet 'lieve oorlog', terwijl ik met zoveel warmte over je spreek? Waarschijnlijk ben ik bang om dit gevoel van intimiteit, dat zo weinig anderen begrijpen, te verliezen. Nasir zou het begrijpen. Mijn relatie met hem was geweven in een klimaat van opeenvolgende oorlogen. In de oorlog van 1967 ademde zijn huis een sfeer van vrijheid, zo intens dat je het bijna kon zien: een tent van fijne tule waar we onder kropen en die ons beschermde als een dik pantser.

Na al die jaren is mijn toon tegen jou veranderd. Ik vraag jou, en ook mezelf, wat ik doe, wat er met me gebeurt, of dit het leven is waarvoor ik ben geboren. Is er misschien een andere weg die ik moet gaan om een ander leven te kunnen leiden? Ik heb jou van alles de schuld gegeven. Jij was de oorzaak van alle ellende. Jij had me in die onzekere situatie gebracht. Je had me achtergelaten als een braakliggend land, zonder me een glimp van een toekomst te gunnen. Je had een eind gemaakt aan mijn dromen over een nieuwe architectuur, die mensen de mogelijkheid zou geven te leven in harmonie met zijn lichaam en geest. Bij het zien van de houten planken en de ijzeren platen waarmee de verwoeste gebouwen waren afgetimmerd, hoorde ik hoe je me uitlachte om mijn bespottelijke, bijna surrealistische ideeën. Ik raakte gewend aan deze frustraties, maar toen verdween je ineens. Net als alle anderen juichte ik de vrede toe. Ik ging weer naar het strand en naar de bergen, maar ik was niet gelukkig. Ik hield mijn ogen wanhopig gevestigd op een klein hoekje van de auto, zonder naar buiten te kijken. De buitenwereld maakte me bewust van mijn eigen apathie: er werd overvloedig gebouwd, ook al was het resultaat afschuwelijk. Mijn geweten knaagde aan me en ik schudde spijtig mijn hoofd bij het zien van de borden met de namen van de architectenbureaus op de bouwplaatsen.

Toen ik als docent aan de universiteit mijn brood probeerde te verdienen, kon ik me niet onttrekken aan het gevoel dat elk woord dat ik uitsprak zinloos was en dat alle gebouwen om ons heen, zelfs onze collegezaal, werden bedreigd door verwoesting. Samen met de studenten keek ik naar afbeeldingen van iglo's en Afrikaanse strohutten en we vroegen ons af of we misschien een nieuw bouwmateriaal moesten uitvinden, of genoegen moesten nemen met de architectuur van de schuilkelders.

Ik zei het onderwijs vaarwel en sloot me aan bij een organisatie voor het behoud van de oude gebouwen in Beiroet: rode daken, kleine, ronde ramen, gevels van glas in lood, hoge plafonds en trappen met zwarte smeedijzeren leuningen. Het was onze taak om ze te fotograferen voordat ze werden vernietigd of beschadigd door een bombardement. Ons werk werd bemoeilijkt door de communicatie- en vervoersproblemen tussen het westelijke deel, waar wij opereerden, en het oostelijke deel, waar de commissie zetelde. Door die toestand waren we nauwelijks in staat te vergaderen. Het eindigde ermee dat de meerderheid van de medewerkers naar het buitenland emigreerde. In plaats van naar mezelf te luisteren, volgde ik het advies van anderen op en nam de ene klus na de andere aan.

Het was alsof ik voor een grote ladenkast stond: ik sloot de ene la en opende de volgende, ongeveer zoals dat familielid van mijn vader, Mahmoed as-Sa'ati, die van alles in zijn leven had ondernomen: eerst importeerde hij klokken zoals zijn vader, toen ging hij over op de import van kippen en veevoer, toen opende hij een restaurant, toen begon hij met een handel in schuimrubbermatrassen en op het laatst deed hij helemaal niets meer. Elke dag toonde mijn ontgoocheling zich in een andere gedaante: zittend op een stoel tegenover me knikte ze instemmend wanneer ik beschreef hoe traag het leven in Beiroet was geworden; de mensen konden nergens meer energie voor opbrengen, behalve voor hun dagelijkse levensbehoeften. Maar later werd mijn ontgoocheling stoutmoediger en begon ze me tegen te spreken. Ze wees me op de lange dagen van vrede die in het verschiet lagen, als Beiroet weer zou bruisen van leven en de mensen weer aan het werk zouden gaan. Ik kreeg weer energie, maar ik verroerde geen vin. Vanuit mijn leunstoel fantaseerde ik dat ik een architectenbureau zou openen, of een club voor kinderen, of een dierentuin. Daarna sloot ik vrede met mijn ontgoocheling. Ik overtuigde haar ervan dat overleven in Beiroet gedurende de afgelopen jaren een volle baan was geweest, die al mijn nachten en dagen had opgeslokt. Het had heel wat moeite gekost aan jou gewend te raken, geachte oorlog, en te moeten aanzien hoe Beiroet steeds weer in andere handen terecht kwam, uiteenviel in twee delen en ten slotte in ontelbare kleine splinters. Het had me moeite gekost me aan te passen aan de nieuwe situatie en de oude te vergeten, om de toestand te accepteren, hoe weerzinwekkend die ook was, om hoop te houden op een betere toekomst en ten slotte zonder hoop te leren leven.

Heb ik hier in mijn eerdere brieven al over gesproken? Ik kan het me niet meer herinneren. Deze wonderlijke ideeën hebben op de een of andere manier te maken met het feit dat je een bizarre oorlog bent. Je bent anders dan alle andere oorlogen. Het is alsof je één lui oog hebt en alleen door het andere kijkt.

's Ochtends werd ik wakker, nog in de ban van de dromen die me ver van het werkelijke leven hadden weggevoerd. Ik rekte me uit, blij om het daglicht te zien, muziek te horen, te kunnen kiezen welke kleur jurk ik zou dragen, te kunnen wachten op een afspraak. Pas een dag of twee nadat de strijd weer was opgelaaid, verloor ik dat geluksgevoel. Dan verdween elk spoor van euforie, totdat de glasscherven waren opgeruimd. Voor de zoveelste keer sloegen de mensen hun handen wanhopig ineen en riepen: 'Wat erg van al die doden.' Dan rekte ik me weer uit, blij om het daglicht te zien, muziek te horen, te kunnen wachten op een afspraak en de kleur te kunnen kiezen van de blouse die ik zou dragen.

Op een ochtend werd ik wakker van een deuntje dat op de claxon van een auto werd gespeeld. Ik hoorde Ali's stem en allerlei andere stemmen, kreten en lachsalvo's. Ik hoorde Zamzam Ali om een stukje kauwgom vragen. Ze zei plagend tegen hem: 'Dat stuk dat jij in je mond hebt, is zo groot als een kameel.'

Was Ali hier? Hoe was hij erin geslaagd het dorp te bereiken, ondanks alles wat we op de radio hadden gehoord over gevechten, Syriërs, afgesloten wegen, onderhandelingen en confrontaties? Had ik me zo afzijdig gehouden van de strijd dat ik was vergeten hoe veranderlijk het leven is in oorlogstijd? Was ik vergeten hoe Ali ons had weggehaald uit dat hol waar we ons hadden verschanst als slakken die niet eens meer merken dat het lente is geworden? Hoe we samen die gruwelijke tocht naar het dorp hadden gemaakt, waar we zouden blijven tot de rust in Beiroet zou zijn hersteld?

Mijn grootvader schraapte luidruchtig zijn keel en vroeg: 'Wanneer heb je Beiroet verlaten, Ali? Het lijkt wel alsof je vleugels hebt gekregen.'

'Gisteren. Wat was ik bang dat ik onderweg zou worden aangehouden. Ik had vier vergunningen bij me, voor elke controlepost één, want er kan altijd iemand bij zitten die kwaad wil. Ik dacht: eerst gaan we naar een van de restaurants bij de rivier om daar te overnachten, dan zijn we morgenvroeg bij mevrouw Asma. Het was een reis om nooit te vergeten! Hebt u al gehoord dat ik weer getrouwd ben?'

Mijn grootvader zei lachend: 'Waarom doe je daar zo geheimzinnig over? Omdat je nog voor een derde, of vierde keer wilt trouwen? We zijn de tel toch al kwijt!'

'Nee, deze keer is het ernst. Haar kinderen hebben me veranderd en geduldiger gemaakt.'

'Ik heb gebeden dat ik je gezicht hier nooit meer zou zien', plaagde mijn grootvader. 'Het doet me zo goed dat Asma hier is, en jij wilt haar natuurlijk mee terug naar Beiroet nemen.'

Ik kleedde me aan en liep naar buiten, blij om Ali weer te zien. Ik begroette hem hartelijk en wendde me vervolgens tot mijn grootvader: 'Ga je met ons mee naar Beiroet, grootvader? Roehiyya en Djawaad komen ook mee.'

Ali liet dit niet zomaar passeren. Terwijl hij wanhopig zijn handen in elkaar sloeg zei hij verwijtend: 'Wat heb ik u misdaan, juffrouw Asma? Wilt u de auto soms beheksen? Wat moet die kettingrookster met haar klaagzangen en stinkende sigaretten in mijn auto?'

Ik gaf geen antwoord en drong opnieuw bij mijn grootvader aan: 'Wat zeg je ervan, grootvader, ga je met ons mee?'

'En moet ik het land dan maar aan de Almachtige overlaten?' vroeg hij, waaraan hij lachend toevoegde: 'Dat is trouwens al gebeurd. Zeg, Ali, heb je wel een ijzeren deur in het huis in Beiroet gezet?'

Ik riep Moeslim, Na'iema's kleinzoon: 'Ga snel naar het huis van Roehiyya en zeg dat ze zich moeten klaarmaken om naar Beiroet te gaan. Zeg tegen ze dat we ze zo meteen komen oppikken en dat ze voort moeten maken. Schiet op!'

Ali scheen nog niet hersteld van de schok. Hij verzocht Na'iema's kleinzoon even te wachten en vroeg me toen: 'Wat is er toch aan de hand, juffrouw Asma? Doe me dit niet aan.'

'Ach wat!' antwoordde ik lachend. 'Dat kun je toch wel hebben? Roehiyya heeft me wel duizend keer gesmeekt met me mee te mogen. Ze is bang voor Djawaad, alleen in Beiroet, en ze wil pronken met het grote huis van haar vrienden.'

Na'iema mengde zich in de discussie: 'Natuurlijk, ze wil goede sier maken tegenover haar neef. Ik heb gehoord dat hun huis is verwoest. Waar gaat hij overnachten? In een hotel?'

'Waarom zou ik me daar druk om maken?' zei Ali. 'Als ik haar zie, moet ik altijd meteen denken aan Azraël, de Engel des Doods. Zelfs haar tanden zijn zwart. Geen wonder dat haar man zo jong is gestorven. Dat kwam omdat hij samenleefde met de Engel des Doods! Elke dag is ze in de rouw voor een ander en betreurt ze weer een nieuwe dode op een andere plek.'

Vanaf de veranda, waar Na'iema het ontbijt klaarmaakte, kwam de geur van gebakken eieren ons tegemoet. Ik haalde diep adem om weer tot rust te komen, maar juist op dat moment werd ik geroepen door Ali, die met zijn harde stem grapjes met Zamzam en Na'iema stond te maken.

'Waar is Djoehaina?' fluisterde hij toen ik dichterbij was gekomen, maar Na'iema had hem gehoord en zei spottend: 'Ga maar eens binnen kijken. Dat is nog eens wat anders dan Djoehaina. De jonge meisjes van tegenwoordig zijn pedant geworden, maar die daarbinnen, die hoor je nooit klagen of zeuren. Het is net een poes die haar eigen tong heeft ingeslikt.'

'Denken jullie soms dat ik imbeciel ben? Denken jullie dat ik het serieus meende? Ik maakte maar een grapje. Iedereen is op de hoogte van het nieuws. Ze dacht dat ze de baas was in huis en begon zich overal mee te bemoeien. Ze wilde zelfs al gaan onderhandelen met de bezetters en ze beweerde dat je grootvader een huwelijkscontract klaar had liggen. Toen ik dat allemaal hoorde, dacht ik: dat zijn vrouwenleugens. Je grootvader is toch niet gek?'

Ik ging terug naar mijn kamer, maar ik kon de verontrustende gedachte niet loslaten dat Roehiyya en Djawaad zich misschien hadden bedacht en niet met me mee zouden gaan. Ik verbaasde me over de wisselvalligheid van mijn gevoelens; ze leken wel van elastiek. Sinds Roehiyya en Djawaad bij me waren gekomen om me te vragen of ze met me mee terug naar Beiroet mochten, had ik niet meer aan hem gedacht.

Ik liep snel de kamer van mijn grootmoeder binnen. Er hing nog dezelfde sfeer, alsof er niets was veranderd, alsof er buiten de muren van deze kamer niets was gebeurd: naast haar lagen de stukken granaatappel waarop ze altijd zat te kauwen, waarna ze de pitjes uitspuugde op een bord dat ze had afgedekt met een sneeuwwit gaas. Verder zag ik een paar romans, de transistorradio, de make-updoos, het bidsnoer, een broche van haar moeder, een haarlok van mij als kind, een reep stof die ze nog steeds hoopte ergens te vinden, en een oud, leeg parfumflesje, dat ze al die tijd had bewaard; in elke winkel in Beiroet zocht ze ernaar en aan iedereen die op doorreis was vroeg ze precies zo een voor haar mee te nemen.

Ik voelde me schuldig, omdat ik sinds ik mijn koffers was gaan pakken niet meer bij haar was geweest. Ze was bezig duizend-pondbiljetten te tellen. Haar hand verdween in de zak van haar kaftan en ze haalde een stukje hars te voorschijn uit een mooi klein poederdoosje.

'Hier, neem een stukje', zei ze. Ik boog me voorover en

drukte haar tegen me aan. Het was echt iets voor mijn grootmoeder om uitgerekend nu aan hars te denken. Ineens begreep ik waarom ik, op mijn leeftijd, nog steeds zo gehecht was aan deze sfeer. Hoe kon ik haar achterlaten? Ik had nog nooit in mijn leven iemand zoals zij ontmoet.

Ze begon me adviezen te geven: 'Vergeet niet dat we voorname mensen zijn. Zorg ervoor dat de provisiekast en de ijskast nooit leeg staan.'

Tijdens de oorlog was ons huis een soort toevluchtsoord geworden. Er werd geen verschil meer gemaakt tussen mannelijke en vrouwelijke gasten; iedereen sliep in de kamer van mijn grootvader.

'Ze zeggen dat Djawaad al jaren in zonde leeft met een vrouw', zei ze quasi-onverschillig.

Ik gaf geen antwoord. Het deed me pijn te zien dat ze bepaalde geruchten over me had opgevangen en zich ongerust maakte over mijn toekomst. Ik was liever in de waan gebleven dat ze niets aan mij had gemerkt. Waarschijnlijk had ze aangevoeld dat ik desperaat op zoek was naar een man, als een drenkeling die zich vastklampt aan een reddingsboei. Het water van het vrijgezellenbestaan was inmiddels tot ver boven mijn enkels gestegen en kwam al tot halverwege mijn nek, zodat alleen mijn hoofd er nog boven uitstak. Ik staarde naar haar witte gezicht en haar gave handen zonder aderen. Het waren de handen van een jong meisje wier vingers wachten op een verlovingsring of een trouwring. Ze schoof het bord met granaatappelpitten terzijde. Ik had haar willen vragen zich weer met mijn moeder, haar enige kind, te verzoenen.

Zamzam en Ali zaten buiten te kletsen. Hij vertelde haar over de prachtige stem van zijn vrouw: 'Het is niet gelogen! Iemand van een platenstudio had haar in het restaurant van haar vader gehoord en vroeg haar bij hem in de studio te komen zingen, maar ze heeft het geweigerd.'

Toen hij Moeslim zag aankomen, riep hij: 'Kom op, Moeslim, ik hoop dat je goed nieuws voor me hebt. Zeg dat Roehiyya haar been heeft gebroken en niet meekomt.'

Maar Moeslim riep buiten adem: 'Roehiyya en haar neef gaan allebei mee. Ze komen er aan. We mochten niet zonder hen weggaan, heeft hij gezegd, en hij heeft dit alvast meegegeven voor mevrouw Asmahaan.'

Ik kwam snel naar buiten en nam de leren tas van Djawaad van hem over. Ik rende ermee naar mijn kamer en drukte hem tegen mijn hart en mijn mond. Het beangstigde me dat mijn gevoelens zo snel, van het ene moment op het andere, konden veranderen: hier stond ik, een en al verlangen naar hem.

Ali riep klaaglijk: 'Ach arme, ach arme Ali, hoe kun je die Roehiyya verdragen? Ik zal nooit de dag vergeten dat mijn zuster Safiyya zichzelf in brand had gestoken; iedereen was gekomen, en niet alleen om te huilen; sommigen wilden zich zelfs achter haar aan in het graf werpen... Een jong meisje dat zich in brand had gestoken... En weet je wat Roehiyya deed? Die zong van: "Wil je je nog voeden of laven? Straks komen ze je begraven".'

Toen begon hij, op ons verzoek, te vertellen over de gebouwen die waren vernield en de slachtoffers die waren gevallen sinds wij Beiroet hadden verlaten. Hij legde uit dat de oorlog tussen Amerika en Iran en tussen Amal en Hizbollah eigenlijk een oorlog was tussen Syrië en Iran. Hij vertelde over de stiefdochter van Fadiela: er was een jongen in de schuilkelder verliefd op haar geworden en diezelfde avond nog met haar getrouwd: 'Ze haalden er een sjeikh bij, die zo'n haast had om weg te komen, dat hij alle woorden inslikte.'

Intussen hield ik me weer bezig met mijn uiterlijk. Ik bracht crème, *fond-de-teint* en poeder aan op mijn gezicht. Ik hield de spiegel bij het raam en glimlachend constateerde ik dat het niet te zien was dat ik me had opgemaakt. Ik dacht aan Djoehaina, die altijd stiekem naar me stond te kijken als ik me opmaakte, want ze had gemerkt dat ik er bij het wakker worden anders uitzag dan wanneer ik uitging; mijn huid was gaaf als ivoor, zonder dat de make-up zichtbaar was. Dat was mijn geheim: er natuurlijk uitzien, alsof ik mijn gezicht alleen met water en zeep had gewassen.

Ik hoorde de stemmen van Djawaad en Roehiyya. Ik rende niet op ze af, maar besloot enige afstand te bewaren, want de reis zou lang duren en in Beiroet had ik alle tijd. Maar die mooie gedachten verdwenen als sneeuw voor de zon toen ik Roehiyya hoorde roepen: 'De schoften hebben vannacht een inval bij ons gedaan. Ze wilden Djawaad meenemen om hem te ondervragen!'

'Wie? Wie? Wie?' riep iedereen, waarop Roehiyya afwerend met haar hand wuifde en zei: 'Wie anders dan zij? Die kerels! Ik ben op ze afgevlogen met een mes en een houten slipper en heb tegen ze gezegd: "Kom maar, kom maar op als je durft." Maar toen begon Djawaad te schreeuwen dat ik uit de weg moest gaan. Hij duwde me aan de kant en zei dat hij met hen wilde praten. Waarom zouden we met ze praten? Ze hadden het waarschijnlijk gemunt op zijn horloge, zijn paspoort, of zijn vliegticket, meer niet. God zal het weten. Toen ik hun vroeg waarom ze Djawaad wilden ondervragen, waren ze meteen stil. Daarop begonnen ze te blaffen als honden. Er was er een bij die hem vroeg wat hij van plan was te gaan schrijven; ons dorp was toch al zo kwetsbaar door de drugs, zei hij. Een ander wilde hem zelfs dicteren wat hij moest opschrijven. Stomme honden! Ik heb ze weggejaagd en tegen ze gezegd: "Als jullie weten wat je wilt, kom dan nog maar eens terug." Het is maar goed dat we al met Asmahaan hadden afgesproken, anders zouden ze nog denken dat we op de vlucht slaan! Maar zo komen ze niet van me af. Ik zal ze eens wat laten zien!'

Djawaad stond erbij, buiten adem, alsof hij degene was die dit opgewonden relaas had gedaan. Hij slaakte een diepe zucht en zei toen: 'Ach, het stelde niets voor.'

En zo ben je ongemerkt teruggekomen, geachte oorlog, vermomd in kleren die niet opvallen in het dorp. Je bent door onze poorten binnengekomen om ons ervan te verzekeren dat je wel degelijk bestaat. En wij dachten nog wel dat de dorpen onafhankelijk waren, ondoordringbaar, alsof ze een muur om zich heen hadden gebouwd, waar geen oorlog doorheen kon komen. Alles was zo stil; het enige wat bewoog waren de takken van de bomen en de ratten in hun ondergrondse gangen in het veld. We waren zelfs gewend geraakt aan het idee dat mijn grootvaders land bezet was; we zagen het eerder als een oude wraakactie of een daad van jaloezie, dan als iets dat met jou te maken had. Maar nu ben je zelfs doorgedrongen tot Roehiyya's huis, dat vroeger rook naar bakolie en de rust van het verleden uitstraalde, waar de echo van haar gedichten over onrecht en liefde weergalmde. In enkele ogenblikken heb jij de geschiedenis van dat huis veranderd; je hebt het overrompeld en van zijn harmonie beroofd, door het besef dat het is overgeleverd aan onervaren geesten, die niets dan geweld kennen.

Zelfs Djawaad gedroeg zich die ochtend anders door jou. Zoals hij daar op het muurtje van de veranda zat, had ik het gevoel dat hij een van ons was, een jongen uit het dorp, de zoon van iemand. Hij had de wreedheid van de oorlog en het leven hier ondervonden en was bij ons gekomen voor steun en troost, hoewel hij in zijn uiterlijk nog steeds tot een andere wereld behoorde, met zijn sporthemd en zijn gestreepte sokken. Wat hem was overkomen stelde me gerust: hij was in de oven van de twijfel geworpen, in een sprookje zonder einde, in een magnetisch veld dat alles naar zich toe trok, zelfs de wind. Door wat Djawaad de vorige avond had meegemaakt, hoefde ik hem niets meer uit te leggen over de onzekerheid die jij teweegbrengt. Nu hij had gezien hoe Roehiyya zich tegen de gewapende mannen had verzet, met in de ene hand een mes en in de andere een slipper, sprekend in dezelfde taal als zij, zouden de notities in zijn opschrijfboekje niet meer hetzelfde zijn.

'Godzijdank ben je er veilig uitgekomen. Moge God je vergeven, Roehiyya. Moge Hij je je scherpe tong vergeven. Jij verweet de mensen toch dat ze niet bij je op bezoek kwamen om Djawaad te verwelkomen? En kijk nu eens, zelfs vreemden weten dat hij er is.'

Niemand moest lachen om Zamzam, die deze opmerking alleen had gemaakt om Roehiyya en Djawaad wat op te vrolijken. Mijn grootouders, die mijn koppigheid en mijn fascinatie voor Ali's spannende verhalen kenden, deden geen pogingen me ervan te weerhouden naar Beiroet terug te gaan. Zoals altijd greep Ali zijn kans om te bewijzen dat hij beschikte over uitstekende relaties met hooggeplaatste personen en dat zijn ster weer tot ongekende hoogten was gestegen. Maar dit incident deed me beseffen dat we allemaal gijzelaars waren, ondanks de schijn van vrede en rust.

'Kom, laten we weggaan, voor iemand het merkt', drong Roehiyya aan. Mijn grootmoeder pakte haar bidsnoer om de hogere machten om raad te vragen, net als vroeger, wanneer ze wilde weten of Zamzam me wel kon meenemen naar de bioscoop, ondanks mijn bronchitis, en of ze wel naar het dorp moest afreizen in die regen. Ali, de meest realistische onder ons, zei: 'Misschien liggen ze op de loer. We moeten een geheime weg zien te vinden, die alleen de djinns kennen.'

Mijn grootmoeder suggereerde dat we misschien nog even moesten blijven, om te achterhalen wie die mannen waren, maar Roehiyya protesteerde heftig en stond erop dat we naar Beiroet zouden gaan en Djawaad op het eerste vliegtuig naar huis zouden zetten.

Terwijl iedereen in rep en roer was voor het vertrek verscheen er een vrouw die ik niet herkende, zelfs niet toen ze de veranda was genaderd.

'Gaan jullie echt naar Beiroet?' gilde ze, alsof ze haar verstand had verloren. Haar hoofddoek was op haar schouders gegleden, waardoor haar grijze haar zichtbaar was, maar dat scheen haar niet te deren.

'Ik smeek jullie. Wie gaat er naar Beiroet? Mijn kleinzoons vechten in de oorlog en ik heb gehoord dat een van hen gewond is geraakt. Mag ik met jullie meerijden?'

Ali nam snel het heft in handen: 'Nee. Wat moet jij in Beiroet? Laat het maar aan mij over.'

Hij beloofde haar dat hij op zoek zou gaan naar haar kleinzoons en verzekerde haar dat hij nog diezelfde avond een telegram naar het dorp zou sturen.

Ik zag dat Djawaad iets in Zamzams oor fluisterde. Toen vroeg hij aan de vrouw: 'Ben jij niet Koet al-Koeloeb, die vroeger zoveel kwaad heeft aangericht? Wat is er met je gebeurd?'

De vrouw staarde hem aan met een niet-begrijpende blik. Ze was oud en hardhorend geworden. Alle anderen wisten onmiddellijk wat hij bedoelde. Ze had in het verleden als een soort spaarbank voor alleenstaande vrouwen en weduwen geopereerd. In het begin keerde ze keurig de rente uit, maar na verloop van tijd ontkende ze dat ze ooit een cent van hen had ontvangen.

Djawaad liet zich deze kans niet ontnemen en treiterde: 'Is het waar dat je een gordel vol goud hebt?'

Ze schudde haar hoofd en zei: 'God zij met je, beste jongen.'

Ali nam ons mee langs 'de weg van de djinns', die over de vlakten en tussen de hasjiesjvelden, de appelboomgaarden en de kersentuinen slingerde. Djawaad bewonderde de kleuren van de rotsen, die hij zich in zijn herinnering heel anders had voorgesteld. Roehiyya was nerveus en probeerde hem tot stilte te manen. Ze vond zijn houding kil, terwijl ik juist vond dat zijn gezicht en zijn ziel rust en kalmte uitstraalden. Hij liet zich door niets van de wijs brengen en ging helemaal op in wat hij zag.

Ik heb heel wat gezichten gezien, verward en verwrongen van angst, door alles wat jij hebt aangericht, geachte oorlog; een mond die zag, ogen die kermden en aderen die paniek roken. Ik heb het bij Zamzam gezien en bij andere vrouwen uit onze buurt, vooral moeders die op de schoolbus van hun kinderen stonden te wachten. Ik kan slechts minachting opbrengen voor mensen die op het moment dat ze met gevaar worden geconfronteerd uit hun evenwicht raken, kalmeringspillen gaan slikken en hun persoonlijke papieren en foto's verscheuren om alles te vergeten waarin ze jarenlang hebben geloofd.

Tot onze verrassing kondigde Ali aan dat we binnenkort zijn vrouw zouden ontmoeten. Meteen begrepen we dat de 'weg van de djinns', die Ali had gekozen, door haar dorp liep. Roehiyya en ik wisselden een veelzeggende glimlach en Roehiyya vroeg hem: 'Klopt het dat je vrouw een bedoeïen is?'

'Wat wil je daarmee zeggen? Ja, ze is inderdaad een bedoeïen, maar geen zigeunerin.'

Daarop informeerde Djawaad in alle ernst naar zijn nieuwe vrouw en Ali gaf een kort en bondig antwoord: 'Haar familie werkt op het land. Ze zijn goedkoper en beter dan de Pakistanen, de Afghanen, de Palestijnen en de Koerden. Ze krijgen een huis en te eten. Zo kunnen ze het loon dat ze verdienen opsparen.'

We drongen steeds dieper door in de rust van de kleine landweggetjes en de veelvormige rotsen, die in snel tempo al jouw sporen wegvaagden. Niets leek de harmonie te kunnen verstoren, niets behalve het zwarte asfalt en de haarspeldbochten. In de auto heerste een serene stilte. Ik voelde me als een kind dat zich laat wiegen door de warme adem van de volwassenen en glimlachte heimelijk, omdat ik niet meer onder Djawaads invloed was; ik kon weer nadenken, genieten en me ergeren, alsof hij niet meer bestond. De vlakte, weids als de horizon, leek de herinnering aan de gewelddadige confrontatie tussen Djawaad en de gewapende milities te versluieren. Ik was me alleen nog bewust van de fantastische kleuren en de kale bergen; op de hellingen waren kleine kassen gebouwd voor de kweek van bloemen en groenten. Vrouwen in bonte kleren, hun hoofd bedekt met koefiyya's en sjaals, stonden over de hasjiesjplanten gebogen.

Bij het zien van een zwartgeblakerde berg wist ik weer dat ik gelijk had gehad om je niet aan te spreken met 'lieve oorlog', want je laat slechts verwoesting en destructie achter. Je hebt je sfeer aan mij opgedrongen, zodat ik me ging inbeelden dat je een warmte uitstraalde die vrijere relaties mogelijk maakte, dat je zo'n betoverende invloed had op ziel, lichaam en geest, dat niemand zich meer alleen hoefde te voelen. Maar het was een valse, vluchtige betovering, een verdovingsmiddel.

Maar nu voel ik me weer gelukkig en vervuld van liefde, bij het zien van de bomen die aan jouw klauwen zijn ontsnapt. Hoge bomen, groen en weelderig, waarin de boskrekels hun lied zingen. Ze staan in groepjes op de groene hellingen als kluizenaars die genoeg hebben van het roerige wereldse leven en zich hebben gehuld in gewaden die van kleur veranderen met het verkleuren van de zon en de schemering.

Ali sloeg een zijweg in die steil omhoog liep. Hoewel ik de indruk had dat het geen openbare weg was, reden we verder, alsof we in een lift waren gestapt die ons naar de hemel voerde, totdat we op een open plek kwamen. Het landschap deed denken aan een wollen deken met gele, rode en groene ruiten. Er waren geen versperringen of andere obstakels op de weg, die naar boven slingerde als de rits van een lange jurk. Jij was verdwenen in deze uitgestrekte, verlaten vlakte en er was zelfs geen schim meer van je over in onze herinnering. Het was alsof onze gedachten altijd zo evenwichtig waren geweest, alsof de donkere stormen van de wanhoop nooit hadden gewaaid. De auto was nog niet tot stilstand gekomen of we hoorden overal stemmen en rumoer. Uit een klein betonnen gebouwtje, het enige dat nog intact was, stroomden kinderen naar buiten. Ali werd van alle kanten omringd door jonge vrouwen, die voor ons geen enkele belangstelling hadden. Ze maakten grapjes met hem en hoewel hij zich bewust was van onze aanwezigheid reageerde hij op dezelfde gekscherende toon. Alleen Djawaad scheen plezier te hebben in het tafereel. Zijn gezicht straalde bij het zien van alles wat er om hem heen gebeurde. Maar Roehiyya en ik werden bevangen door een gevoel van onrust, want we wisten dat de koffie slap, de kopjes vuil en het brood smakeloos zou zijn.

Ali bracht ons naar de zitkamer, verdween toen enkele ogenblikken en kwam even later terug met zijn verblindend mooie vrouw. Het verbaasde me dat ze zo jong was, wetend dat ze eerder getrouwd was geweest met haar neef, die was overleden en haar met twee zoontjes had achtergelaten.

Het was ontstellend warm in de kamer, die afgezien van een paar matrassen helemaal leeg was. De ruwe bekleding schuurde door de stof van mijn jurk tegen mijn huid, zodat ik het gevoel had dat ik werd gebeten door insecten. De vrouw van Ali trok de gordijnen opzij en opende de ramen, terwijl ze zei: 'Dit is te gek. We mogen hier van Ali niets openzetten.'

'Ik vind dat Ali groot gelijk heeft. Iemand met uw schoonheid zou in een doos opgeborgen moeten worden', merkte Djawaad op.

De echtgenote glimlachte blozend, waarbij ze haar hand voor haar mond hield: 'Ooit was ik knap, maar helaas heeft het harde werk me lelijk gemaakt.'

Djawaad verontschuldigde zich en stond op om naar buiten te gaan. Ik was woedend op mezelf omdat ik de hitte, die als een koortsgolf op mijn lichaam was overgeslagen, had getrotseerd, alleen om tegenover Djawaad te kunnen blijven zitten. Ik wilde ook opstaan, maar werd daarvan weerhouden door Ali's echtgenote, die me overstelpte met affectie en sympathie en steeds weer herhaalde dat ik als een dochter voor haar was, omdat Ali me als de zijne beschouwde. Die opmerking deed me goed, want ze was jonger dan ik. Ik dwong mezelf mijn spieren te ontspannen en leunde achterover, maar kennelijk overdreef ik mijn pose een beetje, want ze vroeg me wat er met me aan de hand was. Ik loog dat ik altijd misselijk werd van autorijden, vanwege mijn lage bloeddruk. Ze stond op en riep zo hard mogelijk uit het raam: 'Een beker water voor mevrouw Asmahaan!'

Toen bood ze me een aspirine aan, maar Roehiyya riep meteen: 'Nee hoor, dat hoeft niet. Binnen een paar minuten is ze weer fris als een hoentje.'

Toen het water op zich liet wachten, verontschuldigde de vrouw van Ali zich en stond op, waarna Roehiyya me verwijtend aankeek en zei: 'Kom, beheers je een beetje. Met wie moet ik me hier anders amuseren? De muggen soms, die in mijn oren zoemen alsof ze niets anders doen dan paren?'

Lachend stelde ik haar gerust: 'Ik laat je heus niet in de steek. Herinner je je nog hoe je rouwde om Ali's zuster? Hoe heet ze ook al weer?'

'Safiyya, moge God erbarmen met haar en al onze doden hebben. Ben je van plan me op te beuren met verhalen over doden?'

'Weet je dan niet meer wat je toen hebt gedaan? Ali is er nog boos om.'

'Hoe zou ik dat kunnen vergeten?' zei ze, en terwijl ze naar haar hoofd wees, vervolgde ze: 'Het staat hierboven allemaal keurig opgeschreven. God is mijn getuige.'

'Goed, ik luister.'

'Hier? Ze zullen nog gaan denken dat ik ongeluk breng. Zie je dan niet dat Ali de pest aan me heeft? Wil je soms dat hij me wurgt?'

Ze sloot haar ogen, deed ze weer open en fluisterde: 'Ik snap niet waarom hij me zo verkeerd heeft begrepen. Zelfs de bomen en de stenen moesten huilen om mijn klaagzang, je had het moeten zien!'

Weer sloot ze haar ogen en zong zachtjes:

> 'O lieveling, je ogen zullen niet meer knipperen
> O lieveling, je lippen zullen geen water meer drinken
> O lieveling, je zult niet meer eten
> O lieveling, je zult God niet meer prijzen
> O lieveling, leg je handen op de lakens,
> Want ze komen je straks begraven.'

Zonder overgang zong ze met een heel andere stem:

> 'O Asma, O Asmahaan,
> Je naam zal eeuwig op mijn lippen staan
> Mijn liefde voor jou is blind.
> Ik zie je in een hemelsblauwe jurk, mijn kind.'

'Ik hou niet van blauw', onderbrak ik haar. 'En hoe kun je opeens zo vrolijk zijn terwijl je eerst zo triest was?'

'Verdriet en blijdschap zijn twee zijden van dezelfde medaille, wijsneus. Het leven bestaat uit lachen en huilen, net als het hiernamaals.'

Zonder dat we elkaar een teken hoefden te geven stonden we tegelijkertijd op om aan deze oven te ontsnappen. Buiten op de stoffige plaats stond Ali's vrouw te wachten op degene die ze eropuit had gestuurd om citroenen voor me te halen. Ik keek om me heen, op zoek naar Djawaad, maar er was geen spoor van hem te bekennen. Ali's auto was verdwenen en ik nam aan dat ze samen geroosterde kip waren gaan kopen in een stad in de buurt; daar had ik Ali met zijn vrouw over horen praten, vlak nadat we waren aangekomen.

Ik vroeg haar waar Ali was en ze antwoordde dat hij direct zou terugkomen. Naar Djawaad durfde ik niet te vragen, maar plotseling klonk er een kreet uit het gebouwtje en Ali's vrouw zei: 'Mijnheer maakt foto's van de werkplaats. Iedereen denkt dat hij kan toveren.'

Ze wees naar een wit gebouw met bruin geverfde ramen en een golfplaten dak, dat werd gesteund door een boomstam en een paar stenen. Ik zei tegen Roehiyya: 'Kom, laten we even gaan kijken.'

Maar Ali's vrouw protesteerde: 'Als u nog moe bent, moet u niet naar de werkplaats gaan. De lucht is daar ondraaglijk.'

'Wat voor lucht?'

'Tegenwoordig maken ze er hasjolie.'

'Ik voel me alweer een stuk beter. Ik ben niet meer misselijk. Maak je maar niet meer druk om die citroenen.'

Djawaad stond met zijn polaroidcamera foto's te maken van Ali's schoonmoeder, die mijn leeftijd had, en van een aantal andere vrouwen en hun kinderen. Toen hij ons in de gaten kreeg, nam hij een paar van de foto's terug en zei verontschuldigend: 'Ik wil ze even aan Asmahaan laten zien.'

Enthousiast kwam hij met de foto's naar me toe: 'Kijk eens

naar dat lichtknopje! Zo modern! En kijk eens, die kleren!'

Overal klonk gelach, geschreeuw en gepraat. De grote kamer zat vol met gesluierde vrouwen van alle leeftijden van wie alleen de ogen te zien waren. Sommigen wreven balletjes hasjiesj tussen hun vingers, anderen roerden in een pan die op het vuur stond. Weer anderen keurden de substantie op stevigheid en kleur. De tinnen blikken en de pompen, die luidruchtig hun werk deden, waren bedekt met een laag stof.

Grijnzend liet Djawaad zijn witte tanden zien, die slechts leken te zijn gemaakt om te lachen, niet om te eten. De vrouwen lachten verrukt naar hem en een van hen vroeg: 'Wat ga je nu fotograferen, lieverd? Je hebt iedereen gehad, behalve mij en ik ben een oud wrak. Als je wilt, kun je nog een foto van mijn kleindochter Ibtisaam maken.'

Buiten voor het gebouwtje stond een tractor stil, die uitpuilde van de hasjiesj, opgetast onder een plastic zeil. Op het wiel naast de chauffeur zat nog een andere man. Achter de tractor stopte een auto waaruit drie zwaarbewapende mannen stapten, die kennelijk waren aangenomen om de vracht te bewaken. De mannen laadden de hasjiesj uit de tractor en zetten die in een hoek van de omheinde binnenplaats neer. De kinderen, die gillend de terugkeer van Ali aankondigden, en de glimlachende mannen in hun kleurige pakken, met een sigaret in de mondhoek, brachten me weer aan het twijfelen: misschien was het incident van de vorige avond in Roehiyya's huis slechts een hersenspinsel geweest. Het enige wat deze mannen hier deden, was met elkaar lachen, arak drinken en pronken met hun auto's. De wapens, waarmee ze indruk op de anderen probeerden te maken, waren een modegril, zoiets als het laten groeien van een nagel. In principe behoorden ze tot verschillende partijen en droegen ze wapens om elkaar uit te schakelen of te domineren, maar in deze contreien gebruikten ze hun geweren alleen om elkaar te beschermen. De partijen en geloofsgemeenschappen hadden elkaar immers nodig. Wie anders dan de christenen konden deze zakken hasjiesj distribueren? Zij hadden zulke goede contacten met de buitenwereld, dat alle wegen voor hen openstonden. Wie anders dan de sji'ieten konden de hasjiesj zaaien, irrigeren en oogsten? Wie anders dan de druzen konden zich bezig houden met de cocaïne?

'Wat wil je, mijn beste Ali,' legde Djawaad uit, 'geld is het enige waar iedereen het in dit land over eens is, van de spionnen tot en met de milities. En vergeet de Israëli's niet.'

Ali's vrouw kwam zachtjes binnen met een beker citroensap in haar hand; met haar ogen waarschuwde ze de aanwezigen dat niemand in haar buurt mocht komen.

Ik liep snel naar haar toe, nam de beker aan en bedankte haar. Ik kreeg het spul nauwelijks door mijn keel, want er was zoveel zout aan toegevoegd dat je de citroenen niet meer proefde.

We gingen terug naar de stikhete kamer, maar de verzengende warmte weerhield ons er niet van op de kippen en het bord knoflooksaus aan te vallen, die Ali had meegebracht. Ali's vrouw nodigde iedereen die door het raam naar ons stond te gluren uit om mee te eten, vooral de kinderen, maar behalve haar zoon durfde niemand binnen te komen.

'Hoe zouden ze ook durven?' zei Roehiyya. 'Ze zijn veel te bang dat we hen rauw verslinden, net als die kip. Moet je zien, we hebben alleen de botten overgelaten.'

Iedereen moest lachen. Alles was doordrongen van een sterke knoflooklucht, zelfs het water dat ik dronk. Intussen spreidde Djawaad de foto's voor ons uit. Hij hield er een paar voor zichzelf en deelde de rest uit. Ali hield zich op een afstand en keek toe hoe de foto's van hand tot hand gingen, maar hij vroeg wel aan Djawaad er een van hem met zijn nieuwe echtgenote te maken. Toen de foto klaar was, nam hij hem in zijn handen en bewonderde de schoonheid van zijn vrouw.

Toen we vertrokken beloofde Ali's vrouw dat ze me zou bezoeken zodra ze zich, na het oogstseizoen, bij Ali in Beiroet had gevoegd.

In de auto dommelden Roehiyya en ik weer in, maar Djawaad, die juist was opgekikkerd door het bezoek en de maaltijd, begon opgewonden tegen Ali te praten. We stopten bij een controlepost. Half slapend en half wakker hoorden we iemand zeggen: 'Broeder Djawaad, komt u alstublieft even met ons mee.'

In een oogwenk was je er weer, geachte oorlog, alsof je nooit was weggeweest. Ali draaide zich naar ons om. De man van de controlepost had zijn hoofd in de auto gestoken en bestudeerde ons, terwijl hij Djawaads paspoort en Ali's autopapieren in zijn hand hield. Een andere man, die zich eveneens naar binnen had geperst, zei: 'Meneer Djawaad, komt u alstublieft mee.'

Roehiyya riep ongelovig, terwijl ze Djawaads arm vastgreep: 'We hebben een weg genomen die alleen de djinns kennen. Hoe hebben ze ons kunnen opsporen?'

Waarschijnlijk wantrouwde ze Ali en ik had ook mijn twijfels. Djawaad probeerde haar te kalmeren, maar bij het horen van zijn stem verloren we allebei onze zelfbeheersing en begonnen hysterisch tegen de twee soldaten te gillen. Ali schreeuwde dat we stil moesten zijn. Toen vroeg hij aan de eerste: 'Mag ik uitstappen? Ik wil graag even met u praten.'

'Goed', zei de man. Ali opende het portier van de auto en voordat hij uitstapte draaide hij zich naar ons toe en zei: 'Maak je maar niet ongerust.'

Hij nam de man bij zijn arm en liep samen met hem weg. Er kwam een andere soldaat. Hij stak even zijn hoofd naar binnen en ging vervolgens met zijn hand op de auto staan wachten. We keken naar buiten. Het stelde ons gerust dat Ali al pratend een sigaret had opgestoken en toen hij ook nog een trek nam, slaakten we een zucht van verlichting. Maar het duurde niet lang, want even later kwam hij met trage passen terug naar de auto. Meteen wisten we dat het hem niet was gelukt de zaak te regelen. Pas toen ik hem berustend hoorde zeggen: 'Meneer Djawaad, ze willen met u praten', besefte ik de ernst van de situatie.

Het kostte Djawaad moeite om uit te stappen, vanwege

Roehiyya, die zich schreeuwend aan hem vastklampte. Ali opende de deur en trok haar weg, terwijl Djawaad sussend zijn armen om haar heen sloeg. Maar zij hield niet op met jammeren: 'Neem mij maar mee. Vermoord me, doe met me wat jullie willen. Hij heeft hetzelfde geloof als jullie, ook al woont hij in het buitenland.'

Ik stapte op mijn beurt uit de auto en volgde hen. Een van de milities probeerde met Roehiyya te praten, maar toen ze steeds hysterischer werd, schreeuwde hij haar toe: 'Luister eens goed naar me. We willen alleen wat met hem praten. Een kopje koffie in het kantoor en dan mag hij weer terug.'

Roehiyya luisterde een paar seconden, maar even later liep ze weer gillend en jammerend achter Djawaad aan en probeerde hem mee te trekken. Hij klopte haar bemoedigend op haar schouder, maar ze kwam pas weer tot bedaren toen een van de mannen naar mij toe kwam en me vroeg haar te kalmeren. Hij bezwoer ons dat ze hem binnen een paar minuten weer zouden terugbrengen.

Ze brachten hem niet naar de kleine cabine naast de controlepost, maar naar een jeep.

'Asmahaan, ze gaan hem ontvoeren!' begon Roehiyya weer te krijsen. 'Ze ontvoeren hem onder onze ogen. Ze denken dat hij een buitenlandse spion is!'

Maar de man, die ons overal volgde, stelde haar gerust: 'Hij wordt niet ontvoerd. Ze zullen hem niets aandoen. Binnen vijf minuten is hij weer terug.'

Ali stapte in de jeep, gevolgd door Djawaad. Weer zetten we een keel op, hoewel de gewapende man ons verzekerde: 'Wees maar niet bang. Ik blijf bij jullie. Ze komen wel terug.'

Op dat moment dachten Roehiyya en ik hetzelfde en we begonnen in koor te brullen, als de takken van twee bomen die zo dicht bij elkaar staan, dat je niet meer weet welke takken en welke vruchten van welke boom zijn.

'Kom, ga maar in de auto zitten. U kunt beter niet op straat blijven wachten.'

Die opmerking was de druppel die de emmer deed overlopen. Toen ik zag dat de sleuteltjes nog in het contact zaten, schreeuwde ik tegen Roehiyya dat ze moest instappen, startte de motor en reed achter de jeep aan, die nog net in zicht was. Roehiyya zat naast me als een uitgedroogde plant die plotseling weer tot leven is gekomen. Ze begon me aan te sporen en op te jagen. Met mijn hand op de claxon raasde ik voort, totdat de passagiers van de jeep ons in de gaten kregen. Ali begon ons tekens te geven en het zien van Djawaads achterhoofd stelde ons enigszins gerust: alles zou in orde komen. We zouden achter deze auto aanrijden, die ons zou voeren naar een nieuwe, onbekende waterbron, waar we onze *taboeli* te voorschijn zouden halen en de watermeloen in het water zouden leggen om af te koelen. Het volgende moment begon ik te schreeuwen en te schelden. Ik lachte en huilde tegelijk. Ik was waanzinnig geworden, een gek, levend tussen gekken, die uit onmacht tot de krankzinnigste dingen in staat waren. Hun ondervraging van Djawaad zou tot niets leiden. Ik begon weer te schelden. Ik vloekte en huilde. Ja, het was oorlog. Een oorlog met kanonnen, een bendenoorlog, een geloofsoorlog, een politieke oorlog, een economische oorlog...

We kwamen in een kleine stad. Overal waren mensen, auto's en winkels. We hadden de onherbergzame vlakten en de stilte van de natuur achter ons gelaten, en de spanning viel van ons af. Toen de jeep voor een gebouw met meerdere etages stopte, werden we nog optimistischer.

Ze stapten één voor één kalm uit de auto, alsof ze vrienden van elkaar waren. Ali wierp ons een blik toe en maakte glimlachend een teken met zijn hand. Djawaad deed hetzelfde. Ze gingen allemaal het gebouw binnen. Aan één kant van de ingang bevond zich een apotheek en aan de andere kant een slagerij. Op de eerste verdieping was een grote bank gevestigd. De gewapende man die we op de vlakte hadden achtergelaten kwam aanlopen. Hij stak zijn hoofd zo ver door het raampje van onze auto, dat zijn gezicht bijna het mijne raakte. Hij was kwaad op ons omdat we waren gevlucht. Toen vroeg hij of we iets wilden drinken. Ik sloeg het aanbod af, maar Roehiyya antwoordde: 'Ja, en snel een beetje, alstublieft. Een flesje frisdrank om mijn hart te verkoelen. God zegene u!'

Hij knikte en keek mij met een veelbetekenende blik aan. Zodra hij weg was, keerde Roehiyya zich naar mij en zei nerveus: 'We moeten de vrede met hen zien te bewaren. Alsjeblieft, van nu af aan wil ik geen kwaad woord meer horen, tot we onze lieve schat terug hebben.'

'Die idioot is stoned.'

'Dan hoop ik maar dat ze daarboven ook allemaal stoned zijn.'

De jongeman kwam terug. Met het flesje nog in zijn hand vroeg hij mij hoe ik aan mijn kleur ogen kwam. Hij reikte me het flesje aan en toen ik het aanpakte, kneep hij in mijn hand, die koel was geworden door het koude flesje.

'Vooruit, geef me een slok. Ik sterf van de dorst', zei Roehiyya, alsof we twee lastige kinderen waren. Ik trok mijn hand uit de zijne en gaf het flesje aan Roehiyya.

'Onze strijd, onze helden, onze vooruitgang, onze overwinning', declameerde de soldaat monotoon, als een plaat die steeds weer opnieuw wordt afgedraaid.

'Zo is het, beste jongen, moge God jullie de overwinning brengen. Moge Hij het volk van de profeet Mohammed en imam Ali de overwinning brengen', reageerde Roehiyya met milde spot. Toen vroeg ze met een honingzoete stem: 'Wie zijn dat eigenlijk die hem willen ondervragen, lieverd? Kom in de auto zitten, lieverd, anders krijg je nog een zonnesteek. Wat zei je? Wie?'

'De jongens daarboven', antwoordde hij.

'Ja, dat weten we. Het zijn jongens en geen oude mannen, maar bij welk kamp horen ze? Wij hebben zo onze relaties, weet je...'

Nerveus vervolgde ze: 'Wij kennen bepaalde personen die jullie zullen afmaken als er ook maar een haar van Djawaad wordt gekrenkt. Hij is niet zomaar iemand!'

'Maak je niet druk. Denk je soms dat we beesten zijn?'

Roehiyya, bang dat ze hem had beledigd, bond in: 'Verre van dat. We hebben juist een hoge pet van jullie op. Ik vraag je alleen naar boven te gaan om te zien wat daar gebeurt. Alsjeblieft. We willen het weten.'

'Goed', mompelde hij inschikkelijk en met zware passen liep hij het gebouw binnen, terwijl wij onze blik op de ingang gevestigd hielden. Ineens zag ik Roehiyya verdwaasd voor zich uit staren, alsof ze plotseling ziek was geworden. Ze knipperde niet meer met haar ogen, haalde geen adem meer, haar gezicht stond strak en haar pupillen keken star voor zich uit. Na een tijdje werd ik ongerust. Ik keek haar aan, maar ze reageerde niet. Ze fronste alleen nu en dan haar wenkbrauwen. Ik wuifde met mijn hand voor haar ogen, maar ze gaf geen krimp; ze zag me niet eens. Haar pupillen werden zo groot, dat ze bijna uit hun kassen vielen.

Eindelijk zagen we Ali naar buiten komen. Hij was alleen. Nog voordat Roehiyya haar mond open kon doen, zei hij: 'Djawaad komt naar beneden. Hij komt eraan.'

Hij grijnsde naar mij met zijn gele tanden en zijn stoppelige kin.

'Alsjeblieft, ga terug!' smeekte Roehiyya. 'Ik weet dat hij er nu aankomt.'

'Zeg, mevrouw Asmahaan, u schijnt bewonderaars te hebben. Een van de jongens kwam me om uw hand vragen. Ik heb hem gezegd dat u verloofd bent.'

'Waarom heb je dat gezegd?' riep Roehiyya boos. 'Zeg hem dat hij haar kan krijgen. En als we Djawaad terug hebben, steken we onze tong en onze kont naar hen uit en zeggen we: "Dit is jullie avondeten en dit is jullie lunch."'

Ik moest lachen en Ali zei hoofdschuddend: 'Jij bent echt getikt.'

'Ik ben helemaal niet getikt. Alleen door me te concentreren heb ik jou naar beneden gekregen. Ik heb ze gefixeerd met mijn gedachten en toen mijn hoofd begon te dreunen en te suizen wist ik dat het me was gelukt. Als ik alleen was geweest, zonder die aap van een Asma en zonder het lawaai op straat, dan was het me nog veel eerder gelukt.'

'Mijn God, je bent echt getikt.'

Toen we Djawaad naar buiten zagen komen, sprongen we uit de auto en renden naar hem toe. Hij gaf de mannen één voor één een hand, maar werd meegetrokken door Ali, die iedereen groette met de woorden: 'Het ga jullie goed, jongens.'

Roehiyya vloog op Djawaad af en wilde hem naast zich op de bank duwen, maar hij ging naast Ali zitten. Zodra we een eindje op weg waren, barstte Roehiyya in huilen uit: 'Moge God hun alle kracht en gezondheid ontnemen.'

Vanaf de achterbank sloeg ze haar armen om Djawaads nek en begon te snikken, alsof ze op dat moment pas ten volle besefte wat er allemaal was gebeurd. Djawaad wrong zich niet los, maar liet zijn hoofd in haar handen rusten. Toen draaide hij zich om en begon troostend met zijn hand over haar hoofddoek te strelen. Hij zei niets, zelfs niet toen Roehiyya zichzelf weer onder controle had en hem vroeg waarom ze hem hadden ondervraagd. Ook Ali was nieuwsgierig geworden, maar Roehiyya onderbrak hem: 'Moeten we soms geloven dat je van niets wist, meneer Ali?'

Ali nam een hand van het stuur en draaide zich om: 'Bij de profeet Mohammed en imam Ali, ik zweer het je. Vraag het maar aan meneer Djawaad. Ze hebben me buiten laten wachten. Ik ben bij de deur blijven staan. Ik heb geen vin verroerd, zelfs niet toen de verantwoordelijke van het bureau me verzekerde dat hem niets zou gebeuren.'

Djawaad wilde er niet over praten. Waarschijnlijk hadden ze hem bedreigd. Het duurde een poosje voordat we allemaal weer in ons normale doen waren. We begonnen uit het raampje te staren en zo wisten we de rust van voor het incident te herstellen.

Maar we waren nog steeds verstrikt in je netten, geachte

oorlog. We werden verpletterd onder je gewicht, ondanks de kalmerende invloed van de bergen, de rotsen en opgestapelde boomstammen die we om ons heen zagen. Er liep een kudde schapen met een herder, die niet ouder dan tien jaar was. Toen mijn blik de zijne ontmoette, tilde hij een schaap met zwarte oren op en zwaaide ermee naar mij, bij wijze van groet. Een vrouw stond langs de weg gele meloenen te verkopen. Roehiyya en ik sperden onze ogen open om alles te kunnen zien. Toen sloot ik ze weer. Luisterend naar het monotone geluid van de motor begon ik stap voor stap te overdenken wat er was gebeurd. Ten slotte kwam ik op één vraag en één antwoord, waaraan tot dan toe niemand aandacht had geschonken: waarom, geachte oorlog, moet je zo nodig je taak volbrengen, terwijl je allang hebt ontdekt dat jouw werk slechts tot dood en verderf leidt en dat politiek niets te maken heeft met partijen, maar alleen met symbolen? Ik weet het antwoord: mensen hebben altijd behoefte aan een conflict, om het even welk conflict, zolang het maar vertrouwd en bekend is, zodat ze niet verder hoeven te zoeken naar de geheimen van het leven en de dood en alle filosofische theorieën die daaruit voortvloeien. Daarom laten ze zich zo gemakkelijk door je meeslepen, geachte oorlog, en kun je ze krijgen waar je ze hebben wilt. Ondanks de gevaren die ze moeten doorstaan, bied je hun zekerheid. Iedereen die deze waardevolle ontdekking doet, speelt het spel mee.

Wat te doen met deze ideeën? Moest ik ze hardop uitspreken, zodat Djawaad ze kon overnemen en publiceren? Of moest ik erover praten met Kazim, de moderne sjeikh en Ricardo? Ik herinnerde me weer de verlangende blikken in de ogen van jongens, zoals Ricardo en de broer van Kazim, pubers van nog geen twintig, wanneer ze zich vergaapten aan een geweer. Voor hen was het geen doodswapen, maar een lustobject dat iedereen hoopte ooit zelf te bezitten, een vrouw die ze al sinds hun geboorte begeerden en die nu binnen hun bereik was, hoewel ze haar nog niet allemaal hadden gekust.

Ik erken dat ik door jou, geachte oorlog, een rusteloos leven leid in een rusteloze stad. Maar ben jij niet ook degene die de essentie van het leven heeft blootgelegd en benadrukt, een essentie die zo moeilijk te vinden was in dit land, dat doelloos ronddraaide om zijn eigen as, trots op de glitter en glans die het als een cocon om zich heen had gesponnen?

Kijk, nu beschrijf ik je weer op een positieve manier, alsof je water bent dat wordt gefilterd tot het helder is, ondanks de bacillen die zich op de bodem hebben genesteld. Hoe moet ik deze ontdekking verenigen met de opmerking van een vriendin van mij – de echtgenote van een kunstschilder – die me eens toefluisterde, toen ik naar het werk van haar man stond te kijken: 'Het zijn allemaal leugens'? Ik begreep pas wat ze bedoelde nadat ze me had verteld hoe een aantal milities tijdens een inval hun buurman hadden neergeschoten. Zijn vrouw was volledig ingestort en had een kreet geslaakt die het hele gebouw had geschokt. Toen ze om hulp had geroepen, hadden mijn vriendin en haar man – de schilder – snel de lichten uitgedaan en zich achter de deur verstopt. De kreten van de vrouw waren haar door merg en been gegaan, maar tegelijkertijd had hun overlevingsdrang hen ervan weerhouden haar te hulp te komen.

Djawaad, die aan het raampje gekluisterd zat, zei nog steeds geen woord, maar zijn gezicht sprak boekdelen. Ik zag de aderen in zijn bruinverbrande nek kloppen. Ik had me nog nooit zo intiem met hem gevoeld als nu. Hij zal nooit weten wat er precies is gebeurd, geachte oorlog, ondanks alles wat hij over jou heeft gehoord en gelezen en ondanks de moeite die hij zich heeft getroost om het leed van je slachtoffers te delen. Zijn verbeelding is niet in staat de vernielingen en de verlaten plekken die hij nu te zien krijgt, te bevatten; zo te zien heeft hij zijn lijfspreuk, 'zolang er mensen zijn, is er hoop', ingeslikt.

Hij snikte in stilte, zoals we allemaal snikken bij het zien van de huizen zonder deuren, zonder ramen. Het zijn net grotten, bewoond door de wind en de vogels, hoewel de druivenwingerds, de antennes en de waslijnen op het tegendeel wijzen.

We naderden Beiroet. Djawaad las een opschrift op een

muur: 'Zonder brandstof en brood gaan we allemaal dood'.

Het was alsof ik Beiroets ziel en ingewanden voor me op straat zag liggen. Maar toen zag ik mijn stad weer, sterk en standvastig, en ik werd vervuld van ontroering. Het leven leek normaal, ondanks het verwoeste decor. Twee dagen voordat ik was vertrokken was ik begonnen met een brief aan Hajaat en aan de gijzelaars, niet alleen omdat ik zo weinig vrienden heb, maar ook omdat de mensen hier niet meer met elkaar praten en niet meer luisteren naar ideeën die hen uit balans kunnen brengen.

Ik vraag me met spijt af hoe je ons zo lang aan je hebt kunnen binden, geachte oorlog. Waarom hadden we geen oog voor wat er in de rest van de wereld gebeurde? Dagenlang hebben we op de loer gelegen, wachtend op nieuws, in de hoop dat je op een dag je koffers zou pakken en weg zou gaan.

9

Lief Beiroet,

Sinds ik naar je kijk door de ogen van Djawaad, is het me opgevallen dat jij twee hemels hebt: in de eerste vertakken de telefoon- en elektriciteitskabels zich in alle richtingen, als een tent van spinnenwebben, en in de andere, hogere hemel flonkeren de sterren. Ik kan me niet herinneren dat ik vroeger ooit zulke sterren aan jouw hemel heb gezien. Komt het doordat de vochtige dampen zijn opgetrokken, of komt het door de duisternis van de nacht die de rimpels op ieders gezicht maskeert en de sterren laat stralen? Ook de maan lijkt groter en ronder dan anders; voor het eerst doet hij hier weer zijn plicht, door de zee achter zich te laten en de straten te verlichten. De gebouwen zien er donker uit; alleen hier en daar brandt een lichtje.

Voor Djawaad was het allemaal een sprookje: 'Er was eens een man die Slimme Hasan heette en hij zag in de verte een lichtje...' citeerde hij.

De duisternis leek de stemmen van de mensen te dempen en het lawaai van de televisies te verstommen. We waren een Italiaans restaurant binnengegaan, want Djawaad wilde zien of dezelfde ober er nog was; een jongen met zulke lange armen dat ze bijna tot zijn voeten kwamen. We troffen hem inderdaad aan in het restaurant, dat nu was omringd door vuilnishopen. Tot Djawaads verbazing droegen de vrouwen hier handtassen in plaats van de gebruikelijke waterblikken van de dorpsvrouwen. We besloten niet te gaan zitten, maar door te lopen naar de Corniche. Daar streken we neer op een terrasje dat bij een stationcar hoorde, waar koffie, thee en broodjes werden geserveerd. Tegenover ons lagen Djoenja en de sombere, onverlichte bergen. Het geluid van de golven overstemde het geraas van de generator. We dronken onze thee en keken naar de mist die uit de zee opsteeg en in onze richting kroop. Djawaad pakte de grijsmetalen ketting vast die het terrein omheinde. De mist werd dichter en sloot zich om ons heen, alsof hij ons naar jouw hart wilde trekken. Onder de indruk van de omgeving verklaarde Djawaad, die het gevoel had dat hij je nooit had verlaten, dat steden onsterfelijk zijn.

Hij zat de hele tijd verstrooid voor zich uit te kijken en scheen zich niet bewust van mijn verlangen naar hem. Deze nacht voelde ik me me nog dichter bij hem. De duisternis was in de gebouwen binnengeslopen en zelfs in onze auto, terwijl we wachtten voor de controleposten. De straten waren uitgestorven: er waren geen auto's, geen mensen en zelfs geen honden of katten te bekennen. 's Ochtends vroeg hoorden we ze altijd blaffen en miauwen, maar we wisten nooit waar het geluid vandaan kwam, dat weldra werd overstemd door de harde stemmen van de jonge soldaten tijdens hun training in de kazerne vlak bij ons huis.

Ik wist dat deze avond tot niets zou leiden. Djawaad was zwijgzaam en afwezig. Ten slotte kondigde hij aan dat hij vroeg wilde gaan slapen. Hij vroeg me of ik hem de volgende dag zou vergezellen. Of moest hij een taxi nemen? Een taxi huren! Alsof hij een uitstapje ging maken naar het strand of naar een restaurant in de bergen. Ik schudde slechts lachend mijn hoofd, zonder antwoord te geven.

De volgende dag nam ik hem mee naar 'de binnenstad'. Zo noemde hij het centrum, totdat hij de ruïnes zag. Hij hield zijn adem in, bang dat hij een detail zou missen. Toen keek hij naar de hemel, als om zich ervan te vergewissen dat er nog ergens leven was. Ik was net zo geschokt als hij, hoewel ik een paar jaar geleden samen met Hajaat de verwoeste markten al eens had bezocht. We liepen verder. Er heerste een diepe stilte. Als het hoge gras en de struiken in een natuurlijke omgeving hadden gestaan en hun dikke wortels gewoon in de aarde waren geplant, hadden we ons niet verbaasd, maar deze kwamen uit de vloeren, de muren en de plafonds van de winkels en de kantoren, die kermden van eenzaamheid.

Djawaad sloot zijn ogen. Hij wilde geloven dat er niets was veranderd, dat het aan hem lag; dat hij doof was geworden of ten prooi was aan waanvoorstellingen. Op de hoogste verdieping van een gebouw waarvan de muren waren weggeslagen was vroeger de praktijk van een oogarts geweest. Daar had zijn moeder hem twee foto's van zijn grootmoeder laten zien, die aan de muur van de wachtkamer hingen: één van voor en één van na de operatie aan haar rechteroog. De oude vrouw, die voor het eerst Beiroet bezocht, en voor het eerst van haar leven een lift zag, had haar dochter verwijtend gevraagd: 'Wat heb je me te eten gegeven, dat je me op zo'n enorme weegschaal wilt zetten?'

En daar was kapsalon Paloma, waar ze mijn moeder een pruik op haar hoofd hadden gezet, in de hoop dat ze hem zou kopen. En dat deed ze. Het rook er nog naar de haarlak en het bier dat ze gebruikten om het haar te touperen zodat het eruitzag als karton. En daar was de steeg met de kleine kamertjes, waarvan ik als kind had gedroomd dat ik er zou sterven. Een taxibusje had ons – Zamzam en mij – afgezet in een steeg, tussen een garage, een bakkerij en een taxistandplaats. Ondanks Zamzams protesten weigerde de chauffeur ons naar het Boerdjplein te brengen, zoals ze had gevraagd.

'Mijn God, wat een ramp', riep ze wanhopig, terwijl ze stevig mijn hand vastgreep. Ik moest recht voor me uitkijken en zijzelf trok haar sjaal voor haar gezicht, zodat haar ogen bijna volledig bedekt waren. Ze schreeuwde dat ik moest opschieten. Ik begon te rennen, maar bleef om me heen kijken, in de hoop dat ik achter het geheim van haar angst zou komen. Maar ik zag alleen de mannen van de garage, die eruitzagen alsof ze in een bak met zwarte smeer waren gevallen. De geur van vers brood drong in mijn neusgaten. Ik vroeg haar wat hier aan de hand was, waarop ze antwoordde: 'Niets. Hier komen nette mensen.'

Toen ze trillend van de zenuwen het verhaal aan mijn grootmoeder vertelde, begreep ik pas dat ze eigenlijk het tegendeel bedoelde. Smekend sloeg ze haar ogen naar het plafond en zei: 'Goede God, zorg dat niemand me heeft gezien.'

'En wat dan nog? Je had Asma toch bij je? Wat maak jij er een toestand van', reageerde mijn grootmoeder spottend.

Toen ik voor het eerst de andere sekse ontdekte en het woord 'liefde' leerde kennen, fantaseerde ik niet over jongens van mijn leeftijd, of filmsterren, maar ik droomde dat ik in zo'n kamertje in de rosse buurt zat en niet weg durfde te gaan, uit angst dat een van de mannen van de familie me zou vermoorden. De nachtmerries kwamen steeds weer terug en ik werd zo bang dat ik niet meer van de markt naar het Boerdjplein durfde te lopen.

Djawaad had inmiddels wel begrepen waarom ik zijn suggestie om een taxi te nemen niet serieus had genomen. Het aangezicht van de verwoeste stad is schokkend voor iedereen; je moet erop voorbereid zijn en een vertrouwd gezicht en een vertrouwde stem bij je hebben, maar het blijft altijd schokkend, ook al denk je dat je inmiddels gewend bent aan het brute geweld.

Ik herinner me dat ik een keer met Hajaat door de stad wandelde. In de leegte zat een soldaat aan een tafeltje. Hij stond op en bood ons een kopje koffie aan. Hajaat aarzelde, maar ik knikte hem dankbaar toe. Bij het zien van zijn vriendelijke ogen, die zoveel eenzaamheid uitstraalden te midden van de puinhopen en de geheimzinnige, lugubere struiken, vroeg ik hem of hij niet bang was in het donker. Lachend klopte hij op zijn geweer en zei: 'Hoezo bang?'

Toen we aanstalten maakten om te vertrekken, fluisterde hij me in mijn oor dat hij bang was voor de uilen. 'En voor wilde honden', voegde hij eraan toe, alsof hij wilde bewijzen hoe eerlijk hij was. Tot mijn verbazing vroeg hij me of hij een lok van mijn haar mocht hebben. Ik vermoedde dat hij al heel lang geen vrouw meer had gezien, of misschien onder invloed was van drugs. Hij trok een Zwitsers zakmes te voorschijn, met een schaartje dat nauwelijks groter was dan een nagel. Ik stak mijn hand uit om hem aan te pakken, maar hij liep op me af en knipte een lok van mijn haar. Hij scheurde een stuk van een oude krant die hij bij wijze van tafelkleed onder zijn bord en zijn inmiddels lege bierglas had gelegd en rolde de haarlok er uiterst zorgvuldig in, waarna hij hem in zijn borstzak stopte. Dagenlang is dat incident me bijgebleven. Steeds wanneer ik mijn haar kamde, zag ik die lok weer voor me, gewikkeld in dat stuk krant, verborgen in een borstzak, in een enorme, duistere kamer waar zich een gewapende man bevond die bang was voor het gekrijs van de uilen.

Ik was moe en had genoeg van de puinhopen, maar ik wilde Djawaad niet opjagen. Wat je hier zag was niet te bevatten; je ogen raakten er nooit aan gewend. Hoe nuchter je ook bent, je ontkomt hier niet aan de herinnering van het verleden. De puinhopen komen weer tot leven; de Franse dadelpalmen, de haastige voetgangers, het getoeter, de geuren... Ik herinner me nog dat ik hier na jaren weer voor het eerst kwam. Op een ochtend werd ik wakker bij Simon. Ik zag dat hij zijn kleren van de grond opraapte en zich aankleedde. Hij kuste me op mijn voorhoofd en vroeg me in het appartement op hem te wachten, of hem 's middags in het hotel te ontmoeten. Simon was een aantrekkelijke persfotograaf die ik kort daarvoor had ontmoet. Pas de vorige dag hadden we voor het eerst met elkaar durven praten, maar we hadden al eerder blikken gewisseld. Hoewel ik een kater had van de wijn, stond ik ook op en schoot snel mijn kleren aan om met hem mee te gaan naar het Boerdjplein. In één nacht tijd was de binnenstad veranderd in een woekerend, kwaadaardig gezwel. Dit was het centrum van de stad, maar de straten leidden nergens meer naartoe en dienden nog slechts als ontsnappingsroutes. Ik was opgetogen en opgewonden, totdat ik een eenzame, zwartgeblakerde vijg zag hangen aan een boom die voorover gebogen stond, kreunend van uitputting. De grote, brede, zwijgzame bladeren waren bedekt met stof. Ik had de indruk dat die boom naar me keek, bedroefd, maar zonder verwijt. En toch voelde ik me een verrader, omdat deze oorlog me geen weerzin inboezemde.

Vanaf het dak van het Azariyyacomplex zag ik de gebouwen als dominostenen in elkaar zakken. De paar die nog overeind stonden, leken geduldig hun beurt af te wachten: toeschouwers van de spectaculaire teloorgang van de andere gebouwen, bewakers van een verleden dat bewaard was gebleven in het schilderwerk, de vloertegels, de elektriciteitskabels en de reclameborden. Een filmaffiche herinnerde aan een tijd waarin de stad als een dragonder de lichten had opgeslokt en weer uitgespuugd. Een neonpijl, overblijfsel van een reclame voor Azaar-koffie, was nog intact. De ingestorte gebouwen deden denken aan gevlekte luipaarden; vreemde kleuren, waar de mensen die verbijsterd stonden te kijken naar dit spektakel van een verscheurd dagelijks leven, geen namen voor hadden. Ik dacht aan ons huis; zou het daarmee ook zo aflopen?

Samen met Simon dook ik in het hart van de dood. We aten een broodje, samen met een paar sluipschutters. Achter ons was een streep van de diepblauwe zee te zien. Simon legde me uit dat de acties van de sluipschutters deel uitmaakten van een militaire strategie en dat ze niet in dienst stonden van een soort reus, die zich in de hemel ophield en zich voedde met alles wat er op aarde bewoog, zoals sommigen dachten.

Ze waren met zijn drieën. Een van hen stond door zijn verrekijker te turen, op zoek naar een prooi. Hij zei rustig tegen de andere twee: 'Kijk, die waslijn daar. Die vrouw daar, die koffie staat in te schenken... Nee... Naast dat gebouw met die groene ramen... Daar.'

Een van de anderen antwoordde: 'Ja, ja. Had dat dan meteen gezegd... Boven de Pepsi-reclame.'

'Precies,' zei de eerste, 'die vrouw in die gebloemde jurk.'

Tot mijn verrassing waren ze plotseling stil. Ik zag hoe het geweer plotseling naar achter werd getrokken. De man legde het wapen neer en zei: 'Het was de vrouw met de blauwe jurk.'

Door Simon ben ik op een heel andere manier over de oorlog gaan denken dan de mensen die hun huizen niet uitkwamen en hun informatie haalden uit de radio- en krantenberichten en de paniek op straat. Dankzij Simon was ik niet alleen gewend geraakt aan het idee van een oorlog, maar bovendien waren leven en dood een realiteit geworden, die de ruimte voor mijn ogen en in mijn keel in beslag nam. Simon zelf had zich in twee persoonlijkheden gesplitst: een die erop vertrouwde dat hij werd beschermd tegen de dood omdat hij zich in het brandpunt van de gebeurtenissen bevond, en een andere, die werd beheerst door een chronische angst, die zich van hem meester maakte zodra het donker werd. Dan brak het koude zweet hem uit, afgewisseld door koortsrillingen, zodat hij zich in een sauna waande. Hij kon nog zoveel kaarsen aansteken, ze maakten zijn eenzaamheid alleen maar groter. In zijn verbeelding werden de schaduwen spoken die hem observeerden. Zodra hij de kaarsen doofde, werd hij bestookt door een wervelstorm van hallucinaties. De nacht werd een marteling die zo zwaar op zijn borst drukte dat hij nauwelijks kon ademen, alsof hij aan een longziekte leed. Tevergeefs probeerde hij het gewicht op te heffen; de lucht leek beladen met zware metaaldeeltjes. Hij was ervan overtuigd dat er een kogel door het houten raam zou komen en in zijn hoofd zou dringen, dat de muur zou worden doorboord door een granaat, die midden in het huis tot ontploffing zou komen. Hij ging naar bed, maar kon niet slapen. Hij verlangde naar liefde, naar een vrouw. Hij wilde het geweld vergeten. Maar zelfs seks kon die chronische angst niet wegnemen, die synoniem aan zijn ziel was geworden en die hem pas de volgende ochtend, wanneer hij wakker werd in de zonovergoten kamer, weer verliet. Dan zag hij zijn kleren, zijn meubels en de vertrouwde spullen weer, die hem herinnerden aan de dagelijkse routine. Eenmaal op straat kwam hij tot rust onder de rode zon, die langzaam geel kleurde. De warme stralen drongen in de vezels van zijn paniek en deden hem de nacht vergeten. Vol enthousiasme begon hij aan de nieuwe dag. De realiteit van de oorlog nam geleidelijk weer vastere vormen aan in zijn hoofd; hij rende rond met zijn camera om zijn nek, die zijn angst registreerde en uitstelde tot de volgende nacht.

Simon gaf me de kracht om te overleven. Hij was voor mij als het journaal, maar zo duidelijk en helder, dat hij ondanks alle narigheid mijn geest prikkelde en me het gevoel gaf dat ik betrokken was bij de gebeurtenissen. Maar toen besloot Simon weg te gaan. In het begin schonk ik er geen aandacht aan, omdat hij het al zo vaak had gezegd. Bij onze eerste ontmoeting had hij me verteld dat hij deze beslissing had genomen tijdens de slachting van Karantiena; toen was hij ervan overtuigd geraakt dat hij zou worden vermoord. In Karantiena had hij lijken in een hoek zien liggen, als afval op een vuilnishoop, piramides van lijken met onregelmatige hoeken, vanwege de voeten, de hoofden, de handen en de borstkassen die naar buiten staken. Toen hij de bewaker zag die ernaast stond om de fotografen op een afstand te houden, ontdekte hij dat het geluk aan zijn kant stond. Het was namelijk de timmerman aboe az-Zoez, die klusjes deed voor zijn familie. Simon vertelde: 'Ik zei tegen aboe az-Zoez, die apetrots was omdat ik hem zag in deze belangrijke positie, dat ik een foto wilde maken. Hij antwoordde: "Tot uw dienst. U mag alles fotograferen, behalve die hoop daar." Ik reageerde onverschillig, zonder naar de menselijke piramide te kijken: "Waarom zou ik? Ik zou het niet eens willen. Niemand zou bereid zijn de foto te publiceren." Maar terwijl hij bezig was een glas champagne voor me in te schenken en naar mijn familie informeerde, maakte ik een foto, die in alle kranten over de hele wereld werd gepubliceerd. Hoewel mijn naam er niet onder stond, was ik als de dood voor de reactie van aboe az-Zoez. Toen alles weer tot rust was gekomen, keerde aboe az-Zoez terug naar zijn oude metier. Mijn moeder nodigde hem thuis uit om zich ervan te vergewissen dat hij me nog steeds goedgezind was. Ze schepte steeds weer zijn bord vol, zonder hem de kans te geven ook maar een woord over me te zeggen.'

Hoewel Simon huilde toen hij het me vertelde, was hij niet van zijn besluit af te brengen. Hij had ontdekt dat het een illusie was om te denken dat het feit dat hij een christen was, zijn hechte relatie met de strijders niet zou verstoren, of het nu Palestijnen, communisten, sji'ieten of druzen waren. Hij was er altijd van overtuigd geweest dat hij zijn naam en religie bij toeval had gekregen en dat ze niets met hem persoonlijk te maken hadden. Hij wilde zelfs niet toegeven dat de oorlog daar iets aan had veranderd. Maar op een dag, toen de wraakzucht bij beide partijen enorme proporties had aangenomen, nadat er gevechten waren uitgebroken en er wederzijds mensen waren gegijzeld, op de dag waarop hij zelf werd aangehouden, besefte Simon dat zijn naam en religie geen toeval waren, maar een zaak van leven en dood. De vergunningen die hij bij zich droeg en de namen van mensen uit het verzet die hij noemde, haalden niets uit, want de soldaat die hem arresteerde had zijn verstand aan de waanzin en de redeloosheid prijsgegeven. Het enige wat hem van een gewisse dood redde, was de beslissing van de verantwoordelijke om hem te ondervragen, nadat hij hem had gefouilleerd en had ontdekt dat hij een kogelvrij vest droeg. Daardoor meende hij met een spion te maken te hebben en niet met een fotograaf, zoals Simon beweerde.

Toen Simon me van zijn besluit op de hoogte had gebracht, kon ik het niet nalaten me af te vragen waarvan hij zou moeten leven, ver van deze oorlog, die een fulltime baan voor hem was geworden; de loopgraven, de barricades en de verlaten gebouwen waren zijn kantoor geweest. Op dat moment had ik de indruk dat ik hem niet kende, dat ik de smaak van zijn lippen nooit had geproefd en zijn lichaam nooit op het mijne had gevoeld. Hoewel we soms alleen elkaars hand vasthielden in de duisternis, die zo zacht was en tegelijk zo sterk dat hij het geluid van de explosies overstemde, ontleenden we warmte en tederheid aan elkaars ademhaling, als twee oude mensen die tot elkaar zijn veroordeeld omdat ze hetzelfde kunstgebit delen.

Bij het afscheid drukte ik hem – op klaarlichte dag! – tegen mijn borst, midden in de hal van het hotel, en ik beloofde hem dat ik hem in Oost-Beiroet zou bezoeken en dat ik nu en dan een paar dagen bij hem zou doorbrengen, en dat ik... Maar zodra ik over de drempel van het hotel was gestapt, verdween Simon uit mijn gedachten. Van tijd tot tijd dacht ik nog weleens aan hem, wanneer ik behoefte had aan affectie of fysiek contact. Dan stak ik over naar het oosten, alsof ik over een touw liep, balancerend tussen mijn verlangen om bij hem te zijn en spijt omdat dat ik naar hem toe was gegaan. Uiteindelijk brak de band tussen ons en hadden we nog maar zelden contact met elkaar, omdat onze stad in twee delen was gescheiden.

Nadat we de vrije zone, de mooie stadsmuren en de door struiken overwoekerde puinhopen waren gepasseerd, sloegen Djawaad en ik een straat in die ons naar een groep vrouwen met zwarte hoofddoeken bracht. Een van de vrouwen hield een kaars in haar hand. Kennelijk bezocht ze nog regelmatig de overblijfselen van de kerk die daar had gestaan.

Als meisje had ik eens aan de greep van mijn vader weten te ontsnappen en was ik die kleine kerk binnengeslopen, die rook naar kaarsen en wierook en verlicht werd door kristallen luchters. Het gezicht van de Maagd Maria, omringd door zilveren en gouden aureolen, straalde achter een glazen vitrine. Als je een muntje van vijfentwintig piaster tegen het glas drukte, en het bleef zitten, dan wist je dat je wensen en je gebeden zouden worden verhoord. Ik herinner me nog dat ik naar mijn vader rende, die buiten groente stond te kopen. Ik deed alsof ik honger had en misselijk was, in de hoop dat hij me vijfentwintig piaster zou geven, om tegen het glas in die magische kerk te drukken, zodat de stralende heilige mijn gebed zou verhoren en mijn vader door een ander zou vervangen. Maar hij gaf me geen cent. Hij sleepte me mee van de ene markt naar de andere, totdat we via een smalle, duistere doorgang, die deed denken aan een rattenhol, op een klein pleintje kwamen. Vandaar kwamen we op een langwerpige open binnenplaats, vermoedelijk een andere markt, waar het rook naar geroosterd vlees. Er zaten mannen aan lange tafels. Wij gingen ertussen zitten. Toen ik een van hen hoorde roepen dat hij wel drie kamelen op kon, vroeg ik benauwd aan mijn vader of ik een hele kameel moest eten.

De winkel van mijn vader lag niet ver van die plek. Nadat mijn vader had besloten zich aan God te wijden en de stoffen tegen inkoopsprijs was gaan verkopen, liepen de verliezen zo hoog op dat mijn oom gedwongen was de zaak van de hand te doen. Mijn vader weigerde ook maar een cent winst te maken en liet zich zelfs niet op andere gedachten brengen toen zijn broer en andere familieleden hem meenamen naar een religieus raadsman, die hem aanspoorde om weer handel te drijven als voorheen en winst te maken binnen de door de islamitische wet gestelde grenzen. Maar mijn vader had alle wereldse zaken opgegeven. Hij begon stiekem onze Perzische tapijten en mijn moeders juwelen te verkopen en schonk het geld aan enkele sji'itische moskeeën in Irak, zonder zich te storen aan het gejammer en gekrijs van mijn moeder. Mijn moeder, die trots was op de winkel, omdat hij in het commerciële centrum lag en alom bekend was, deed alles wat in haar vermogen lag om haar man zijn oude werk te laten hervatten; ze dreigde hem te verlaten en verzon allerlei listen, maar hij had zich teruggetrokken in zijn eigen wereld, ver van de gewone, dagelijkse dingen. Als hij had gekund, had hij moeder en Is'aaf verboden over wereldse zaken te praten en hen gedwongen hun tijd en energie uitsluitend aan het gebed te wijden. Hij liet een baard staan, droeg elke dag hetzelfde pak en dezelfde schoenen, begon weer een rode fez te dragen en schoor zijn lichaam en zelfs zijn hoofd, om zijn reinheid en puurheid te benadrukken. Na verloop van tijd bezocht zelfs zijn familie hem niet meer, want hij kon over niets anders meer praten dan berouw en het laatste oordeel. Hij adviseerde een familielid zijn zoon niet op de medische faculteit in te schrijven, want, zo zei hij, God was de enige echte dokter. Hij kon de jongen beter naar Irak sturen, om daar het islamitische recht te bestuderen. En zo ging het door... We wachtten niet meer op hem met het eten, want zijn aanwezigheid was een last voor ons geworden. Zodra hij 's ochtends begon te bidden, veranderde mijn moeder het huis in een bijenkorf, gonzend van activiteit en bedrijvigheid, in de hoop dat hij naar de moskee zou gaan en daar tot het avondgebed zou blijven.

Van de vrije zone en de Soersoekmarkt volgden Djawaad en ik de geur van oude boeken en zo kwamen we in al-Azariyya. Zijn vader kocht altijd tweedehands boeken voor hem, meestal bij een boekhandel die aan familie van hen toebehoorde. Hij hield er niet van om nieuwe boeken aan te schaffen, hoe goedkoop ze ook waren. Intussen dacht ik aan hotel Capitole en Omar Sharif. Ik vertelde Djawaad dat ik er een keer was binnengegaan met mijn vriendinnetje Aïda, die toen dertien jaar oud was. Ze was op weg naar de stad om de lunch naar haar vader te brengen, die op de stoffenmarkt werkte, toen ze Omar Sharif de deur van het hotel zag binnengaan. Ze volgde hem en vertelde hem over de meisjes op haar school, die hem allemaal aanbaden. Omar Sharif was gecharmeerd van het jonge, intelligente meisje. Toen ze hem haar vaders lunch aanbood, zei hij geamuseerd tegen haar: 'Zorg jij eerst maar voor je vader, mijn kind, ik zie je later nog weleens.'

Diezelfde middag kwam ze terug, in het gezelschap van drie mooie meisjes uit de hoogste klassen, en bracht hen naar zijn kamer. Hij deed de deur open en bloosde van schaamte, want hij had een netje op zijn hoofd om zijn kroeshaar glad te maken.

Djawaad haalde op zijn beurt herinneringen op, die heel anders waren dan de mijne. Zijn hoofd zat altijd vol met frasen en impressies, die hem bleven achtervolgen tot hij ze op papier had gezet. Nadat hij zijn eerste roman had geschreven, was hij de uitgeverijen langsgegaan en ze hadden hem allemaal gevraagd of hij bereid was zelf de drukkosten te betalen. Daarna had hij niet meer geschreven, maar al zijn energie gebruikt om naar het buitenland te emigreren. Hij had brieven geschreven aan buitenlandse consulaten, waarin hij uitlegde dat hij niet kon werken in deze onrustige omgeving zonder cultuur of kennis.

We gingen in een restaurant zitten, dat uitkeek over de zee.

Achter ons lag de verwoeste stad. We luisterden naar het geruis van de golven, die zachtjes tegen de houten fundamenten van het café sloegen, alsof ze wilden zeggen dat er niets was veranderd. Het was alsof ik nooit was weggeweest, alsof ik hier weer zat met een groepje gelijkgezinde studenten met dezelfde ambities als ik. Nu pas was ik in staat me los te maken van het beeld dat me al die tijd had achtervolgd – van mezelf, naakt in Djawaads armen – en ik dankte de omstandigheden die hadden verhinderd dat deze obsessie werkelijkheid was geworden. Dat gevoel gaf me kracht en van puur geluk begon ik boven het tafeltje te zweven; na een lange afwezigheid had ik mezelf weer teruggevonden. Ik bestudeerde mijn vingers en mijn handen, die hun waarde hadden teruggekregen.

Zodra we besloten op te staan, drong de verwoesting zich weer aan ons op, ondanks de zee, de hemel, de golven, de boombladeren en de vogels in de verte. Het oog kan nu eenmaal geen rust vinden, ver van de oorlog met zijn spoor van vernielingen. Zelfs de soldaten, of het nu Syriërs of Libanezen zijn, wekken medelijden.

Iedereen heeft het over 'Oost' en 'West', zelfs jij. Oost en West. De oude namen zijn verdwenen, namen die voor de eeuwigheid leken te zijn geschapen, zoals Djoenja, Jbail, ad-Dawra. Er zijn nieuwe namen voor in de plaats gekomen: de Franciscanenweg, Sudeco, het museum, de modderplassen, de geur van urine en de mensen die van de ene naar de nadere kant gaan, zwaar beladen met spullen, het verdriet op hun gezichten, die vertrekken van woede als ze merken dat de doorgang plotseling blijkt te zijn afgesloten. De mensen weten niet meer welke route ze moeten kiezen: de weg langs Sudeco, waar zich een sluipschutter ophoudt, of de weg langs het museum, die moeilijker begaanbaar is en waar je niet zomaar, zonder voorbereidingen, langs kunt.

Djawaads blik was weer gericht op de straten; waarschijnlijk probeerde hij ze te herkennen. Zijn stilzwijgen, nu en dan onderbroken door een zucht, zei me voldoende. Zijn gedachten brandden zich in mijn geest en riepen allerlei herinneringen op. Ik keek in de richting van de Mohammed al-Hoetstraat en op datzelfde moment riep hij uit: 'Dat is de paardenrenbaan! Kijk, daar is de ingang! De renbaan, hoe kon ik die vergeten zijn?'

De zware ijzeren poort vertoonde scheuren en roestplekken; de gouden krullen, die de bovenkant sierden, leken aangetast door lepra. Op aandringen van Djawaad gingen we naar binnen. Mensen kropen door een gat in de muur, te midden van de bomen en de modder, alsof ze ontsnapten naar een groene oase. Ondanks de zompige bodem en de penetrante urinelucht liepen er tientallen, honderden mensen met zwijgende gezichten, alsof ze een belangrijke missie vervulden. Ze waren net als wij in gedachten verzonken, hopend dat die paar minuten snel voorbij zouden gaan en dat ze heelhuids, zonder beschietingen, de andere kant zouden bereiken.

Als ze ze hier laten oversteken, waarom dan niet overal? dacht Djawaad.

Zou er aan de andere kant iemand staan om ze op te pikken? Dat was waarschijnlijk het enige wat die mensen bezighield, dacht ik op mijn beurt.

Toen zei Djawaad hardop: 'Die mensen haasten zich naar het andere deel van de stad, maar waar gaan ze naartoe? Zijn ze op de vlucht voor een reusachtige djinn, of gaan ze de overwinning bij de slag om Hittien vieren?[10] Of zijn het dorstige bedoeïenenstammen, op zoek naar een waterrijke, groene oase, zoals in de oude gedichten wordt beschreven?'

Ik moest lachen om die poëtische vergelijking, hoewel het me ergerde dat hij nog steeds in alles een literaire betekenis zag. In werkelijkheid waren de meesten van die voetgangers op weg naar hun werk in het andere deel van de stad, met hun lunchpakket en dossiers onder de arm. Een elegante dame boog zich voorover en trok een paar plastic laarzen aan over haar schoenen, die ze vast uit Europa had meegebracht. Twee jonge meisjes haastten zich naar een afspraakje; zij schenen geen last te hebben van hun hoge hakken, die diep in de modder wegzakten. De een stiftte nog eens haar lippen en de ander kamde haar haar.

Als kind kwam Djawaad regelmatig met zijn familie op deze renbaan, om te spelen in het park, waar het rook zoals nergens anders: naar dennenbomen, kamille en wilde rozen. Hij herinnerde zich dat Roehiyya hem er een keer mee naartoe had genomen, toen hij kinkhoest had. Ze had van dennennaalden een vuurtje gemaakt en hem de rook laten inademen.

Ik moest op mijn tenen staan om het begin van de Mohammed al-Hoetstraat te kunnen zien, waar ik was geboren. Hij kwam uit op de Sabakstraat, waar we op dat moment liepen.

Ik zie mezelf weer over de stoep, langs het restaurant, achter mijn vader aanrennen. En ik zie mijn moeder weer voor me, met een haarband die als een hoedje uit de jaren twintig hoog op haar hoofd prijkte. Ik zie haar lachende ogen, toen ze mijn oom, die een biografie van de zangeres Asmahaan aan haar voorlas, opgewonden vroeg: 'Heeft de waarzegger dat echt over haar gezegd?' waarop mijn oom herhaalde: 'Het staat er heus: "In het water ben je geboren en in het water zul je sterven".'

Ik zie mijn moeder, maar ik ben er niet bij.

Ik was voor haar tegelijkertijd Asmahaan, het zangeresje, en Asma, haar dochter. Ik stel me voor hoe mijn moeder, dat mooie, prille meisje, zich omdraaide en plotseling mij in haar huis en haar leven aantrof. Toen ik haar 'mama' noemde, besefte ze dat ik niet het zangeresje Asmahaan was, maar haar dochter en de dochter van die man die ze niet als haar echtgenoot en haar minnaar kon zien, omdat hij geen enkele gelijkenis vertoonde met de populaire sterren die zij adoreerde. Hij neuriede geen liedjes, hij flirtte niet, hij behoorde niet tot haar generatie. Dus toen hij daar roerloos op de baar lag en Is'aaf in gejammer uitbarstte, wilde mijn moeder zo snel mogelijk alle spullen verbranden die haar aan hem herinnerden, zodat ze het verleden achter zich kon laten en het heden weer kon oppakken.

'Asmahaan', hoor ik haar roepen: 'Asmahaan, Asma', en ik

zie mezelf weer op de rechter stoep van de straat lopen, waar een auto optrekt alvorens de oversteek naar Oost-Beiroet te maken. De straat lijkt op een filmdecor, met zijn façades van goedkope bakstenen en stukken hout en zijn gehavende of afgerukte uithangborden.

Ik herkende nauwelijks meer de plek waar de bakkerij, de Bananabar en de wasserij hadden gestaan. Het gebouw van mijn vader was bezet, afgezien van ons appartement, waar ik als kind voor de spiegel van de commode had gestaan, met mijn hand op het koude marmeren blad, steeds weer herhalend: 'Ik ben Nadine, de dochter van een beroemde actrice.'

Op de stoep aan de overkant kijk ik naar mijn vader, die over de vuilnisbelt gebogen staat, waarna hij in de richting van het restaurant loopt. Ik heb een reep chocola gekocht, die ik langzaam zuigend op mijn tong laat smelten. Ik hoor iemand in het restaurant naar mijn vader roepen: 'Hallo, haddj Moestafa.'

Ik koop nog een reep en blijf zuigend wachten tot mijn vader naar buiten komt. Iedereen denkt dat ik hem achterna zal gaan, maar ik smeek hem juist om niet terug te komen. 'Jou? Jou ken ik niet', mompel ik in mezelf.

Op een keer stonden een vrouw en haar dochter me te observeren. Ze fluisterden en maakten aanstalten om me aan te spreken. Waarschijnlijk wisten ze dat ik de dochter was van die man die in de vuilnisbakken stond te graaien. In een oogwenk had ik mijn antwoord klaar: die haddj was een buurman van ons en zijn vrouw had me achter hem aangestuurd om hem terug naar huis te brengen. Als hij me zou aanspreken met 'mijn dochter', zou ik met een knipoog tegen hen zeggen dat hij iedereen zo noemde. Maar ik werd verrast door de opmerking van het meisje: 'Wat lijk jij op die ene actrice... Je zou haar zus wel kunnen zijn.'

Even overwoog ik het te ontkennen, maar toen zei ik met volle overtuiging: 'Ik ben ook haar dochter.'

Het gezicht van het meisje begon te stralen van blijdschap en ze riep uit: 'Zie je wel, ik zei het nog tegen mamma: het is ongelooflijk zoals je op haar lijkt.'

Haar moeder vroeg verbaasd: 'Woon je hier in de buurt?'

Meteen begreep ik waarop ze doelde: in deze buurt woonden geen acteurs of regisseurs. Ik antwoordde op een gedecideerde toon, die zelfs mij vreemd in de oren klonk: 'Ik? Nee, ik woon in Hamra. Ik kom hier voor privé-lessen Arabisch', en ik wees naar een gebouw bij het kruispunt.

We liepen over de renbaan. Hier en daar waren nog sporen van leven, als bij een boom waarvan een zware storm de meeste wortels heeft uitgerukt, maar waaraan nog steeds rijpende vruchten hangen, die allerlei kleuren aannemen, van rood tot geel. De dennebomen waren dood en verkoold. We zagen een stalknecht met een Al Capone-hoed als een pasja bij een houtvuur zitten, waarop een koffiekannetje stond te koken. Hij rookte een sigaret en toen hij merkte dat Djawaad naar hem keek, wendde hij zijn blik af. Maar Djawaad liep naar hem toe om met hem over de renbaan te praten. Hij vertelde hem hoe goed het hem deed hem te zien, want zijn aanwezigheid was een ontkenning van de oorlog. Het leven op de renbaan was niet zichtbaar veranderd: de paarden staken hun hoofden uit de stallen en de trainer zat, in een broek en een overhemd met korte mouwen, naast de jockey koffie te drinken... De jockey werd nog steeds behandeld als een koning. Slurpend van zijn dampende koffie keek hij naar zijn paarden, die met hun lange, wapperende manen rondjes liepen in de omheinde ruimte, zonder dat iemand op ze lette.

We liepen terug naar de auto en Ali reed ons naar de Foe'ad I-straat, die als een flits aan mijn blik voorbijschoot. We moesten weer stoppen, deze keer voor een controlepost van het leger. Terwijl hij op een papier keek, meldde de soldaat ons dat hij onze namen niet kon vinden. Ali stapte uit om te informeren wat er aan de hand was. Hoewel we ongerust waren omdat we niet meteen door mochten, begonnen we vol belangstelling de verwoeste huizen en villa's te bekijken. Aan weerskanten van de weg stonden bomen, waarvan de bladeren, die leken op groen kantwerk, in de zomer en de lente gekleurd waren met een vleugje oranje.

Enkele minuten later kwamen we bij de laatste controlepost, voor het museum, dat er nog net zo bij stond als vroeger: rustig als de graftomben en de beelden die het tentoonstelde. Het gebouw maakte als altijd een kille, vergeten indruk. Het lag tegenover het Hospitaal voor Jongens en Kinderen, waarvan nog maar twee letters op het bord te lezen waren. Djawaad vertelde dat hij zich vroeger, wanneer hij er in de bus langsreed, altijd had afgevraagd waarom het niet gewoon Kinderhospitaal werd genoemd. Hij had jarenlang de hoop gekoesterd dat hij ziek zou worden en daar terecht zou komen, omringd door speelgoed.

Bij het museum nam Ali afscheid van ons. Ik drukte hem op het hart dat hij moest wachten tot ik hem zou bellen en dat hij het briefje waarop ik het nummer van mijn vrienden in Oost-Beiroet had geschreven, goed moest bewaren.

Djawaads ogen waren sneller dan zijn geheugen en ze voedden zijn herinneringen met zuurstof. Terwijl we langs de zandkleurige gebouwen en de politieagenten in hun kaki uniformen liepen, herinnerde hij zich dat hij hier aan het eind van elke maand altijd met zijn grootmoeder kwam om zijn oom te bezoeken, die politieagent was. Ze vroegen naar hem en na een paar minuten kwam hij te voorschijn, met medicijnen voor zijn moeder die hij tegen een gereduceerde prijs kon krijgen. Als jongetje was Djawaad zo gefascineerd door zijn das, die paste bij het uniform, dat hij iedere keer weer vroeg of hij hem mocht hebben.

Ik merkte dat mijn verlangen om naar Oost-Beiroet te gaan niet zo sterk meer was. Vroeger bonsde mijn hart als de donder en bliksem van een onweer en kwam het pas weer tot bedaren wanneer ik degene die me aan de andere kant stond op te wachten in het oog kreeg. Hoewel ik telefoonnummers en adressen bij me had, werd ik altijd weer beheerst door akelige voorgevoelens: wat zou er gebeuren als er plotseling gevechten uitbraken? Als ze maar niet waren vergeten me op de afgesproken tijd af te halen! En als de soldaat bij de controlepost me niet zou doorlaten, wat dan? Ik zou me net zo ontredderd voelen als wanneer een onzichtbare hand een bloem waaraan ik net wilde gaan ruiken van mijn neus wegtrok.

In dit deel zag je niet alleen officiële controleposten maar ook andere versperringen, die werden verplaatst naargelang de omstandigheden. Je wist nooit of je er doorkwam of niet; dat hing af van het humeur van de soldaten, van de ideeën van de milities en van de politieke situatie, die wisselde van dag tot dag.

Op een keer werd ik tegengehouden door een soldaat, op enkele passen van het oostelijke deel. Hij vroeg me naar de reden van mijn bezoek, terwijl hij zorgvuldig mijn identiteitsbewijs bestudeerde.

'Ik heb heimwee naar de zee in Djoenja', zei ik ironisch.

'Als u zo'n heimwee hebt, waarom gaat u hier dan niet wonen, zodat u uw geliefde plekje elke dag kunt zien? Dan kunt u ze daar laten zien dat ze het helemaal fout hebben. West-Beiroet is in handen van Iran gevallen.'

Ik zweeg glimlachend en tot mijn verbijstering weigerde hij me door te laten. Maar hoewel hij de bloem al had weggetrokken voordat ik had kunnen ruiken, bleef ik glimlachen. Hij voelde zich net zo opgelaten met deze situatie als ik en dit was zijn manier om dat te laten merken. We waren allebei jong; hij wilde met me praten en ik met hem, maar onze conversatie was zinloos. De taxichauffeur, die me zag terugkomen, reed met zijn auto naar me toe en deed de deur voor me open, scheldend en tierend op de milities. Hij leek vastbesloten om me naar het oostelijke deel te brengen, welke reden ik daarvoor ook had. Hij vertelde me dat zijn zoon hetzelfde was overkomen toen hij naar het westelijke deel wilde. Zelfs toen hij hun duidelijk had gemaakt dat het om een urgente kwestie ging, hadden ze zijn verzoek geweigerd. De moed was hem al in de schoenen gezonken en hij maakte aanstalten om weg te gaan, toen ze plotseling uit westelijke richting waren gaan schieten. Op dat moment hadden ze hem teruggeroepen en grijnzend tegen hem gezegd: 'Als u wilt, mag u door.'

Ik vroeg de chauffeur: 'En? Heeft hij het gedaan?'

'Ja, alleen om hen te treiteren, de idioot.'

Met hoge snelheid reed de taxi door bochtige steegjes en drukke straten, totdat we op een uitgestorven plein met een poort kwamen. Hij zei tegen me dat ik daar moest uitstappen en tot het einde moest doorlopen: 'Als u een Pepsi-reclame ziet, dan bent u aan de andere kant. Daar zijn genoeg taxi's, die u overal naartoe brengen waar u wilt.'

Ik was niet bang toen de taxichauffeur me achterliet op die verlaten plek. De middagzon en een waslijn op het dak van een gebouw in de verte gaven me moed. Nu eens zakte ik weg in het mulle zand, dan weer had ik vaste, droge grond onder de voeten. Het deed me goed om de schaarse olijfbomen te zien, met hun grillige stronken, als gezichten die waren getekend door de oorlog. Hoewel de verharde weg dichtbij leek, duurde de wandeling eindeloos. Liep ik hier echt, of was ik op weg naar Is'aaf, mijn grootmoeder en Zamzam, om samen met hen op het gras in de druivenboomgaard te gaan picknicken?

Tot mijn opluchting zag ik het reclamebord. 'Je bent veilig. Je hebt het gehaald', leek het te zeggen.

Zou ik mijn vrienden aantreffen? Zou ik ze in mijn armen kunnen sluiten? Of was mijn tocht door die massa van stof vermengd met urine zinloos geweest? De gedachte dat ik alleen was in dit deel van de stad maakte me triest en gespannen. Ook dit was mijn stad, maar ik merkte dat ik langzamerhand de vertrouwde plekjes begon te vergeten.

Die nacht sliep ik in Djoenja, in een kamer die uitkeek over de zee, geplaagd door de muggen, omdat om een onduidelijke reden het insecticidespiraal was uitgedoofd. Ik stond vroeg op, ging naar het balkon en leunde over de zwarte balustrade.

Tegenover me in de verte zag ik de bergen, met oren om te horen en ogen om te zien, en ik vroeg me af waarom ik hier niet woonde. Maar tegelijkertijd had ik het gevoel dat mijn vrienden hier zelfs in hun eigen huis vreemden waren en geen oog hadden voor de straten, de bomen en de kraaiende hanen om zich heen. Vluchtelingen waren het, te midden van andere vluchtelingen uit andere gebieden, die slachtoffer waren geworden van de oorlog en uit hun huizen waren verdreven. Sindsdien waren ze ongevoelig geworden en was hun blik vertroebeld. Ze jaagden op banen en verdrongen degenen vóór hen. Ik ging terug naar de zitkamer. Bij het zien van de lege borden kreeg ik een brok in mijn keel. De avond daarvoor had mijn vriendin een paar mensen uitgenodigd met wie we samen op de universiteit hadden gezeten. De meesten waren de afgelopen maanden naar Oost-Beiroet verhuisd, nadat het leven in het westelijke deel onmogelijk was geworden. Ik verweet een van hen dat hij me niet meer had bezocht, hoewel hij het had beloofd: 'Heb je alle banden verbroken?'

'Integendeel, maar ik heb tijd nodig, want ik heb wat problemen. Je moet wennen aan het leven hier.'

Die avond had ik mijn grootmoeder gebeld. Ze klonk ver weg. Ze vroeg me of Oost-Beiroet werkelijk dat sieraad was waarover iedereen sprak, sprankelend van de nachtclubs en de restaurants. Ik draaide me om, keek naar de uitgebluste gezichten van mijn vrienden en antwoordde: 'Ik vertel je later nog weleens over die sieraden.'

Mijn aanwezigheid moet hen herinnerd hebben aan de realiteit die ze probeerden te vergeten. Hun hele leven was veranderd: hun adressen, hun banen, hun huizen. Alles, behalve hun auto's. Ze hadden ingezien wat er aan de hand was in Libanon en zich in deze nieuwe huizen gevestigd, waar ze een, althans in hun eigen ogen, nutteloos leven leidden, hoewel sommigen hier waren opgegroeid. Voor hen bestond het hart van Beiroet immers uit het gebied rond het Boerdjplein en de Hamrastraat, uit de herinnering aan de ratelende tram, uit de stem van hun buurvrouw en de gorgelende geluiden die ze produceerde als ze aan haar waterpijp zat te lurken, en uit de bloesems van de amandelboom die in één nacht tijd uitkwamen. Ze hadden geprobeerd daar te blijven en zich wanhopig vastgeklampt aan het leven dat ze leidden, bang voor wat er zou gebeuren als hun geduld opraakte, maar uiteindelijk was de druk aan beide kanten van de stad hun te zwaar geworden. Ze waren teruggekeerd in de familieschoot, die hun

een gevoel van veiligheid gaf, want soms vindt een mens alleen in zijn eigen omgeving nog gemoedsrust. Te midden van hun naasten hoefden ze niet te letten op hun woorden en de wandaden van hun gemeenschap niet te rechtvaardigen.

Mijn vrienden volgden nog steeds vol belangstelling wat er in Oost-Beiroet gebeurde. Bij slecht nieuws maakten ze zichzelf wijs dat de vrienden en kennissen die ze hadden achtergelaten ongedeerd waren. Maar ze waren minder onbevooroordeeld als het om andere berichten ging: 'In de straten wemelt het van de mannen met baarden en vrouwen in zwarte abaja's; de stad stroomt vol met Iraniërs; overal worden moskeeën uit de grond gestampt en dag en nacht hoor je koranrecitaties; de straten zijn veranderd in modderige stegen, waar schapen en kippen rondscharrelen; op elke hoek en in de garage van elk gebouw bevindt zich een gevangenis voor buitenlanders en christenen; de christenen die zich nog in het gebied wagen, worden steevast aangevallen door twee mannen, die hen op een hellevork spiesen, als de satans van Salomon; vliegtuigen landen er alleen nog maar om strijders af te leveren en wapens te lossen.'

De kloof tussen de twee stadsdelen werd dieper, niet omdat de toegangswegen werden geblokkeerd met rotzooi en prikkeldraad, maar omdat elk deel zijn eigen keuze had gemaakt, die het verwijderde van het andere deel.

Waar ik woonde, verkeerden ze in de veronderstelling dat Oost-Beiroet een sieraad was dat tussen hemel en aarde hing, verbonden door mooie witte bruggen, waar alles even prachtig en luxueus was: de restaurants, de zwembaden, de winkels... Als er, daarentegen, in Oost-Beiroet over ons stadsdeel werd gesproken, dan gebeurde dat in het Frans en werd er met de vinger in westelijke richting gewezen alsof het om een eng, weerzinwekkend beest ging: iedereen droeg daar het embleem van de Falangisten op zijn borst; iedereen had een geweer; de sportwagens en tanks snelden door de straten; de schepen in de haven losten goud en geweren; de zee, de bergen en de straten waren omheind door hoge muren, die tot de hemel reikten.

Djawaad wees me op de witte gardenia's die je overal zag; zelfs de kauwgomverkoper hield er een in zijn hand, evenals de bedelaars die scharrelden rond de tafeltjes op het trottoir waaraan mannen triktrak zaten te spelen, op enkele meters afstand van de vuilnishopen. Je zag ze aan de autospiegeltjes hangen en wanneer de chauffeur toeterde, trilden ze mee. Je zag ze op de karren van de straatventers. Je zag ze in de handen van groepjes mannen die Djawaad deden denken aan begrafenisgangers; ze dreven handel in de buurt van de ooit zo elegante winkelstraat, snuffelden in oude en nieuwe tijdschriften, stonden in de rij bij een benzinepomp te wachten tot de prijzen tot het minimum waren gezakt, of ze hielden zich op bij de ingang van een bioscoop.

Ik wees naar de open zee en de weergaloze hemel en betreurde de hoge betonnen gebouwen, die het uitzicht belemmerden. Djawaad zocht naar de oude huizen met rode pannen en groene en rode houten ramen, terwijl hij zich afvroeg waarom ze toch altijd voor die twee kleuren kozen. Toen riep hij uit: 'Ach, kijk eens! Een reus heeft een stuk van de zee opgevreten. En hij heeft ook een heel stuk van de bergen opgeslokt!'

Ik moest lachen om het boerse accent dat hij imiteerde en om de vergelijking met de reus, die me herinnerde aan mijn grootmoeder. Plotseling voelde ik een grote tederheid en liefde voor hem en ik verlangde naar zijn hoofd op mijn schoot.

'Wat zonde,' riep hij uit, 'ze denken dat ze hier een tweede Rivièra kunnen maken, de kust van de Rivièra, wat zonde. En daarginds, aan de andere kant, zijn ze bezig Kerbela op te bouwen. Zo blijkt maar weer dat er eigenlijk geen verschil is tussen Oost en West. Ze hebben hetzelfde verdriet, of ze nu over de oorlog praten of juist niet. Ze zijn tot de tanden toe bewapend en rennen de benen uit hun lijf voor wat meel, brandstof en medicijnen. Allemaal verspillen ze hun tijd en hun zenuwen aan deze chaos. Kijk eens naar die auto's. Rammelende karkassen zijn het. Alle vluchtelingen hebben het ellendig, of ze nu hier wonen of daar.'

Ik glimlachte verstrooid, in beslag genomen door mijn eigen gedachten. Ze hadden hier dezelfde gelaatstrekken en dezelfde uitdrukking op hun gezicht als wij, en net als bij ons kenden de kinderen de oudheden van Libanon slechts van plaatjes in aardrijkskundeboeken. Hun leven bestond uit zandzakken en speelgoedgeweertjes. Hier, net als bij ons, werden dieven en kleine criminelen verontschuldigd voor hun misdaden, die werden toegeschreven aan de armoede. De oude mensen dachten met heimwee terug aan de dagen van weleer, alsof het heden slechts was bedoeld om hen te vernederen.

Onderweg naar de cederboomgaard kwamen we langs de zee. Ik keek naar links en vertelde Djawaad dat ik zocht naar een restaurant met de naam Tzigane. Hij vroeg niet waarom, en het leek hem niet te verbazen dat zijn ziekelijke zucht naar het verleden op mij was overgeslagen. Het was alsof hij me een aantal scherpe foto's in handen had gedrukt, die waren bewaard in een kartonnen, luchtdichte archiefdoos, zodat ze hun glans en kleur hadden behouden; alsof de oorlogsjaren ze niet hadden aangetast, alsof het heden zijn wonden had aanvaard en zich zo goed had hersteld, dat het alweer nieuwe klappen kon verdragen.

Ik staarde naar de zoutwellen, waar je je zonder de minste inspanning op het water kon laten drijven en in een dag bruin werd. Net als in zijn jeugd vroeg Djawaad zich ook nu weer af waarom er geen bewakers waren. Vervolgens wilde hij weten of het nog ver was naar de militaire controlepost waar Simon ons zou ontmoeten.

Simon zat achter het stuur van zijn auto op ons te wachten. Mijn gedachten dwaalden af naar de groene weiden en de kale, grauwe heuvels. Was hier de plek waar destijds onze schoolbus was langsgereden? En wij maar roepen: 'Opschieten, chauffeur, opschieten! Jij hebt de allerbeste bus. Geef gas, geef gas, wij zijn de besten van de klas.'

Meestal wanneer ik me gereedmaakte voor zo'n schoolreisje en Zamzam bezig was eieren en aardappelen voor me te koken, kwam haddja Nazar bij mijn grootmoeder. Mijn grootmoeder vond dat altijd een bezoeking, vooral als haddja Nazar begon te roepen: 'Pas toch op! Laat je kleindochter niet meegaan. De mensen raken daar bedolven onder de sneeuw', waarop mijn grootmoeder opgewekt antwoordde: 'En wat dan nog, haddja Nazar? Asmahaan zal de sneeuw laten smelten voordat ze er last van krijgt. Ze zit op een school met allemaal meisjes uit goede families. De dochters van Soersoek zitten er ook.'

Ik weigerde de eieren mee te nemen, omdat Zamzam ze samen met de aardappelen had gekookt, waardoor ze een vreemde kleur hadden gekregen. Ze gaf toe aan mijn gril en begon scheldend en rammelend met de pannen nieuwe eieren voor me te koken.

De avond viel in en we waren nog steeds onderweg naar de cederboomgaard. Toen we bij een Syrische militaire post werden tegengehouden kromp ik ineen, hoewel ik van Simon had begrepen dat we achter een auto zouden aanrijden, die ons was toegewezen door een hoge officier uit het leger die hij kende. En inderdaad reden we langs de rij auto's die voor de controlepost moesten wachten. Er verscheen een soldaat, die een snelle blik op ons wierp en vervolgens gebaarde dat we door konden rijden. Na een tijdje viel het ons op dat in de dorpen die we passeerden maar een paar huizen verlicht waren en dat de rest donker was of in puin lag. Van een balkon klonk de stem van de zangeres Sabaah; we zagen lachende en pratende mensen. Simon vertelde ons dat de huizen waar licht brandde, werden bewoond door burgers die zich hadden aangepast aan de gevestigde orde; de donkere huizen en de huizen die in puin lagen, behoorden toe aan tegenstanders van het regime.

De nacht begon te vallen en zo konden we aan de lichtjes zien tot welke partij de bewoners behoorden. Het rustige dorpsleven, met de simpele ruzietjes over een bron of een boom, behoorde tot het verleden.

Ik voelde me gelukkig, omdat ik hier met Djawaad was en alles door zijn ogen zag. Ik was hem innig dankbaar, omdat hij de roest van mijn ziel had weggeschraapt. Maar ik had nog niet besloten met wie ik die nacht de kamer zou delen.

Vlak voordat de duisternis helemaal was ingevallen, bereikten we Bsjarri. In een restaurant dronken we arak, aten en lachten. Ik voelde me aangetrokken tot Djawaad, maar ook tot Simon. In mijn euforische stemming stelde ik me voor hoe ik tussen hen in zou slapen. Ondanks de duisternis konden we in de verte de cederbomen zien. Even keek ik ernaar met een peinzende blik, waarna ik ze helemaal vergat. Terwijl ik nog steeds in een roes verkeerde, gingen we naar een disco die Stereo heette. Het was er bijna uitgestorven. In een hoek zaten twee mannen met elkaar over politiek te praten, nu eens fluisterend en dan weer heftig discussiërend. Ze zaten met hun hoofden dicht bij elkaar en ineens begon een van hen te schreeuwen om zijn argumenten kracht bij te zetten. Het waren bewakers van de boomgaarden en de skiliften. Terug in het hotel liet ik mijn blik over de hal gaan: er hing een foto van de sjah van Perzië en Soraya, tijdens hun bezoek aan de cederboomgaarden. Hoewel ik alleen was, sliep ik goed en de volgende morgen werd ik wakker met een uitstekend humeur. We maakten een wandeling naar de cederbomen, die er van een afstand uitzagen als dieren die dicht tegen elkaar aangedrukt beschutting bij elkaar zochten. Toen we dichterbij kwamen, zagen we dat er een hek omheen stond. Waarom een hek? Waren ze bang voor diefstal en plundering, zoals al eerder bij andere bezienswaardigheden was gebeurd?

'De stammen zijn aangetast door de houtworm en daar willen ze iets aan doen.'

'Houtworm? Maar het lijken wel tanden!'

De ellende is dat bomen in verticale houding sterven. Ze krijgen een ziekte, zonder dat iemand dat in het begin doorheeft. Onze eigen eik, die ook ziek is geworden, begon een kleverige vloeistof af te scheiden, die terechtkwam op de was die eronder hing te drogen. Mijn grootouders hebben er heel wat zorgen om gehad; ze spraken over die boom alsof het een mens was.

'Toen ik nog heel jong was, heb ik voor het eerst een cederboom aangeraakt, maar ik weet nog steeds niet hoe je deze dingen noemt; het zijn geen bladeren en ook geen naalden.'

'Er zijn mensen die de cederbomen willen vergiftigen, zodat ze niet meer als het symbool van Libanon worden beschouwd', merkte Djawaad op. Ineens leek hij gegrepen door dit idee, dat in aanvang niet meer dan een vluchtige gedachte was geweest.

'Dat is heus niet zo vergezocht als je denkt,' vervolgde hij zijn theorie, 'ze willen het hart van Libanon uitrukken.'

Simon schudde afwerend zijn hoofd en zei toen lachend: 'Nee, nu laat je je meeslepen. We denken te vaak dat de anderen listige complotten verzinnen, terwijl ze net als wij snel en zonder nadenken reageren.'

Op de hellingen van de bergen groeiden groene struiken, die als tweelingen op elkaar leken en me vaag bekend voorkwamen. Toen ik dat zei, sloeg Simon grinnikend zijn armen om me heen en zei: 'Je hebt een bril nodig, schat. Waar heb je gezeten? Dit is hasjiesj.'

'Hier ook al?'

'Waarom niet? Hier, in de Bekaavallei... overal. Met hasjiesj weten ze wel wat ze moeten doen, dat kun je van de cederbomen niet zeggen. Jullie weten daar in West-Beiroet niets over ons.'

'Kom ons dan vaker opzoeken om het ons te vertellen', antwoordde ik lachend.

'Wij kunnen niet zonder jullie leven. Jullie hebben daar alles: tarwe, meel, brandstof, onderdelen van wasmachines en ijskasten... Economisch gaan we dood zonder jullie.'

Djawaad mengde zich in het gesprek: 'Je vergeet het belangrijkste, Simon, en dat is Asmahaan. Die vind je alleen in West-Beiroet.'

Ik begreep meteen waarom Djawaad die opmerking maakte: omdat Simon me 'schat' had genoemd en af en toe zijn armen om me heen sloeg. Ik keek naar Simon; er was niets meer tussen ons. Toen keek ik even naar Djawaad, maar vestigde snel mijn blik weer op de roerloze cederbomen en de berghellingen, en was me er meer dan ooit van bewust hoe snel gevoelens kunnen veranderen.

We gingen terug naar West-Beiroet en lieten de barricades, de bergen en de frisse bries in het oostelijke deel achter ons. Al snel leek het alsof we nooit waren weggeweest uit die vochtige hitte. Djawaad scheen zich opnieuw onder mijn bescherming te hebben gesteld. Hij was dus niet anders dan alle anderen die mij, zodra ze in Beiroet landden, als hun barometer beschouwden waaraan ze zich konden vastklampen. Zelfs aan de manier waarop ik met mijn ogen knipperde ontleenden ze een gevoel van veiligheid, of ze werden er juist onrustig van, vooral wanneer de sfeer ineens gespannen werd en de zorgeloze dagen – gestolen van de tijd – door alarmerende geruchten werden overschaduwd.

Her en der klonken geweerschoten. Roehiyya gedroeg zich alsof we eeuwen weg waren weggeweest en waren vergeten hoe het was om hier te leven. Ze greep Djawaads hand vast, precies zoals ik altijd deed met mijn gasten, en riep: 'Vooruit, lieveling, je moet vertrekken. Beter vandaag dan morgen. Ze gaan binnenkort weer vechten.'

'Dat zal wel meevallen', antwoordde Djawaad quasi-onverschillig, maar zijn angst verried hem en hij vroeg aan mij: 'Wat denk jij ervan, Asma? Moet ik die enge verhalen van mijn nicht geloven? Moet ik me zorgen maken?'

Ik stond altijd weer versteld van de reacties van mensen zoals Djawaad, die hier tijdelijk verbleven. De afgelopen dagen hadden ons zo dicht bij elkaar gebracht, dat ik bijna was vergeten dat hij slechts op doorreis was. Maar nu deed hij alsof zijn leven waardevoller was dan om het even welk ander leven in dit land. Misschien hadden hij en al degenen die waren weggegaan het volste recht om zo te reageren. Daarom waren ze immers gevlucht, om dat kostbare geschenk te beschermen, terwijl wij hier ons leven riskeerden tussen de mijnenvelden.

'Jij bent banger dan zij', had ik tegen hem willen zeggen, maar ik volstond met: 'Het is jouw beslissing.'

We gingen een café binnen, een van de weinige waar we mensen zoals wijzelf konden aantreffen. Er zaten twee meisjes aan een tafeltje te lachen, te roken en gin-tonic te drinken. Het was duidelijk dat de mannen in het etablissement zich afvroegen of ze een gemakkelijke prooi zouden zijn.

Ik dacht met heimwee aan de rumoerige cafés van vroeger, waar je door het lawaai nauwelijks kon horen wat de ander zei. In die tijd zweefde de vrijheid in de lucht, vermengd met de stoom van het koffiezetapparaat; er was geen tijd om alles wat er gebeurde in je op te nemen en mannen en vrouwen uit de Golfstaten zaten zelfs samen op terrasjes.

De sfeer in dit café paste niet bij onze stemming en we gingen weer naar buiten, gehuld in een wolk van intimiteit, die ons afsloot van de rest van de wereld. We liepen uitdagend hand in hand, alsof we bang waren elkaar kwijt te raken. De straten leken minachting te koesteren voor mooie, gelukkige gezichten, of aparte kleren. De voorbijgangers, mannen zowel als vrouwen, staarden ons na en van de weeromstuit greep ik Djawaads hand nog steviger vast.

Ik kon niet bevroeden wat er op dat moment door hem heen ging, maar ik wist van mezelf dat ik hoopte dat hij niet zou vertrekken; het zou niet gemakkelijk zijn te wennen aan een leven zonder hem. Op zoek naar een rustige plek kwamen we terecht in de bar van een hotel in de buurt. We gingen zitten tussen de andere gasten, die net als wij van het felle daglicht naar de milde duisternis waren gevlucht.

'Ik ga binnenkort weer weg, net nu ik me zo vertrouwd met je begin te voelen.'

'Ga dan niet', zei ik lachend.

Hij negeerde mijn lach en zei: 'Ik wil dat je met me meegaat. Ik zal je dwingen om mee te gaan.'

'Kom je terug?' vroeg ik angstig.

'Over een hele tijd pas weer', zei hij triest.

Plotseling pakte ik zijn hand, boog mijn hoofd en kuste zijn vingers. Toen nam ik ze tussen de mijne, drukte ze tegen mijn gezicht en begon ze weer te kussen. Het deed me goed; het liefst had ik zijn hand op mijn hoofd en in mijn hals gelegd, en me in zijn armen gegooid, zodat hij mijn haar had kunnen strelen, precies zoals hij bij Roehiyya deed.

Ik tilde mijn hoofd een beetje op. Ik kon zijn blikken en die van de andere klanten in de bar niet meer ontlopen, maar zodra ik opkeek, drukte hij mijn gezicht tegen het zijne, sloeg zijn armen om mijn schouders en begon me op mijn lippen te kussen, alsof hij ze wilde afscheuren. We stopten alleen even om op adem te komen, als twee ervaren zwemmers.

Voordat ik om me heen durfde te kijken, sloeg ik eerst beschaamd mijn blik neer. We zaten in een hoek van het café. De jongen achter de bar stond glazen te poetsen. Djawaads kussen maakten tegenstrijdige gevoelens in me wakker, maar uiteindelijk won mijn ongerustheid het van mijn euforie. Deze keer wist ik dat mijn emoties uit mijn hart kwamen, dat ze een reactie waren op zijn stem en de dingen die hij zei. Toch durfde ik me niet door mijn instinct te laten meeslepen. Moest ik zomaar de impuls van het moment volgen en aan niets anders meer denken? Waarom kon ik mezelf niet laten gaan? Omdat ik in deze periode van rust, nu de vuurgevechten waren gestaakt, niet het recht had om mijn gevoelens tot het uiterste te voeren? Of moest ik dat soort gedachten van me afzetten en genieten, ook al was onze relatie maar tijdelijk?

We stapten in mijn auto en Djawaad ging achter het stuur zitten. De zon begon onder te gaan en liet een rode gloed langs de randen van de hemel achter, als schijven van een watermeloen. Ik keek naar de stad, die nog steeds bruiste van het leven, en vroeg me af waarom al die mensen niet waren zoals hij en ik.

Ik wees hem de weg naar een oud gebouw, waarvan het balkon werd overschaduwd door een grote pijnboom. Hij stopte de auto. We stapten uit en begonnen de trap te beklimmen.

'Waar gaan we naartoe?' vroeg hij.

Ik nam nauwelijks de tijd om hem voor te stellen aan mijn vriendin, die de deur opendeed, maar trok hem achter me aan naar het dakterras: 'Nog een paar stappen en we zijn in een oase. Wanneer je de waslijnen ziet, en de watertanks die destijds op de daken zijn geïnstalleerd, zul je alleen nog maar aan vroeger denken, aan de vrede en aan het gewone leven. Een kalme, rustige stad, met een ziel en een jeugd, met nachten en dagen, met een zonsondergang en een zonsopgang: dit is nog steeds onze stad.'

Ach, Beiroet, wat lag je er vredig bij. De zachte tinten van de zonsondergang legden een sluier over de verwoestingen en maakten je tot een vriendelijk oord. In de verte klonken de gedempte stemmen van de mensen, alsof je niet was getekend door de oorlog.

Djawaad pakte mijn hand en bracht hem naar zijn mond. Toen stopte hij hem in zijn zak.

'Ik weet waarom je me hier hebt gebracht. Je wilt dat ik blijf.'

'Helemaal niet', loog ik. 'Wanneer je ons af en toe komt bezoeken, dan zal ik blij zijn, net als vroeger in mijn jeugd, als er een feest was.'

'Ik wil alleen met jou zijn', zei hij, terwijl hij me in mijn vingers kneep.

Hoewel ik zin had om hem tegen me aan te drukken en mijn hoofd tegen zijn borst te leggen, vroeg ik plagerig: 'Wie houdt je tegen?'

Als twee magneten werden we tot elkaar aangetrokken; onze handen, ons verdriet en ons verlangen waren met elkaar verstrengeld.

'Wie me tegenhoudt? Roehiyya, jouw grootmoeder, de schilder van de martelaren, Fadiela.'

'En is er dan niemand in jouw leven?'

'Ja, maar mijn emoties zijn sterker dan ik.'

'Ik heb haar foto gezien bij Roehiyya.'

We gingen de trap af naar het huis van mijn vriendin, die via Cyprus probeerde te bellen met haar kantoor in New York. Om haar heen stonden dozen met Arabische boeken en oosterse snuisterijen, die ze exporteerde. Met luide stem gaf ze de nummers van de douanepapieren door en in één klap was de vluchtige euforie die we op het dak hadden ervaren, verdwenen. Haar gekrijs bracht ons terug tot jouw werkelijkheid, Beiroet; je was gereduceerd tot een schakel en je schoonheid was niet meer dan een exportproduct geworden.

Onderweg naar huis hoopte ik vurig Roehiyya aan te treffen, zodat ik niet alleen met hem zou zijn. Maar zodra ik onder aan de trap haar stem hoorde, had ik er spijt van. Haastig spreidde ze een kaftan voor ons uit die ze in ad-Dahiyya had gekocht voor de vriendin van Djawaad, die haar een flesje parfum cadeau had gegeven.

'Kijk eens naar die kleur. Ze zal hem prachtig vinden. Is het de goede maat, denk je?'

Nee, ik barstte niet van jaloezie. Die vriendin was nu eenmaal eerder in zijn leven gekomen dan ik. Ik moest blij zijn met wat ik had. Maar wat me ergerde, was de houding van Roehiyya, die haar bestaan klakkeloos accepteerde. De kaftan was slecht gemaakt en de kleur van de stof en het goedkope materiaal maakten het er niet beter op.

Ik had besloten dat onze relatie moest blijven zoals hij nu was, want ik wilde dat gevoel van tevredenheid niet kwijtraken. Als je verlangt naar iemand die er niet is, kan de verbeelding met je op hol slaan. Dan word je al snel misleid en denk je dat je verliefd bent, terwijl dat niet zo is.

'Ik heb nog wel een kaftan die ik kan missen', zei ik en liep snel naar mijn kamer voordat ik op andere gedachten zou komen en voordat Djawaad en Roehiyya mijn verwarring zouden zien. Ik deed de kast open en pakte een van de vele nieuwe en tweedehands kaftans die ik aan het eind van de jaren zestig had gekocht, toen kaftans in de mode waren. Er zaten handgemaakte bij, oud en versleten, maar ook nieuwe, die op de machine waren gemaakt.

Djawaad vond de kaftan die ik had uitgekozen prachtig, maar Roehiyya, die kennelijk spijt had van haar aankoop, zei teleurgesteld: 'Zonde van het geld.'

'Geeft niet,' zei Djawaad, 'ik betaal hem.' En terwijl hij mij aankeek: 'Maar ik kan deze echt niet aannemen. Trek jij hem eens aan. Ik wil weleens zien hoe de Jeanne d'Arc van Libanon er in deze kaftan uitziet.'

'Asmahaan, hoofd van het toeristenkantoor, Asmahaan, de gastvrouw, de gids en de tolk', voegde ik eraan toe. Ik ging naar mijn kamer en trok de kaftan aan. Deze keer maakte ik het decolleté niet dicht met een broche, zoals ik anders altijd deed. Wat was ik vroeger toch degelijk, of misschien was het in die tijd modern om je hals te bedekken. Ik was niet meer zo van streek, misschien omdat ik had besloten dat onze relatie zo zou blijven als hij was. Het enige wat ik hoopte, was dat Djawaad me zou schrijven, want dat was wat ik hier nodig had: achter mijn bureau zitten en met iemand corresponderen, echte brieven, in plaats van de brieven die ik in mijn fantasie schreef. Ik hem als de heldin van een roman vertellen over de oorlog en de wapenstilstanden, als slachtoffer of als toeschouwer. Hij had gelijk om mij de Jeanne d'Arc van Libanon te noemen.

Bijna stikkend van de hitte deed ik een raam open en stak mijn hoofd naar buiten om wat frisse lucht te krijgen. Djawaad zei niets over de kaftan, maar Roehiyya riep uit: 'Waarom draag je niet elke dag een nieuwe? Je moet ze niet weggeven!' En ze liet erop volgen: 'Jullie zijn nu volwassen. Waarom trouwen jullie niet met elkaar? Zou dat niet de beste oplossing zijn, Djawaad? Je kent het spreekwoord toch: "Twee geloven op een kussen, daar slaapt de duivel tussen"?'

'Je denkt alleen maar aan hem en aan wat goed voor hem is. En ik dan?' zei ik plagend.

'Nee, dat is niet waar. Ik denk juist aan jou, dat meen ik. Mijn hart breekt als ik naar je kijk en zie hoe mooi je bent. Naarmate ik je beter leer kennen, vraag ik me steeds vaker af waarom nog niemand deze prachtige bloem heeft geplukt.'

'Asmahaan wil niet met me trouwen. Vraag het haar maar.'

'Schei toch uit! Alleen buitenlandse meisjes etaleren meteen hun hele hebben en houden op straat.'

Djawaad en ik keken elkaar lachend aan; we moesten allebei denken aan een paar uur geleden, hoe ik zijn handen had gepakt en mijn gezicht erin had begraven, hoe ik gulzig op zijn lippen had gezogen, hoe hij met zijn voet mijn been had gestreeld, en in de auto zijn hand op mijn knie had gelegd.

Roehiyya begon kibbe te stampen en ging vervolgens zitten wachten op Fadiela, die verse basilicum en marjolein zou meebrengen, want onze eigen kruiden waren tijdens onze afwezigheid allemaal verdord. Ondertussen zong ze een grappig versje: 'Neem me mee, Djawaad, neem me mee in je koffer. Rol me op in de wimpers van je ogen.'

'Mijn koffer is te klein', zei hij, en vroeg vervolgens of ik zin had om naar het strand te gaan: 'Om naar de zee te kijken en dan kunnen we daar meteen een fles wijn kopen.'

Naar de zee kijken? Hij wilde de zee zien, hij wilde er nog een flinke schep van nemen voordat hij vertrok. Alleen toeristen hadden last van een kwaad geweten als ze niet alles hadden bezichtigd, als ze geen tijd meer hadden om nog een blik te werpen op de plekken die ze niet hadden bezocht.

Op Djawaads verlanglijstje stonden nog handgeborduurde Palestijnse kussens. Eigenlijk was het niet het prachtige, gekleurde borduurwerk dat hem interesseerde, maar de waanzin die het vluchtelingenkamp beheerste sinds de slachting die er had plaatsgevonden. Aan de ingang van het kamp stond nog steeds de winkel waar ze de kussens verkochten. Toen we binnenkwamen kwam de geur van koffie ons tegemoet. De bazin nam af en toe een slokje en een trek van haar sigaret, terwijl ze de kussens voor ons uitstalde en ons adviseerde bij onze keuze. Uit een naburige hut klonk de stem van George Wasoef, een bekende Egyptische zanger.

Ik had gedacht dat Djawaad zich na de afgelopen dagen in Beiroet niet meer als een toerist zou gedragen, dat hij geen behoefte meer zou hebben om, zoals destijds in het dorp, alle details vast te leggen, tot en met het gonzen van de muggen. Maar ik had me vergist, want hij bleef alles registreren wat hij zag.

'De mensen in Beiroet zijn omsingeld; ze hebben geen andere keuze dan de zee', merkte hij op bij het zien van een vijftal jongens die tegen een muur geleund stonden en met een melancholieke blik naar de golven staarden. Het was donker en ik denk niet dat ze iets konden onderscheiden, maar op deze manier hoefden ze de realiteit die hun te wachten stond niet onder ogen te zien.

'Ken je die mensen van de Golfclub?'

Ik had hem meegenomen naar de tegenstrijdigste plek in Beiroet. Behalve de Amerikaanse Universiteit was de Golfclub het enige oord waar mensen zich soms afvroegen of ze wel echt in Beiroet waren. Overal fladderden vogels, van de ene tak naar de andere, van het ene bord naar het andere, van de grond naar de tafeltjes, op zoek naar kruimels, alsof ze een bewijs wilden leveren van hun wonderbaarlijke vrijheid. De bomen waren groen en de lucht was blauwer dan elders. Af en toe hoorde je een kanonschot of een kogel, en even werd de harmonie dan verstoord door moeders die opsprongen om hun kinderen in veiligheid te brengen en golfspelers die met hun tassen op het terras gingen zitten wachten tot de rust weer was teruggekeerd. De mensen schuilden in de gangen van het clubhuis, tot langzamerhand het leven op de golfbaan en bij het zwembad weer op gang kwam. Wanneer de vogels weer rondfladderden, zocht iedereen zijn oude plekje weer op, inclusief de Syrische soldaten die met afkeurende blikken naar de golfspelers zaten te kijken.

We liepen terug naar de auto en gingen op zoek naar een winkel die wijn verkocht. We kwamen in een smalle straat, waarvan de gehavende stoep was bezaaid met vuilnis en boomstronken. We waren alleen, alleen met ons verlangen. We omhelsden elkaar hartstochtelijk, alsof we door elkaar zo hard mogelijk te knijpen en zoveel mogelijk pijn te doen, konden bewijzen hoe sterk onze emoties waren.

Pas toen we een auto achter ons hoorden ronken, hielden we op. Ik draaide het sleuteltje om, maar het liefst had ik mijn handen van het stuur gehaald en de auto zijn gang laten gaan. Onze vingers waren met elkaar verstrengeld als een onontwarbare knoop en ik weet niet meer hoe we thuis zijn gekomen zonder tegen een van de onverlichte, spookachtige lantaarnpalen aan te rijden, of tegen een muur, een vuilnishoop of een barricade te botsen.

We liepen de tuin in. Toen ik een aantal volle tanks op een rij zag staan, slaakte ik een kreet van vreugde: Ali had water voor ons gekocht. Dolgelukkig ging ik ermee naar de badkamer. Terwijl het water over mijn lichaam gutste, wilde ik meer dan ooit alleen zijn met Djawaad, zodat hij mij naakt zou kunnen zien. Ik hoorde zijn stem in de hal, waar de boekenkast stond. Blij omdat hij me zou zien met alleen een handdoek om mijn middel en een om mijn haar rende ik vliegensvlug langs hem heen naar mijn kamer, terwijl ik me afvroeg of hij op mij wachtte, of uit oprechte interesse in de boeken stond te bladeren. Ik riep uit mijn kamer: 'Wil je me je boeken niet geven?'

'Met jou weet je het nooit. Misschien vind je er wel niets aan.'

'Er is een jongeman voor je', gilde Roehiyya uit de kamer.

Was Kazim uit de gevangenis vrijgelaten? Het kon me eigenlijk niet schelen wie het was. Ik trok de kaftan weer aan, terwijl mijn haar nog droop van het water. Vlak voor de spiegel maakte ik een vreugdedansje, mompelde iets en deed vervolgens een paar stappen terug om mezelf te bekijken. Ik duwde mijn haar naar één kant en slaakte een zucht, terwijl ik me voorstelde dat Djawaad me door een verborgen lens observeerde.

Het was de broer van Kazim, die verpleger was geworden

voor rijke bejaarden. Ik vroeg hem meteen naar Kazim en hij stelde me gerust: 'Een paar dagen geleden hebben de Syriërs hem het land uitgezet. Dacht je dat ze langer dan een maand zijn eten, zijn drinken en de bewaking zouden bekostigen?'

Hij was gekomen om mij een dienst te vragen; hij wilde dat mijn vriendin Hajaat hem vijftig kuikens zou opsturen. Ik begon te lachen, in een poging het grapje of het motief achter dit verzoek te doorgronden. Maar hij was volstrekt serieus: hij zwaaide met een Europees of misschien zelfs een Amerikaans tijdschrift, dat vol stond met foto's van vreemdsoortige kippen en hanen in allerlei merkwaardige kleuren die alleen in een brein als dat van de schilder van de martelaren konden opkomen.

Kennelijk vatte hij mijn nieuwsgierigheid, gecombineerd met het enthousiasme van Roehiyya, die aankondigde dat ze ook kippen wilde kopen, op als een toezegging, want hij riep uitgelaten: 'Ik wist dat je me zou helpen. De Libanese eieren breken al bij de minste aanraking. De schalen zijn nog dunner dan sigarettenpapier. Daar kan toch nooit iets goeds uit komen?'

Nu lachte ik niet meer; ik was niet van plan me in een val te laten lokken. Ik raapte al mijn moed bij elkaar en veegde in één keer het plan van tafel: 'Ik weet niet wanneer Hajaat komt. In ieder geval kan ik haar niet vragen om kuikens mee te nemen', en ik liet er schaterend op volgen: 'Ben je soms gek geworden? Wil je haar heus kuikens laten meenemen?'

Toen hij besefte dat ik niet te vermurwen was, probeerde hij zich er met een grapje van af te maken: 'Nee hoor, ik ben niet gek geworden. Nog niet. Maar die man die vijftig kuikens had meegebracht, die is wel gek geworden van het gekakel. De hele reis lang, van Londen tot Beiroet. De andere passagiers dachten dat de schroeven waren losgeraakt. En tot overmaat van ramp ging het ook nog stormen. De meeste kuikens hebben de reis niet overleefd.'

Hoe vaak had ik niet in deze keuken gezeten, luisterend naar dit soort gesprekken, waar altijd veel gelach, geschreeuw en woede-uitbarstingen aan te pas kwamen. De keuken was niet veranderd; alleen de muren waren gebarsten en de ziel was eruit verdwenen. Ik miste zijn warmte, zoals ik de warmte van Is'aaf en mijn grootmoeder miste, wanneer ze hun armen om me heensloegen. Nu was die keuken er alleen nog voor de noodzakelijke behoeften, een plek om eten te koken en een bron van ergernis. De kraan, waar allang geen water meer uitkwam, piepte hinderlijk; sinds hij geen functie meer had, leek hij meer op een weerzinwekkende hanenkam dan op een koningskroon. Het fornuis, ooit de trots van de keuken, stond werkeloos te wachten op de gasleverancier. Zamzam had er destijds op aangedrongen dat we er ook zo een zouden kopen, om net als de dochter van de buren koekjes in verschillende vormpjes te kunnen bakken. Wanneer we hem per ongeluk opendraaiden, hoorde je hem piepen en zag je al het vuil dat zich had opgehoopt sinds Zamzam geen geld meer had om het speciale, dure schoonmaakmiddel te kopen. In een van de hoeken zat een gat in de muur, van een ingeslagen granaat, en in een raam was het glas gebroken; we hadden het dichtgestopt met plastic, omdat we er genoeg van hadden het steeds weer te repareren. Dit was niet meer de mooie, ruime keuken van vroeger, met de enorme tegelvloer en de hoge muren, waartegen bergen moeloekhiyya lagen opgestapeld, die nooit verder kwamen dan halverwege, hoeveel het ook was; we zaten allemaal, behalve mijn grootmoeder, tussen de groene bladeren, die we van de stengels trokken en op een lichtgroen laken legden. De tijd was voorbij dat we de stralen van de winterzon probeerden op te vangen, zittend in lage stoelen tegenover een raam met stalen sponningen, waaraan Zamzam altijd sinaasappelschillen te drogen hing, die ze samen met de kolen in de kachel brandde. De voorraadkast, die voor de oorlog was vervangen door een ijskast, was weer in ere hersteld. Ach, kon het verleden maar weer terugkomen, dacht ik, luisterend naar Roehiyya en Fadiela in de hoop dat hun stemmen me rust zouden geven, terwijl de geur van kibbe mijn neusgaten en het hele huis vulde.

'Je haar is nat,' zei Roehiyya, 'je moet niet in de tocht gaan zitten. Waar heeft mevrouw Zamzam trouwens de olie verstopt?'

In een poging mijn obsessieve verlangen naar Djawaad te verbergen, rende ik naar de voorraadkast. Alsof ik een moeilijke taak moest volbrengen, ging ik op mijn knieën zitten en deed het deurtje van de onderste kast open, maar het enige wat ik vond, was een lege fles. Omdat de kast propvol was, schoof ik een paar zakken en blikken weg om beter te kunnen zien. Op dat moment wist ik niet dat ik een geheim onthulde. Fadiela, die met Djawaad stond te praten over haar man, die sjeikh was, slaakte een kreet en stortte zich op de spullen die ik te voorschijn had gehaald.

'Wat een leugenaar is Zamzam! Ze heeft ons bezworen dat ze had geweigerd de rantsoenen van de Iraniërs aan te nemen.'

'Misschien was ze bang voor mijn grootmoeder.'

'Waarom zou ze? Zo verschrikkelijk zijn die Iraniërs toch niet?'

'Erger dan je je kunt voorstellen.'

Toen barstte Fadiela pas echt los: 'Waarom zeg je dat nou? We hebben een kraamkliniek van ze gekregen. Prachtig! Zo schoon dat je er van de vloer kunt eten. En ze hebben er vrouwelijke artsen. Niet van die mannelijke dokters die met hun handen in je buik zitten te porren.'

'Wat zeg je me daar, Fadiela? Zitten ze met hun handen in je buik te porren?'

We moesten allemaal lachen om deze opmerking van Djawaad, vooral ik, hoewel ik al voor me zag hoe hij me, als ik zwanger van hem zou raken, naar zo'n dokter zou brengen.

'Dat is niet eerlijk tegenover de Iraniërs. We hebben tot nu toe niets over hen te klagen.'

'Je hebt toch gezien wat Hizbollah met Ricardo heeft gedaan, of ben je dat vergeten?'

'Wat hebben ze dan met Ricardo gedaan? Hij heeft het zelf uitgelokt. Hij is uit Afrika hier gekomen om piloot te worden. Nee, Hizbollah wil juist dat de mensen meer opleiding krijgen. Ze hebben zelfs scholen geopend.'

'En wat voor scholen! Ze geven de kinderen boeken en schriften met foto's van Khomeini erop.'

'En waarom niet? De regering komt niet met een betere oplossing.'

'Moge God de regering helpen. Als je dit tenminste nog een regering kunt noemen', wierp Djawaad in het midden.

'Die Iraanse jongens hebben me gevraagd of ik geld nodig had voor de verzorging van mijn moeder. Ik heb ervoor bedankt, maar ze hebben wel het schoolgeld van de buurjongen betaald. En ze repareren ook huizen.'

Roehiyya schonk geen aandacht aan onze discussie. Ze was bezig met het kneden van de farraka, proefde ervan met het puntje van haar tong en zei: 'Er zit niet genoeg marjolein en basilicum in', waarop Fadiela opmerkte: 'Als ze me de sleutels hadden gegeven, dan had ik de kruiden wel nat gehouden met gekookt zeewater.'

Er verscheen een minachtende uitdrukking op Roehiyya's gezicht, waardoor haar rimpels nog opvallender werden: 'Bedoel je dat we dan farraka met zeewater hadden gegeten? Wat een smerig idee!'

Fadiela verzuchtte: 'Waarom doe je toch geen crème op je gezicht, Roehiyya? Je voorhoofd is helemaal ruw, net als het mijne vroeger; je lijkt wel een hagedis. Vraag maar aan Asma hoe mijn huid er vroeger uitzag en hoe zacht die is geworden sinds ik crème ben gaan gebruiken. Een verschil van dag en nacht. Alle rimpels zijn nu verdwenen.'

Djawaad lachte; hij voelde zich zichtbaar op zijn gemak bij Roehiyya en Fadiela. Ondanks zijn kleren, die hem een Europees uiterlijk gaven, had hij in Fadiela de persoon gevonden naar wie hij op zoek was en hij genoot van haar gesprek. Fadiela ging van de crèmes over op haar moeder in het ziekenhuis. Ze vertelde dat haar broer jaloers op haar was geworden, omdat ze boter, jam en Frans brood te eten kreeg.

Toen begon ze over de Syrische soldaat die verliefd op haar was geworden, hoewel hij veel jonger was dan zij. Uiteindelijk hadden ze hem overgeplaatst. Roehiyya onderbrak haar: 'Hij hield natuurlijk van je om je courgettes met yoghurt.'

'Dat zijn leugens! De courgettes waren voor alle jongens van de controlepost. Trouwens, hoe laat gaan we uit vanavond?'

Mijn voorstel om Ali mee te nemen stuitte op protesten van Fadiela, die bang was dat hij haar avond zou bederven. Ook Roehiyya maakte bezwaren. Ik wist dat ze wilde dat Djawaad ons mee uit zou nemen, in de hoop dat hij voor ons allemaal zou betalen; toeristen letten immers niet op geld als ze in Beiroet zijn. Ik probeerde Roehiyya ervan te overtuigen dat we veiliger zouden zijn als we Ali meenamen, maar daar had ze geen oren naar. Fadiela, die nu echt ongerust werd, richtte het woord tot Djawaad: 'De nachten van Beiroet zijn fantastisch. Frisse lucht, dansen; je bent er even helemaal uit.'

Djawaad keek me vragend aan, maar Fadiela riep hem tot de orde: 'Dat moet je niet aan Asma vragen. Zij is wel de laatste aan wie je zoiets moet vragen. Die houdt niet van uitgaan. Als het aan haar ligt, blijven we hier de hele avond in deze kamer zitten. Kom, we nemen Moesa mee. Die is gemakkelijk.'

'Moesa? Die jongen waar jij verliefd op was?' riep Roehiyya uit. Fadiela reageerde niet, maar haalde een pot crème uit een plastic zak die ze bij zich had, zette hem voor Roehiyya neer en zei plechtig: 'Baat het niet, dan schaadt het niet.'

Toen begon ze een rondedansje te maken en pakte met twee handen Djawaads wangen vast: 'Je wordt mijn dood nog! Wat een gezicht en wat een lichaam! Ik wil vanavond voor je dansen en zingen.'

Zodra Fadiela was verdwenen, zei Roehiyya: 'Die is helemaal gek, net als haar moeder. En haar moeder leek precies op háár moeder.'

'En haar broer gaat dezelfde kant op', voegde ik eraan toe,

waarop Roehiyya mompelde: 'Ja, die ook.'

Het was de bedoeling dat Fadiela, nadat ze zich thuis had omgekleed, weer bij ons terug zou komen, waarna we met zijn allen naar de nachtclubs zouden gaan. Toen ze op zich liet wachten, stelde Djawaad voor om haar op te halen. Ze ontving ons met veel gerinkel van de sieraden die ze droeg: gouden kettingen om haar hals en haar heupen die tegen haar gouden ceintuur rammelden, en lange oorbellen die bijna tot aan haar korte nek kwamen. Ondanks de krulspelden in haar haar leek het alsof ze ons had verwacht; ze verontschuldigde zich niet omdat ze te laat was, maar verwelkomde ons hartelijk, vooral Djawaad. Snel ging ze haar broer Hassoen roepen om 7up voor ons te halen. Ik hoorde hem protesteren: 'Ik weet wel waar je op uit bent. Je stuurt me naar de winkel, zodat jullie straks zonder mij weg kunnen gaan.'

Ze schold hem de huid vol en zei toen om hem te sussen: 'Het is voor Djawaad, die houdt zo van 7up; bovendien heeft hij beloofd je mee te nemen naar Frankrijk en een bruid voor je te zoeken.'

Djawaad stelde voor om Hassoen eerst maar eens mee uit te nemen, voordat hij met hem naar Frankrijk zou gaan. Zelfs Fadiela barstte in lachen uit, hoewel ze Djawaads suggestie beslist van de hand wees: 'Geen sprake van.'

'Hoezo, geen sprake van?' riep haar broer, die kennelijk nog niet weg was, uit de andere kamer. 'Ben je soms bang dat de mensen gaan roddelen?'

Toen was het wachten op Moesa, die Fadiela 'mijn zoon' noemde en die haar als zijn moeder beschouwde. Fadiela negeerde de smeekbeden van Hassoen, verdween naar haar kamer en kwam na een tijdje terug met een foto van haar en Reagan, die ze samen met haar paspoort in haar handtas bewaarde. Afgezien van haar winterjas was de tas het enige wat ze altijd meenam als de gevechten uitbraken. Ze verklapte aan Djawaad dat ze zich jaren geleden, tijdens een bezoek aan mijn moeder in Amerika, naast een portret van Reagan had laten fotograferen. Ze vertelde dat ze steeds weer bang was dat de Syriërs of Hizbollah zouden denken dat de foto echt was en haar zouden beschuldigen van spionage. Op Djawaads vraag waarom ze hem dan nog steeds bij zich droeg, zei ze: 'Ik laat hem voor de grap aan mensen zien en dan geloven ze me en vragen me of ik niet met "mijn vriend Reagan" kan praten over een visum voor hen.'

Ik liet mijn blik over het huis gaan, dat er anders uitzag dan vroeger, hoewel de vloer, de banken, de tafels en de twee houten pilaren nog op dezelfde plaats stonden. Alleen de foto's van filmsterren waren van onder het glas op de tafels verdwenen. Het was er leeg zonder mijn moeder en de hare, zonder de geur van koffie en zonder hun giechelende commentaar op de mannen uit hun omgeving, die ze vergeleken met de filmsterren op de foto's.

Moesa kwam binnen, een grote man met brede schouders en een dikke snor. Fadiela, die naast hem stond, kwam net tot zijn middel. Als ze hem moederlijk in haar armen zou nemen, zou ze eerder het gerommel van zijn maag horen dan het kloppen van zijn hart. Nadat hij ons allemaal de hand had geschud, bleef hij staan en vroeg haar of ze nog iets nodig had, waarop ze zuchtte: 'Ga je niet mee? Wie moeten we dan vragen?'

Hij stelde voor dat hij ons zou wegbrengen en aan het eind van de avond weer zou ophalen, maar Fadiela en Djawaad stonden erop dat hij met ons mee zou gaan, en uiteindelijk stemde hij toe. Binnen een paar seconden hadden we inderdaad het gevoel dat hij de zoon van Fadiela was, en omdat ik Fadiela als mijn moeder beschouwde, was ik dus zijn zuster.

'Ik wil u niet kwetsen, mevrouw Asmahaan,' zei hij, 'want u bent me dierbaarder dan mijn eigen zuster, maar wilt u uitgaan in die kleren? Ze zullen nog denken dat u een bedoeïenenvrouw bent.'

'En wat is daar verkeerd aan?' vroeg ik lachend.

Djawaad vroeg hem waarom hij Fadiela als zijn moeder had geadopteerd en hij zei: 'Het is wonderlijk, zo vertrouwd als ik me met haar voel, het is net alsof we familie zijn.'

Ik was Fadiela heimelijk dankbaar omdat ze op het idee was gekomen Moesa erbij te halen, want hij kende alle plekjes van de stad. Hij wist welke danseressen en zangeressen er optraden en hoe duur het eten was. We begonnen bij een verlaten hotel aan zee, dat helemaal leeg was, afgezien van de orkestleden met hun sombrero's. Ze vertelden ons dat het pas na één uur 's nachts vol zou stromen, maar toen Moesa zekerheid wilde hebben, durfde de chef de verantwoordelijkheid niet op zich te nemen en hij zei, terwijl hij angstig naar zijn spierballen keek: 'Jullie kunnen beter op zaterdag terugkomen.'

De volgende nachtclub was gesloten en de derde bleek te zijn gereserveerd door de familie van een hoge militair. De nachtclubs lagen ver uit elkaar en daarom stelde Djawaad voor om Moesa voor de benzine te betalen.

'Alles is al betaald', zei Moesa tegen Djawaad die er niets van begreep.

Waarschijnlijk werkte Moesa voor een rijke familie, om ze te beschermen tegen de nachtelijke ratten, niet de ratten die wegsprongen van de vuilnishopen zodra ze een auto hoorden, maar de ratten die rondzwierven bij de ingangen van de nachtclubs en op de straathoeken.

Moesa wilde net als Ali de persoonlijke lijfwacht en beschermer van belangrijke mensen worden. Niet om beter te eten en te drinken, maar om meer macht te krijgen. Als je slim was, profiteerde je van de omstandigheden. De persoonlijke begeleider van iemand zijn, betekende dat alle deuren voor je opengingen; met je auto en je wapens kon je alle opstoppingen en obstakels vermijden. Jij was verantwoordelijk, jij was belangrijker dan degene die onder jouw hoede stond, want die was gedwongen alles te doen wat jij hem opdroeg. Zijn lot hing af van jouw kracht en jouw slimheid. In een dergelijke positie kwam je al gauw te weten waar het grote geld zat, wie de touwtjes in handen hadden, wie de oorlog leidden en wie rijk waren. Als je dat eenmaal wist, kon je met steekpenningen en commissies beginnen. Dan ging de wereld pas echt voor je open en mettertijd kreeg je zelf een invloedrijke positie en kon je je omringen met volgelingen, totdat je over een eigen lijfwacht beschikte. Zo'n kans moest met beide handen aangegrepen worden. Dat was Moesa's grote ambitie, om de lijfwacht te worden van een publiek persoon, niet zomaar een anonieme, rijke immigrant, die hem betaalde om hem te beschermen tegen dieven. Zo te zien had Fadiela tegen hem overdreven over de status van mijn kennissen. Moesa moet gedacht hebben dat hij via mij in contact kon komen met Ali, in de hoop dat hij de klussen waar hij zelf geen tijd voor had, aan hem zou doorschuiven.

We gingen de vierde nachtclub binnen. Het was er erg rumoerig en er werd Frans-Arabische muziek gespeeld. De vrouwen zongen en de mannen deinden mee op de melodie. Binnen enkele minuten ging het er bij ons net zo levendig aan toe: er werd gedanst, gekletst en gezongen. Fadiela, Moesa en Roehiyya wiegden mee met het ritme, terwijl Djawaad en ik geboeid om ons heen zaten te kijken. Wie zou kunnen vermoeden dat Libanon op zijn kop stond en dat de mensen bang waren?

Moesa wees naar een man die stond te dansen. Voor de stijging van de dollar was hij een onbeduidend mannetje geweest. De gasten zaten aan tafeltjes te eten, of ze dansten en neurieden mee met de jonge zangers, die aan hun naam te zien uit het zuiden kwamen; zo werd het legendarische nachtleven van Beiroet ondermijnd. De man danste nog steeds, met in zijn handen papieren zakken die uitpuilden van de dollars. Hij schudde met zijn buik onder het oog van zijn gesluierde vrouw, wier gouden oorbellen trilden op de muziek. Toen de fotograaf bij hun tafeltje kwam om een foto van hen te nemen, schoof ze snel de wijnglazen uit het zicht. Fadiela zat uitgelaten naast Moesa, trekkend aan haar zilverkleurige sjaal, die steeds van haar hoofd dreigde te glijden, en keek met bewondering en afgunst naar een vrouw die op een tafel was geklommen en begon te dansen, nadat de glazen en borden waren verwijderd.

Waarom dat decor? Waarom die kunstdruiven, waarom die felle kleuren op de muur, waarom die stoelen met die extravagante leuningen? Wat ik zag maakte me woedend en ik bleef me maar afvragen: 'Waarom?' Wat was de relatie tussen deze smakeloosheid en de oorlog? Waarom waren die liedjes zo onbenullig, alsof ze door iemand onder de douche waren bedacht?

'De bewoners maken de stad', zeggen ze weleens, en dit waren vreemden, die hier niet thuishoorden.

Djawaad en ik dachten hetzelfde. We zeiden geen woord; we hadden niet de behoefte om het lawaai te overschreeuwen. Sommige van deze luidruchtige dansende mannen hadden bedrijven geopend met gestolen kapitaal en kostbare kunstwerken die ze uit winkels en particuliere huizen hadden weggehaald. Anderen onderhielden contacten met belangrijke personen die een actieve rol in een partij speelden, of met doorgewinterde handelaren die de godsdienst gebruikten als dekmantel om zoveel winst te maken als ze maar wilden. Onder hen bevonden zich veel drugshandelaars: mensen die voor de oorlog waren geëmigreerd en rijk waren teruggekomen, hunkerend naar prestige en erkenning, nadat degenen die het eigenlijk verdienden het veld hadden geruimd.

Moesa wees een man aan die had gewerkt als bemiddelaar tussen de ontvoerders en de families van de gijzelaars. 'Zijn leven hangt aan een zijden draad', merkte hij op. Hier en daar zaten mensen zoals Djawaad en ik, die waren gekomen om te zien wat er met jou was gebeurd. En mensen zoals Roehiyya en Fadiela, die niets liever wilden dan tot de wereld van de rijken behoren, al was het maar voor een avond.

Na een tijdje maakten Djawaad en ik aanstalten om naar huis te gaan, want deze omgeving maakte ons er niet vrolijker op. 'Ratten in dure kleren', was Djawaads commentaar en hij had gelijk. Maar we waren afhankelijk van Moesa, die ons terug moest brengen. Je geeft je vrijheid niet zomaar weg, Beiroet.

Toch stonden we op en lieten Roehiyya en Fadiela achter, met de belofte dat Moesa hen zou ophalen. Ze begrepen niet waarom we weg wilden, 'juist nu het leuk werd'.

We stonden in de tuin en vroegen ons allebei af wat er zou gebeuren als we de trap op zouden lopen. We ademden in hetzelfde ritme. De behoefte aan intimiteit, die door jouw sfeer werd opgeroepen, had ook ons gegrepen, Beiroet. We waren een eiland, omringd door een enorme zee vol met krokodillen. De elektriciteit was afgesloten en het was aardedonker. In zo'n sfeer kun je niet meer nadenken en ik voelde me net een toverheks, die een onschuldige, vreemde jongeling naar haar kasteel heeft gelokt en haar magische krachten op hem uitoefent door hem dagen lang alleen te laten, totdat hij beseft dat hij zonder haar niet kan leven.

Djawaad was lange tijd gefascineerd geweest door het verleden, blind voor wat er in het heden gebeurde. Toen hij eindelijk zijn ogen opende, zag hij donkere straten en vuilnishopen. Het lawaai van de generators en de kwalijke dampen die vrijkwamen waren meer dan hij kon verdragen. Hij begon het nieuws te volgen en had het gevoel dat hij raadsels hoorde. Zelfs de televisie begon hem te ergeren; hij maakte zich kwaad over de kleren van de presentatoren, het lage niveau van de programma's en de banale liedjes. De kranten dienden niet meer als voedingsbodem voor zijn sarcastische grapjes; hij was geschokt door de zinloosheid van wat er gebeurde.

'Asmahaan, weet je nog dat ik je vertelde over dat meisje waar ik verliefd op was? Die keer dat ik bij de citadel haar haar streelde en tegen haar zei: "Wacht niet op mij. Ik wil je niet in de weg staan. Als ik terugkom, zullen we wel zien of je nog van me houdt"?'

Hij streelde mijn haar en vervolgde: 'Ik greep haar haar vast, drukte mijn mond op de hare en kuste haar zo heftig dat ze bijna stikte.'

Hij beroerde mijn mond met de zijne en drukte zijn lippen op de mijne, maar ik stikte niet; ik beantwoordde zijn kussen.

We stonden bij de vijver in de tuin en snoven de diesellucht op die uit de generators kwam. Hij vroeg me waarom we de vijver met stenen hadden dichtgegooid. Ik herinnerde me dat ik vroeger alleen kon slapen als ik het water uit het kleine kraantje hoorde lopen. Ik zag het kraantje weer voor me, dat onze buurjongen Bahiedj eruit had getrokken. Als kind van nog geen twaalf was hij geobsedeerd door metaal. Al het metaal dat hij zag nam hij mee om te verkopen, zodat hij al snel de bijnaam Bahiedj Metaal kreeg. Terwijl ik vertelde over de vijver en Bahiedj Metaal, sloeg Djawaad zijn armen om me heen; het was alsof ik erop had gewacht. Ik had me met mijn volle gewicht op hem willen storten, het maakte niet uit waar, maar ik bleef als verstijfd staan, hoewel ik me sinds ik voor het eerst met een jongen had gedanst nooit meer zo had gevoeld.

Hij zou over twee dagen vertrekken. Waarom was fysiek contact onontbeerlijk voor een verhouding? Waarom kon onze relatie zich niet ontwikkelen als we gescheiden van elkaar leefden? Ik stelde me voor hoe ik brieven aan hem zou schrijven en zou wachten op de zijne. Maar als ik probeerde te bedenken wat ik zou schrijven, kon ik nauwelijks iets verzinnen. Hij had de herinneringen immers al in zijn geheugen opgeslagen: de uitgestrekte vlakten, de wingerds, de zwartgeblakerde grond, de bergtoppen. Hij had de tegenstrijdigheden hier ontdekt, toen hij in het naburige dorp voor het hoofdpostkantoor had gestaan om zijn vriendin in Frankrijk te bellen. Hij kon nauwelijks geloven dat er op deze verwoeste plek, op de top van een heuvel, een heus postkantoor stond, compleet met loketten en personeel. Niemand durfde verder omhoog te klimmen, uit angst voor de bijen die deze plek hadden uitgekozen om er hun honingraten te bouwen. Alleen aboe al-Akies bond zich af en toe aan een touw vast om een verrassingsaanval uit te voeren.

Ik trok mijn lippen van de zijne en ging mijn kamer binnen, zonder iets tegen hem te zeggen. Ik wierp me op mijn bed en pakte de spiegel die ik daar voor het eten had achtergelaten, nadat ik erin had gekeken om te zien wat hij in mijn gezicht zag. Maar nu kon het me niets schelen, want we hadden toch geen licht en ik was niet van plan de generator aan te zetten. Ik kon niet tegen het kabaal, vooral niet nu ik elk geluid dat Djawaad maakte als een mol probeerde op te vangen. Op dit late uur draaiden de andere generatoren uit de buurt op lage toeren, maar het lawaai van de nachtclub dreunde nog steeds in mijn oren. In een poging deze ervaring te verdringen mompelde ik onverschillig: 'Ach, die mensen willen ook leven.'

Maar al snel vergat ik dat alles en hield me alleen nog bezig met de vraag of het de liefde of de alcohol was die me zo opgewonden maakte. Waarom klopte hij niet op de deur, waarom hoorde ik niets, in de keuken noch in de zitkamer? Plotseling sprong ik op, alsof ik een afspraak met hem had die ik was vergeten. Terwijl ik de deur van mijn kamer opende, hoorde ik zijn stem uit de zitkamer; hij vroeg me waar de elektriciteit zat. Toen hij naar me toe kwam, vergat ik dat Roehiyya elk moment kon binnenkomen. We gaven ons over aan de duisternis, net als de meubels om ons heen, waarvan alleen de omtrekken nog zichtbaar waren; we wisten dat ze er stonden omdat we eraan gewend waren, maar we zagen ze niet. Ineens had ik het gevoel dat ik mezelf verloor, dat ik het contact met het leven verloor. Mijn nonchalance was verdwenen. We spraken nu vrijer met elkaar, alsof het er niet meer toe deed, alsof we elkaar toch niet hoorden in het donker.

Zoals iedere keer werd ik verrast door de reacties van mijn eigen lichaam. Ik voelde het kloppen en trillen en glimlachte, omdat Djawaad het niet merkte. We werden allebei vrijpostiger; onze ademhaling stootte onregelmatig, als een lamp die abrupt wordt aangeknipt en alles in het licht zet. Hij streelde mijn gezicht en het was alsof ik mijn leven lang had gewacht op de aanraking van zijn vingers, die alle vluchtige impressies van die avond deden vervagen: de muziek, het lawaai, de opgemaakte gezichten, de volle monden en de schuddende buiken. Zijn tederheid was het enige wat nog restte. Ik voelde zijn adem op mijn gezicht. Fluisterend vroeg hij me of hij verder mocht gaan, en hoe ik me voelde. Ik hield van zijn aarzelende houding, zijn voorzichtigheid en zijn wilskracht, die ik bij andere mannen nooit had ervaren. Noch de oorlog hier, noch zijn leven in Europa hadden hem het gevoel gegeven dat alles was toegestaan, dat alle regels waren afgeschaft. Dat ik hier lag, had niets te maken met de oorlog en de verwoestingen; ik voelde me mijlenver van de vloer van de zitkamer, van de elektriciteit die was afgesloten, van het huis van mijn grootvader en van West-Beiroet. Mijn verlangen om me aan hem vast te klampen kwam niet voort uit een behoefte aan verdoving, noch uit de overtuiging dat het leven onder alle omstandigheden doorgaat, omdat de mensen nu eenmaal geboren worden, sterven en de liefde met elkaar bedrijven. Ik lag op de vloer met het geblokte tapijt waar ik als kind op had gespeeld en waarover ik had gelopen om naar school te gaan of om de deur open te doen voor een vriend of vriendin. Voor het eerst in mijn leven sloot ik mijn gevoelens en mijn verlangens niet af en zette ik ze niet om in dagdromen zodra ik dit huis binnenkwam.

Op dat moment wist ik dat de liefde niet zo simpel was als vroeger. Ik was ver weg, hoewel ik vurig naar hem verlangde. Ik verwachtte meer van hem dan die kussen, strelingen en omhelzingen. Ik probeerde mijn gedachten te ordenen; ze waren zo verward, dat ze deden denken aan een zware vogel die met grote snelheid over de toetsen van een piano heen en weer wipt en een kakofonie van valse klanken teweegbrengt. Door het contact met zijn lichaam begon het bloed in mijn aderen weer te stromen en was ik weer in staat om vrij adem te halen. Zijn nabijheid bracht de spontaniteit terug, die ik zo lang had onderdrukt. Ik hunkerde naar zijn lippen en hield krampachtig mijn handen om zijn schouders geklemd. Zijn borst drukte op de mijne en zijn gezicht versmolt met het mijne... En toch was dit geen louter fysieke daad, maar een manier om innerlijke gemoedsrust te bereiken, alsof de wereld op één been had gebalanceerd en nu eindelijk zijn evenwicht had hervonden.

Djawaad keek in de verte en vestigde toen zijn ogen op mij. Ik drukte me tegen hem aan en schreeuwde het bijna uit: 'Ik hou van je, ik hou van je!'

Hij moet zich afgevraagd hebben waarom mijn lichaam niet sidderde van genot. Wat hield me tegen, als ik inderdaad zoveel van hem hield als ik beweerde? Was ik frigide geworden? Was ik net zo vastgeroest als mijn werk, mijn toekomst en de motor van mijn auto, die het af liet weten zodra ik het sleuteltje in het contact omdraaide? Had ik de ademhaling van een oude vrijster gekregen? Had ik het verdorde lichaam van een oude vrijster, ook al voelde ik me glibberig, alsof ik mijn binnenste met olie had ingesmeerd?

Natuurlijk praatte ik met hem, terwijl ik de vogel die van de ene toets naar de andere sprong probeerde bij te houden. Ik sprak in mezelf tegen hem, terwijl hij nog steeds over me heen lag en me vurig kuste, verbaasd dat ik, ondanks alle warmte die ik uitstraalde, niet tegelijk met hem tot een hoogtepunt kwam. Ik wilde hem duidelijk maken hoe intens ik hem voelde, niet alleen in me, maar in al mijn ledematen en in de cirkel rond mijn lichaam, maar ik verlangde meer dan deze versmelting.

'Meer, meer, meer!' fluisterde ik.

Op dat moment stond hij op en begon door de kamer te lopen. Na een lange stilte zei ik zo natuurlijk mogelijk: 'Stel je voor dat het licht plotseling aan zou gaan en Roehiyya je zou zien.'

'Je bent een raadsel voor me, ik wou dat ik je begreep', zei hij.

Ik had de hele tijd geweten dat ik me over Djawaad heen zou spreiden als een inktvlek die zich uitbreidt op een wit laken en in elke vezel dringt, tot hij één wordt met het materiaal. Wat was er ineens met me aan de hand? Hadden die afschuwelijke dansende figuren in de nachtclub, die me het gevoel hadden gegeven dat het leven niets meer voorstelde, me geknakt als een verwelkte bloem?

We waren niet in staat een gesprek te voeren. Ik kon niet

uitleggen wat er met me aan de hand was, want ik wist het zelf niet. Teder nam hij mijn gezicht in zijn handen, streelde mijn haar en vroeg me of hij me mocht optillen en naar mijn bed mocht dragen.

Terwijl hij me optilde, klemde ik me zo krampachtig aan zijn nek vast dat hij bijna viel. Het deed me aan Nasir denken, met zijn rugpijn, maar zoals altijd verzette ik me tegen de herinnering. Glimlachend luisterde ik naar Djawaad, die kreunde: 'Goh, wat ben jij zwaar. Je lijkt wel een blok beton.'

'Is zij net zo zwaar als ik?' plaagde ik hem.

Hij gaf geen antwoord.

'Binnenkort zul je haar weer in je armen nemen.'

Hij liet me op het bed vallen en de spiralen veerden me omhoog. Ik werd overspoeld door een golf van geluk. Mijn bed was veranderd; het ontving me lachend, samen met de man die ik liefhad. Dit huis achtte zichzelf geschikt voor alles, behalve voor de liefde. Het was getuige geweest van geboorten, huwelijken, sterfgevallen en verhuizingen, maar niet van liefde. Deze kamer, bedoeld voor kinderen en pubers, was niet gewend aan minnaars; zij moesten hun toevlucht elders zoeken, ver weg van dit huis, ergens waar ze hun lippen en hun lichamen de vrijheid konden geven die ze nodig hadden.

Plotseling had ik het gevoel dat het huis me omhelsde en me al zijn warmte schonk. De meubels keken vol vreugde naar de vereniging van onze lichamen en omringden ons met hun zachte, weldadige adem. Ik had me nog nooit zo ontspannen gevoeld bij een man. Mijn rusteloze ontmoetingen met Nasir waren nooit een basis geweest voor een stabiele relatie; er was geen bed waaraan we gewend waren geraakt, geen bank waarvan de kleur in mijn geheugen stond gegrift, geen kamer die onze woorden weerkaatste. De paniek lag voortdurend op de loer, sluimerend in mijn achterhoofd en om mijn mondhoeken, want misschien hadden zijn vijanden deze intieme momenten uitgekozen om toe te slaan.

Djawaad streek met zijn vingers over mijn lippen en streelde mijn armen. Hij bevrijdde me van mijn gedachten door ze in slaap te sussen.

Toen hij naar zijn eigen kamer ging, volgde ik hem. Kennelijk verwachtte hij me, want zodra hij mijn voetstappen hoorde, maakte hij plaats voor me in zijn bed. Hij sloot zijn handen om mijn middel en vroeg: 'Vertrouwen de meisjes hier op de natuur, of gebruiken ze iets?'

Ik lachte slechts als antwoord. Zijn ademhaling werd regelmatiger en ik wist dat hij in slaap was gevallen. Ik keek naar zijn gezicht; ik was weer een klein meisje en deze man, die zo rustig naast me lag te ademen, was mijn grootvader. Alles was in orde; het ruitje van het bovenraam was ingegooid door ondeugende buurtjongetjes en niet gebroken door een granaat.

Plotseling hoorde ik Djawaad tegen me praten, alsof hij droomde. Hij vertelde me dat ik erg op mijn moeder leek en dat hij me daarom meteen, na al die jaren, had herkend.

Hij was nog maar een kind geweest toen mijn moeder hen in Beiroet had bezocht. Ze droeg een vossenbontje om haar schouders en een lange, bruine jurk met een split, en ze had haar lippen donkerrood geverfd. Ze rookte sigaretten, die ze verstopte zodra ze voetstappen hoorde naderen. Ze had een harde lach; ze lachte en zong voortdurend. Dat beeld was hem lang bijgebleven. Hij sloeg zijn armen om me heen en fluisterde: 'Het is ongelooflijk. Nu lig ik hier met haar dochter. Het heeft zo moeten zijn.'

Ik bleef roerloos liggen. Eigenlijk wilde ik me omdraaien, zoals ik altijd deed, maar ik was bang dat ik hem in zijn slaap zou storen. Uiteindelijk moet ik in slaap gevallen zijn, want ik werd wakker van het zonlicht dat in de kamer viel en Roehiyya's voetstappen in de keuken. Toen ik zijn koffer zag, werd ik overmand door verdriet. Ik probeerde me los te maken uit zijn armen en benen die mijn lichaam omknelden, maar hij trok me naar zich toe en mompelde met gesloten ogen: 'Je mag niet weg.'

'Maar Roehiyya dan?' vroeg ik quasi-ongerust.

'Laat haar ons maar samen zien. Dan heeft ze tenminste weer stof voor haar poëzie.'

Ik probeerde op te staan. Er brandde een vraag op mijn lippen, maar ik durfde hem pas te stellen toen ik mezelf, in zijn armen, onder de deken zag liggen. Waarom schaamde ik me er zo voor hem te vragen of hij van me hield?

Laatste brief

Lieve Hajaat,

Ondanks de zee van dagen en nachten die tussen ons ligt, ben jij nog steeds mijn vriendin, Hajaat. Jij bent de muur waartegen ik mijn ballen kaats – gelukkig, bedroefd, en soms zelfs schaamteloos – maar ik zie nooit een zweem van minachting in jouw ogen. Nee, ik zie liefde, niets dan liefde. Wat heb ik me vergist toen ik mezelf voorhield dat we langs elkaar heen leefden en dat onze wegen elkaar nooit meer zouden kruisen. Alleen al het feit dat er iets aan mij knaagt, iets dat ik alleen kan oplossen door jouw situatie en de mijne te analyseren, bewijst dat je er nog steeds voor me bent.

Op dit moment ben je bij me in de hal van het internationale vliegveld van Beiroet. Herinner je je nog dat woord 'Internationaal', dat met enorme zwarte letters op de muur geschreven staat? Waar het om gaat, is dat ik je raad wil vragen, maar steeds wanneer je op het punt staat te antwoorden, verdwijn je uit het zicht. Misschien wil ik het niet horen. Ik zit hier als een brok onzekerheid, verdwaald tussen Djawaad, mezelf, de ober en de andere passagiers. Ik zie hoe je de mensen om je heen wegduwt en naar me toe komt. Wat vreemd: je bent zo ver weg, en toch ben jij het die mijn gedachten beheerst en niet degenen die ik net heb achtergelaten en die vast nog ergens staan te wachten tot mijn vliegtuig vertrekt. Misschien komt het doordat vliegvelden, reizen, vliegtuigen, kortom alles hier onlosmakelijk met jou is verbonden. Als ik op het vliegveld kom, is het altijd om jou op te halen of weg te brengen, alsof alle reizigers die hier vandaan vertrekken, iets voor jou bij zich hebben.

Je hebt nooit een gelegenheid voorbij laten gaan zonder me

aan te sporen ook te vertrekken; ik hoorde het in je stem, las het in je brieven en telegrammen. Af en toe deed je me denken aan de directrice van een meisjesschool, die voortdurend haar leerlingen probeert te stimuleren en een persoonlijke inzet aan de dag legt die soms alle perken te buiten gaat. Ik voelde me door jou achtervolgd, hoewel ik me nooit heb afgevraagd waarom je zo aandrong. Ik weet dat je niet begreep waarom ik in deze brandhaard bleef wonen, terwijl de stad waar jij leefde zo veilig en rustig was, dat de stemmen er zelfs geen echo hadden. Ik wist dat je bezorgd om me was, maar ik wist ook dat je last had van gewetenswroeging, alsof de woekerende vuurtongen een ondoordringbare muur hadden opgetrokken tussen degenen die waren achtergebleven en degenen die waren weggegaan. Dat gevoel heeft vast veel van je plezier bedorven toen je hier op bezoek was; het liefst was je heel ver weg van deze chaos geweest, genietend van de rust daar, die slechts nu en dan door een onweersbui wordt verstoord.

Zelfs in periodes van rust, wanneer de hemel blauwer was dan anders, insinueerde je dat ik Beiroet moest verlaten. Ik hoorde aan je toon dat je niet bang was dat ik dood zou gaan, noch dat ik met het verstrijken der jaren een huwelijk of een toekomst zou mislopen, maar je was bang voor jezelf; want voor het eerst van je leven werd je naar zulke duistere labyrinten gevoerd.

Je bent opgegroeid in een keurige familie, een modelgezin. Je wist dat de lepel waarmee ze je voerden van zilver was, dat hij vóór jou van je moeder was geweest en dat je hem goed moest bewaren, omdat hij op een dag voor jouw kinderen zou zijn. Je maakte afspraakjes met jongens om te wedijveren met de andere meisjes, om erachter te komen of je wel mooi genoeg was en een aantrekkelijk figuur had, niet om te trouwen. Zelfs je opleiding was niet bedoeld om je kennis te vergroten, maar om een goede baan te krijgen en je sociale status te verhogen. Jij geloofde dat de wereld slechts bestond uit de hemel en de aarde en dat alle mensen in mooie huizen woonden – zo niet, dan maakten ze er iets moois van – en een heleboel kinderen kregen. De dood zou het nooit en te nimmer wagen om jullie ordelijke, esthetische leven binnen te dringen. Toen de oorlog uitbrak, pakte je zonder aarzeling je koffers, zonder je af te vragen wat er gebeurde of wie dit geweld had ontketend. Wat jou zorgen baarde, was dat ze het vliegveld misschien hadden opgeblazen.

En nu, lieve Hajaat, mengen de mensen as met water, omdat water schaars is en zeep niet meer te betalen. En dan te bedenken dat ik Zamzam vroeger altijd met water natspoot en er elke dag mijn haar mee waste, hoewel ze me nog zo had gezegd dat ik het alleen voor mijn lichaam mocht gebruiken.

Aan de telefoon vertelde je me hoe gelukkig jullie waren, jij en je kinderen, en je nodigde me herhaaldelijk uit. Wanneer ik probeerde te achterhalen hoe je leven er werkelijk uitzag, raakte je in verwarring, en daar heb ik mijn eigen conclusies uit getrokken.

'Hoe het met mij gaat?' zei je. 'Gewoon. Gisteren heb ik een tentoonstelling bezocht en kennis gemaakt met iemand uit de kunstwereld. En ik ben naar de film geweest en heb me opgegeven voor yogalessen.'

Met de jaren veranderde je toon. Waarschijnlijk moest je, naarmate je langer in het buitenland woonde, toegeven dat je slechts in de marge van de westerse maatschappij leefde. Je was niet geïnteresseerd in politiek en maatschappelijke problemen raakten je nauwelijks. Het weer was bijna het enige waarover je met anderen kon praten; het bracht je dichter bij hen, hoewel je er niet in slaagde je volledig aan hun klimaat aan te passen en gebonden bleef aan de vier seizoenen zoals wij die hier kennen. Als er in het begin van de lente een hittegolf was, was je van slag, want je had al je zomerkleren opgeborgen in koffers, zoals je gewend was in Libanon. Zelfs toen je een baan aannam, om erbij te horen, veranderde je niet; alleen je stem klonk vermoeider. En je bleef herhalen: 'Hoe het met mij gaat? Gewoon. Werk, werk en nog eens werk. Films, tentoonstellingen en yoga.'

Maar ik hoorde je steeds vaker zuchten. Je vroeg me met afgunst naar de kibbe met yoghurt, hoewel je me vlak daarvoor had verteld dat je Olga, een Libanese kokkin, had leren kennen, die eens per week bij je thuis kwam en alles voor je klaarmaakte waar je trek in had. Je begon me steeds vaker te bellen, en wanneer je een gesprek aanvroeg loog je tegen de centrale dat het om een zaak van leven en dood ging. Je schreef me verwarde brieven, als een arts die ongemerkt probeert de bloeddruk van een hysterische patiënt op te nemen. Dan vroeg je over het leven in Libanon, over de veiligheid, de elektriciteit en de scholen, waaruit ik opmaakte dat je de mogelijkheden inschatte om terug te keren; een vogel die de geheimen van een eiland wil leren kennen alvorens er neer te strijken. Ik probeerde je enthousiasme te temperen: 'Jij in Beiroet? Je houdt het hier nog geen dag uit. En je kinderen nog geen seconde. De toestand is nog steeds heel moeilijk. Je moet nu niet komen.'

Met deze reactie bevestigde ik mijn eigen superioriteit, alsof ik de enige was die de chaos en de rampen kon verdragen. Ik weet niet waarom ik je destijds afraadde om terug te keren, hoewel de omstandigheden op dat moment gunstig waren en iedereen de hoop koesterde dat de oorlog binnenkort nog slechts een herinnering zou zijn. Als ik er nu op terugkijk, denk ik dat ik werkelijk geloofde dat we langs elkaar heen leefden. Ik wilde vrij zijn in het nieuwe Beiroet, eerst met Nasir en daarna met anderen. Ik wilde me losmaken van de oude banden, die onbewust mijn verleden hadden gedomineerd. Maar wanneer ik op het strand de badgasten zag genieten van de zon en de golven, wanneer ik zag dat Beiroet haar best deed om weer de oude te worden, verweet ik mezelf dat ik je terugkeer niet aanmoedigde. Ik had je ontreddering gevoeld toen je hier wegging, en toch had ik geen poging gedaan om je hier te houden. Integendeel, ik spoorde je juist aan om te vertrekken, door schijnheilig te zeggen: 'Jij hebt geluk, want jij kunt weg.'

Je behoefte aan een echte vriendin nam met de dag toe. Je hoopte dat ik bij jou zou neerstrijken om te profiteren van het leven dat je daar leidde, zodat jij je zou kunnen verwarmen aan onze vriendschap, zoals we ons destijds in jouw dorp hadden verwarmd aan de kachel.

Herinner je je het paasfeest nog, toen je me meenam naar de kerk? Op het plein hadden ze schommels neergezet, en tentjes met speelgoed en snoep. Een verkoper van wie werd beweerd dat hij een bedoeïen was en die een mond vol gouden tanden had, riep: 'Koop hier uw vogel voor het feest. Zonder vogel geen feest!'

We plukten bittere sinaasappels en aten biscuitjes en Turks fruit. Toen ik thuiskwam, had ik het accent van jouw dorp overgenomen.

Ik denk niet dat het ooit in je is opgekomen dat mijn gezelschap je slechts een tijdelijke warmte zou kunnen geven, want na verloop van tijd zou ik het net zo koud zou krijgen als jij. Mijn aanwezigheid zou werken als een plaatselijke verdoving; het effect zou snel uitgewerkt zijn en op den duur zou de injectienaald leegraken.

Op een keer schreef je me iets dat in mijn geheugen gegrift staat als een tatoeage in de huid: 'Nu we allemaal ouder worden, valt het leven ons hier steeds zwaarder, misschien nog wel zwaarder dan dat van jullie, ondanks de oorlog. Welke sombere toekomst ligt er voor ons in het verschiet, voor mij en mijn kinderen? Hier in het buitenland gaan de mensen oppervlakkig met elkaar om; als je meer wilt, vraag je om problemen. De dagen gaan voorbij zonder sporen in je geheugen achter te laten. 's Ochtends sta ik op om mijn plicht te doen, maar ik kan er nauwelijks enig enthousiasme voor opbrengen; dat is niet genoeg om te kunnen overleven.'

En toch, ondanks al deze waarschuwingen, zit ik hier nu in de hal van het internationale vliegveld van Beiroet. Als ik je zou vertellen dat ik niet goed heb nagedacht over mijn vertrek maar mijn beslissing onder invloed van Djawaad heb genomen, zou je me niet geloven. En als je me wel zou geloven, zou je het me diep in je hart kwalijk nemen dat onze oude vriendschap nooit zo'n besluit heeft kunnen bewerkstelligen, terwijl een vreemde man, die bovendien nog is gebonden aan een andere vrouw, me zo ver heeft weten te krijgen dat ik hier op deze leren stoel zit, die plakt aan de huid onder mijn kleren. Asma heeft op deze man gewacht, zou je denken; haar probleem is altijd geweest dat ze geen liefde en geen man kon vinden, terwijl ze ons wijsmaakte dat ze niet uit Beiroet weg wilde, omdat ze elders niet zou kunnen overleven.

Ik weet dat ik je eerder had moeten inlichten over Djawaad. Ik heb het overwogen, maar ik wist niet hoe ik het je moest vertellen. Als je met je beste vriendin over je geheimen en over de liefde wilt praten, moet je haar in de ogen kunnen kijken, ergens in een afgezonderd hoekje, waar niemand je kan horen of zien. Weet je nog dat we in geheimtaal gingen praten, om erachter te komen of Zamzam of je moeder ons afluisterden? We gaven de mannelijke woorden een vrouwelijke uitgang en veranderden jongensnamen in meisjesnamen. Wat hebben we gelachen! Stel je voor dat ik hier, in Beiroet, een internationaal gesprek zou aanvragen en tussen al die trieste, zorgelijke mensen op mijn beurt zou wachten. Internationale telefoongesprekken zijn verschrikkelijk duur geworden en mensen bellen alleen nog maar in noodgevallen, als er iemand is gestorven of gaat trouwen, of als ze op reis gaan of geld nodig hebben. Stel je voor dat ik, als ik eindelijk aan de beurt zou zijn, in de cel zou schreeuwen: 'Hajaat, ik ben verliefd. Hij heet Djawaad. Hij hoeft me maar met een vinger aan te raken – denk je eens in, met één vinger maar – en het is alsof mijn hart het begeeft. Als hij mijn hoofd in zijn handen neemt, is het alsof hij me helemaal in zijn macht heeft: mijn gedachten, mijn problemen, het verleden, alles wat mooi en lelijk is... Als hij mijn borsten aanraakt, zie ik lichtflitsen voor mijn ogen en ga ik gloeien als een oven. Ik denk dat hij de eerste is, die ooit mijn borsten heeft aangeraakt. De anderen hadden er geen oog voor, omdat ze zo klein zijn.'

Geheimen tussen twee vriendinnen zijn tijdloos. Ik heb van

Zamzam gehoord dat de oude Zainab aan Na'iema heeft verteld hoe haar man in wanhoop met zijn vuisten tegen zijn hoofd sloeg toen hij dacht dat hij tien pond was kwijtgeraakt omdat hij ze niet meer in zijn broekzak kon vinden. Zainab had onverschillig gereageerd: 'Waarom maak je je zo druk? Ik heb het geld gepakt om er munt van te kopen.' 'Wat zeg je me daar?' had hij gesnauwd. 'Zit je zomaar zonder iets te vragen in mijn zakken te graaien?' Onbewogen had Zainab gezegd: 'Ik heb jou anders nooit toestemming horen vragen als je in míjn dingetje zat te graaien.'

Ik weet dat jij aan Nasir denkt, wanneer ik je over Djawaad vertel. Vraag me niet hoe het kan dat de liefde, die na mijn vorige minnaars zo morsdood leek dat de herinnering geen enkele emotie meer opriep, een nieuwe tak heeft gevonden om aan te bloeien. Als ik aan hen terugdenk, is het alsof ik naar een saaie, langdradige film zit te kijken en ik vraag me met verbijstering af hoe ik ooit van hen heb kunnen houden.

Ik stop nu met schrijven, lieve Hajaat, want het laatste stuk is zo persoonlijk, dat je er vast niets van zult begrijpen. Ik bedoel niet dat ik twijfel aan je intelligentie of je vermogen om je in mijn situatie of gedachten in te leven, maar ik zou zo diep in mezelf teruggeworpen worden, dat ik alles zou moeten opgraven en de onderste steen zou moeten bovenhalen. Deze brief heeft veel aan het licht gebracht en ik kan niet doorgaan met schrijven, want dat zou me afleiden van de weg die ik wil gaan: hij is de werkelijke reden waarom ik hier op deze stoel zit. Ik voel me als een schoolmeisje dat zich voorbereidt op een examen en haar hersens afpijnigt om zich de woorden, de bladzijden en de afbeeldingen uit het boek voor de geest te halen.

Twee dagen voordat Djawaad uit Beiroet zou vertrekken, merkte ik dat mijn houding koel en afstandelijk was geworden. Ik speelde geen toneel: ik had veel nagedacht en was tot de conclusie gekomen dat ik, als hij toch over twee dagen zou vertrekken, maar beter net kon doen alsof hij al weg was, in plaats van mezelf en hem te kwellen. Zijn vertrek obsedeerde ons beiden en hoe meer we het probeerden te vergeten, des te meer beheerste het onze gedachten en discussies. Als we ons overgaven aan elkaars lichaam, klampten we ons in paniek aan elkaar vast. Zijn vertrek verslond de uren die we nog samen hadden. De tijd, die anders altijd trager dan overal elders op de wereld voortkroop, ging steeds sneller en nam ons mee in zijn wervelende draaikolk. We konden geen onderwerp aansnijden of we werden weer in de draaikolk meegetrokken. Ik kon zijn vertrek niet vergeten; overal in huis, en vooral in mijn

grootvaders kamer, lagen de bewijzen van zijn haastige voorbereidingen voor de reis: zijn papieren, zijn spullen, zijn donkerblauwe koffer, zijn vliegticket, zijn overhemden (gestreken door Roehiyya), de foto's die hij van ons in de vrije natuur had genomen, een foto van mij met Djoehaina en een van mij met Roehiyya... Roehiyya die granaatappels plukte, Roehiyya die rookte, Roehiyya die zong, Roehiyya die huilde...

Nu hij zich voorbereidde voor zijn reis was ik niet meer in staat het verleden te zien waarop hij me in Beiroet opmerkzaam had gemaakt. Ik rook alleen nog maar rottend afval en zag niets anders meer dan dat. Hij voerde me mee op zijn reis, samen met de geborduurde kussens, de turkooizen glazen, de veelkleurige kleden en het rieten blad van Roehiyya. Hij pakte me mijn liefde voor Beiroet, die hij me door zijn komst had teruggegeven, weer af. Ik probeerde me niet te laten meeslepen door deze negatieve gevoelens en hield mezelf voor dat het altijd zo ging als ik afscheid van vrienden nam, dat ik dan altijd een paar dagen depressief was alvorens mijn dagelijkse routine weer op te pakken. Maar deze keer was het anders.

Hij klopte op mijn deur en duwde hem niet meteen open, zoals Zamzam en Fadiela altijd deden. Zonder me de tijd te gunnen om van mijn bed op te staan, zei hij met neergeslagen blik: 'Je zou me het telefoonnummer van Hajaat en je andere vrienden geven. Wat moet ik ze vertellen?'

Ik had hem gevraagd mijn vrienden te bellen, zodra hij in Frankrijk zou aankomen. Ik zocht in mijn laden en vond mijn kleine rode agenda. Terwijl ik erin bladerde, vroeg hij: 'Is dat geen oude agenda?'

'Hij is vijf jaar oud. Denk je soms dat ik net zo ben als jij?' antwoordde ik lachend.

Sinds vijf jaar schreef ik er alle belangrijke dagen, data en nationale en internationale telefoonnummers in. Ik sloeg de bladzijden om en las de namen en de nummers: Hajaat, Nasir, Imaan, Sihaam, mijn moeder. Tunis, Cairo, de Verenigde Staten. Hun gezichten kwamen me weer voor de geest, verwarde beelden, die explodeerden en uiteenvlogen als vuurwerk. Ze waren allemaal ver weg, hadden allemaal hun eigen leven.

'Is die vijf jaar oud? En heb je geen nieuwe gekocht? Bestaat er voor jou dan geen toekomst?'

'Het verleden is belangrijk voor mij. Net als voor jou.'

'Dat lijkt er niet op. Anders had je hem wel bij je gehouden, om het contact met je vrienden niet te verliezen. Maar je moest heel lang zoeken voor je hem vond. Het maakt jou allemaal niets uit. Als ik mijn agenda zou verliezen, dan zou er een deel van mezelf verloren gaan.'

'Ik bewaar alles in mijn hoofd en mijn hart. Jij moet alles opschrijven om het te onthouden.'

Zonder aandacht te schenken aan die laatste opmerking zei hij zacht: 'Ik kan je hier niet achterlaten.'

Zijn woorden maakten me van streek en ik begon te trillen, maar ik antwoordde koel: 'Je zult er snel genoeg aan gewend zijn.'

'Ik zal me zorgen maken, als je hier blijft.'

'Dit is de beste plek van de wereld. Ik vind het juist erg voor jou dat je weggaat.'

Hij pakte mijn hoofd in zijn handen en drukte zo hard met zijn vingers tegen mijn slapen, dat ik mijn ogen niet meer open kon houden. Ik had het gevoel dat ik liters warme wijn had gedronken. Toen hij me losliet, voelde mijn hoofd licht en mijn ogen stonden vol tranen.

'Waarom doe je zo koel tegen me?' vroeg hij. 'Heb je spijt

van wat er tussen ons is gebeurd? Wil je dat ik hier blijf? Wil je met me mee? Wat van de drie?'

Alle argumenten die ik had bedacht om mezelf te overtuigen stortten plotseling in. Ik wilde niet van hem scheiden; ineens voelde ik me licht worden, als een kind, voor wie alleen het heden telt. Voor kinderen zijn verleden en toekomst slechts grammaticale tijden, die ze weer vergeten zodra ze hun boek hebben dichtgeslagen. Ik was een kind geworden; hij kon me zo onder zijn arm nemen en met me weglopen, of hij kon me op zijn schouders zetten, om me de wereld vanuit de hoogte te laten zien. We gaven ons over aan de stroom die ons meevoerde. Of het nu ochtend was of avond, het had geen zin meer om te hopen, of in paniek te raken, of te smeken dat de tijd sneller of juist langzamer zou gaan. 's Avonds smolt ik weg in het kussen, in zijn lichaam, zijn stem en zijn verhalen over een verleden dat ver voor de lange, trage jaren van de oorlog had plaatsgevonden. Overdag huppelde ik samen met hem en mijn gedachten door de straten, op zoek naar mooie plekjes. Als hij fluisterde dat ik met hem mee naar Frankrijk moest gaan, sprak ik hem haastig tegen: 'Ik? Nooit van mijn leven. Geen sprake van. Ik zou het nooit kunnen; ik wil hier sterven.'

Maar ik meende niet wat ik zei, want wanneer ik zijn spullen overal in huis zag rondslingeren, droomde ik van vreemde landen, met nieuwe horizons. In mijn fantasie zag ik mezelf in zijn appartement: door het raam klonken Franse chansons; ik droeg mijn kaftan en we zaten te luisteren naar klassieke Arabische muziek en Oemm Kalsoem, omringd door zijn buitenlandse vrienden. Ik zou gejaagd met een paraplu door de regen lopen, net zoals vroeger in Beiroet aangetrokken door de lichtjes van de warme cafés en door de geur van koffie en sigaretten. Ik zou door de nacht lopen, die vele beloften voor me in petto had. Overdag zou ik door de stad slenteren; ik zou een hoed dragen of een lok van mijn haar paars verven. Ik zou de films zien waarover ik had gelezen, ik zou tijdschriften kopen. Ik zou me ontdoen van de roest op mijn huid.

Ik keek om me heen. Hoe kon ik dit alles achterlaten, al was het alleen maar dit verveloze huis, waarvan de kalk boven mijn hoofd afbladderde?

'Geef me één goede reden waarom je niet met me mee wilt.'

'Een reden? Wil je een reden?'

Ik moest er bijna om lachen. Mijn besluit om in Beiroet te blijven stond vast en niemand kon daaraan tornen. Mijn vrienden durfden allang niet meer te suggereren dat ik moest emigreren, zelfs niet wanneer de stad op zijn fundamenten stond te trillen. En hij vroeg me zomaar naar een reden?

'Wacht eens even. Als je zo zeker bent van je zaak, waarom ben je dan zo bang om erover te praten? Noem me één reden waarom je niet weg wilt.'

'Mijn leven is hier!'

'Is jouw leven hier? Met je grootmoeder, Zamzam, Fadiela en Roehiyya? Zelfs Ricardo is er niet meer. Ach, natuurlijk, ik ben Kazim vergeten. Die komt binnenkort vrij. En zijn broer ook. Wie moet er straks voor de kuikens zorgen, als jij weggaat?'

Ik lachte overdreven lang om mezelf wat tijd te geven, maar alle argumenten die ik kon bedenken leken vaag en deden geen recht aan mijn gevoelens ten aanzien van Beiroet.

'Ik hoef je geen reden te geven.'

Tot mijn verbazing drong hij niet verder aan maar greep mijn hand vast en zei: 'Denk eens aan overmorgen, als ik weg ben en jij hier alleen zit, zonder mij. Weet je dan niet meer hoe gelukkig we hier waren, ondanks de ruzies die we in het dorp hebben gehad? Er waren genoeg dingen om kwaad op te worden, maar wij waren kwaad op elkaar; we waren een troost voor elkaar. Denk je soms dat het gemakkelijk is om iemand te vinden die hetzelfde voelt als jij, alsof hij een deel van je is? Denk toch na. Sluit je ogen en denk na.'

Verbluffend snel had ik mijn antwoord klaar: 'Ik kan onmogelijk overmorgen al vertrekken. Geef me de tijd om na te denken. Ik moet dingen regelen.'

'Pak je spullen en bel de luchtvaartmaatschappij om een

plaats te reserveren. Daarna kunnen we het ticket ophalen en als je geen geld hebt, betaal ik het wel.'

'Ik moet eerst mijn zaken regelen.'

Ik begon terug te krabbelen. Nee, dat was het niet, ik wilde weg, maar ik moest me voorbereiden op de reis. Plotseling barstte ik in snikken uit. Ik had niet gedacht dat mijn zenuwen zo gespannen waren.

'Ik heb geen visum', zei ik en begon weer te huilen, alsof ik deze reis allang van tevoren had gepland en net te horen had gekregen dat ze me een visum hadden geweigerd. Maar tegelijkertijd voelde ik me als een dief die probeert te ontsnappen voordat hij wordt opgepakt. Ik probeerde te ontsnappen aan de plek waarmee ik me voor eeuwig verbonden had gewaand. Roehiyya, die me hoorde huilen, kwam uit de keuken gesneld. Ik begroef mijn gezicht in mijn handen; mijn lichaam schokte van het huilen. Djawaad probeerde me te kalmeren en nam me voor haar ogen in zijn armen. Hoewel ik me schaamde tegenover Roehiyya, drukte ik mijn gezicht snikkend tegen zijn borst.

'Alsjeblieft, hou op', smeekte hij. 'Ik zal mijn reis uitstellen en wachten tot je je visum krijgt.'

Ik hief mijn hoofd op; zijn hemd zat vol mascaravlekken. Ik was op mijn hoede voor de stilzwijgende verwijten die Roehiyya me zou maken, maar ik had me vergist; ze zweeg niet, maar riep luidkeels: 'Wat is er aan de hand, Asmahaan? En waarom wil jij wachten, Djawaad? Wat is er gebeurd? Kom op, vertel het me.'

Maar hij negeerde haar en toen ik me uit zijn armen wilde losmaken, drukte hij mijn hoofd tegen zich aan. Ik hoorde zijn stem in zijn borst opwellen. Ik had me nog nooit zo vertrouwd met een andere stem gevoeld als op dat moment. Hij verzekerde me dat Ali of Moesa de zaak voor me zou regelen.

'Je kunt tegenwoordig geen mensen meer naar de ambassade sturen om een visum voor je te halen.'

'Dan gaan we samen. Ik neem mijn paspoort mee en praat met de consul.'

Roehiyya gilde opnieuw: 'Wat zeg je nou, lieveling? Ben je van plan om je paspoort op de ambassade achter te laten? En als er een bom ontploft, wat doe je dan? Wil je soms dat ik kapot ga van verdriet?'

Haastig schoot ik mijn kleren en mijn schoenen aan, terwijl ik mezelf dwong niet te luisteren naar het gesprek tussen Djawaad en Roehiyya. Ik draaide een flesje rozenwater open en sprenkelde wat op mijn handen en mijn gezicht. Ze hadden het over mij. Ze vroeg hem iets en hij gaf antwoord, maar ik weet niet wat hij zei. Toen riep ze me, maar voordat ik naar haar toe kon komen, stond ze al midden in mijn kamer.

'Wil je me in de hel hebben? Je grootmoeder zal me levend roosteren en je grootvader zal me rauw lusten', gilde ze.

'Denk je soms dat ik ga samenwonen met Djawaad, als ik met hem naar Frankrijk ga? Hij leeft samen met Catherine, of ben je dat vergeten?'

'Mijn God,' onderbrak ze me, 'is het al zo ver gekomen dat we het hebben over samenleven? Is trouwen er niet meer bij?'

Maar ik onderbrak haar op mijn beurt: 'Laat me uitpraten. Ik ga weg, zoals iedereen hier. Misschien reis ik door naar mijn moeder, of mijn vriendin Hajaat, ik weet het nog niet.'

Toen ik zag dat Djawaad niet schrok van mijn antwoord, besloot ik dat ik nooit meer van hem zou scheiden. Lachend wees hij naar Roehiyya en zei: 'Het lijkt wel alsof je op een begrafenis bent.'

Ik belde niet naar het dorp. Hoe kon ik hen van mijn vertrek op de hoogte stellen, zolang ik geen visum had? Bovendien had ik de vorige nacht een voorspellende droom gehad over een slang, die de dochter van Hajaat achtervolgde om haar te kussen of te bijten. Het was alsof mijn voorgevoel dat ik geen visum zou bemachtigen was uitgekomen; ik belde Ali, maar die nam niet op. Ik probeerde hem op minstens vijf andere nummers te bereiken en liet steeds een boodschap voor hem achter. Maar bij iedereen kreeg ik hetzelfde antwoord: 'Asmahaan, hoe kan iemand zo'n naam vergeten?'

De ochtend, de middag en de avond verstreken zonder dat ik iets van hem hoorde. Maar ik kreeg wel een telefoontje van Fadiela, die wilde weten wat er aan de hand was. Ze vroeg me of Moesa me niet in plaats van Ali kon helpen; hij was bij een van de vijf mensen geweest die ik had gebeld om Ali te vinden.

Djawaad kon zijn verbazing niet op: 'Hoe kan er nog oorlog zijn in een land waar iedereen alles van elkaar weet?'

Snel bracht hij Moesa op de hoogte van het probleem met het visum. Moesa luisterde aandachtig, alsof het om een belangrijke militaire opdracht ging.

'Excuseer me even', zei hij, haalde zijn draagbare telefoon te voorschijn en trok zich terug in een hoek. We hoorden hem fluisteren en grinniken en af en toe schold hij de ander lachend uit. Toen kwam hij terug en vroeg Djawaad om zijn paspoort en een brief waarin hij bevestigde dat ik familie van hem was en dat hij me uitnodigde om de vakantie bij hem in Parijs door te brengen.

De uren kropen voorbij. Er verstreek een dag, en nog een dag. Ik hield mijn hart vast en Roehiyya hield haar hand op haar keel, klaar om er een eind aan te maken als Djawaad zijn paspoort niet zou terugkrijgen. Intussen praatte Djawaad zichzelf aan dat de ambassade hem wel een nieuw paspoort zou verschaffen, als het origineel onverhoopt kwijt mocht raken, maar uiteindelijk gaf hij toe aan de ongerustheid die ons allemaal beheerste; voor hem was dit een kans om de kern van ons leven in Beiroet, waar iedereen in angst leefde, te doorgronden. Hij vertelde me dat hij werd geplaagd door een gedachte die een schaduw wierp op zijn vreugde over ons gezamenlijke vertrek. Misschien, zo zei hij, was het wel beter om me achter te laten in dit woelige water, waarin ik zo goed had leren zwemmen en waaraan ik een speciaal gevoel van zelfvertrouwen en zelfs geluk scheen te ontlenen. Maar al snel ontdekte hij dat dit niet opging, want terwijl we op onze paspoorten wachtten, zag hij in dat de mensen hier geen keus hadden, zelfs niet om te reizen: vreemde landen waren niet meer dan gekleurde vlakken en strepen op een landkaart, waar je slechts je vinger overheen kon laten gaan. Ik zei tegen hem dat vreemde landen me niet meer interesseerden en dat hij eens moest leren het leven door andere ogen te zien. Ikzelf bevond me in een draaikolk van tegenstrijdige emoties: schuldgevoel tegenover Ali, die er vast en zeker achter zou komen dat ik Moesa had benaderd, en onverschilligheid tegenover alles wat er om me heen gebeurde, of het nu de kapotte generator was, of de explosies in Oost-Beiroet, of de recente ontvoering van een ingenieur. Als een kudde schapen die één richting op wordt gedreven concentreerden al mijn gedachten zich op mijn paspoort en op de vraag of ik een visum zou krijgen. Om de haverklap meende ik Moesa te zien, met mijn paspoort in zijn handen. Of ik hoorde de claxon van zijn auto en zijn uitgelaten stem, wanneer hij ons uit de doeken zou doen hoe hij het uiteindelijk voor elkaar had gekregen, alsof hij een James Bond-film navertelde. Ik was gewend aan de sterke verhalen van Ali, over de slimme en vindingrijke listen waarmee hij visa wist te bemachtigen, totdat we hadden ontdekt dat het allemaal leugens waren.

Inmiddels begon Djawaad zich af te vragen waarom de ambassade zoveel tijd nodig had; hij zocht zelfs het telefoonnummer op. Dat hij overwoog ze op te bellen, betekende dat hij onze mentaliteit, die hij lang geleden achter zich had gelaten, niet meer begreep. Maar deze ontdekking weerhield me er niet van door te gaan met mijn spel: iets wensen dat tegengesteld was aan wat ik eigenlijk wilde. Ik had Djawaad gehaat en nu was ik verliefd op hem; ik had een hekel aan reizen en nu wachtte ik brandend van ongeduld op mijn paspoort.

Ik hoorde een auto toeteren, de stem van Moesa en het getik van Fadiela's hakken op het pad.

'Hier is je paspoort, Asmahaan', zei Fadiela trots, alsof Moesa almachtig was.

'Je hebt Moesa nodig. Van nu af aan zal hij een oogje op je houden. Ali heeft daar geen tijd meer voor.'

Roehiyya jubelde van vreugde en stond op het punt in een

gezang los te barsten, maar ze hield zich in en pakte snel Djawaads paspoort, dat ze van alle kanten bekeek om zich ervan te vergewissen dat het echt het zijne was. Moesa vertelde over de belangstelling die Djawaads paspoort had getrokken en over de ambtenaar, die bij het zien van zijn naam binnen een uur een visum voor mij had verzorgd. Hij besloot zijn verhaal met de opmerking dat zelfs de president in deze omstandigheden niet zo goed zou zijn behandeld door een buitenlandse ambassade. Ik besefte dat de tijden waren veranderd; tegenwoordig moest je het hebben van protectie uit het buitenland, want daar bevond zich de werkelijke macht.

Djawaad bedankte Moesa, die zo snel mogelijk tot de kern van de zaak wilde komen: 'Meneer Djawaad, kunt u een paar aanbevelingsbrieven voor me schrijven, voor noodgevallen? En we kunnen uw paspoort fotokopiëren voor het geval mijn moeder en mijn nichtje naar het buitenland willen.'

Ik bestudeerde het Franse stempel in mijn paspoort. Eigenlijk leidden we dus toch een normaal leven, met alles erop en eraan: visa, paspoorten en vliegtickets. Ik sloeg de bladzijden om: visa voor Egypte, Spanje, Tunis en Amman. Ik had al die landen bereisd omwille van Nasir. Naast die stempels van jaren geleden prijkte het kleurige, Franse visum. Was dit voor mij, voor Djawaad, of voor ons allebei?

Fadiela wist dat mijn beloning aan Moesa groot zou zijn, vooral omdat hij me vergezelde naar de bank, naar een vriendin van wie ik afscheid wilde nemen, naar L'Artisanat om olijfoliezeep te kopen, en ten slotte naar de luchtvaartmaatschappij. Mijn geduld was inmiddels uitgeput; ik wilde zo snel mogelijk vertrekken en was als de dood dat het vliegveld plotseling om de een of andere reden gesloten zou worden. Die overhaaste voorbereidingen hadden iets onnatuurlijks, maar in plaats van nerveus te worden herhaalde ik steeds weer: 'Wat geeft het, ik laat dit allemaal achter me.'

Ik wilde alles zo snel mogelijk regelen voordat er iets kon misgaan, want ik zag de krantenkoppen al voor me: 'Jonge vrouw getroffen door een verdwaalde kogel, toen ze op het punt stond naar het buitenland te vertrekken.'

In de auto naast Moesa zat ik voortdurend te draaien, in de hoop dat een eventuele kogel zijn doel zou missen. Ik had me het liefst onder de bank van de auto verstopt en op straat liep ik zo dicht mogelijk langs de muren.

Thuisgekomen rende ik naar binnen om Roehiyya een kus te geven. Tot mijn verrassing zei ze: 'Djawaad is er niet.'

Ik legde van schrik mijn hand op mijn hart en weer zag ik een krantenbericht voor me: 'Franse schrijver van Libanese afkomst getroffen door een verdwaalde kogel.'

Ik vroeg bezorgd: 'Is hij alleen weggegaan?'

'Was dat maar waar. Fadiela heeft hem meegenomen naar een familielid van de schilder Anies. Ze hoefde zijn naam maar te noemen of hij werd gek. Hij kon zijn oren nauwelijks geloven.'

Ik stond in de tuin. Nu en dan deed ik het hek open en wierp een blik op de straat. Toen liep ik terug naar het huis, terwijl ik steeds ongeruster werd. Ik besloot de chocoladefabriek in het dorp te bellen om mijn grootmoeder van mijn vertrek op de hoogte te stellen, hoeveel tijd en moeite het me ook zou kosten. Ik vroeg naar Zamzam of Na'iema en aan de andere kant van de lijn werd geroepen: 'Een moment alstublieft', maar terwijl ik zat te wachten werd de verbinding verbroken. Toen ik het na een kwartier nog eens probeerde, kreeg ik Zamzam aan de lijn. Ik vertelde haar over mijn voornemen om naar het buitenland te gaan. Ze klonk nerveus en bezorgd en ik probeerde haar gerust te stellen door haar te beloven dat ik niet lang weg zou blijven. Ik vroeg haar mijn liefde aan mijn grootmoeder over te brengen en haar te verzekeren dat ik niet naar Amerika zou gaan. Ik eindigde het gesprek met de woorden: 'Roehiyya zal het huis afsluiten en de sleutels aan Fadiela geven. Fadiela zorgt dan wel dat Ali ze krijgt. Het huis ziet er goed uit. Het is schoon en opgeruimd en de tuin ligt er mooi bij.'

Toen Djawaad weer terug was, begon ik mijn koffer in te

pakken. Ik kon niet besluiten of ik veel of juist weinig mee moest nemen. Wanhopig vroeg ik Roehiyya om raad, en toen Fadiela, die langskwam om me brieven voor mijn moeder en Ricardo mee te geven. Djawaad had een voorkeur voor mijn traditionele kleren, mijn oosterse kaftans en de jurken van mijn grootmoeder. Over de moderne kleren zei hij: 'Dat is niet meer in de mode', of: 'Die kleur is niet mooi', of: 'Dat is zo'n nylon gevalletje uit de uitverkoop.'

Om mij heen hoopten zich stapels kleren op. Bij sommige gaf de kleur de doorslag, maar andere riepen weer zulke levendige herinneringen bij me op dat ik het niet kon opbrengen om ze achter te laten. Radeloos keek ik om me heen: ik zou echt vertrekken; ik zou dát allemaal achterlaten en alleen dát zou ik meenemen. Plotseling voelde ik de aanvechting om de reis te annuleren. Ik was gehecht aan al die spullen en ik wilde dat alles zo bleef als het was. Ik had mijn hele garderobe wel willen meenemen; zelfs de kleren die ik nooit meer droeg en in zakken bewaarde waren me nog dierbaar.

Het waren niet alleen mijn kleren die ik bij me wilde houden, maar ook andere dingen: een asbak, een foto, spulletjes van mijn grootmoeder, een lege poederdoos... Eigenlijk wilde ik mijn grootmoeder zelf meenemen. Ik begon rond te draaien als een hond die zijn eigen staart probeert te pakken, en streek met mijn vinger over de spullen. De levenloze voorwerpen voerden me terug naar mijn moeder, naar Is'aaf, naar mijn vader en naar mijn jeugd; ik had een visioen van een vliegtuig dat een oranje streep in de blauwe hemel achterliet alvorens snel uit het zicht te verdwijnen. Hoe moest ik al die dingen in mijn koffer krijgen? Maar ik kon ze ook niet achterlaten. Ik voelde me als een kat op een vismarkt, die, bedwelmd door alle geuren, zijn oriëntatie is kwijtgeraakt. Ik wist niet waar ik moest beginnen. Hoe moest ik die scheuren in het plafond meenemen, waar ik urenlang naar had zitten kijken, gebiologeerd door de wisselende schaduwen die ze veroorzaakten? Uiteindelijk dacht ik dat ik klaar was, maar steeds wanneer ik een hindernis had weggeruimd, ontdekte ik een nieuw probleem, bijvoorbeeld dat Djawaad de volgende dag ontvoerd zou worden, omdat hij een Frans paspoort had; ze hadden hem toch niet voor niets op de terugweg van het dorp naar Beiroet ondervraagd? Toen ik hem vertelde over mijn voorgevoelens, trok hij me tegen zich aan en sloeg sussend zijn armen om me heen.

'Hoe heb je al die jaren zonder angst kunnen leven?' vroeg hij me, als iemand die praat tegen een klein meisje waarvan hij weet dat ze hem niet zal begrijpen, omdat ze te veel wordt afgeleid door haar spel.

'Ik dacht dat ik deel uitmaakte van de oorlog. Als een strijder bij een controlepost, die niet bang is voor de kogels die op hem worden afgevuurd. Maar nu heb ik het gevoel dat ik mijn hachje probeer te redden.'

Aangestoken door mijn somberheid begon Djawaad me te vertellen wat hem die dag op de terugweg van het dorp naar Beiroet was overkomen. Hij hoopte dat die ontvoering van enkele uren inderdaad een manier was geweest om hem te verwelkomen, zoals de ondervrager hem had verzekerd: een uiting van hun waardering voor zijn literaire werk en voor de reputatie die hij in Europa en de hele wereld genoot. Hij had Djawaad opmerkzaam willen maken op de verdiensten van de Syriërs voor Libanon en op de ondankbaarheid van de Libanezen. Het was dankzij Damascus dat de gijzelaars waren vrijgelaten. Voordat de Syriërs West-Beiroet waren binnengetrokken om de Libanese soevereiniteit te herstellen en het bloedvergieten tussen de partijen te stoppen in een gebied waar de duivel de macht had, had niemand het nog gewaagd zijn hoofd uit het raam te steken of over de rand van het balkon te kijken, en nu kwamen zelfs de buitenlanders weer uit hun holen, en nog wel op klaarlichte dag. Maar desondanks weigerden de Libanezen de waarheid onder ogen te zien: dat Syrië hun de vrijheid had teruggegeven.

'Om een lang verhaal kort te maken,' besloot Djawaad, 'ze vroegen me om dit allemaal wereldkundig te maken.'

'Ze wilden je dus aan hun kant hebben.'

'Precies. Ik zei tegen de officier die me ondervroeg: "Dus alles wat u doet, is om onze mooie ogen, omwille van de Libanezen, omdat u zoveel van ons houdt. Maar hoe zit het dan met de nationale en internationale politieke problemen?"'

Ik was zo van streek van alles wat ik hoorde, dat ik geen commentaar gaf; ik dwong mezelf aan iets anders te denken. Terwijl Djawaad voorover boog om mijn lippen te kussen, begon ik eraan te twijfelen of we de volgende dag wel zouden vertrekken. Het laatste waarnaar ik verlangde waren zijn lippen en het enige wat ik wilde was dat Ali mijn telefonische boodschappen had gekregen en langs zou komen met de belofte dat hij ons de volgende dag naar het vliegveld zou brengen, want ik was niet zo zeker van de invloed die Moesa en zijn vrienden daar hadden. Happend naar adem probeerde ik me los te maken, als een walvis in een ijszee die een paar luchtgaatjes heeft ontdekt.

'Ik ben er niet bij met mijn hoofd', mompelde ik.

'Ik ook niet', antwoordde hij, maar ondertussen legde hij zijn hand op mijn borsten en boog zich naar voren om stiekem in mijn bloes te kijken. Hij zei dat ik mooie borsten had en vervolgde fluisterend dat mijn tepels hem herinnerden aan die van de vrouwen uit zijn familie: groot en roze.

'Zat je daar dan stiekem naar te kijken?' vroeg ik hem, waarop hij, nog steeds fluisterend, vroeg: 'Hoe wist je dat?'

Hij vertelde me dat zijn moeder hem vijf jaar lang had gezoogd, omdat hij onverzadigbaar was, en dat hij haar altijd riep wanneer ze op de binnenplaats met de andere vrouwen zat te kletsen.

Even waren we stil, in beslag genomen door onze eigen, sombere gedachten. De duisternis werd eerst dichter en loste toen langzaam op, als een wolk zeepvlokken. Djawaad was in slaap gevallen. Toen ik zijn lichte, regelmatige ademhaling hoorde, sloop ik de kamer uit. In de zitkamer lag Roehiyya op de bank een sigaret te roken. Zodra ze mijn voetstappen hoorde, riep ze: 'Krijgen jullie nooit genoeg van elkaar? Het is fout wat jullie doen. Als hij je wil hebben, laat hij dan vandaag nog bij je grootouders om je hand gaan vragen. Pas maar op dat hij je niet eerst leegzuigt en daarna uitspuugt.'

Ik volstond met een glimlach; hoewel ze progressiever was dan de andere vrouwen uit het dorp en zelfs dan de meeste vrouwen in Beiroet, was ze nog steeds de oude Roehiyya, ervan overtuigd dat mannen niet te vertrouwen waren. Op haar aandringen gingen we naar de buren, want ze wilde dat ik Ali weer belde. Ze kon zich niet voorstellen dat Moesa betrouwbare contacten op het vliegveld had en ze zou pas gerust zijn als ze Djawaads vliegtuig zou zien opstijgen en in de lucht zou zien verdwijnen, ver van Beiroet. Ik pakte de sleutel en een potje met jasmijn en we liepen stilletjes naar buiten. We klopten op de deur van de buren.

'Wie is daar?' riep iemand.

'Goed volk, om jullie te zeggen dat je huis in brand staat', grinnikte Roehiyya.

'Asmahaan, de buurvrouw', liet ik er meteen op volgen.

De deur ging onmiddellijk open en in de opening stond de hele familie van de buren, van de oudste tot en met de jongste. Ik gaf ze de jasmijn in bewaring totdat mijn grootmoeder terug zou komen.

We gingen naar binnen en ontroerd liet ik mijn ogen door de kamer dwalen. Door het raam kon ik de muren van ons huis en een van de kleine boompjes in onze tuin zien. De kinderen staarden me ongegeneerd en vol genegenheid aan.

Een tijdlang was mijn aanwezigheid belangrijk voor hen geweest. Ik had hen geholpen met de dagelijkse levensbehoeften, zoals gas, water, brood en medische verzorging, en zelfs transport. Toch hadden ze me nooit met een bepaalde partij geassocieerd. De vader en de twee zoons gingen terug naar het donkere balkon. Ik hoorde de jongens naar de kinderen in het gebouw aan de overkant roepen; ze wisselden kogels en granaatscherven met elkaar uit, zoals wij vroeger postzegels en zijderupsen hadden geruild. De vader gaf intussen raadgevingen aan een opstandige jongeman, zo te zien een familielid, aan wie hij geduldig uitlegde: 'De familie is het belangrijkste wat er is, vergeet dat niet', zei hij. 'Als je alleen aan jezelf denkt en aan wat daarbuiten gebeurt, dan ben je verloren, en met jou alle anderen.'

Roehiyya, die vreesde dat ik was vergeten waarom we hier waren, zei tegen me: 'En Ali? Ben je Ali niet vergeten?'

Ik vroeg aan de buurvrouw: 'Mag ik de telefoon even gebruiken?'

'Natuurlijk, schat.'

Ze liep naar het toestel en wij volgden haar in optocht, alsof we ons naar een belangrijke persoon begaven die we met respect dienden te behandelen. Tot mijn verbazing hoorde ik de kiestoon en de stem van Ali, die antwoordde: 'Natuurlijk, ik weet ervan.'

Hij was het die Moesa had geholpen bij de Franse ambassade; hij zou Fadiela binnenkort eens een lesje leren. Moesa, zo zei hij, verdiende geen enkele beloning, geen cent. Ik was verheugd te horen dat de protectie hier nog steeds werkte en dat we niet afhankelijk waren van het buitenland, en ik was blij dat ik Moesa nog niets had gegeven. Maar bij nader inzien kreeg ik spijt van mijn gierigheid en ondankbaarheid; het enige wat je Moesa kon verwijten, was dat hij had geprobeerd met Ali te concurreren.

Thuis zei Djawaad: 'Morgen om deze tijd zitten we in Parijs. Misschien is het er koud. Ik herinner me nog dat ik de avond voordat ik naar Libanon vertrok tegen mezelf zei: "Morgennacht slaap ik in het dorp bij Roehiyya", maar ik kon het pas echt geloven toen ik door een mug werd gestoken.'

Ik dacht er niet over na waar ik de volgende dag of de volgende avond zou zijn. Ik had het gevoel dat ik onder een motorkap zat, omringd door luidruchtig draaiende onderdelen die tevergeefs probeerden de auto aan de gang te krijgen. Parijs was ver weg en interesseerde me niet. Djawaad vatte mijn

Ali was razend op Roehiyya omdat ze was meegekomen, want hij wilde ons tot de veiligheidscontrole en de douane begeleiden. Roehiyya reageerde niet, maar sloeg hartstochtelijk haar armen om Djawaad heen. Huilend en lachend tegelijk schold ze hem uit, veegde haar tranen af, kneep hem in zijn wangen en begon hem weer te omhelzen, tot ze ten slotte uitriep: 'O, mijn lieveling.'

Vervolgens drukte ze mij tegen haar borst en liet me pas weer gaan toen ik me probeerde los te wringen.

Ali zette de auto langs de kant van de weg en pakte mijn koffer. We werden meteen omringd door mannen en jongens die hoopten wat geld te kunnen verdienen door voor onze veiligheid te bidden of Djawaads koffers te dragen, maar Ali duwde ze hardhandig weg. Toen een soldaat Djawaads paspoort pakte, klopte mijn hart in mijn keel, maar hij gaf het meteen weer terug en zei tegen Ali: 'Goede reis.' Onze koffers werden niet eens geopend; het smeergeld had zijn werk gedaan en Ali kende iedereen op het vliegveld.

Het vliegveld maakte ondanks de drukte een desolate indruk. De vloer was vuil en overal hingen borden van toeristenorganisaties, waarop in buitenlandse talen de bestemmingen en de namen van de maatschappijen stonden: Aeroflot, Interflug, KLM, Alia, Bulgarian Airways, British Airways, Air France, Pan American.

Dat was er voor de oorlog ook allemaal geweest, maar wij hadden het niet gezien. We hadden dat soort dingen niet nodig, want het behoorde tot een andere wereld, die niets met ons te maken had; onze wereld was Libanon, en in het bijzonder Beiroet. Nu stond er een lange rij reizigers voor ons, grote groepen mensen, met koffers en kinderen. We moesten onze bagage openmaken. Ali fluisterde iets in het oor van een Libanese militair, maar deze wees naar een Syrische soldaat en maakte een afwerend gebaar, alsof hij wilde zeggen: 'Dat is niet mijn zaak.' Hij begon de koffers te doorzoeken en kneep in de dunne Libanese broden en de pakjes tijm. Zelfs de doos halva ontkwam niet aan zijn vingers. Daarop bekeek de Syriër onze paspoorten en vroeg ons, toen hij ze teruggaf: 'Waarom reist u samen?'

'We zijn familie', antwoordde ik.

We bleven tussen de chaos van bagage en mensen staan. Fadiela en Roehiyya riepen iets naar ons; ze stonden achter een hek van metaal en glas, samen met Moesa en nog wat andere mensen die met een speciale vergunning waren binnengekomen om afscheid te nemen. Als je niet beter zou weten, zou je denken dat ze stonden te wachten op de distributie van voedsel en water. De reizigers waren geen toeristen of zakenlieden, of mensen die voor korte tijd naar het buitenland gingen om er te werken, zoals voor de oorlog. Deze mensen gingen weg om een nieuw bestaan in een ver land op te bouwen, met een nieuwe naam, een nieuwe geest en zelfs een nieuw lichaam, alsof ze in rook opgingen alvorens in de toverkruik van de djinn te verdwijnen. Degenen die achterbleven waren jaloers en tegelijkertijd verdrietig; ze hadden de indruk dat de reizigers hen al waren vergeten voordat ze het vliegveld hadden verlaten en alleen nog maar oog hadden voor hun bagage en de formaliteiten.

De beige vloer van het vliegveld, in de stijl van de jaren zestig, zat vol zwarte vlekken van de uitgetrapte peuken: een enorme asbak. Er hing een permanente, pikzwarte wolk van sigarettenrook in de lucht. Zijn mensen dan alleen acceptabel en in harmonie met zichzelf en hun omgeving als ze zich in de vrije natuur bevinden, waar ze geen kunstlicht en decors nodig hebben? Er was geen elektriciteit op het vliegveld en hier en daar hadden de schuimplastic vierkanten in de verlaagde plafonds losgelaten. De architect moet van tevoren hebben geweten dat dit vliegveld geen lang leven was beschoren. Aan een kale muur hing een foto van een man. Geen opschrift, zelfs geen naam; de enige aanwijzing was een ceder die op de foto stond afgebeeld. Vroeger hadden de affiches van de Libanese presidenten een blijvende indruk op de bezoekers achtergelaten; de medailles op hun borst hadden hun een air van waardigheid en vastberadenheid gegeven. Maar nu hingen de muren nu vol met foto's van Hafiz al-Asad, voorzien van zijn naam in grote letters.

Ali maakte Djawaad erop attent dat we in de rij van de eerste klas stonden, maar bedacht zich en zei: 'Wacht maar. Ik heb hier contacten. Ik regel het wel.'

Maar Djawaad stond erop dat hij het verschil uit eigen zak zou betalen, zodat ik samen met hem kon reizen. Toen draaide hij zich om naar Roehiyya, Fadiela en Moesa en zei: 'Maar mondje dicht tegen Roehiyya, want die krijgt nog een hartaanval als ze het hoort.'

Toen Roehiyya erachter was gekomen dat Djawaad eerste klas reisde, had ze hem gesmeekt een tweedeklasticket te nemen en haar het verschil te geven. Djawaad, die besefte dat hij hiermee het lot tartte, drukte Ali op het hart zijn mond erover te houden. Verheugd om te zien dat Djawaad hem zo goed begreep, zei Ali lachend: 'Dat is uw probleem niet meer.'

Hij keek in de richting van Roehiyya en wees naar het bordje van de eerste klas, maar ze begreep het niet en vroeg hem wild gesticulerend wat hij bedoelde. De mannen draaiden zich lachend weer om. Het vliegveld was één grote zee van golvende hoofden, als maïskorrels in een pan met kokend water. Overal was lawaai. Bij de veiligheidscontrole namen we afscheid van Ali, die buiten bleef wachten tot we klaar waren. Toen we de paspoortcontrole naderden, begon mijn hart weer te bonzen. Djawaad overhandigde zijn paspoort aan een Syrische militair in burgerkleding.

'Djawaad, geboren in Libanon, Franse nationaliteit', las de man.

'Wat had ik dan moeten doen? Ze geven ons de Franse nationaliteit, samen met het paspoort. Had ik dat moeten weigeren?' zei Djawaad lachend.

Toen pakte de Syriër mijn paspoort en keek me aan: 'Uw haar ziet er nu een stuk beter uit, jongedame.'

Op de foto had ik kort haar. We wuifden naar Ali, en toen

naar Roehiyya, Fadiela en Moesa, en verdwenen uit hun zicht.

Toen we de wachtruimte binnenkwamen kromp mijn hart ineen. Ik was gewend aan donkere kamers, maar op het vliegveld had ik die niet verwacht. Aan het plafond hing een blauwe luchter van geblazen glas; hij deed me denken aan het Phoeniciahotel, aan de kleur van de zee en de zorgeloze dagen van weleer. Ik had het gevoel dat ik voor het eerst het Libanese volk ontdekte; reizen maakt mensen kwetsbaar en het toont ze in hun ware gedaante, zonder opsmuk. Nu pas viel het me op hoe kort Libanezen waren. Misschien had de architect daarom besloten tot dat lage plafond, waar je als je rechtop stond bijna je hoofd tegen stootte. Dit was een normaal land, zonder oorlog, alleen arm. Jonge mensen, kinderen en bejaarden scharrelden tussen de ouderwetse, roestvrijstalen tafeltjes en de asbakken, die ook van roestvrij staal waren. Het blauwgroene tapijt was versleten en zat vol met gaten. Ik bestelde een zwarte koffie.

We hoorden ergens een kat miauwen, maar we besteedden er geen aandacht aan en gingen naar de taxfree-winkel. Het leek wel het einde van de wereld; alle artikelen waren oud en stoffig. De winkel met traditioneel handwerk daarentegen kwam ons voor als een oase in een woestijn van duisternis. Djawaad kocht er sleutelhangers met blauwe kralen in de vorm van ogen, waarna we weer naar de wachtruimte terugkeerden.

Een moederpoes speelde met haar jongen: zachte, wollen balletjes, die onder en op de stoelen sprongen en aan de versleten rieten zittingen trokken. Een meisje speelde met een van de poesjes, dat niet groter was dan een vuist. Ze keek schichtig om zich heen en stopte hem toen snel in een tas die naast haar ouders op de grond stond. Nadat ze de tas weer had gesloten, wandelde ze ermee weg, tot ze door haar moeder werd teruggeroepen, die met één hand de tas openmaakte en met de andere het meisje een draai om haar oren gaf. Het poesje stoof weg, met grote ogen van de schrik.

Ik was nog steeds gespannen. Er was iets dat me dwars zat,

maar ik kon de oorzaak niet vinden; het was alsof ik niet kon geloven dat ik vrij was om te gaan. Gelukkig werd ik afgeleid door een witte verschijning, een grote pop met rode wangen en rode lippen. Nee, het was geen pop maar een mens, een bruid in een lange witte jurk met sluier. Ze keek niet op of om, maar hield haar ogen strak op een grote handtas gevestigd, die werd gedragen door een employé van het vliegveld. De bruid nam plaats en zette de handtas tegen haar hoge witte naaldhakken. De lucht was benauwd en klam, door de mensen en door de sigarettenrook. Iedereen keek nieuwsgierig naar de bruid.

'Arme ziel, straks stikt ze nog', zei ik toen ik zag hoe ze zich koelte toewuifde met een plastic waaier die ze uit haar tas had gehaald.

'Jij bent altijd zo negatief', reageerde Djawaad. 'Ze vindt al die aandacht juist prachtig. Nu heb ik er spijt van dat ik je zo heb meegenomen. Het zou toch fantastisch zijn als je in zo'n witte jurk op Charles de Gaulle zou aankomen?'

Zijn opmerking ergerde me, maar ik moest er ook om lachen en zei: 'Ze lijkt wel een schaap, klaar voor de slachtbank, compleet met stempel en al. Moet de hele wereld weten dat ze maagd is en op weg is naar haar aanstaande?'

'Jij vat ook alles persoonlijk op. Ze is vrij. Iedereen is vrij. En wij zijn vrij om te kijken.'

Hij deed zijn tas open en haalde er een filmrolletje uit, dat hij in zijn camera deed.

De vliegtuigen hadden vertraging en de mensen in de zaal begonnen te zuchten. De temperatuur steeg; de puffende bruid was onze barometer geworden.

De ober, gekleed in een versleten maar keurig zwart pak, raapte lege glazen op, stopte fooien in zijn zak, nam bestellingen op en antwoordde zo beleefd mogelijk in het Frans met 'merci' en 'pardon'.

Waarom zat ik hier op dit vliegveld te wachten? Waarom wilde ik een ander leven, terwijl alles hier om me heen leefde: lachende passagiers, rondlopende employés van de verkeerstoren en de luchtvaartmaatschappijen, landende en opstijgende vliegtuigen, en niet te vergeten de ober die beleefd en rustig de bestellingen voor ons neerzette.

Ik zei tegen Djawaad: 'Kun je geloven dat hier anderhalve maand geleden nog werd gevochten en dat alles op zijn kop stond? Moet je nu eens zien hoe normaal en ongedwongen alles gaat.'

'Noem jij dat normaal? Kijk eens naar de mensen om je heen. Het zijn vreemden in hun eigen land geworden. Ze kopen souvenirs en praten met elkaar alsof ze toeristen zijn. Ze spreken zelfs buitenlandse talen met hun kinderen. Overal op de wereld zijn reizigers die uit hetzelfde land komen solidair met elkaar tot ze hun bestemming hebben bereikt. Maar hier zijn ze geïrriteerd en hebben ze kritiek op elkaar.'

In de schuilkelders en in de gebouwen die onder vuur liggen zijn de mensen wel solidair met elkaar, dacht ik. Dat moest in het buitenland ook wel zo zijn.

Ik had een keer staan kijken bij de ingang van de Assyrische kerk in Beiroet: jong en oud stonden bij elkaar, als één mens, met één lichaam. Dat gold ook voor de Libanezen in het buitenland die ik op het journaal had gezien; toen er een schip vol Libanezen aankwam in Cyprus, werden ze opgewacht door een groep Cypriotische vrouwen, die waren gekomen om hun solidariteit te betuigen met de Libanese vluchtelingen; wat leken ze eensgezind met hun betraande ogen en hun trillende monden. Ik lag op de bank naar het nieuws te kijken en toen ik zag dat er gebak en dranken werden uitgedeeld, werd ik woedend op die mensen. Waarom zaten ze niet net als ik in hun eigen huis, of bij familie of vrienden. Waarom hadden ze geen leegstaand appartement gekraakt? Alles was beter dan dat gejammer voor die schommelende boot.

Djawaad kwam naar me toe en bracht die andere wereld met zich mee, waarin ik me binnenkort zou begeven. Hij was het lokaas dat me uit mijn lethargische verdoving en mijn sluimerende, aangenaam lege bestaan had getrokken. Hij liep naar de stoel waarop ik ongedurig zat te wippen, nu en dan zoekend naar mijn paspoort en luisterend naar de aankondigingen van de vliegtuigen.

Ik probeerde me een beeld te vormen van het leven dat ik zou leiden en stelde me voor hoe ik 's ochtends wakker zou worden in een vreemd land. Op dat moment besefte ik pas dat de aanpassing aan het nieuwe leven heel wat van mijn energie zou vergen, maar verder kwam ik niet en ik zonk weer terug in mijn stoel. Voordat ik iemand onder ogen zou komen, zou ik eerst nieuwe kleren kopen en naar de kapper gaan. Ik zou pas na twee dagen het huis verlaten. Ik wilde eerst acclimatiseren. Zou ik meteen een bed krijgen? Zou Catherine ons opwachten, of zouden we diep in de nacht aankomen? Zou ik in een hotel worden ondergebracht, of zouden ze me mee naar huis nemen en zich in hun slaapkamer terugtrekken, nadat ze me een goede nacht hadden gewenst? Knarsetandend zou ik op de bank gaan liggen, onder de wollen deken die ze me zouden geven. Ik zou proberen te huilen, maar mijn ogen zouden van uitputting dichtvallen en ik zou me overgeven aan mijn gedachten, die me tot het volgende lied zouden inspireren:

'Je bent samen met mij naar Frankrijk gegaan
Maar voor die blondine liet je me staan.
Op deze bank heb je me achtergelaten,
Koud en eenzaam en verlaten.
Vraag haar wat ik zing, vraag wat ik zeg.
Als ze het verschil weet
Tussen de Sfinx en Moeseitabee,
Tussen *baliela* en bonenpuree,
Hak ik mijn beide handen af.'

Door het vertrek van de bruid begon het wachten nog zwaarder op ons te drukken.

Plotseling hoorden we dat Djawaads naam werd omgeroepen. Ik raakte in paniek, want ik wist dat uit chaos orde voortkomt en dat orde chaos kan veroorzaken. Maar hoe hadden ze hem in deze wanorde gevonden? Het was altijd hetzelfde met dit land: de ene keer interesseerden ze zich plotseling voor de kleinste details en de volgende keer zagen ze het belangrijkste over het hoofd. Wilden ze hem intimideren? Of wilden ze alleen afscheid van hem nemen en hem nogmaals aansporen om de rol van de Syriërs in Libanon wereldkundig te maken? Of... Of...

'Meneer Djawaad, onze excuses voor de vertraging. De VIP-room staat tot uw beschikking.'

Djawaad haalde opgelucht adem, hoewel hij zich ook opgelaten voelde. Hij weigerde beleefd, maar de man bleef aandringen en suggereerde dat hij zich de woede van de Syrische veiligheidsagenten op de hals zou halen als hij hun aanbod niet zou accepteren. Maar Djawaad bleef herhalen: 'Echt, ik heb geen VIP-room nodig. Ik wil ze niet kwetsen, maar ik zit hier goed, dank u wel.'

Wat was de wereld veranderd, dacht ik bij mezelf, te midden van de beroering die het aanbod veroorzaakte; schrijvers waren dus net zo belangrijk geworden als politici en filmsterren.

Uiteindelijk dwongen ze ons naar een van de twee VIP-rooms te gaan. De leren bekleding van de lage fauteuils was gescheurd, er lag een dikke laag stof op de gekleurde tapijten, de glazen tafels zaten vol kringen en in een hoek lag een dode kakkerlak. Deze VIP-room was heel anders dan ik me had voorgesteld; ik had een lichte kamer verwacht, zonder kakkerlakken en spinnenwebben. Zo'n vertrek zou je een gevoel van superioriteit moeten geven, je het menselijke gezicht van het land moeten laten zien. De reizigers kwamen hier terecht op aanbeveling van de afdeling Public Relations, van bepaalde milities, of van politici. Nu ontdekte ik dat dingen waarvan ik altijd had gedacht dat ze stabiel waren en nooit veranderden, net zo ontregeld waren als ik. Toen er iemand naar ons toekwam om ons uit Ali's naam een goede reis te wensen, begrepen we dat we het niet aan Djawaads reputatie te danken hadden dat we hier zaten, maar dat Ali dit voor ons had geregeld.

Ineens viel de spanning van ons af. We zouden Ali niet teleurstellen: we zouden limonade drinken en ons gedragen zoals dat in een VIP-room hoorde. Ik keek naar de vrouwen, die waren gekleed volgens de laatste mode, en ik voelde me een buitenstaander, iemand die in een ander tijdperk leefde.

Djawaad wilde per se terug, om bij iemand van het personeel naar de vertrektijd van ons vliegtuig te informeren. Alles leek ver weg en kleurloos en de lucht was niet blauw maar grijs, verscholen achter een sluier van mist. Aan de horizon doemden de bergen op als rode zandheuvels; Djawaad kon zich niet herinneren dat hij ze ooit zo rood en zo mooi had gezien.

Ik voelde een afkeer voor de mensen om me heen. Het enige waar ze over spraken, waren visa en Canada, steeds weer Canada. Djawaad kwam naar me toe met de laatste nieuwtjes. Hij wees naar een man met een vooruitstekende borstkas en vertelde dat hij via Detroit naar Canada zou reizen. Zijn broer was al eerder via Italië naar Zwitserland gegaan, waar hij nu als ober in een restaurant werkte. Emigrant, emigreren, emigratie. Voor mij zat er geen romantiek bij. De meesten trokken weg om elders werk en een broodwinning te vinden, niet om aan het geweld te ontsnappen. Het had niets te maken met de uittochten waarover in de geschiedenisboeken werd geschreven en die in documentaires werden getoond, van wanhopige mensen met hongerige gezichten, die wegvluchtten onder het gedreun van vliegtuigen en vervolgens in straten of op schepen werden samengedreven. Onze uittocht was heel anders: we pakten onze koffers, sloten onze huizen af en reserveerden een plaats in het vliegtuig of een hut op de boot. Toch was niet zozeer de manier waarop we emigreerden verbijsterend, als wel de bestemmingen die we kozen. Linkse activisten gingen tegen hun zin naar Amerika, omdat de Arabische landen hen niet meer toelieten. Intellectuelen gingen naar de Golfstaten, waarvan ze de levenswijze, de mensen en de regimes altijd hadden bekritiseerd.

Ik had het gevoel dat ik me in evenwicht moest houden op

een wiebelende steen. Het oude, troosteloze echtpaar naast me maakte me bang; hun angstige stemmen klonken me bekend in de oren, alsof ik het zelf was, hoewel zij hardop spraken, terwijl ik bijna fluisterde. Zij zouden hun hart kunnen uitstorten bij hun zoon, die hen op het vliegveld zou opwachten, en ik zou bescherming zoeken bij Djawaad, die niet zo zwaar tilde aan mijn vertrek uit Libanon. Ik zou me aan hem vastklampen, al was het maar voor een paar dagen. Sinds ik me kan herinneren, heb ik nooit mijn toevlucht bij iemand gezocht, behalve bij Is'aaf, maar ik heb me wel altijd verantwoordelijk gevoeld voor anderen. Ik had die positie altijd prettig gevonden en nu ik afhankelijk was van Djawaad, had ik een naakt gevoel, alsof mijn lichaam licht en leeg was en door het minste zuchtje wind weggeblazen kon worden.

Mijn stoel zat ongemakkelijk en mijn kleren plakten aan de versleten bekleding. Ik begon serieus na te denken over het leven dat ik in Frankrijk zou leiden. Het was alsof ik al die tijd in een droomwereld had geleefd, waaruit ik langzaam maar zeker ontwaakte. Wat zou ik daar kunnen doen? Ik moest me geen zorgen maken, had hij gezegd, alles zou op zijn pootjes terecht komen. Maar was dat wel voldoende? Zou hij een baan voor me zoeken, in een of ander saai Frans-Arabisch bedrijf? In het begin zou ik volledig op hem aangewezen zijn. Waarom had mijn familie ons hele kapitaal in grond en onroerend goed belegd, in plaats van in contant geld? Ik probeerde me te herinneren hoe het een vriendin van mij, een kunstschilder, was vergaan, die tijdens de oorlog naar de Verenigde Staten was vertrokken om te werken en aan de universiteit te studeren. Ze wilde zo graag onafhankelijk van haar familie zijn, dat ze samen met een andere studente een vochtige kamer had gehuurd in een straat die bijna op instorten stond van de ellende, de armoede en de criminaliteit. Ze ontdekte dat in het buitenland de essentiële dingen die hoorden bij het leven, niet zo vanzelfsprekend waren: zelfs drinkwater kostte er geld en een theezakje werd meerdere malen gebruikt. Na een paar maanden zag mijn vriendin geen andere mogelijkheid dan naar haar zus te verhuizen, die in een andere staat woonde, waar ze water kon drinken zonder ervoor te hoeven betalen. Maar toen ontdekte ze dat ook dat een prijs had: haar zus verweet haar dat ze tot tien uur 's ochtends uitsliep, waarop mijn vriendin ter verdediging aanvoerde dat ze de slaap inhaalde die ze in Beiroet had moeten missen. In werkelijkheid gebruikte ze het als een excuus om haar evenwicht terug te vinden en de desillusies en verwoestingen die ze achter zich had gelaten te vergeten, terwijl ze op de achtergrond de geluiden van de Amerikaanse televisie met zijn twintig kanalen hoorde. Mijn vriendin hield er niet van om te winkelen in de overdekte winkelcentra, haar neefje in de gaten te houden als hij buiten met de bal speelde, of bij de buurvrouw op de koffie te gaan. Haar zus beschuldigde haar van egocentrisme en mijn vriendin vroeg zich af of ze wel een ego had om van te houden of om te haten. Op een morgen werd ze wakker van het geluid van hamerslagen. Het was haar zwager, die een werktafel voor haar timmerde. Mijn vriendin was dolgelukkig. Ze zou weer gaan schilderen, ook al was de inspiratie ver te zoeken, want als ze door het raam naar buiten keek, zag ze slechts oude en eenzame mensen; overal in de buurt waren gezapige gepensioneerde Amerikanen hun gazon aan het maaien. Toch was ze blij, omdat haar zuster en zwager eindelijk hadden begrepen wat ze doormaakte en haar probeerden te stimuleren om weer te gaan schilderen. Maar de vreugde duurde niet lang. Al snel ontdekte ze dat de tafel haar weer tot de realiteit moest brengen, zoals haar zuster zei. Het was de bedoeling dat ze op zaterdagmorgen op de markt ging staan met Libanees gebak en spinaziebroodjes, zoals de Mexicaanse buurvrouwen, die tortilla's verkochten.

Djawaad keek ongerust op zijn horloge.

'Ze zal zich nu wel zorgen gaan maken', zei hij.

Ik glimlachte en vroeg me af hoe hij van twee vrouwen tegelijk kon houden. Zou ik deze situatie geaccepteerd hebben als ik me niet had gevoeld als een oud bankbiljet dat niet meer in omloop is maar nog wel bestaat, en dat nog de sporen draagt van zijn vroegere schoonheid, die niemand kan ontkennen? Ik pakte mijn zakspiegeltje uit mijn tas. Ik keek naar mijn gezicht en zag dat de vergelijking niet opging.

De vermoeidheid zakte in mijn ledematen. Ik verlangde naar mijn bed en wilde dat ik even op mijn bank kon liggen, luisterend naar het gemiauw van de kat van de buren. Maar ik probeerde me te beheersen. Het was de schuld van de andere passagiers die ik de afgelopen uren had geobserveerd, dat ik niet zo vastbesloten meer was als in het begin. Maar ze zouden me er niet onder krijgen. Ik hield mezelf voor dat ik precies wist wat me te doen stond als ik in Frankrijk zou aankomen. Ik zou weer aandacht aan mezelf gaan besteden, ik zou gaan werken, studeren en zelfs met computers leren omgaan. Ik zou een kamer zoeken die me aanstond. Ik vroeg Djawaad naar zijn vrienden en kennissen in Parijs.

'Het zijn er maar weinig,' zei hij, 'een paar kunstenaars.'

Ik besloot dat ik niet met Libanezen zou optrekken. Ik wilde niet worden zoals zij. Ik moest ophouden met dat getob. Ik moest hier weg; ik had geen alternatief. Waarom ontkende ik nu opeens dat ik me zelfs in mijn eigen huis een vreemde had gevoeld? Was ik deze brieven niet begonnen met te zeggen dat ik me als een gijzelaar voelde in een ruimte waarvan ik de taal niet eens meer begreep? Wat was er veranderd? Waarom kwamen de andere passagiers me voor als een kudde domme schapen?

In Frankrijk, als hij de gordijnen had dichtgetrokken, zou het Djawaad moeite kosten te weten waar hij was, want hij leefde in het verleden en schreef over het verleden. Hij zou door de straten van Parijs lopen en niets anders zien dan ontelbare zonnen, hangend als druiven aan een tros. Niets anders dan elektriciteitspalen rond controleposten en gekleurde vliegers met een lange staarten... Mensen waarvan hij dacht dat hij ze was vergeten zouden plotseling

voor zijn ogen springen als duveltjes uit een doosje. Ook als er geen oorlog was geweest, zou hij die nostalgie voelen.

'Waarom ga je terug naar plekken die al in je geheugen staan gegrift?' had ik hem eens gevraagd toen we samen in het donker in de tuin zaten.

'Om aan den lijve te ondervinden hoe ze zijn veranderd en hoe ik ben veranderd. Zelfs als ik zou proberen om hier te leven, zou ik het niet kunnen, en zij zouden me niet meer accepteren. Maar ze zijn altijd in mijn gedachten en verhinderen me het leven te leiden dat ik wil. Ze geven me niet de kans om gelukkig te zijn; ze zijn een obstakel voor me.'

'Maar ze zijn toch ook de reden van je succes?' troostte ik hem, blij hem een beetje te zien lijden.

'Ik weet dat ik de bittere vruchten van de oorlog pluk. Ik schrijf in een westerse taal over emoties die tussen mijn moedertaal en mijn geweten zweven. Hoe groter mijn succes, hoe schuldiger ik me voel, want diep in mijn hart heb ik altijd gehoopt op de vernietiging van dit land.'

Het was alsof ik voor het eerst Beiroet zag zoals ze was: een bal binnen een bal binnen een bal, met gangen en straten die leidden naar andere straten, die weer leidden naar gangen. Anders dan de meesten van ons had Djawaad zijn leven zelf gekozen, of eigenlijk had hij zich blindelings op de weg begeven die zich voor hem had geopend. Het toeval bepaalt welk leven we kiezen en wat we ermee doen. Ik was me er ineens van bewust dat ik halverwege mijn leven was gekomen zonder het te merken. De oorlog is een sneltrein, die voortdendert zonder te stoppen en alles meesleurt wat hij onderweg tegenkomt.

Djawaad was bang dat het vliegtuig niet zou vertrekken en ik was bang om te erkennen, zelfs diep in mijn hart, dat ik de inspiratiebron wilde blijven voor de ideeën die hij zou opschrijven. Hij zag alleen wat er voor de lens van zijn camera verscheen en wat er in zijn notitieboek stond. Ik wilde niet, net als hij, situaties en gezichten verzamelen en alles wat er om me heen werd gezegd noteren, om betekenis aan mijn bestaan te geven en ver van hier een prettig leven te kunnen leiden. Ik wilde mijn land niet in mijn geheugen opsluiten. Want herinneringen, hoe scherp ook, zijn slechts herinneringen, die door het verstrijken der dagen worden weggespoeld en verdrongen. Er liggen vele lege hoeken tussen de herinnering en de vergetelheid. Ik wilde dat de dingen bleven zoals ze waren. Voor het eerst begon ik te vermoeden dat Djawaad er zo op had aangedrongen dat ik meeging, zoals Hajaat vóór hem had gedaan, omdat ik een schakel tussen hem en zijn vaderland vormde, waaraan hij zich kon vastklampen als hij daar behoefte aan had, zoals een baby aan een melkfles zuigt.

Maar al die oorlogsjaren dan? Als ik zou weggaan zouden ze in het niets verdwijnen. Maar als ik zou blijven, als ik dit moment direct zou verbinden met het verleden en de lange oorlogsjaren zou ontkennen, dan zouden er hete winden opsteken die me zouden bestoken met brandende vragen: 'Wat heb je bereikt? Wat heb je gedaan? Hoe heb je geleefd?'

Hij was bang dat het vliegtuig niet zou vertrekken en ik was bang dat het wel zou gebeuren. Ik durfde niet te erkennen, zelfs niet aan mezelf, dat het me verdriet deed de oorlogsjaren achter me laten. Alsof ik geen getuige was geweest van al die mensen die waren gekomen en gegaan, of juist waren gebleven: maronieten, druzen, sji'ieten, Palestijnen, Libanese strijdkrachten, Syriërs, het Libanese leger, de Zesde Vloot, de Ottomanen, de Fransen, de kruisvaarders en ten slotte de Israeliërs, met hun slogan 'Vrede voor Galilea'. Hoe kon ik die jaren van lijdzaam wachten, angst, verbijstering en hoop zomaar opgeven? Samen met Nasir had ik deze oorlog toegejuicht. Samen met Simon had ik hem van nabij meegemaakt. En nu probeerde Djawaad me ervan te scheiden. Ik begon me af te vragen wat vrede eigenlijk inhield. Ik droeg mijn oorlog met me mee, waar ik ook was. Ik hoorde de kogels fluiten, ook al was de hemel rustig, ook al waren de bergen kalm en heerste er op het vliegveld een vrolijke, uitgelaten stemming. Ik wilde terug naar huis, naar de tuin, naar de vertrouwde gezichten en naar de euforie die ik altijd voelde na de gevechten, omdat ik eindelijk mijn kleren weer kon aantrekken en mijn haar kon kammen. Maar als ik erop terugkeek en mezelf dwong onder ogen te zien wat me nu eigenlijk zo gelukkig had gemaakt, moest ik erkennen dat ik hypocriet was. Dan zag ik weer voor me hoe ik had geprobeerd te ontsnappen aan het oorlogstumult, dat in mijn hoofd dreunde tot ik het bijna uitschreeuwde van de pijn, en om hulp wilde roepen. Ik zag mezelf weer in bed liggen, waar ik door de duisternis heen de afgebladderde verf kon zien, de opgeslagen meubels die ik uit mijn vaders appartement had weten te redden, de gebroken spiegels en de boeken, die me terugbrachten naar een ver verleden. Ons huis was niet meer het levendige, alerte huis dat het ooit was geweest, met een bijna tastbare aanwezigheid, duidelijk als de trekken op ons gezicht.

De gedachte alleen al dat ik misschien moest besluiten om achter te blijven, bracht me van streek. Ik keek naar Djawaad en wilde mijn armen om hem heenslaan, overrompeld door de fysieke details van zijn lichaam, die ik inmiddels zo goed kende. Bij het zien van het kuiltje in zijn kin, zijn wenkbrauwen met die ene grijze haar en zijn uitstekende borstbeen, kreeg ik een brok in mijn keel. Hoe kon ik ooit nog mijn ogen sluiten en slapen, of wakker worden zonder dat pijnlijke gemis te voelen? Ik haalde me voor de geest hoe ik destijds door de straten en over de kades van Beiroet had gelopen, nadat Nasir was verdwenen; ik zag hem overal, alsof hij in alle gebouwen en appartementen sporen had achtergelaten. Ik volgde hem naar Tunis, Port Saïd en Alexandrië, maar zelfs toen hij eindelijk tegenover me zat, bleef ik naar hem zoeken. Door hem te verliezen was ik in tweeën gespleten en ik moest eerst mijn andere helft terugvinden om te kunnen geloven dat hij werkelijk tegenover me zat. Ik liet mijn handen over de poriën van zijn huid gaan, zonder hem aan te raken. Ik staarde naar de kleine haartjes tussen zijn wenkbrauwen, de paarse moedervlek in zijn nek, zijn volle wimpers, de donker uitgeslagen tand en zijn bruine handen; zijn polsen waren opmerkelijk smal voor iemand van zijn lengte. Dat alles sneed door mijn ziel, als de boor van een tandarts die in je gebit zit te wroeten. Maar tegelijkertijd bleef ik op een afstand. Zelfs zijn strelende stem was een verre echo van mijn herinnering geworden, die weerkaatste tegen het limonadeglas voor me. Het was niet meer de hartstochtelijke stem die ooit 'liefste' tegen me had gezegd, de hunkerende stem die ooit 'ik mis je, ik mis je' tegen me had gezegd. Ik wist dat het uit was tussen ons. Ik zag het aan de nieuwe vulpen in zijn borstzak, aan de kleur van zijn overhemd, aan zijn draagbare telefoon, aan de manier waarop hij de rekening bestudeerde alvorens te betalen. Ik hoorde het aan de toon waarop hij me over Beiroet vroeg. Ik had dat al veel eerder moeten beseffen, toen hij uit Beiroet vertrok, of eigenlijk al vanaf het moment dat de Israeliërs Beiroet waren binnengevallen, vanaf het moment dat Libanon een ander land was geworden en de Palestijnen in die onoverzichtelijke chaos terecht waren gekomen. Diep in mijn hart had ik geweten dat alles tussen ons was afgelopen, maar ik moest de kans krijgen om te rouwen over de dood van onze liefde, voordat ik opnieuw kon beginnen.

Djawaad kwam naar me toe en vertelde me woedend dat de vlucht zou worden uitgesteld als het vliegtuig niet binnen twee uur zou opstijgen, want na een bepaald tijdstip zou Parijs het niet meer toelaten. Hij bleef niet, zoals ik, op zijn stoel zitten wachten, maar begon opgewonden heen en weer te lopen. De oorlog had hem niet, zoals ons, geleerd dat je enerzijds waakzaam moest blijven en moest zien te overleven en anderzijds dankbaar moest zijn voor de momenten van rust en daar het beste van moest zien te maken.

De aankondiging van een vlucht naar Amman stemde hem weer hoopvol: 'Laten we het eerstvolgende vliegtuig nemen, het maakt niet uit waarheen; van daaruit kunnen we door naar Parijs.'

Ik zei: 'Ik heb alleen een stempel voor Frankrijk en tegenwoordig hebben Libanezen voor alle landen een visum nodig.' Toen voegde ik er om hem gerust te stellen aan toe: 'Ze hebben je alleen gezegd dat de vlucht was afgelast om van je gezeur af te zijn. Ze zouden veel te veel verlies lijden als ze niet zouden vliegen.'

Ik legde mijn hand in de zijne en de spanning viel van me af. Zijn warmte leidde me af van de rusteloze gedachten die me heen en weer slingerden, als woeste baren op een stormachtige zee. Het enige wat ik wilde, was dicht bij hem zijn. Maar hoe moest dat in Frankrijk gaan? Hij begon onrustig op zijn stoel te schuiven. Ik trok mijn hand terug en hij stond op. Als ik zijn gedachten had kunnen lezen, dan had ik gezien dat hij op dat moment het liefst alleen had willen zijn, zodat hij om het even welk vliegtuig had kunnen nemen.

Alles om me heen leek normaal, zelfs de punten van mijn schoenen gaven me een vredig gevoel; deze donkerblauwe schoenen met hun middelhoge hakken leverden het bewijs dat het leven hier tot rust was gekomen. Hoe harder ik probeerde de oorlogsgeluiden weer op te roepen, met alle angst, eenzaamheid en wanhoop die daarbij hoorden, hoe meer ik ervan overtuigd raakte dat het geweld niet meer zou terugkeren en dat de oorlog echt voorbij was; wat overbleef was een aangename verdoving, die begon bij mijn enkels en zich over mijn hele lichaam verspreidde. Ik gaapte zonder ophouden en ik voelde me zo loom en ontspannen dat ik me afvroeg af of ik wel in staat zou zijn om op te staan, mijn tas te pakken, naar de bus te lopen en in het vliegtuig te stappen. Zou ik de vermoeienissen en de problemen onderweg wel aankunnen? Met moeite kwam ik uit mijn stoel overeind en ging tegenover hem staan. Zachtjes nam ik de camera uit zijn handen en legde die naast hem neer. Toen boog ik mijn hoofd, pakte zijn handen vast en drukte ze tegen mijn gezicht, zonder me te storen aan de mensen om ons heen. Ik kuste zijn handpalmen en drukte ze opnieuw tegen mijn gezicht. Hoewel ik probeerde me te beheersen, stroomden mijn tranen over zijn handen. Ik veegde ze af, ging weer voor hem staan en zei hem dat ik van gedachten was veranderd en niet met hem mee zou gaan. Opeens zag ik een ander gezicht, dat niets te maken had met de man met de camera, noch met het vliegveld. Het was het gezicht van de man met wie ik over de kiezelstenen had gelopen, die me op de vloer in de huiskamer in zijn armen had genomen. Uit zijn ogen sprak liefde, woede en verwarring tegelijk. Maar zijn woede kreeg de overhand. Hij keek me strak aan, terwijl hij bleef herhalen: 'Wat? Wat?'

Toen liet hij zich op zijn stoel vallen, nam zijn hoofd in zijn handen en mompelde, als een kind dat zijn speelgoed is kwijtgeraakt: 'Mijn God, o mijn God. Ik laat het vliegtuig niet vertrekken voordat je hebt besloten mee te gaan.'

Deze reactie had ik niet verwacht. Ik was vergeten dat ik hem geen deelgenoot had gemaakt van mijn innerlijke dialoog, die lappenpop die aan beide armen heen en weer werd geslingerd. Sinds het moment waarop mijn gevoelens met mij aan de haal waren gegaan, als schaduwen op een plafond, en ik gesprekken met mezelf had gevoerd, was hij niet meer dan een reisgenoot geweest.

Hij greep mijn hand en ging zo dicht bij me zitten dat onze knieën elkaar raakten. Toen sloeg hij zijn armen om me heen en vroeg: 'Wat is er gebeurd? Ben je kwaad omdat ik zoëven zei dat ze vast ongerust was geworden? Wil je dat ik kies tussen jou en haar? Wil je trouwen? Zeg het dan!'

Ik maakte me los uit zijn armen, want ik schaamde me tegenover de andere mensen. Ondanks alles wist ik een glimlach op mijn gezicht te toveren en was zelfs in staat tot een nerveus lachje.

'Ik kan hier niet weg. Ik kan het niet', mompelde ik.

'Waar ben je dan bang voor? Misschien is het mijn schuld. Misschien heb ik je niet genoeg gerustgesteld. We hebben het niet over de details van ons leven in Parijs gehad. We werden te veel in beslag genomen door het visum, door Moesa, het vliegveld en die bruid. Ik smeek je, vertel me wat er in die drie uur is gebeurd.'

Hij wierp een verwilderde blik om zich heen en probeerde te luisteren naar een aankondiging van de luchtvaartmaatschappij. De paniek en de ongerustheid stonden in zijn ogen te lezen:

'Als je over mij van gedachten bent veranderd, is dat tot daar aan toe, maar dat heeft niets met je vertrek te maken.'

Hoewel ik de druk van de oorlog niet voelde zoals hij, begon ik huilend met mijn hoofd heen en weer te zwaaien.

'Ik begrijp niet waarom je nu opeens huilt.'

Ik huilde omdat ik me niet kon beheersen. Ik hief mijn hoofd naar hem op. Toen ik het bloed in zijn kaken zag kloppen en de stoppels op zijn kin zag trillen, wist ik dat ik dat alles nooit zou kunnen opgeven. En wat zou ik al die andere dingen missen! Zijn stem, die een deel van mij was geworden, waar ik me nooit meer van zou kunnen ontdoen.

'Ik hou heel veel van je, maar ik wil in Beiroet blijven.'

'Je houdt van me, maar je wilt in Beiroet blijven. Bedoel je dat ik ook moet blijven? Misschien is dat wel het beste, wie weet?'

Hier blijven en leven, in dezelfde omstandigheden als ik? Dat was onmogelijk. Hij zou hier zelfs zijn macht over de taal verliezen, want dat is wat Beiroet teweegbrengt bij hen die de oorlog niet hebben meegemaakt: ze scheurt de glimlach van hun gezichten, verwijdert hun helmen, bedekt hun ogen met een zwarte, stoffige sluier, smeert hun neuzen in met een zwarte zalf en hun tongen met wonderolie en laat hun lichaam achter, ten prooi aan de roofvogels. Ten slotte sluit de cirkel zich en wordt het uitgestrekte land gereduceerd tot enkele luttele meters.

'Bedoel je dat ik ook moet blijven?'

'Nee', zei ik, en ik vertelde hem hoe ik erover dacht.

'Waarom wil jij dat allemaal doormaken?'

Ik had gelezen wat hij in zijn notitieboek had geschreven, dat hij op zijn stoel had laten liggen: 'Ik heb ontdekt dat ik alleen maar heimwee had, omdat ik me in Frankrijk een vreemde voelde. Wat heb ik verlangd naar mijn identiteit, waarvan ik altijd heb gedacht dat hij zich elders bevond. Door mijn komst naar Beiroet heb ik die mooie droom verstoord. Nu heb ik het gevoel dat ik dit land en deze mensen nooit heb gekend. In plaats van de bergen zie ik beton, in een land dat zwart is als de nacht; de muren zijn zwart, de soldaten zijn zwart, gekleed in zwarte pakken, het kapitaal is zwart. De mensen leven op het dak van het grootste wapenarsenaal ter wereld.'

'Wat wil je in Beiroet doen, behalve roddelen?' vroeg hij. 'Het enige wat in dit leven telt is hoe je elektriciteit, water en brood moet bemachtigen en hoe je de granaten moet ontwijken. Het is alsof je slechts kunt leven in dit schemergebied tussen oorlog en geen oorlog. Zo hoeft het leven niet te zijn, weet je. Daarbuiten ligt een grote, wijde wereld.'

'Ik wil niet zo iemand worden die de hele tijd heimwee heeft en verzucht: "Ach, was ik maar in Beiroet." Ik wil niet zoals jij in twee werelden leven. Ik weet wel dat ik hier niet gelukkig ben, maar waarom zou ik ongelukkig worden in twee landen?'

'Waarom pieker je daar nu al over? Probeer het eerst en neem dan een beslissing.'

'Het is gemakkelijker om tussen de ellende te leven, dan ervan weg te vluchten en er van een afstand naar te kijken. Uit de verte lijkt alles nog erger.'

'Waarom ga je ervan uit dat je – zowel hier als daar – zult lijden? Ik begrijp het niet. Ga met me mee, dan merk je later wel hoe je je voelt.'

Even zweeg hij vermoeid, maar toen begon hij weer: 'Beiroet is een excuus waarachter je je verschuilt uit angst om een nieuw leven te beginnen. Ik wil je helpen om aan iets anders te kunnen denken dan alleen aan water en stroom, om te ontdekken dat er nog een andere wereld bestaat dan Beiroet.'

Het internationale vliegveld van Beiroet. Beiroet. Het was alsof ik dat woord voor het eerst hoorde, hoewel ik het zo vaak had uitgesproken en gezien, in atlassen, op ansichtkaarten: Zaitoena, al-Ma'rad, het Martelarenplein, Riyaad as-Soelh. Op foto's en op afbeeldingen in oude buitenlandse boeken. Ik had de sierlijke letters gelezen; de B tot en met de OE deden denken aan een kinderwagen op hoge wielen, maar de T leek meer op de kraag van mijn schooluniform.

Het was alsof de stad samen met de oorlog mijn geest had gebrandmerkt. Beiroet in oorlog had een formaat en een vorm die ik kon vastpakken, terwijl het leven in tijden van vrede als een garage vol losse onderdelen was, waar ik niets mee kon beginnen.

Beiroet is een grote bouwput geworden, vol met geulen, holten en kleine gaten, zonder vegetatie, afgezien van de lage groene struiken langs de randen. Toen ik deze brieven begon, schreef ik dat ik een gijzelaar was; nu wil ik die kleine struiken zien groeien, het enige wat mijn grond nog kan produceren. Mijn leven is hier; elk land heeft zijn eigen levenswijze.

'Weet je wat het met jou is? Jij bent verslaafd aan de oorlog.'

Ik zei niets.

'Je bent bang dat je, als je weggaat, geen koningin meer zult zijn, zoals je dat in Beiroet was, voor je buren, voor Fadiela en voor Ricardo. Maar je vergeet dat je door je ervaringen veel interessanter bent dan al die mensen die lang geleden zijn vertrokken en al jaren in Frankrijk wonen.'

'Ze zeggen wel dat afscheid een vorm van sterven is. Hoe het ook zij, ik ben niet in het minst nieuwsgierig naar het leven in Parijs.'

'Je bent niet nieuwsgierig omdat je lui bent, en bang.'

'Als ik eerder was weggegaan, had ik er misschien anders over gedacht. Elk land heeft nu eenmaal zijn levenswijze en mijn leven is in Beiroet.'

'En ik? Waar is mijn plaats in jouw leven?'

Ik duwde mijn haar naar één kant en beet op mijn lippen.

'Sorry, dat is een domme vraag,' hernam hij, 'misschien is dit niet het goede moment...'

Ik zag alles wat ik in Beiroet had achtergelaten door een sluier van nostalgie, waarschijnlijk omdat ik op het vliegveld was. Toch wist ik maar al te goed dat ik er binnenkort weer naar zou kijken als naar een armzalig circus, met verlopen clowns in gekleurde pakken.

Toen ik de aderen in zijn pols harder zag kloppen, brak het

zweet me uit, vermengd met zijn vertrouwde geur, waaraan ik zo verknocht was geraakt, en ik besefte dat alles wat ik dacht en zei zinloos was.

Djawaad had zijn pogingen om me te overtuigen opgegeven; hij staarde me alleen nog maar aan en kuste van tijd tot tijd mijn hand; hoofdschuddend drukte hij zijn lippen op mijn vingers, niet bij machte ze los te laten. Hij streelde mijn wangen en zei dat hij me begeerde. Toen pakte hij met een impulsief gebaar mijn handen tussen de zijne. Ik liet ze liggen, brandend van verlangen, als twee weeskinderen. Bijna smekend zei hij dat ik hem de volgende dag, of de dag daarna moest volgen.

Nee, ik zou hem nu volgen. Ik zou samen met hem opstaan zodra ze het vertrek van het vliegtuig zouden aankondigen. Ik kon hier niet alleen achterblijven en hem zonder mij zien vertrekken.

Ik was gelukkig met mijn beslissing en wilde hem verrassen. Deze keer was ík degene die zijn handen pakte en tegen mijn wangen legde, alsof ik hem op deze manier het goede nieuws wilde meedelen. Maar hij vermande zich en vroeg me: 'Kun je me zeggen wat ik moet doen om je toch te laten vertrekken? Als al je apparaten, zelfs je haardroger, op batterijen en niet op elektriciteit werkten, dan zou je misschien inzien dat je leven hier geen doel heeft.'

Ineens schoot ons iets te binnen en als uit één mond riepen we: 'De koffer!'

'Je koffer! Hoe wil je die terugkrijgen?'

Ik zou hem niet vertellen dat ik toch had besloten met hem weg te gaan. Eigenlijk voelde ik me opgelucht, omdat hij mijn beslissing had geaccepteerd, alsof hij hem zelf had genomen.

'Ik laat hem hier achter. Als ik erop blijf wachten, zit ik hier morgenochtend nog.'

'Goed zo. Als je je spullen bij mij laat, zul je vroeg of laat moeten komen om ze op te halen', zei hij, en alsof hij plotseling een mooi beeld met zijn cameralens had gevangen: 'Wat moet ik met je kleren doen? Ik zal ze bij de mijne bewaren.'

Zijn enthousiaste reactie stond me tegen; het was alsof mijn spullen een substituut voor mij waren geworden. Toch was het die koffer, die me eindelijk weer in beweging bracht. Terwijl zijn gezicht straalde bij de gedachte dat hij mijn koffer met zich mee zou nemen, probeerde ik krampachtig mijn spijt te verbergen, bij de gedachte aan alles wat erin zat.

Ik berustte zwijgend in mijn verlies. Misschien had het allemaal een diepere bedoeling en moesten mijn spullen een stille schakel tussen hem en mij worden. Ons gesprek was stilgevallen. Ik zag mezelf weer als klein meisje in de slaapkamer van mijn grootmoeder in het dorp. Ze had me een nieuwe jurk en glimmende lakschoenen aangetrokken en zorgvuldig mijn haren gekamd, waarna ze een kunstbloem, die ik haar vaak als broche had zien dragen, achter mijn oor had gestoken. Tot mijn verbazing streek ze met haar vinger over haar lippen en smeerde wat van de rode lippenstift op mijn wangen. Ten slotte besprenkelde ze me met eau de cologne uit haar houten make-updoos, klapte in haar handen en zei: 'Ga maar naar buiten en laat ze zien hoe mooi je bent.'

Ik ging naar buiten, waar de jongens en meisjes van het dorp waren samengekomen om me te bewonderen. Ze stonden me van een afstand met grote ogen aan te gapen en niemand durfde een stap dichter bij de veranda te zetten. Ik weet niet wat ik van hen dacht, noch wat ze van mij dachten. Toen mijn grootmoeder glimlachend te voorschijn kwam, stoven ze uit elkaar. Ze riep hen terug; schoorvoetend kwamen ze dichterbij, maar we wisselden geen woord met elkaar en bleven elkaar aanstaren. Ze knipperden niet met hun ogen en hun blikken waren zo star, dat ik betwijfelde of ze wel iets zagen. Ik keek naar hun blote voeten, naar de korsten en zweren op hun benen en naar hun ongekamde haren.

Toen zag ik Djawaad weer uit het dorpscafé komen, samen met de zoon van al-Moendjid. Ik stond bij de deur op ze te wachten en toen hij me vroeg wat Roehiyya van hem wilde, zei ik: 'Ze wil dat je met me trouwt.'

Iedereen die ik liefheb, gaat weg. Zelfs degenen die ik niet liefheb. Zelfs mijn ontvoerders zullen de een na de ander vertrekken.

Bij het afscheid vroeg Djawaad me of hij me op mijn mond mocht kussen. Hoewel ik weigerde stond hij op en drukte een vluchtige kus op mijn lippen. Hoe kon ik zo'n man laten gaan, vroeg ik mezelf verwijtend af.

En toch... toen het vertrek van het vliegtuig werd omgeroepen, liet ik hem alleen in de rij achter, met zijn camera en zijn handbagage. De energie stroomde terug in mijn ledematen, het bloed klopte weer in mijn aderen, en zo trad ik opnieuw de stad tegemoet die haar oorlog van uitputting had laten sterven.

Verklarende woordenlijst

abaja	wollen overjurk
aboe	letterlijk: vader van... In de Arabische wereld worden mannen genoemd naar hun oudste zoon of dochter; aboe Rafiek: vader van Rafiek (zie ook *oemm*)
baklawa	zoet gebak van bladerdeeg en honing
baliela	pap van maïs met melk en suiker
farraka	verwant aan *kibbe* (zie hierna), maar lichter en meestal in de vorm van balletjes
fatiha	openingsvers van de koran
fatwa	juridische uitspraak in het islamitische recht
fedajjien	Palestijnse verzetsstrijders
hadj	bedevaart naar Mekka
haddj	aanspreektitel voor een man die de bedevaart naar Mekka heeft verricht
haddja	aanspreektitel voor een vrouw die de bedevaart naar Mekka heeft verricht
halva	zoete lekkernij
hoeri	paradijsnimf
kisjkawi-kaas	Libanese kaas, gemaakt van gestremde melk
kibbe	gerecht van vlees en tarwe
koefiyya	hoofddoek, meestal gedragen door mannen
kohl	zwart poeder, waarmee vrouwen hun ogen opmaken
moedjaddara	gerecht van rijst of gierst met linzen, uien en olie
moeloekhiyya	groene, spinazie-achtige saus
oemm	letterlijk: moeder van... In de Arabische wereld worden vrouwen genoemd naar hun oudste zoon of dochter; oemm George: moeder van George
sitt	titel voor vrouwelijke heiligen
sjeikh	eerbiedige aanspreektitel voor oudere mannen en religieuze autoriteiten
sjeikha	eerbiedige aanspreektitel voor oudere vrouwen
taboeli	salade van onder andere gierst, peterselie en citroen

Noten

1 Amal is de militaire tak van de in 1974 opgerichte sji'itische 'Beweging der Verstotenen'. Na de Islamitische Revolutie in Iran werd Hizbollah opgericht door een groep sji'ieten die Amal niet radicaal genoeg vonden. Deze partij, die een khomeinistische koers vaart, krijgt steeds meer aanhang, ten koste van Amal. (Zie: J. ter Haar. *Volgelingen van de Imam.* Amsterdam, 1995.)

2 Koran, tweede soera, 'De koe', vers 25 en vierde soera, 'De vrouwen', vers 13.

3 Uit een gedicht van Jahja Djabir.

4 Wanneer een mens sterft, laat God een blad vallen van de boom onder zijn troon, waarop hij de naam van de overledene schrijft. Azraël raapt het op en na veertig dagen scheidt hij de ziel van het lichaam.

5 Boeraak is de naam van het viervoetige dier waarop de profeet Mohammed naar de zeven hemelen opsteeg.

6 Koran, honderd en vijfde soera, 'De olifant', vers 3-4. Volgens de overlevering wordt hier een mislukte Ethiopische veldtocht tegen Mekka (570) bedoeld.

7 Aboe Tammaam: Arabische dichter, gestorven rond 850.

8 Asjoera: rouwdag voor de sji'ieten; de sterfdag van de martelaar Hoesein in Kerbela. In mindere mate wordt zijn broer Hasan geëerd.

9 Kerbela: plaats in Irak, waar de sji'itische martelaar Hoesein begraven ligt.

10 In de slag van Hittien werden de Frankische kruisvaarderslegers door de legendarische Syriër Salaah ad-Dien (Saladin) verslagen (1187).

Hanaan as-Sjaikh bij Uitgeverij De Geus

Het verhaal van Zahra

Al jong maakt het meisje Zahra (Arabisch voor 'bloem') kennis met geweld. Thuis terroriseert haar vader het hele gezin, terwijl haar moeder het meisje gebruikt om onopgemerkt haar minnaar te kunnen treffen. De willoze Zahra wordt door een huisvriend verleid. Ze ondergaat verschillende abortussen en beseft dat ze voor het leven getekend is.

Vrouwen tussen hemel en zand

De intellectuele Soha, de traditioneel opgevoede Tamr, de vrijgevochten Suzanne en de schatrijke Noer houden elk op eigen wijze stand in een door bekrompen wetten beheerste Arabische staat, waar onderdrukking, manipulatie en seksueel geweld aan de orde van de dag zijn.

'...zowel adembenemend openhartig als technisch knap...'
Nagieb Mahfoez in *Independent on Sunday*